DROEMER

Von Preethi Nair im Droemer-Verlag ebenfalls erschienen:
Die Freischwimmerin

Über die Autorin:
Preethi Nair wurde 1971 in Kerala in Südindien geboren. Sie ist in London aufgewachsen, wo sie heute noch lebt und an der Fakultät der Financial Times / IE Business School Kreatives Schreiben lehrt. Sie hat viele Jahre als Unternehmensberaterin gearbeitet, gab diesen Beruf aber auf, um ihren Traum zu verwirklichen und Bücher zu schreiben. Ihre Romane »Koriandergrün und Safranrot« sowie »Der Duft der Farben« haben in Deutschland viele Leser*innen begeistert. Ihr neuer Roman »Die Freischwimmerin« war zunächst als Theaterstück und One-woman-Show konzipiert. Jetzt wird der Roman als TV-Serie vom Produzenten von »The Crown« für die BBC adaptiert. Mehr Informationen unter: www.preethinair.com

PREETHI
NAIR

Koriandergrün
und
Safranrot

Roman

Aus dem Englischen
von Karin Dufner

DROEMER

Die englische Originalausgabe erschien unter dem Titel »One Hundred Shades of White« bei HarperCollins Publishers, London.

Besuchen Sie uns im Internet:
www.droemer.de

Aus Verantwortung für die Umwelt hat sich die Verlagsgruppe Droemer Knaur zu einer nachhaltigen Buchproduktion verpflichtet. Der bewusste Umgang mit unseren Ressourcen, der Schutz unseres Klimas und der Natur gehören zu unseren obersten Unternehmenszielen.
Gemeinsam m!it unseren Partnern und Lieferanten setzen wir uns für eine klimaneutrale Buchproduktion ein, die den Erwerb von Klimazertifikaten zur Kompensation des CO_2-Ausstoßes einschließt.
Weitere Informationen finden Sie unter: www.klimaneutralerverlag.de

FSC www.fsc.org
MIX
Papier aus verantwortungsvollen Quellen
FSC® C014496

Eigenlizenz September 2022
Droemer Taschenbuch.
Ein Imprint der Verlagsgruppe
Droemer Knaur GmbH & Co. KG, München

Die deutsche Erstausgabe erschien 2006
im Droemer Verlag, München.
Covergestaltung: Zero Media
Coverabbildung: FinePic®, München
Satz: Adobe InDesign im Verlag
Druck und Bindung: GGP Media GmbH, Pößneck
ISBN 978-3-426-30900-1

2 4 5 3 1

Mein besonderer Dank gilt wem auch immer, der mir Gelegenheit gab, einen Blick auf den Zauber rings um uns zu erhaschen, und mir half, einige faszinierende Menschen zusammenzubringen, durch die dieses Buch erst möglich wurde.

Dank an meine Familie und Freunde, an die »Sonnenblumendamen«, insbesondere an Tricia Stewart, die mich immer wieder aufs Neue inspiriert, an das ganze Team bei Harper Collins und zu guter Letzt an meine Freundin und Agentin Diana Holmes. Danke, dass du an mich geglaubt hast.

Für Ammamma, die uns so sehr liebte,
dass sie uns gehen ließ.

MAYA

Offenbar ziehe ich das Chaos an. Das war schon immer so. Als ich geboren wurde, verlor der Milchmann sein Fahrrad, auf das er fünf Jahre lang gespart hatte. Meine Großmutter, die dringend gebraucht wurde, musste meinen schreienden Bruder aus dem Zimmer schleppen, nachdem er sich irgendwie hineinverirrt hatte. Der Regen beschloss, noch stärker zu werden, sodass der Strom ausfiel – der Hebamme war das einerlei, sie war ohnehin blind –, und die Kakerlaken, die sich auf einem zu Boden gefallenen Bhaji gesammelt hatten, wurden unerwartet von einem schweren Fuß zermalmt.

Der Kampf zwischen Amma und mir ging weiter. Sie presste aus Leibeskräften, ich klammerte mich fest. Und so setzte es sich Stunde um Stunde und Jahr um Jahr fort. Begleitet von geheimnisvollem Geflüster wurde eine sorgfältige Strategie entworfen, und kräftige Fingerspitzen, die zu einem Paar runzeliger Hände gehörten, kamen zu Hilfe. Die Hebamme zog mich entschlossen heraus. Mein erster Blick fiel auf die staubigen Flügel eines khakifarbenen Ventilators. Ich weinte.

In diesem Moment hätte ich am liebsten sofort wieder kehrtgemacht und Gott gefragt, was er denn genau mit mir vorhatte – und warum. Er hatte diese Familie für mich ausgesucht. Nachdem ich in dieses kalte, fremde Zimmer hineingeboren worden war, ließ mich die Hebamme einfach weiterschreien, während sie mich hinlegte, um meine Finger und Zehen zu zählen. Dann wurde ich eingewickelt und meiner Amma in die Arme gelegt.

»Sie ist wunderschön, einfach wunderschön.«

Allerdings schaute ich nicht nach oben, um das Gesicht meiner Mutter zu sehen, sondern wandte stattdessen den Kopf nach meinem Achan um. Als ich einen alten Mann mit der Haut eines Nashorns in der Ecke sitzen sah, schrie ich noch lauter.

Zum Glück handelte es sich um den Astrologen, der das ganze Tohuwabohu reglos und schweigend beobachtet hatte. Der Astrologe notierte sich die Zeit und schüttelte den Kopf. »Du hättest nicht so lange warten sollen«, sagte er zu Amma. »Das zweite Kind bringt zwar immer Veränderung, doch dieses hier ist mit dem Mars im zweiten Haus geboren worden und wird dir ganz bestimmt noch große Schwierigkeiten machen.« Aber ehe Amma Gelegenheit hatte, über seine Worte nachzudenken, kam der Rest meiner Familie herein.

Der schwere Schritt gehörte meinem Achan, der eigentlich auf Geschäftsreise hätte sein müssen. Offenbar war er nur meinetwegen heimgekehrt. Da er meine unmittelbar bevorstehende Geburt nicht ahnte, hatte er beschlossen, sich dem Durcheinander zu entziehen und sich auf die Suche nach meiner Großmutter und meinem Bruder Satchin zu machen. Er entdeckte Ammamma, wie sie in einer Rikscha mit ihm spielte, und brachte beide wieder zurück.

Ammamma warf einen Blick auf mich und begann dann wie eine Neonröhre zu strahlen. Sie lachte darüber, wie ich in der kühlen Morgenluft zitterte, und fragte sich, von welcher alten Frau ich mir wohl die Seele geliehen hätte. Dann streckte sie die Arme nach mir aus. Aber Achan sah Amma an, und Amma meinte: »Raul. Lass Raul sie halten, Ma.«

Als er mich in seine starken Arme nahm, fühlte ich mich vollkommen geborgen. Satchin beobachtete alles, ging dann zu Amma hinüber und erkundigte sich, wer denn die Familie sei, die sich um mich kümmern würde. Das war, nachdem er meinen Fuß gestreichelt, gleichzeitig am Daumen gelutscht und mich als vorübergehenden Ersatz für seine geliebte Schmusedecke benutzt hatte, die nicht unbedingt im besten Zustand war.

»Nein, Monu, Mol kommt mit uns nach Hause. Sie ist deine neue kleine Schwester.«

»Nein, nein, Am, ich will nicht.«

»Monu«, erwiderte sie, während Ammamma ihn hochhob, sodass er neben ihr sitzen konnte. »Es wird genauso sein wie vorher, nur besser, weil du jetzt eine kleine Schwester hast, mit der du spielen kannst.«

In diesem Moment warf ich meiner Amma einen um Bestätigung heischenden Blick zu. Ihr Gesicht war strahlend glücklich, und man wollte ihr jedes Wort glauben, so ruhig und friedlich waren ihre Züge.

Doch sie hätten auf die Worte eines Kindes hören sollen.

Die Schwierigkeiten, die angeblich mit meinem Eintreffen hätten eintreten sollen, wurden durch eine unerklärliche Jupiter-Saturn-Verbindung hinausgeschoben. Deshalb vergingen noch weitere drei Jahre, bis die Folgen meiner Geburt mit voller Wucht spürbar wurden.

Gott hatte mir annehmbare Eltern zugeteilt. Mein Achan sah gut aus, und meine Amma war eine wirklich wunderschöne Frau. Sie hatte außergewöhnlich grüne Augen, die funkelten, wenn sie lachte, und lange schlanke Finger, hinter denen sie dieses Lachen verbarg. Achan stammte aus einer wohlhabenden Familie und besaß sechzehn Kühe mehr als Amma. Eigentlich hatte seine Familie sechzehn Kühe mehr als alle Dorfbewohner zusammen, aber ich bekam weder die Tiere noch irgendein Mitglied von Achans Verwandtschaft je zu Gesicht, und man sagte mir, dass sie sehr weit weg wohnten. Amma und ihre Mutter kamen aus demselben Dorf, allerdings eher aus der Mittelschicht. Sie hatten einen Büffel, der bei ihnen in der Küche schlief und anscheinend mehr Gefallen an den Gutenachtgeschichten fand als Amma. Das weiß ich, weil Amma erzählte, dass sein Schnarchen durchs ganze Haus gehallt hätte und manchmal mit den ersten Stößen eines nahenden Erdbebens verwechselt worden sei. Amma hatte keinen Achan mehr, denn er war gestorben, als sie noch klein gewesen war. Allerdings kenne ich die genauen Hintergründe nicht, denn immer, wenn ich etwas darüber wissen wollte, wurde sie sehr traurig.

Auch über die Hochzeit meiner Eltern kann ich nicht viel berichten. Auf meine neugierigen Fragen erhielt ich nur einen hastigen, knappen Satz zur Antwort: »Dein Achan besuchte mich und verliebte sich in mich, und deshalb wurde unsere Hochzeit arrangiert.«

So funktionierte es eben in Kerala. Der Mann und seine Familie suchten eine Frau auf. Diese musste dann in die Küche gehen, Tee kochen und ihn in der besten Tasse zusammen mit ein paar Appetithäppchen servieren. Während sie dem Mann die Tasse reichte, sah er sie an. Die Frau warf dem Mann einen flüchtigen Blick zu. Falls er ihr gefiel, lächelte sie schüchtern, und manchmal reagierte er darauf, indem er ihre Fingerspitzen berührte, wenn sie ihm die Teetasse gab. Das hieß, dass er sie wirklich liebte. Die übrige Familie saß da und verfolgte alles, um festzustellen, ob es zwischen den beiden gefunkt hatte. Sie beobachteten auch andere Dinge, wie zum Beispiel, ob die Frau gute Manieren besaß. Doch ich glaube, dass sie wohl kaum Gelegenheit erhielten, etwas am Benehmen der Frau auszusetzen, denn schließlich war es nicht weiter schwer, sich in den fünf Minuten, während der sie den Mann bediente, ein bisschen zusammenzureißen. Weiterhin spielten auch der familiäre Hintergrund der zukünftigen Braut sowie ihre Vergangenheit eine Rolle – so durfte kein Verwandter in einen Skandal wie zum Beispiel in eine Scheidung oder eine Trennung verwickelt gewesen sein. Wie viel Geld ihre Familie besaß und ob die Frau gut kochen konnte, waren ebenfalls entscheidende Kriterien. Und zu guter Letzt mussten die Horoskope der Brautleute zusammenpassen.

Meine Ammamma erklärte mir, Letzteres sei weniger das Problem gewesen, denn in ihrem Dorf habe es eine Frau namens Luxmiammayi gegeben, die unpassende Horoskope passend machen konnte. Luxmiammayi bog Uranus oder Pluto so lange zurecht, bis sie im richtigen Haus standen und perfekt mit dem Horoskop des zukünftigen Ehemannes übereinstimmten. Allerdings kassierte sie auch ein ordentliches Sümmchen dafür.

Wenn die zukünftige Braut dunkelhäutig und klapperdürr war und vorstehende Zähne hatte, war jedoch selbst Luxmiammayi machtlos, und die Familie des Mannes konnte einen astronomisch hohen Brautpreis fordern, damit sie das Mädchen trotzdem nahm. Wenn aber die Überprüfung der zukünftigen Brautfamilie keinen Makel entdecken ließ und sie zudem hübsch, wohlerzogen, in keinerlei Hinsicht streitsüchtig war und zudem kochen konnte, wurde sogar auf den Brautpreis verzichtet. Das kam zwar nur sehr selten vor, doch ich glaube, bei meiner Amma ist es so gewesen. Schließlich trafen auf sie all die genannten Eigenschaften zu, und sie kochte außergewöhnlich gut, was daran lag, dass sie und meine Ammamma die Dorfköchinnen waren. Aber meine Ammamma war nicht einmal froh darüber, dass sie den Brautpreis nicht hatte zahlen müssen. Sie regte sich jedes Mal auf, wenn sie anfing, mir zu erzählen, wie Amma ihr Elternhaus verlassen hatte, und meinte, sie könne und wolle nicht über Einzelheiten reden.

Meine Eltern heirateten, als meine Mutter siebzehn und mein Vater sechsundzwanzig war. Der Astrologe sagt, dass sich einem Ereignis wie einer Geburt, einem Todesfall oder einer Hochzeit normalerweise gleich ein weiteres anschließt. »Die Natur reagiert«, meint er, »und verschiebt die Dinge in Übereinstimmung mit der neuen Energie.« Und so sorgte nach der Hochzeit ein gewaltiger glücklicher Zufall dafür, dass meine Eltern in eine größere Stadt zogen und Achan wieder einmal befördert wurde. Er wurde der oberste Ölimporteur Indiens, und deswegen musste sich Amma von ihrem Dorf verabschieden und in ein Städtchen unweit von Mumbai übersiedeln.

Ein Jahr später, nach der Geburt meines Bruders Satchin, stieg mein Achan in die Schwindel erregenden Höhen des wahren beruflichen Erfolges auf, was meiner Familie vier weitere Dienstboten – einschließlich einer Küchenhilfe für die reizbare Köchin – und zehn zusätzliche Kühe einbrachte. Das Ergebnis war außerdem, dass meine Ammamma endgültig zu uns zog. Meine Ammamma war eigentlich kein Stadtmensch, und sie fand, dass jeder von Geburt an ein Großstadtmensch, ein Kleinstadtmensch oder ein Dorfmensch sei, und sie sei eindeutig Letzteres. Dorfmenschen verstünden die Abläufe in der Natur, während die Stadt- und Großstadtmenschen diese einfach nicht begriffen, weil sie wegen ihrer Schnelligkeit die Anzeichen nicht richtig zu deuten wüssten. Der Rhythmus des Dorflebens erfüllte ihren ganzen Körper, sagte sie, und obwohl Dorfbewohner ständig tratschten, hätten sie etwas Solides an sich. Sie stünden mit beiden Beinen fest auf dem Boden und nähmen sich die Muße, innezuhalten und gründlich hinzuschauen. Aber Ammamma beschwerte sich nie über den Umzug nach Norden, denn ihr Motto lautete, man müsse manchmal eben Dinge tun, die man eigentlich nicht wollte, um andere Menschen glücklich zu machen, wodurch man wiederum selbst glücklich wurde.

Die ganze Familie wohnte in einem großen weißen Haus im Kolonialstil mit einem roten Dach und einem gekachelten Boden in derselben Farbe. Das Haus war von vielen, vielen Gärten umgeben und wurde von Bäumen und riesigen Eisentoren geschützt. Man hätte nie gedacht, dass das Haus sich in der Nähe der Stadt befand, weil ein Meer riesiger Palmen Verkehrslärm, Abgase und Hektik fernhielt. Es war ein sehr angenehmes Leben: Mein Achan ging zur Arbeit, mein Bruder jagte alles, was sich bewegte, und der ganze Haushalt lief ihm hinterher. Amma verbrachte gemütliche Nachmittage in Gesprächen mit den Nachbarinnen, die sie besuchen kamen, oder ging mit Ammamma und Nila, ihrem Botenjungen, Lebensmittel und andere Dinge einkaufen. Manchmal kochte sie. Um Punkt fünf Uhr setzte sich Satchin an eines der Fenster, wartete darauf, dass Achans blauer Motorroller vor der Veranda hielt, und gab in Kindersprache zu verstehen, dass er spazieren gefahren werden wollte.

Meine Geburt setzte diesem Ritual jedoch ein Ende. Von nun an trat mein Achan um fünf Uhr in mein Zimmer und ging schnurstracks auf mein Bettchen zu. Dann hob er mich hoch, wiegte mich, und der Geruch nach feuchtem Leinen und der schwere Duft nach verbranntem Holz wurden von der Bewegung durch die Luft getragen. Sein Schnurrbart kitzelte mich am Ohr und tröstete mich ebenso wie seine

Stimme, die dunkel und rhythmisch klang. Während ich in seinen Armen lag, zerrte Satchin ihn am Hosenbein, eine Technik, die er Nila abgeschaut hatte: Nila schüttelte nämlich die Mangobäume und sah dann zu, wie die Mangos eine nach der anderen herunterfielen. Insgeheim hoffte Satchin wohl, dass mich dasselbe Schicksal ereilen würde. Achan lachte, hob Satchin hoch und sagte: »Gib unserer kleinen Maya Mol ein Küsschen«, worauf er mir das Gesicht mit Spucke volltropfte und mich dabei, ganz aus Versehen, biss. Achan blieb eine Weile, aber dann musste er immer wieder weg. Er war ein viel beschäftigter Mann.

Besonders nah stand ich der jungen Aya, die sich um mich kümmerte. Insbesondere musste sie darauf achten, dass ich gut schlief und dass es mir an nichts fehlte, wenn ich aufwachte. Alles machte sie gut, und bei jeder Gelegenheit sang sie melodisch vor sich hin, wobei sie die Melodien durch eine Lücke zwischen ihren Vorderzähnen pfiff. Aya war ganz anders als die alte zahnlose Frau, die offenbar ihre Arbeitsplatzbeschreibung nicht richtig verstanden hatte und glaubte, sie müsse dafür sorgen, dass mein Blut auch richtig floss. Das tat sie, indem sie meine Gelenke mit ihrer knochigen Hand kräftig knetete. Dann massierte sie mich, als ziehe sie einen Teigklumpen auseinander, legte mich anschließend in eine Art Wiege aus gestärkten Laken und hängte mich dann wie ein altes Stück Papadam-Brot zum Trocknen auf. Allerdings handelte es sich hierbei – abgesehen vom Baden – um die einzigen Unannehmlichkeiten, die ich erdulden musste, und ich war stets von aufmerksamen Menschen umgeben, an deren Spitze mein Achan stand. Wenn er sich auf Geschäftsreise befand, musste ihn Ammamma vertreten.

Bevor sie zu Bett ging, nahm sie mich hoch, schmiegte mich an ihre warme Haut und erzählte mir Geschichten. Es gebe, so begann sie, einen Musiker, der im Himmel lebe und für den Wechsel der Jahreszeiten verantwortlich sei. In der Trockenzeit pflanzten die Menschen ihre Träume und warteten dann geduldig darauf, dass der Musiker den Regen schickte. Wenn sie nicht genug Glauben mitbrachten, überflutete der Regen ihre Träume, doch wenn sie glaubten, vertrauten und losließen, brachte der Regen ihnen viele Dinge. Diese Dinge kämen im Monat Shravan, in der Erntezeit. Ammamma wusste viel über die Erntezeit, denn wie ich bereits sagte, war sie Köchin. Sie und Amma verbrachten Stunden in der Küche, und Aya brachte mich hin, damit ich zuschauen konnte.

Die beiden arbeiteten wie zwei Zauberinnen, die mithilfe von Rauch Gemüsehaufen und bunte Gewürze in Festmahle verwandeln konnten. Amma zeigte auf die Gemüse und sagte mir, wie sie hießen. Ich brauchte nur irgendwelche Laute auszustoßen, um sie zum Lachen zu bringen. Es dauerte ein Jahr, bis ich dahinterkam, dass dieses Zeigespiel nur dazu diente, mich abzulenken. Denn während sie auf die Gemüsesorten wies, bereitete Ammamma die Zutaten für mein Bad vor. Bittere zu Mus zerdrückte Kürbisschale, zu Mehl zerstoßene Kichererbsen und Kokosnussöl, alles frisch zubereitet. Bevor ich mich versah, wurden mir die Kleider ausgezogen. Aya lief umher und erhitzte rasch Wasser, während ich auf Ammas ausgestreckte Beine gesetzt wurde. Ich schrie lauthals, als sie mich mit grüner Paste und gelbem Mehl beschmierte. »Damit du gesunde Knochen und eine schöne Haut kriegst, Mol«, meinte Amma, um mich zu beruhigen. Nachdem ich gewaschen und abgetrocknet worden war, wurde Kokosnussöl über meinen Kopf gegossen und einmassiert. Anschließend versuchte sie, mich zu füttern. Doch als Zeichen des Protests spuckte ich alles aus, was sie mir in den Mund steckte, sodass Ammamma übernehmen musste. Dann war die Quälerei vorbei, und Aya brachte mich nach draußen, um in der Sonne zu spielen. Bald lernte ich, den bloßen Anblick der Küche zu hassen, und als ich alt genug zum Krabbeln wurde, tat ich mein Bestes, um mich der Quälerei zu entziehen. Aber sie erwischten mich immer wieder.

Erst als ich laufen und sprechen lernte, fand Satchin mich allmählich interessant. Er brachte mir bei, den Kühen Stroh in die Nase zu stecken, damit sie niesen mussten, und mit Schritten abzumessen, wie weit ihr Rotz geflogen war. Auf diese Weise konnten wir uns stundenlang amüsieren, und wir hörten nur damit auf, weil eine Kuh ihr Kalb verlor und tagelang schrie. Dem Spiel mit den Kühen folgten weitere Attraktionen. Satchin zeigte mir, wie man den Riegel des Hühnerstalls öffnete, sodass die Hühner alle frei im Gehege herumliefen und Amin, der Stallbursche, sie wieder einfangen musste. Beim Anblick der herumwimmelnden Hühner geriet Amin in Panik, und wir beobachteten, wie er wild herumsprang und ihnen hinterherrannte. Der Fahrer half ihm nur, wenn er nicht gerade damit beschäftigt war, sein Haar im Rückspiegel des Wagens zu kämmen oder auf dem Vordersitz zu sitzen und sich selbst in all seiner Pracht zu bewundern. Wenn er sich doch entschloss, ihm beizustehen, sprangen wir vorne ins Auto, verriegelten die Türen und spielten mit der Hupe.

»Sahib wird sehr böse auf euch sein«, rief er dann durchs Seitenfenster.

Sahib war seine Bezeichnung für meinen Achan. Aber Achan war nie böse auf uns, nur auf andere Leute, die er dann ziemlich laut anbrüllte – zum Beispiel wenn der Wächter am Tor ihn zu lange warten ließ und nicht schnell genug aufmachte. Doch zu uns sagte er nie etwas. Stattdessen ließ er uns, wenn er da war, Dinge tun, die nicht einmal Ammamma uns je erlaubt hätte.

Das lag daran, dass Achan viel unterwegs war und uns sehr vermisste. Wenn er zurückkam, brachte er uns viele Geschenke von weit her mit. Puppen für mich, meistens Flugzeuge für Satchin und auch Sachen für Amma. Allerdings durften wir nicht mit allen unseren Spielzeugen gleichzeitig spielen. Die ganz wertvollen Sachen bewahrte Achan in einer verschlossenen Glasvitrine im Wohnzimmer auf, damit Besucher sehen konnten, was wir alles besaßen. An diesen Tagen trug Amma auch die Kleider und den Schmuck, die er ihr gekauft hatte. Bei besonderen Anlässen konnten wir die Spielsachen herausholen, aber immer nur eines auf einmal, und wir mussten versprechen, nichts zu verlieren, kaputt zu machen oder mit nach draußen zu nehmen.

Dann hörte Achan auf, uns Geschenke mitzubringen, denn er fuhr in eine Stadt, die London hieß. Vor seiner Abreise schenkte er mir einen kleinen sandfarbenen Labrador. Satchin und ich stritten uns wegen des Welpen, denn ich war sicher, dass Achan ihn für mich bestimmt hatte. »Mol, der ist vor allem für dich, weil ich dich sehr vermissen werde. Er heißt Tikko und wird auf dich aufpassen«, sagte er, als er mir den Welpen gab. Amma erklärte mir, dass wir ihn uns teilen müssten, aber ich hatte es anders verstanden. Ich glaubte, dass Achan bald nach Hause kommen würde, um das Problem zu klären, aber er blieb eine Ewigkeit weg, und wir sahen ihn eine lange, lange Zeit nicht wieder.

Wenn mein Achan verreist war, taten Amma und Ammamma merkwürdige Dinge. Hauptsächlich waren sie damit beschäftigt, Lebensmittelpäckchen zu packen, die der Fahrer irgendwo hinbrachte. Das Haus war immer voller Leute. Eines Tages ging es besonders heftig zu, und es herrschte geschäftiges Treiben. Bananenblätter wurden gesammelt, und man schmückte die Veranda mit Blüten. Ich hatte den Eindruck, als wäre die ganze Stadt zu Besuch gekommen. Ammamma erklärte, dass wir jetzt Onam feierten, ein Fest, um für die Ernte zu danken.

Dieses Onam-Fest verwirrte mich, weil sich der Zeitpunkt ständig änderte. Mal fand es im August, mal im September statt, aber Ammamma meinte zu mir, das läge daran, dass der Kalender den Mondphasen folge. Dann erzählte sie mir wieder eine Geschichte, die diesmal von einem König handelte, aber da ich von ihr so oft welche zu hören bekam, vergaß ich sie rasch. Die Dienstboten, ihre Familien und die Nachbarn interessierten sich auch nicht sehr für die Geschichte von dem König, denn sie waren viel zu sehr damit beschäftigt, die vielen Lebensmittel zu verputzen. Doch sie nickten heftig und mit vollem Mund, wenn Ammamma es ihnen erklärte.

An manchen Tagen erschienen die Nachbarn mit ihren alten Eltern und ihren Kindern, die ebenfalls alles Essbare vertilgten, sodass nicht einmal ein Krümel übrig blieb, um den die roten Ameisen hätten kämpfen können. Hin und wieder fiel einem versehentlich ein Vada aus der Tasche, wenn er sich verabschiedete und nach Hause ging. Dann stürzte sich jedes Lebewesen im Umkreis darauf, doch Tikko trug normalerweise den Sieg davon. Die Krähen krächzten enttäuscht und starteten den vierten oder fünften Angriff auf den Reis, der in der Sonne lag, aber Aya war schneller und verscheuchte sie mit einem Palmwedel. Der Iltis verzog bedauernd das Gesicht, wandte den Blick von den Krähen ab und schlich rasch hinüber zu den Hühnern, nur für den Fall, dass eines vielleicht aus dem Stall geflohen wäre. Häufig jedoch musste sich der Iltis mit einer trägen Eidechse zufriedengeben, die es in der heißen Sonne nicht schaffte, rasch genug die Flucht zu ergreifen. Ammamma sagte, in der Natur müsse man immer aufmerksam sein, da überall Raubtiere lauerten und auf eine Gelegenheit warteten, sich auf den Unvorsichtigen zu stürzen. Jedes Mal, wenn wir unser Grundstück verließen, warnte sie mich vor den Raubtieren. Und da dies immer dann geschah, wenn wir zum Strand fuhren, glaubte ich, dass das Meer ein Raubtier war.

Zum Strand war es eine lange Fahrt in einer klapperigen Rikscha. Obwohl Ammamma dem Fahrer zurief, er solle den Schlaglöchern ausweichen, achtete er nie auf sie, sodass wir auf dem Sitz durchgerüttelt wurden. Unterwegs sahen wir viele Rikschas und Taxis, aufgereiht wie eine Armee gelber Käfer, die alle gleichzeitig aus einer Falle entkommen waren. Sie benahmen sich wie die Teilnehmer eines Rennens, von denen jeder das Ziel als Erster erreichen will, und zogen eine Qualmspur hinter sich her. Am Strand angekommen, rannte Ammamma in die Wellen und drängte mich, ihr zu folgen. Doch ich fürchtete mich – schließlich war das Meer ja ein Raubtier – und tauchte nur den Zeh hinein, während sie sich voll bekleidet ins Wasser stürzte. Dann setzten wir uns zusammen auf die Felsen und warteten, bis ihre Sachen trocken waren. »Das Meer hat viele Antworten, Mol, sitz einfach da und hör zu, dann hörst du den Takt.« Sie erklärte mir den Takt als einen universellen Puls. Wenn man den Takt spürte, konnte man die Zeichen erkennen. Allerdings sei nicht das Erkennen das Schwierige, sondern das Deuten. »Fühl es, Mol, atme es ein, lausche den Wellen, und du wirst die Antworten hören.«

Die einzige Antwort, die ich hören wollte, war ihr »Ja« zum Ballonverkäufer, der häufig erschien, wenn wir da saßen. Ich sehnte mich unheimlich danach, dass sie mir einen dieser langen Ballons kaufte, die er zu einem Tier gebogen hatte, aber sie tat es nie. Andere Kinder umringten ihn, fasziniert von den Gestalten, die er formte, doch sie wussten, dass sie nie einen Ballon bekommen würden, außer wenn er sie verschenkte, was aber ziemlich unwahrscheinlich war. Ammamma erklärte mir, diese Kinder hätten keine Achans oder Ammas, die ihnen einen Ballon kauften, und deshalb sähen sie auch so traurig und zerlumpt aus. »Doch wir können etwas für sie tun und ihnen das Gefühl vermitteln, dass jemand ihre Gebete erhört und dass es Wunder wirklich gibt«, meinte sie. Und so vergruben wir bei jedem unserer Strandbesuche Rupien und Paisas im Sand. »Die Menschen brauchen nur ein wenig Hoffnung, damit sie vertrauen können, denn wenn man vertraut, geschehen erstaunliche Dinge«, teilte sie mir mit, während wir das Geld im Sand versteckten. Unser Treiben am Strand war unser Geheimnis, und ich durfte es niemandem erzählen, nicht einmal Achan, wenn er zurückkam. Sonst, so sagte sie, würde sie sehr böse werden.

Ammamma wurde fast nie böse, und das einzige Mal, dass sie Satchin und mich anschrie, war, als wir einen Haufen bunter Gewürze umtraten, den sie zum Trocknen in die Sonne gelegt hatte. Die Gewürze flogen in alle Richtungen und verfärbten die weißen Wände grellgelb, orange, rot und braun. Die Farbe war nicht mehr abzukriegen, nicht einmal die Dhobi schaffte es, doch das war auch nicht weiter überraschend, denn laut Ammamma gehörte Fleckenentfernung ohnehin nicht zu den Stärken unserer Waschfrau. Ammamma entschuldigte sich bei uns dafür, dass sie uns angeschrien hatte: Sie war nicht wegen des Durcheinanders und der Flecken sauer gewesen, sondern weil wir den Gewürzen nicht die nötige Achtung erwiesen hätten. »Man muss sie mit Respekt behandeln, denn sie können Wunder vollbringen«, erklärte sie. Wir verstanden zwar nichts von diesen Wundern, aber wir entschuldigten uns ebenfalls und versprachen, Amin beim Streichen der

Wand zu helfen. Ammamma erwiderte, wir hätten schon genug angestellt. Am nächsten Tag wären die Wände neu gestrichen worden, hätte der Briefträger nicht ein Telegramm gebracht.

Amma gab dem Briefträger ein Trinkgeld, nahm das Telegramm entgegen und verkündete, dass es aus England war. Ammamma musterte sie ängstlich.

»Er möchte, dass wir so bald wie möglich nachkommen«, sagte Amma traurig zu Ammamma. »Es wird nur für eine kurze Zeit sein, für ein Jahr. Er vermisst die Kinder und mich sehr. Außerdem soll ich das Haus verkaufen, so schnell ich kann.«

Ammamma nickte.

»Ma, ich will nicht nach England. Aber wenn wir hinmüssen, kommst du doch mit, oder?«

Ammamma schwieg.

»Komm mit, wir brauchen dich, die Kinder brauchen dich«, flehte sie.

Ammamma sah sie an, betrachtete dann mich und richtete den Blick schließlich wieder auf sie.

»Er hat eine Nummer angegeben, unter der ich ihn erreichen kann. Ich organisiere und erledige alles, Ma. Du wirst schon sehen.«

Ich rannte los, um Satchin zu suchen und ihm zu sagen, dass wir nach England zu unserem Achan ziehen würden. Er sammelte gerade Kokosnüsse mit Amin, ließ aber den Korb auf den Boden fallen und lief sofort zu Amma. »Stimmt das, Amma? Ist es wahr, dass wir in einem Flugzeug nach England fliegen? Ja?«

»Ja, Monu«, erwiderte sie, aber sie wirkte sehr enttäuscht.

So ist es mir in Erinnerung geblieben. Das Telegramm traf ein, und die Zeit verging von da an rasend schnell, als ob der kleine Zeiger beschlossen hätte, zum Sekundenzeiger zu werden, damit wir all die Dinge nachholen konnten, die wir mit Achan versäumt hatten. Hektisch begann Amma, die Möbel zu verkaufen und für die Dienstboten andere Stellungen in der Stadt zu suchen. Unser Hund Tikko spürte die Umbruchstimmung und lief davon, sodass ich mich nicht von ihm zu verabschieden brauchte. Händler, die am Tor vorsprachen, wurden weggeschickt, und als wir ihnen mitteilten, dass wir wegziehen würden, wirkten sie sehr bestürzt. Ob das daran lag, dass wir ihre besten Kunden waren, oder ob sie etwas wussten, was wir noch nicht ahnten, kann ich nicht sagen.

Der Umzug nach England wurde uns Kindern als großes Abenteuer dargestellt, als Expedition, von der wir bald wieder zurückkehren würden. Doch als Ammamma damit anfing, mich mit alten Geschichten und jedem vorstellbaren Detail vollzustopfen, verstand ich, dass sie über dieselben Informationen wie die Händler verfügte. Irgendetwas geschah, ohne dass ich es bemerkte, doch sie achtete und horchte auf den Takt und auf die Zeichen.

Es war Juni. Die Zeit, in der der verrückte Musiker das Kommando im Himmel übernahm, zu improvisieren begann und so heftig auf seine Trommeln eindrosch, dass der Regen stärker fiel als gewöhnlich und die Träume der Menschen überflutet wurden. Die Bauern verließen kopfschüttelnd ihre Felder. Wunderschöne Blumen knickten unter dem Gewicht des Wassers ein, und ihre Blütenblätter versanken in den schlammigen Pfützen, die sich überall bildeten. Hässliche behaarte Raupen und schwarze Tausendfüßler krochen aus dem Boden. Das Essen wurde ungenießbar. Die Schulkinder rannten, so schnell sie konnten, um sich kein nächtliches Fieber einzufangen, kamen mit durchweichten Büchern zu Hause an und bezogen Prügel, weil es Geld kostete, so nachlässig zu sein.

Ammamma deutete die Zeichen und konsultierte einen Astrologen. Als der Regen nicht nachließ, wie alle hofften, wurden ihre Besuche beim Astrologen noch häufiger, und sie nahm mich mit, wie um sicherzugehen, dass er auch über das richtige Kind sprach. Sie gewöhnten sich ein Muschelschalenritual an. Er murmelte ein Gebet und warf drei Muschelschalen auf eine Tafel. Beobachtet von Ammamma sprach er die Muscheln an, schüttelte dann den Kopf und raufte sich den Bart, worauf sie sich bemühte, nicht bestürzt zu wirken oder zu weinen. Dieses Spiel trieben wir zwei Mal pro Woche, stets mit demselben Ergebnis.

Bei einem dieser Ausflüge machten wir am Strand halt, doch Ammamma lief nicht ins Wasser, sondern setzte sich stattdessen ans Ufer.

»Mol, versprich mir, dass du dich an alles erinnern wirst, auch an deine Heimat, wenn du einmal älter bist. Nicht nur an den Ort, sondern auch an den Takt. Du wirst die Sprache, die Gerüche, die Farben und die Menschen nicht vergessen, oder, Mol? Du wirst nie vergessen, woher du kommst?«

Wovon redete sie da? Ich würde doch nur ein Jahr lang

fortbleiben. Schließlich war Achan schon seit einem Jahr weg, ohne dass ich ihn vergessen hätte. Und ich würde ein Jahr lang jeden Tag an sie denken, denn Amma hatte gesagt, ein Jahr sei eigentlich keine sehr lange Zeit. Der Ballonverkäufer erschien, und anstatt ihn zu verscheuchen, forderte sie mich auf, mir zwei Ballons auszusuchen, einen für mich und einen für Satchin. Ich war überglücklich und nahm einen blauen, der wie ein Hund aussah, für Satchin und einen rosafarbenen in Vogelform für mich. Auf der Rückfahrt erklärte sie mir, der Abschied würde schwierig werden. Ich solle versuchen, nicht zu weinen. Weinen sei ein Hinweis darauf, dass der betreffende Mensch nicht zurückkommen würde, und das sei schließlich nicht der Fall, denn sie würde immer bei mir sein. »Mol, manchmal, wenn man Abschied nehmen muss, fühlt es sich so an, als tobe in einem ein Monsun. Solltest du dieses Gefühl haben, atme einfach tief durch.«

»Amma sagt, ein Jahr wäre gar nicht so lang«, erwiderte ich Ammamma.

»So lang ist es auch nicht, Mol«, antwortete sie.

Allmählich leerte sich das Haus von unseren Besitztümern. Am Schluss blieben nur noch drei mit Schnüren zusammengebundene Koffer, voll gepackt mit unserer irdischen Habe, übrig. Das Prasseln des Regens hallte durch das leere Haus. Ammamma stand am Tor und winkte ihrer jungen Familie nach. Amma hatte sie gar nicht loslassen wollen, bis ihr rosafarbener Sari ganz durchweicht war und ihr das nasse Haar ums Gesicht hing. Ammamma betrachtete uns beide, die wir schon im Auto saßen, und murmelte: »Die Kinder, die Kinder, pass nur gut auf die Kinder auf.« Dann holte sie eine kleine Bronzefigur aus der Tasche ihres Mundu und reichte sie Amma.

»Wir sehen uns bald wieder, Ammamma«, rief Satchin.

Ich saß im Auto, bemühte mich verzweifelt, nicht zu weinen, und fragte mich, wie es möglich sein sollte, dass in einem ein Monsun tobte, ohne dass man es sich anmerken ließ. Ich atmete durch und versuchte, Ammamma nicht anzusehen.

»Ja, Monu, pass auf deine Amma auf und sei schön brav. Auf Wiedersehen, Mol.«

Ich schwieg. Ich wünschte, ich hätte sie noch eines letzten Blickes gewürdigt.

An meinem vierten Geburtstag trafen wir in England ein.

Eigentlich hätte ich erwartet, dass mein Vater uns mit einem großen Geschenk an der Sperre abholen würde, aber er hatte nur einen Fahrer geschickt. Wir hielten vor dem Hilton in der Park Lane an. Obwohl es Ende August war, fand ich es kalt. Amma nahm eine große gelbe Strickjacke aus der Tasche und wickelte mich hinein, während Satchin die Nase an der Fensterscheibe platt drückte und gebannt die verschiedenen Autotypen musterte. Ich war nicht neugierig, denn schließlich handelte es sich um den ersten Tag, an dem ich Ammamma nicht vergessen durfte. Obwohl nur ein Tag vergangen war, fühlte ich mich traurig, starrte zu Boden und schaute nur hin und wieder aus dem Fenster. Unsere Ankunft kann ich nur so beschreiben: Wir kamen von einer bunten Technicolorwelt in einen Stummfilm in Schwarz-Weiß. Keine lärmenden Rikschas und Hupen, keine Büffel und Kühe, die sich auf der Straße drängten und den Verkehr blockierten, weder Grillen oder Kröten, die ihr Schlaflied zirpten und quakten, noch gackernde Hühner. Nur eine gedämpfte, unaufdringliche Ruhe.

Halb schlafend warteten wir in der Lobby auf meinen Vater. Ein paar Stunden später erschien er – in einem makellosen dunkelblauen Anzug und mit einem breiten Lächeln. Amma weckte uns und sagte uns, er sei da. Als Satchin und ich auf ihn zustürmten und ihn fragten, was er uns mitgebracht habe, lachte er, drückte mich fest, hob uns beide hoch und ging dann zu Amma, um sie zu küssen. Ihre Unterlippe begann zu zittern, und sie sah aus, als würde sie gleich zu weinen anfangen. Doch sie lächelte, blickte meinen Vater an und meinte: »Du weißt doch, dass Maya heute Geburtstag hat. Wir müssen feiern.« Der Fahrer kam später mit einer Obsttorte und einer Stoffpuppe zurück, die mein Vater, wie er behauptete, vor lauter Aufregung vergessen hatte. »Sie heißt Jemima, Mol«, verkündete er, als er sie mir überreichte. Was für ein komischer Name sollte das denn sein? »Jemima«, wiederholte ich.

»Jemima«, sagte er und verzog das Gesicht.

Ich schnitt dieselbe Grimasse.

»Ach, meine komische kleine Mol«, lachte er. »Dir wird es in England bestimmt gefallen.«

Wenn er fand, dass es mir in England gefallen würde, dann würde es ganz sicher auch so sein.

Wir saßen in der Hotellobby und spielten. Und dann wurde ich von einem tiefen, tiefen Schlaf übermannt.

Als ich aufwachte, lag ich in einem fremden Bett mit fliederfarbenen Laken und war umgeben von wunderschönen fliederfarbenen Wänden mit aufgemalten Luftballons. Offenbar hatte Amma ihm erzählt, wie sehr ich Luftballons liebte, und er hatte das Zimmer so für mich herrichten lassen. Und so wachte ich in meinem neuen Leben in England glücklich auf, in einem großen Haus mit sechs Zimmern im Süden von London. Ich machte mich daran, alles zu erkunden, und stieß dabei auf das Badezimmer. In Indien hatten wir kein richtiges Badezimmer gehabt, und Aya hatte uns das heiße Wasser hinaus auf die Veranda gebracht. Deshalb faszinierten mich die funkelnden silbernen Hähne. Als ich einen aufdrehte, spritzte Wasser heraus. Das erschreckte mich so, dass ich zurückwich, auf den weichen grünen Teppich fiel und hastig die Flucht ergriff. Dann entdeckte ich meinen Bruder in seinem Zimmer mit einem seltsamen Haus mit zwei Betten und einer Leiter. Da er noch schlief, kletterte ich die Leiter zu ihm hinauf und rüttelte ihn wach. Vor lauter Schreck wälzte er sich herum, stürzte aus großer Höhe hinunter und landete krachend auf dem Boden. Dabei machte er dasselbe Geräusch wie Dhobi, unsere Waschfrau, wenn sie nasse Kleidungsstücke an der Wand ausschlug.

Als Amma hereingestürmt kam, fand sie den Körper ihres Sohnes unter einer Decke. »Monu, Monu, ist alles in Ordnung?«, rief sie entsetzt.

Er verharrte länger als nötig in regloser Haltung, bis er sicher war, dass er ihre uneingeschränkte Aufmerksamkeit genoss. Dann begann er sich langsam wieder zu bewegen. Sie küsste ihn auf die Stirn und untersuchte ihn auf Verletzungen. Von meiner Warte aus schien er keinen Schaden erlitten zu haben. Dann fing er an zu stöhnen, eigentlich war es eher ein Brummen, und stieß mühsam das Wort »Maya« hervor. Mit weit aufgerissenen Augen hob sie mich vom Bett und wollte mich schon anschreien, als mein Vater hereinkam und mich vor dem Schicksal rettete, das sie vermutlich für mich vorgesehen hatte. »Die Kinder haben doch nur gespielt, Nalini. Reg dich nicht so auf«, beruhigte er sie. Ich war so froh, ihn wiederzuhaben und von ihm wie früher in den Armen gewiegt zu werden. Amma veranstaltete ein Riesentheater wegen Satchin, was seine Schmerzen sichtlich zu lindern schien. Wir beide musterten einander, flankiert von unserem jeweiligen Elternteil, und zogen die Frontlinie. Schon wenige Stunden später hatte er sich auf wundersame Weise erholt und schwor Rache.

Später an diesem Tag ging Achan mit uns einkaufen. In einem großen Kaufhaus forderte er Amma auf, für uns Kleider für die Schule auszusuchen und alles zu kaufen, was wir sonst noch brauchten. Da sie nicht wusste, was sie tun sollte, rief Achan eine Verkäuferin herbei und bat sie, Sachen in unseren Größen zu bringen. Dann meinte er zu Amma, sie solle sich auch ein paar englische Kleider kaufen, doch sie schüttelte nur den Kopf und zog ihren Schal fester um sich. Daraufhin wies er die Verkäuferin an, auch für Amma Kleider zu holen. Die Verkäuferin sagte etwas zu ihr, das sie nicht verstand. »Sie möchte, dass du sie anprobierst, ob sie auch passen, Nalini.« Obwohl Amma sich weigerte, kaufte Achan die Kleider trotzdem. Er schaffte überhaupt eine Menge für uns alle an. Dann ging er mit uns zum Essen.

Amma wirkte erschüttert, als wir das Restaurant betraten und Achan Hamburger für uns bestellte. Bis jetzt hatten wir noch nie rotes Fleisch gegessen, aber Achan sagte, es sei wichtig, neue Dinge auszuprobieren. Während wir warteten, brachte uns die Kellnerin ein Malbuch und Wachsstifte. In Indien hatten wir das noch nie erlebt. Ich konnte mir nicht vorstellen, dass Aya uns vor dem Essen unsere Tafel und Kreide gegeben hätte. Dann wurden die Hamburger serviert. Sie waren mit einer Flagge an einem Spießchen dekoriert, und dazu gab es etwas, das »Pommes mit Ketchup« hieß. Es schmeckte sehr interessant, und Satchin und ich sahen einander an, während wir unser Essen verschlangen und dazu Cola tranken. Ich glaube, Amma war nicht sehr hungrig, denn sie ließ alles stehen.

In dieser Woche hatte Achan Urlaub und unternahm eine Menge mit uns. Wir spielten in einem großen Park und besuchten ein Gebäude, das Kino hieß. Außerdem durften wir fernsehen und auch sonst alles tun, was wir wollten. Dann musste er wieder zur Arbeit, und Amma bereitete uns auf die Schule vor.

»Müssen wir denn wirklich in die Schule?«, jammerte

ich. Satchin war schon in Indien zur Schule gegangen, worum ich ihn noch nie beneidet hatte. Der einzige Spaß daran war, wie ich fand, dass Amin ihn mit der Rikscha hinbrachte und wieder abholte. Satchin kam mit einer schweren Schultasche, seiner Tafel und vielen anderen Dingen nach Hause. Als er sechs war, konnte er bereits alles über das Mogulenreich aufsagen.

»Ja, Maya, es wird dir gefallen«, erwiderte Amma und rieb mir das Haar mit Kokosnussöl ein. Bald sollte ich erfahren, dass in England das Einölen nicht als die beste Methode galt, das Haar gesund und sauber zu halten. Vielmehr war genau das Gegenteil der Fall, und es gab da einen Vorgang namens Schamponieren, von dem Amma allerdings damals noch nie gehört hatte. Nachdem wir unsere Gebete gesprochen hatten, malte sie uns außerdem mit feuchtem Sandelholz hellrote Flecken auf die Stirn, bevor sie uns losschickte, und sie gab uns einen Henkelmann für unser Mittagessen mit. Zum Glück verstanden wir am ersten Tag kein Wort von dem, was die anderen Kinder zu uns sagten.

Achan schickte einen Fahrer und eine Dame aus seinem Büro, die uns zur Schule bringen sollten, und Amma begleitete uns. Meine Klasse hatte eine reizende, weiße, mollige Lehrerin, die Miss Davies hieß. Als wir hereinkamen, wurden gerade Krokodile und Schlangen aus Eierkartons gebastelt. Miss Davies ließ die anderen Kinder innehalten, sagte etwas zu ihnen, und alle sahen mich seltsam an. Jemand deutete auf meine Stirn. Darauf sagte Miss Davies wieder etwas, und alle klatschten. Jeder wollte, dass ich neben ihm saß, und ich wurde neben einem Mädchen namens Catherine Hunter platziert. Miss Davies reichte mir einen Pinsel, um die Schlange zu bemalen, die sie aus Teilen des Eierkartons zusammengesetzt hatte. Ich hätte so gerne erzählt, dass Amin einmal eine echte Schlange gefangen hatte, die ins Haus eingedrungen war. Er hatte sie in einen Beutel gesteckt, und wir hatten eigentlich gar keine Angst gehabt. Aber mir fehlte der Wortschatz. Miss Davies lächelte mich an, und ich lächelte zurück.

»Wie war es?«, fragte mich Amma, als wir nach Hause kamen.

»Miss Davies ist warm, knuddelig und sehr nett zu mir. Beim Mittagessen hat sie sich neben mich gesetzt, damit ich auch richtig esse. Sie hat mir geholfen, all die Henkelmann-Behälter auseinanderzunehmen, und dann, Amma, haben mich die anderen Kinder angestarrt, als ich mit den Händen gegessen habe. Also hat Miss Davies mir beigebracht, mit Messer und Gabel zu essen.«

Amma schüttelte den Kopf, als sie das mit Messer und Gabel hörte. »Und waren die anderen Kinder nett zu dir?«

Ich erzählte ihr, ich hätte mit einem Mädchen namens Catherine gespielt und mir gemerkt, wie man ihren Namen aussprach, weil er so ähnlich klang wie »Kathi«, unser Familienname. Aber ich glaubte, ich hätte es immer noch nicht richtig gemacht, denn sie hätte ihren Namen ständig wiederholt. Alle anderen seien auch sehr nett. Später erfuhr ich, dass es sich bei dieser Schule – wie auch bei dem Haus und dem Auto – um einen Service der Firma handelte, und man hatte den anderen Kindern gesagt, sie sollten sich Mühe geben, damit wir uns auch wohlfühlten. Amma erkundigte sich, was wir den Tag über gemacht hatten. Mit den Kühen und Hühnern zu spielen erschien mir so weit entfernt von Fingerfarben und Eierschachtelkrokodilen, dass ich es zu schwer zu erklären fand. Deshalb erwiderten wir beide, wir hätten neue englische Wörter gelernt, zum Beispiel »Hallo« und »Danke«. Amma wirkte zufrieden.

Amma verließ das Haus nur, wenn sie uns hin und wieder von der Schule abholen musste, also wenn mein Achan den Chauffeur brauchte. Und dann umklammerte sie unsere Hände fest, mehr aus Angst, wir könnten loslaufen und sie mitten auf der Straße stehen lassen, als um uns den Weg zur Schule zu zeigen. Sie ging nicht einmal einkaufen. Lebensmittel und andere Zutaten wie Gewürze, die nur schwer zu bekommen waren, wurden uns jeden Donnerstag von einem Mann namens Tom ins Haus geliefert. Achan hatte sich darum gekümmert, weil Amma gerne kochte. Es war das Einzige, was ihr wirklich Spaß machte. Sie hätte auch etwas anderes unternehmen und zum Beispiel Tennis mit Catherine Hunters Mutter spielen können. Ich machte ihr diesen Vorschlag, aber sie hatte keine Lust. Außerdem sprach Amma nur wenig Englisch und hätte deshalb das Punktesystem nicht verstanden. Und sie hätte niemals einen weißen Rock angezogen. Amma weigerte sich, Englisch zu lernen, weil sie insgeheim hoffte, dass wir bald nach Hause zurückkehren würden. Ein Englischkurs hätte von den unsichtbaren Mächten als Hinweis darauf gedeutet werden können, dass sie nicht zurückwollte. Also verbrachte sie ihre Zeit damit, mit den von Tom mitgebrachten Zutaten zu kochen.

Als er im September zum ersten Mal erschien, lieferte er alle möglichen Gemüsesorten, indische und englische. »Erinnerst du dich, Mol? Onam? Das ist alles für Onam«, sagte Amma und zeigte auf das Gemüse. Der stachelige, bittere Kürbis sah neben der gemütlichen Gurke fast angriffslustig aus. Die schwarzen Bohnen machten verglichen mit den grünen Gartenerbsen einen böswilligen Eindruck, und die haarigen Süßkartoffeln wirkten, als wollten sie gleich die Kartoffeln fressen. »Für Aviyal, Olan, Thoran.« Wie damals, als sie mich in ihrer Küche in Indien gefangen gehalten hatte, zählte sie die Liste der Gerichte auf. Ich nickte und machte mich schleunigst aus dem Staub, bevor sie auf den Gedanken kommen konnte, mich mit Mus einzuschmieren und in die Badewanne zu stecken.

Ihre Kochkünste waren häufig die reine Verschwendung, denn Satchin und ich fanden heraus, dass wir Hamburger und Fischstäbchen mit Ketchup viel lieber mochten. Also verbündeten wir uns gegen sie, zwangen sie stattdessen, englisches Essen auf den Grill zu legen, und erklärten ihr, wie man es zubereitet. Die kunstvoll auf dem Tisch angerichteten Speisen wanderten am nächsten Tag in unsere Henkelmänner. Doch mit der Zeit wurde es uns peinlich, ständig mit den Behältern zu hantieren, insbesondere nachdem Catherine Hunter sich einmal die Nase zugehalten hatte. Also überredeten wir den Chauffeur, auf dem Schulweg irgendwo anzuhalten, um aus dem Wagen zu springen und den Inhalt der Behälter über irgendeinen Gartenzaun kippen zu können. Amma ahnte nichts davon und war froh, dass wir alles aufgegessen hatten. Außerdem fragten wir sie, ob wir nicht auf die roten Sandelholzpunkte, durch die wir uns von den anderen unterschieden, verzichten könnten. Sie war sehr aufgebracht und sagte, es handle sich um Gottes Segen für diesen Tag. Als Satchin wissen wollte, ob Gott das Zeichen nicht irgendwo anders anbringen könne, brach sie fast in Tränen aus. Um sie nicht noch trauriger zu machen, wischten wir den Fleck vor dem Unterricht einfach weg und schwindelten ihr vor, er sei im Laufe des Tages von selbst abgegangen. Wir beschlossen zudem, sie noch nicht mit dem Thema Shampoo zu überfallen – das konnte noch ein wenig warten.

Obwohl Satchin und ich dieselbe Schule besuchten und als einzige Kinder dunkle Gesichter und geöltes Haar hatten, weigerte er sich, mich öffentlich als seine Schwester anzuerkennen. »Ist das deine Schwester?«, erkundigten sich seine Freunde, worauf Satchin jegliches Verwandtschaftsverhältnis mit mir abstritt und davonging. Ich beneidete ihn sehr um seinen großen Freundeskreis und sehnte mich danach, mich aus meiner »Danny«-Rolle zu befreien.

Denn um diese Zeit hielt der Film »Grease« Einzug auf dem Spielplatz. Alle Mädchen mit blondem Haar waren Sally, und da die meisten Jungs nicht mitmachen wollten, bestimmte man mich dazu, die Rolle von John Travolta zu übernehmen. Ich ging als billiger Danny-Ersatz gerade so durch, obwohl ich den Film nicht kannte und eigentlich auch nicht richtig auf Englisch singen konnte. Doch das war nicht weiter wichtig, weil die anderen Mädchen nur jemanden brauchten, der sie herumwirbeln ließ. Da ich ziemlich groß für mein Alter war und pechschwarzes Haar hatte, schien ich wie geschaffen für diese Rolle. Offenbar genügte es, wenn ich ständig »summer lubbing« wiederholte, weshalb sich meine Tätigkeit während der nächsten zwei Monate in jeder Schulpause darauf beschränkte. Niemand ahnte, wie verzweifelt ich mich danach sehnte, blondes Haar zu haben und mich in Catherine Hunter zu verwandeln. Und als ich mir die Augenbrauen abrasierte, hielten es die anderen nur für eine komische ausländische Sitte, die eben in Indien üblich war.

Ich hatte einen von Achans Rasierern genommen und mir die schwarzen buschigen Augenbrauen abrasiert, um mir mit einem gelben Wachsstift neue aufzumalen. Das hätte sicher gut ausgesehen, doch ich kam nicht richtig mit dem Rasierer zurecht und schnitt mich dabei, sodass das Gelb nicht so ganz anging. Amma machte bei meinem Anblick ein entsetztes Gesicht und meinte, Achan werde sehr böse sein, wenn er von seiner Reise zurückkäme. Das konnte mich jedoch nicht weiter ängstigen, da Achan nie böse auf mich war. Amma fügte hinzu, dass es das Beste sei, wenn ich England so schnell wie möglich verließe, und merkte an, ich täte unter dem hiesigen Einfluss Dinge, die selbst sie nicht verstehen konnte.

Inzwischen war mehr als ein Jahr vergangen, und wenn ich ehrlich bin, hatte ich aufgehört, die Tage zu zählen und mich an das zu erinnern, was Ammamma mir eingeschärft hatte, denn es gefiel mir immer besser in England. Ich liebte die Schule, meine Lehrerin, das Essen sowie das Fernsehen, und ich wollte nicht zurück. Wenn man mich nach meiner

Meinung gefragt hätte, hätte ich mich jederzeit für England entschieden. Das hieß nicht, dass ich Indien oder meine Ammamma vergessen hätte, aber Indien verlor für mich immer mehr an Bedeutung, und ich dachte, dass Ammamma vielleicht zu uns ziehen könnte. Ich wusste, dass sie England mögen würde, wenn sie erst einmal hier wäre. Obwohl ich es Amma nicht sagte, wünschte ich mir insgeheim, Achans Vertrag würde auf ewig verlängert werden.

Obsttorten kamen und gingen, immer wenn es einen besonderen Anlass zum Feiern gab. Zum Geburtstag bekamen wir stets so eine Torte, und ich sollte bald meinen sechsten mit sechs großen Kerzen begehen. Jemand hätte meinem Achan verraten sollen, dass wir diese Torten abgrundtief verabscheuten und sie mich und meinen Bruder in einer merkwürdigen Komplizenschaft aneinanderketteten. Die Momente, wenn wir die Tortenstücke hinter den Wohnzimmerschrank stopften, waren die einzigen, in denen wir wahre Verbündete waren. Und die Angst, unser Vater könnte die Mauer aus Obsttortenstücken hinter dem scheußlichen Mahagonischrank finden, einte uns auf eine Weise, die wir nie für möglich gehalten hätten. Achan kam zu meinem sechsten Geburtstag nach Hause, konnte aber nur zwei Wochen bleiben, weil er wieder aus geschäftlichen Gründen nach Amerika musste. Eigentlich mochte ich es, wenn er dort hinflog, denn er brachte uns dann Dinge mit, die es nicht einmal in England zu kaufen gab. Einmal schenkte er mir eine Stewardess-Puppe, die sprechen konnte, und selbst die Lehrerinnen waren so beeindruckt, dass ich sie in die Aula mitbringen durfte, um sie den anderen Kindern vorzuführen. Außerdem fand ich es schön, wenn Achan zu Hause war, weil er dann mit uns spielte: Huckepack, Verstecken. Er wusste genau, welche Spiele uns Spaß machten.

Satchin und ich spielten eigentlich nie zusammen, nicht einmal nach der Schule. Obwohl ich versuchte, seine Freundin zu sein, wollte er es nicht, weil er mich für zu unordentlich und unstet hielt. Also ging jeder von uns nach der Schule seiner Wege. Seine große Leidenschaft war das Ausmalen mit Filzstiften, die er wie seinen Augapfel hütete. Da meine mickerigen Buntstifte da nicht mithalten konnten, hatte ich am Ausmalen nicht dieselbe Freude wie er. Jedes Mal, wenn ich ihm anbot, alle meine Buntstifte allein gegen seinen rosafarbenen und seinen blauen Filzstift zu tauschen, lehnte er rundheraus ab. Also war an dem Tag, als ausgerechnet diese beiden Stifte fehlten, in unserem Hause die Hölle los. Ich überlebte den Würgegriff, in dem er mich hielt, nur, weil ich mit den Augen auf die gemeinsam gebaute Obsttortenmauer wies. Doch hätten wir geahnt, was uns bevorstand, hätte uns, glaube ich, die Obsttortenmauer nicht mehr erschrecken können. Denn als der Schrank schließlich abgerückt wurde, sodass all die alten vertrockneten Tortenstücke ans Tageslicht kamen, verlor niemand ein Wort darüber. Mein Achan kriegte sie nie zu Gesicht.

Achans Auslandsreisen wurden länger und länger, und meine Amma vermisste ihn wirklich sehr, denn wir konnten sie nachts oft weinen hören. Es war kein lautes, untröstliches Schluchzen, sondern eher ein Wimmern, ein bisschen so, als wenn der Hamster in der Schule in seinem Rad gefangen war. Amma fing an, Englisch zu lernen, und ging uns auf die Nerven, weil sie uns beim Fernsehen alle fünf Minuten mit der Frage störte, was derjenige gerade gesagt hatte. Doch sie gab sich große Mühe. Vielleicht war das ja ein Zeichen dafür, dass wir doch länger in England bleiben würden. Sie wagte sich sogar aus dem Haus, um selbst ein paar Lebensmittel einzukaufen und uns von der Schule abzuholen. Achan kriegte nichts davon mit, sonst wäre er bestimmt sehr stolz auf sie gewesen. Schließlich lag er ihr ständig in den Ohren, sie solle doch ein wenig selbstständiger werden. Wenn er nach Hause kam, wurde er stets wie ein Held empfangen, und seine Geschenke wurden immer kostspieliger. Satchin und ich brauchten uns nur etwas zu wünschen; ein neues Fahrrad, Gesellschaftsspiele, allerlei Spielsachen, einfach alles, was wir wollten. Unsere einzige Sorge war, ob wir drinnen bleiben und *Blue Peter* anschauen sollten, um zu lernen, wie man früher Sachen hergestellt hatte. Das war bis zu Fluffys Tod.

Bis jetzt waren wir noch nie mit dem Tod konfrontiert worden. Das tote Kalb war etwas anderes gewesen, denn das hatten wir nicht mit eigenen Augen gesehen. Doch Satchin wurde wirklich Zeuge von Fluffys Tod. Fluffy war der Klassenhamster meines Bruders. Zu meinem Erstaunen bat er mich, ihn zu Fluffys Beerdigung zu begleiten. Alle Kinder hielten sich bei den Händen und beteten, und Miss Turnbull sprach ein paar Worte. Sie sagte, Fluffy habe ein friedliches Ende gehabt und sei jetzt glücklich im Himmel, wo er mit seinen Freunden spielen konnte. In Wahrheit jedoch hatte mein Bruder, wie er mir in einem Augenblick verzweifelter Trauer gestand, ihn versehentlich umgebracht. Er hatte ihn aus großer Höhe fallen gelassen, als er einen Streit mit Jessica Thomas gehabt und nicht gewollt hatte, dass sie ihn über die Ferien mit nach Hause nahm. Fluffy war sofort tot gewesen. Niemand hatte es gesehen. Meinerseits wusste ich aber beim besten Willen nicht, wie er in diesem Zustand im Himmel hätte spielen sollen – außer Gott hatte auf dem Weg dorthin seine winzigen Beinchen wieder heil gemacht.

Wochenlang wurde Satchin von Fluffys Gesicht verfolgt, das ihm in seinen Träumen erschien. Ich hörte in meinem Zimmer, wie er schrie und sich wie ein Fisch in seinem Bett herumwälzte. Zwischen uns kam es zu einem Waffenstillstand, als ich ihm anbot, in sein Zimmer zu ziehen und in der oberen Etage des Stockbetts zu schlafen. Ich überzeugte ihn davon, dass Fluffy, falls er herunterkommen sollte, um ihn zu holen, dann stattdessen mich in dem oberen Bett vorfinden würde.

Ammamma hätte gesagt, dass wir die Zeichen hätten deuten sollen. Doch wir lebten in einer großen Stadt, und der Takt ließ das nicht zu. Drei Wochen danach starb mein Achan, und das Leben war nie wieder so wie früher.

Amma holte uns von der Schule ab. Sie hatte einen Verband an der Hand, ihr Haar war nicht geflochten, und sie trug eine Hose und einen hellgrünen Pullover. Sonst zog sie sich nie so an, sondern wickelte sich wie eine Mumie von Kopf bis Fuß in einen Sari und bedeckte sogar ihren Kopf mit dem letzten Stoffzipfel. Also wussten wir sofort, dass etwas nicht stimmte.

»Was ist denn mit deiner Hand passiert, Ma? Ist alles in Ordnung?«, fragten wir.

»Meine Hand wird wieder, ich hatte einen kleinen Unfall.« Eine lange Pause entstand, und dann sagte sie es uns: »Makkale, Achan hatte auch einen Unfall.«

Hatte Achan sich ebenfalls die Hand verletzt?, dachte ich, doch bevor ich nachhaken konnte, platzte sie damit heraus.

»Er ist gestorben.«

Nein, er konnte nicht gestorben sein. Mein Vater würde niemals so einfach sterben. Er fuhr zwar oft weg, aber er kam immer wieder. Bestimmt war das ein Irrtum. An einer Handverletzung starb man doch nicht.

»Er kommt nicht zurück, Mol«, fuhr Amma weinend fort.

Ich sah zu, wie ihre Lippen sich bewegten, aber ich hörte sonst nur noch: »Er starb als Held und hatte keine Schmerzen.«

Er hatte auf dem Rückweg von einer seiner Dienstreisen einen Umweg fahren müssen und war in den Himmel gekommen, als er einen Jungen vor einem schrecklichen Unfall bewahrt hatte. Einen kleinen Jungen zu retten, war etwas, das zu meinem Achan passte. Aber er wäre dabei ganz bestimmt niemals gestorben. Es musste also ein Missverständnis sein.

Wir umfassten fest ihre Hand, damit sie nicht davonlief und uns zurückließ, und gingen schweigend nach Hause, ohne wie sonst herumzuspringen und das Laub auf dem Boden zu zertreten.

Im Haus herrschte Chaos. Wo waren die Fotos von ihm? Die konnten doch nicht auch verschwunden sein. Ich rannte ins Bad, um zu sehen, ob seine Zahnbürste wieder da war, doch sie fehlte ebenfalls. Glaubte Amma, wir würden ihn vergessen, wenn sie die Fotos von ihm versteckte? Als ich im Schrank danach suchte, stellte ich fest, dass seine Kleider auch weg waren. Sie waren in einem großen Pappkarton verstaut. Wie konnte sie ihn einfach so wegpacken? Innerhalb eines Tages, als ob es ihn nie gegeben hätte? Ich sagte das zu Satchin, aber er antwortete nicht.

»Warum sind Achans Kleider weggepackt, Amma?«

»Mol, er kommt nicht zurück. Lass uns etwas essen.«

Essen? Dachte sie denn immer nur ans Essen? Wie konnten wir jetzt essen? Sie hatte ein gewaltiges Festmahl gekocht und ein paar panierte Hähnchenkeulen auf einem Teller daneben gestellt (nur für den Fall, dass wir das andere nicht mögen würden). Wir rührten keinen Bissen an und gingen zu Bett. Wir drei schliefen zusammen im Bett meiner Amma. Am liebsten hätte ich geweint, doch da erinnerte ich mich an Ammammas Worte, Tränen seien ein Hinweis darauf, dass derjenige nicht zurückkommen würde. Und weil das ganz offensichtlich in diesem Fall nicht zutraf, durfte ich auch nicht weinen. Amma lag bei uns im Bett. Satchin wimmerte, als sie ihn in den Armen hielt. Ich schluckte meine Trauer herunter, wobei ich mich so gerne an die beiden geklammert hätte. Doch dann beschloss ich, mein Herz nicht mehr zu sehr an sie zu hängen, da ich schließlich jeden Menschen verlor, den ich liebte.

Der Tod führte zu weiteren Ereignissen, genau wie der Astrologe es gesagt hatte. Da Amma kein Einkommen und auch keine Möglichkeit hatte, nach Indien zurückzukehren, begann sie, unsere Sachen zu packen. Tom, der Lebensmittellieferant, kam fast jeden Abend, um ihr unter die Arme zu greifen. Er hatte eine Schwester, die im Londoner Eastend wohnte, und schlug uns vor, eines ihrer Einzimmerapartments zu mieten. Tom half uns, den Großteil unserer Möbel zu Geld zu machen. Amma verkaufte ihren Schmuck sowie unsere Spielsachen und hinterlegte eine Kaution von zwei Monatsmieten für ein schäbiges Zimmer. Satchin und ich wollten nicht umziehen und waren traurig, aber Satchin sagte, wir müssten jetzt stark sein und dürften kein Theater machen. Wir verabschiedeten uns nicht von unseren Lehrerinnen und Schulfreunden, sondern stahlen uns wie Diebe mit unseren drei mit Stricken zusammengebundenen Koffern davon, und als wir in Toms Transporter stiegen, bedeutete das ein für alle Mal das Ende unserer Kindheit.

Ich kann mich kaum noch an die Fahrt erinnern, nur noch daran, dass es stark regnete und dass auch in mir Regen fiel, der mich erstickte und mir jegliche Hoffnung nahm, Achan könnte zurückkehren. Da das Meeresraubtier mich nicht hatte erwischen können, hatte es den Regen zu mir geschickt. Mein Herz schlug schneller, es regnete immer heftiger – den Rest habe ich vergessen.

Die Wohnung war ein teilmöbliertes Einzimmerapartment in der Green Street im Londoner Eastend. Die Toilette auf dem Flur mussten wir mit dem Nachbarn auf unserer Etage teilen. Er war Pole, trug tagein, tagaus einen alten Nadelstreifenanzug und verließ nur selten das Haus, mit Ausnahme des Sonntags, wenn er zur Kirche ging. Toms Schwester Maggie war die irische Vermieterin, die mit ihren beiden Katzen, Arthur und Einauge, über uns wohnte. Sie kam uns entgegen, während Tom den Transporter parkte.

Maggie war ein Temperamentsbündel mit einem hellroten Lockenschopf und einer gewaltigen Oberweite, die sie mit einem dünnen Pulli betonte. Dazu trug sie einen schwarzen, gerade geschnittenen Rock, der eindeutig zu eng war. Miss Davies hätte gesagt, sie habe ihr letztes Rendezvous mit der Jugend. Ich hatte belauscht, wie sie das zu einer Kollegin über Catherine Hunters Mutter anmerkte, die auch eine Schwäche für diese Art von Miniröcken hatte. Maggie hatte auch lange Nägel, und ihre Fingerspitzen hatten – ebenso wie ihre Zähne – die Farbe von getrocknetem Henna. Sie zeigte uns unser neues Zuhause. Amma bedankte sich bei ihr. Maggie betrachtete unsere drei Koffer und bedachte uns mit einem gekünstelt aufmunternden Lächeln. Dann zerzauste sie Satchin das Haar, was ein Fehler war, weil er das nur bei Amma zuließ. Er wich vor ihr zurück und klammerte sich an Amma, die ihn in die Arme nahm. Als Maggie mich anlächelte, lächelte ich zurück.

»Wie heißt du denn, Schatz?«

»Maya. Maya Kathi. Ich bin sechs, und mein Bruder heißt Satchin und ist acht.«

»Also, Maya Kathi, falls du mal etwas brauchst, ich wohne oben«, erwiderte sie und ließ uns allein.

Das Zimmer hatte eine schreckliche orangefarbene psychedelische Tapete – ein dekorativer Versuch, uns von dem abzulenken, was es wirklich war: ein feuchtkaltes, spartanisch ausgestattetes Loch. Die Wasserhähne tropften, gekocht wurde auf einer einfachen Kochplatte, und ein fettiger dicker grüner Vorhang trennte die Küche vom Schlaf-Wohn-Bereich. Tom zeigte uns, wie man Zehn-Pence-Stücke in den Stromzähler unter der Spüle einwarf. Dann sah er meine Mutter an und meinte zu ihr, es sei ja nicht für immer, nur für den Anfang. Ich merkte Amma an, dass sie bei diesen Worten am liebsten geweint hätte, aber sie beherrschte sich. Tom verabschiedete sich, und wir packten unsere Sachen aus.

Ein paar Stunden später kehrten Maggie und Tom mit einem alten Eisenbett zurück, in dem wir drei schlafen konnten, und brachten uns noch anderen Krimskrams, den

Maggie nicht mehr brauchte. »Tom hat mir erzählt, dass Sie Arbeit suchen«, meinte Maggie zu Amma. Wir übersetzten, und Amma nickte. »Ein paar Busstationen von hier gibt es eine Fabrik, wo immer Stellen frei sind. Können Sie nähen?« Maggie wartete, bis wir übersetzt hatten, und Amma schüttelte den Kopf. »Das ist nicht schwierig. In ein oder zwei Tagen hat man es raus. Ich habe oben eine Maschine und zeige es Ihnen.«

Auf diese Weise verbrachten wir die nächsten beiden Tage in Maggies warmem Zimmer mit einem elektrischen Heizstrahler, während die Singer-Nähmaschine fröhlich surrte. Einauge und Arthur sprangen herum und spielten mit uns, und im Hintergrund lief der Fernseher. Maggie meinte, Amma sei ein Naturtalent und würde überhaupt keine Probleme bei der Arbeitssuche haben. Unsere Aufgabe sei es, brav zu sein und zur Schule zu gehen. Am Montag werde sie uns an der Grundschule anmelden und anschließend meine Mutter in die Fabrik begleiten. Ich dachte, Maggie sei ein weiteres Zeichen, und mein Vater habe sie geschickt, um uns zu zeigen, dass er uns nicht vergessen habe. Allerdings fiel mir auf, dass Amma ihr mit großem Argwohn begegnete. Ich wusste nicht, was sie an Maggie störte, aber sie benahm sich in ihrer Gegenwart anders als sonst. Vielleicht verstand sie sie nur einfach nicht.

An diesem Sonntagabend schrieb ich vor dem Zubettgehen einen Brief an meine Ammamma, in dem ich ihr alles erzählte, was uns zugestoßen war. Ich hatte nicht so pflichtbewusst geschrieben, wie ich versprochen hatte, weil wir so beschäftigt gewesen waren, doch an jenem Freitag begann ich meinen ersten eigenen Brief – keinen, den ich Amma für mich aufzuschreiben bat. Ich vermisste sie wirklich sehr und versuchte, mich an die Dinge zu erinnern, die sie mir beigebracht hatte, aber ich schaffte es nicht. Deshalb schilderte ich ihr, was wir taten und wie unser Leben jetzt aussah. Ich fragte Satchin, ob er etwas zu meinem Brief hinzufügen wollte. Er nahm ihn und fing an zu lachen. Dann las er den Anfang vor: »Liebe Ammamma, wie gehst du?«

»Du meinst doch bestimmt ›Wie geht es dir?‹, Maya.«

Das war das erste Mal, dass er seit *jenem* Tag gelacht hatte. Es war den Fehler wert gewesen, wenn es ihn nur amüsierte. Ob es richtig war, spielte sowieso keine Rolle, da Ammamma kein Englisch lesen konnte. Mir kam es nur darauf an, dass sie ein Lebenszeichen von mir erhielt und wusste, dass ich sie nicht vergessen hatte. Ich wollte den Brief abschicken, weil ich sie jetzt brauchte. Amma zündete eine Kerze und ein Räucherstäbchen an und stellte beides neben ihr Bronzefigürchen der kleinen Göttin mit den vielen Armen und dankte ihr für alles, was sie geschickt hatte. Kurz überdeckte der Duft den muffigen Geruch und half uns beim Einschlafen. Der Duft versetzte mich zurück auf die Veranda, wo ich auf meinen Achan wartete, bis er mich in die Arme nahm und mich kitzelte. Und auch in das große Haus, in das er spätnachts zurückkehrte, mich küsste und fragte: »Wer ist meine allerbeste, kleine Mol?« Als der Morgen graute, träumte ich bruchstückhaft von meiner Ammamma, und der Geruch des Meeres war sehr real – wir rannten den Strand entlang, ich saß am Ufer und sah ihr zu, wie sie bekleidet schwamm. Hin und wieder ergab der Traum auch keinen Sinn, zum Beispiel, als sie plötzlich in einer roten Telefonzelle erschien. Ich versprach dem, der da draußen vielleicht zuhörte, dass ich mich nie wieder beklagen würde, wenn ich die beiden Menschen, die ich am meisten liebte, wiederhaben könnte. Als ich aufwachte, stieg mir aus der Matratze Uringestank in die Nase.

Am Morgen stand Amma früh auf und beharrte darauf, uns die Haare zu waschen und zu ölen. »Du willst doch in deiner neuen Schule gut aussehen, oder, Makkale?«

Ich hielt es für das Beste, nicht zu protestieren, denn die Aussicht, dass sie nichts mehr für uns würde tun können, schien sie traurig zu stimmen. »Wenn ich Arbeit in der Fabrik bekomme, muss ich aufstehen und gehen, bevor ihr wach seid. Also werde ich nicht mehr die Zeit haben, euch jeden Tag die Haare zu machen, jedenfalls nicht mehr so bald.«

Nachdem sie uns beim Anziehen geholfen hatte, erschien Maggie, um uns abzuholen. Maggie sagte, sie werde in einer halben Stunde wiederkommen, um Amma zur Fabrik zu bringen. Wir küssten sie zum Abschied und zogen los, damit sie sich fertig machen konnte. »Seid brav«, rief sie uns durch das Fenster nach.

Maggie hielt unsere Hände, aber Satchin ließ sie los, als wir zur Schule gingen. Wir passierten verfallene Gebäude und Läden, die mit Brettern verrammelt und mit Graffiti beschmiert waren. Einige Inschriften lauteten einfach nur »Pakis raus«. Nach den Graffiti zu urteilen, waren diese

Pakis überall. »Was sind denn das für Leute?«, fragte ich Maggie.

»Ihr dürft euch um solche Sachen nicht kümmern. Versteht ihr mich, Kinder? Das sind nur Dummköpfe, die sich für ihre Mitmenschen dämliche Schimpfnamen ausdenken.«

Auf der Straße lagen leere Bierdosen herum, eingedrückt von schweren Fäusten oder Füßen. Eine Gruppe Punks überquerte die Straße. Ihre Haarfarbe erinnerte mich kurz an die exotischen Vögel, die es in Indien gab. Ich sah meinen Bruder an, um festzustellen, ob er dasselbe dachte, aber er betrachtete geistesabwesend seine Füße. Das war der zehnminütige Schulweg, der uns schnell sehr vertraut werden sollte. Dann betraten wir ein uraltes graues Gebäude.

Maggie begleitete uns den Flur entlang zu Mr. Mauldy, dem Direktor. Er stellte uns eine Menge Fragen und gab uns einen Stapel Formulare, die Amma unterschreiben musste. Wir erwiderten, das könnten wir gleich hier erledigen, da Satchin normalerweise sowieso für sie unterschriebe, wenn Achan nicht da sei. Maggie lächelte den Direktor an und sagte, wir alberten immer so herum. Dann nahm sie die Formulare, steckte sie in ihre Handtasche und fügte hinzu, sie werde dafür sorgen, dass meine Mutter sie erhielte. Er lächelte uns gekünstelt zu und führte uns dann den Flur entlang in unsere jeweiligen Klassenzimmer.

Meine neue Lehrerin war eine Dame namens Miss Brown. Ihr fehlte die Wärme von Miss Davies, und als sie lächelte, zeigte sie eine Reihe von Pferdezähnen. »Das ist

Maya. Sagt alle Hallo zu ihr«, stellte sie mich meiner neuen Klasse vor. »Das ist Maya«, wiederholte sie. Alle redeten wild durcheinander. Als sie einen lauten Schrei ausstieß, verstummten sie kurz und sahen sie stumpf an. Niemand bot mir an, mich neben ihn zu setzen, und ich spürte den feindseligen Blick eines Jungen in der ersten Reihe. Miss Brown wies auf einen Platz hinten im Raum neben einem kleinen Mädchen. Ich ging hin, und als ich mich setzte, lächelte ich ihr ängstlich zu. Sie erwiderte mein Lächeln, sagte, ihr Name sei Fatima, und schenkte mir einen gelben Fruchtgummi. Damals bedeutete mir diese großzügige Geste sehr viel, doch einige Wochen später fand ich heraus, dass sie die Dinger päckchenweise besaß, weil ihre Mutter in einer Süßigkeitenfabrik arbeitete. Und da sie die gelben nicht mochte, verteilte sie sie, ohne einen Gedanken daran zu verschwenden.

Miss Brown erklärte die Farben des Regenbogens und fragte, ob jemand wisse, welche Farbe nach Rot käme. Ich kannte alle Farben, weil wir in meiner alten Schule ein Lied gelernt hatten. Deshalb hob ich ständig den Finger und beantwortete die Fragen, und der Junge in der ersten Reihe sah sich immer wieder nach mir um. Als ich ihm zulächelte, kniff er die Augen zusammen, also achtete ich nicht mehr auf ihn. Das machte es noch schlimmer, denn er flüsterte mir etwas zu, worauf ich die Achseln zuckte, um ihm zu zeigen, dass ich ihn nicht verstanden hatte.

»Das ist Mark Fitzgerald. Mit dem legst du dich besser nicht an, du musst dich bei ihm entschuldigen«, sagte Fatima.

»Aber ich habe doch gar nichts gemacht.«

»Entschuldige dich einfach bei ihm, sonst kriegst du Schwierigkeiten«, drängte Fatima.

Da ich mich niemals entschuldigte, vor allem dann nicht, wenn ich nichts angestellt hatte, zeigte ich ihm einfach weiter die kalte Schulter.

In der Pause kamen Mark Fitzgerald und sein kräftig gebauter Freund auf mich zu.

»Werd bloß nicht frech, Paki.«

Da ich keine Ahnung hatte, was ein Paki war, erwiderte ich, ich sei erstens keiner und hätte zweitens auch nicht frech werden wollen.

Die anderen scharten sich um uns.

»Kein Paki«, lachte er und schubste mich.

»Tja, warum hast du dann schmutzige Haare und riechst wie ein Paki? Wetten, dass du mit den Fingern isst? Schau, Marty, wir haben wieder einen neuen Paki hier«, rief er dem anderen Jungen zu.

In diesem Augenblick stellte ich mir Catherine Hunters goldene Locken vor und wünschte mir, ich sei wieder in meiner alten Schule und spielte sorglos mit einem Hula-Hoop-Reifen auf dem Pausenhof.

»Wetten, dass du auch ein paar stinkende Brote mitgebracht hast?«, sagte er und griff nach meiner Tasche.

Oh Gott, meine Butterbrotdose. Hoffentlich hatte Amma keine Masala-Kartoffeln zwischen die Brotscheiben getan oder Vadas eingepackt. Mark Fitzgeralds Kofferträger öffnete die Tasche. Ich schloss die Augen, befürchtete schon das Schlimmste und hörte dann das Wort: »Käse.«

Danke, Amma, danke, dass du mir das nicht angetan hast.

»Es ist Käse«, rief Mark Fitzgerald, ließ das Brot auf den Boden fallen und warf dann meine Tasche nach mir.

Es war die Tasche mit Kermit, dem Frosch, die Achan mir aus Amerika mitgebracht hatte.

Ich weiß nicht, was mich in diesem Augenblick überkam, aber eine Saite riss, und ich stürzte mich auf ihn. Ich sprang ihm auf den Rücken, stieß ihn zu Boden und schlug mit den Fäusten auf ihn ein. Die anderen Kinder schrien aufgeregt durcheinander und riefen meinen Namen. Zorn, Schmerz und Trauer durchflossen meine Fäuste, als ich auf ihn eindrosch. Ich konnte nicht mehr aufhören. Dann zerrte Mr. Mauldy mich weg und schleppte mich in sein Büro.

Mir tat jeder Knochen im Leib weh.

»Was ist das für ein Benehmen, Maya Kathi, und noch dazu an deinem ersten Tag?«

Ich versuchte zu erklären, dass es nicht meine Schuld gewesen sei und dass Mark Fitzgerald angefangen hätte, doch er hörte mir gar nicht zu.

»Ich werde ein Auge auf dich haben. Noch so ein Auftritt, und du fliegst. Hast du verstanden? RAUS!«

Ich schwieg. Es war mir egal. Ich war sehr, sehr müde und wollte nur noch schlafen und alles vergessen.

Als ich ins Klassenzimmer zurückkam, jubelten die anderen Kinder. Miss Brown sagte, das sei ungehörig, und forderte sie auf, damit aufzuhören. Doch sie machten immer weiter. Als sie hinzufügte, der arme Mark habe zur Schulschwester gebracht werden müssen, applaudierten sie. Mir war es ziemlich gleichgültig, und ich setzte mich wieder neben Fatima, die mich fragte, ob sie meine beste Freundin sein könnte.

Ich hatte gedacht, dass Amma uns von der Schule abholen würde, doch stattdessen erschien Maggie. Sie erklärte uns, Amma habe Arbeit in der Fabrik bekommen und würde erst später nach Hause kommen.

»Hattet ihr einen schönen Tag, Kinder?«

Ich sagte nichts. Satchin zuckte die Achseln.

»Ihr werdet euch noch dran gewöhnen. Am Anfang ist es immer schwierig, vor allem, wenn man neu ist.«

Daran gewöhnen, daran gewöhnen, wir würden uns an gar nichts gewöhnen. Ich würde mit Amma sprechen, damit sie dafür sorgte, dass wir auf eine bessere Schule kamen oder dass sie einen Weg fand, um uns wieder auf unsere alte zu schicken.

»Wir bleiben nicht«, verkündete ich.

»Wo bleibt ihr nicht?«, fragte Maggie.

»Hier, hier in dieser schrecklichen Gegend und in Ihrem schrecklichen Haus«, erwiderte ich, während sie die Eingangstür aufschloss.

Satchin schlug die Hände vors Gesicht.

»Ach, wirklich?«, erkundigte sie sich.

»Ja.«

»Jetzt pass mal gut auf, junges Fräulein, und lass uns ein paar Dinge klarstellen. Dann werden du und ich uns gut vertragen. Sei dankbar, denn etwas Besseres könntet ihr im Augenblick nicht kriegen, und ihr würdet ansonsten auf der Straße landen.«

Da es in London keine Strände gab, sprach sie von der Straße.

»Denk doch an deine Mutter. Sie wird den ganzen Tag lang hart arbeiten, damit sie euch etwas Essbares auf den Tisch stellen kann. Also ist es doch das Mindeste, dass ihr dankbar seid. Sie ist wenigstens für euch da.«

Wieder erinnerte ich mich an die Kinder ohne Achans und Ammas, die niemals einen Luftballon bekamen, und an ihre traurigen Gesichter. Dann dachte ich an die Prügelei. Sie hatte angefangen, weil der Junge die Tasche von meinem Achan auf den Boden geworfen hatte. Was würde passieren, wenn Amma auch ging? Würden wir dann wie diese Kinder auf der Straße leben?

Wahrscheinlich machte ich einen verängstigten Eindruck, denn Maggie beugte sich vor und sah mich an. »Tut mir leid, dass ich so streng mit dir bin, Schatz, aber am Anfang wird es ein wenig schwierig werden. So ist es immer, doch dann wird es besser, das verspreche ich dir. Es wird besser. Aber du musst dir Mühe geben, deiner Mutter zuliebe stark und brav zu sein.«

Ich betrachtete sie und erzählte ihr dann von der Prügelei, von dem, was Mark Fitzgerald zu mir gesagt hatte, und davon, dass ich ihn geschlagen hatte und nicht mehr hätte aufhören können. Tränen liefen mir die Wangen hinunter.

Maggie nahm mich in die Arme und drückte mich an sich. »Es tut mir so leid, Schatz. Aber es sind nicht alle wie er, und wie es sich anhört, wirst du mit ihm keine Probleme mehr haben.«

Als sie mich auf die Wange küsste, fühlte ich mich geborgen und konnte ihr glauben, was sie mir sagte.

»Möchtet ihr jetzt etwas essen?«, fragte sie.

Satchin und ich nickten, und Maggie nahm uns mit nach oben und kochte uns Fischstäbchen mit Nudeln, während wir vor ihrem Schwarz-Weiß-Fernseher saßen und auf Amma warteten.

Als Amma heimkam, wirkte sie erschöpft. »Hattet ihr einen schönen Tag, Makkale?«

»Es war in Ordnung«, erwiderte Satchin.

»Es war wirklich nett, und wir haben viele neue Freunde gefunden«, fügte ich hinzu.

Ammamma hatte gesagt, dass man manchmal Dinge tun musste, um andere Menschen glücklich zu machen, damit man selbst glücklich werden könnte. Aber ich fühlte mich gar nicht glücklich, als ich diese Worte aussprach. Vielleicht lag es daran, dass ich wegen Mark Fitzgerald ein schlechtes Gewissen hatte.

Amma bedankte sich bei Maggie.

Maggie antwortete, es sei kein Problem gewesen und wir seien sehr brave Kinder.

Wir gingen nach unten und sofort ins Bett.

Am nächsten Morgen stand Amma früh auf und machte sich auf den Weg in die Arbeit, nachdem sie uns das Frühstück hingestellt hatte. Satchin verteilte alles, spülte und brachte mich dann zur Schule, weil Maggie keine Zeit hatte. Man musste geradeaus gehen, an der Kreuzung links und dann wieder geradeaus. Obwohl es nicht schwierig war, folgten wir den anderen Müttern und Kindern, um uns bloß nicht zu verlaufen. Ich weiß nicht, warum ich gedacht hatte, dass es an dem Tag anders sein würde. Die Kinder waren zwar viel netter zu mir, doch es herrschte immer noch eine Traurigkeit, die die Wände der Schule auszudünsten schienen. Nirgendwo hingen Bilder. Auf den Fluren wurde nicht gesungen. Die Schulversammlungen bestanden aus endlosen Gebeten und Kirchenliedern, mit denen kein Mensch etwas anfangen konnte. Niemand brachte seine Spielsachen in die Schule mit, um sie den anderen Kindern zu zeigen – vielleicht besaßen sie ja gar keine. Eigentlich durfte man den Schulversammlungen nicht fernbleiben, auch wenn man es wollte. Allerdings beharrte Fatima trotzdem darauf, nicht hinzugehen, da ihr Vater sonst böse werden würde, weil sie schließlich Moslems seien. Sie wurde zwar deshalb ständig gehänselt, doch das war ihr lieber als das, was ihr Vater mit ihr angestellt hätte, wenn sie hingegangen wäre. Am liebsten hätte ich zusammen mit ihr geschwänzt, doch ich war gerade dabei, das Vaterunser zu lernen.

Die Schulversammlung wurde von Mr. Mauldy auch dafür genützt, seine Autorität unter Beweis zu stellen, indem er mit Stockschlägen für schlechtes Betragen drohte. Den Stock fest in der Hand, hielt er auf dem Podium seine Ansprache und ließ ihn immer wieder gegen das Holz knallen. Aber es kümmerte sich niemand darum, denn was war schon eine Abreibung im großen Gesamtzusammenhang? Anschließend folgte hin und wieder ein aufmunterndes Lied, eher eine Anmerkung, dass es sich hierbei möglicherweise um den richtigen Weg handelte.

»Ich liebe die Sonne, die mich bescheint, Gott hat die Sonne gemacht und mich auch. Ich liebe den Regen, der mich durchnässt. Gott hat den Regen gemacht und mich auch.«

Die Klassenrüpel fanden die Vorstellung, dass es einen Gott geben könnte, geschweige denn einen, der dasaß und Sonne und Regen machte, zum Totlachen und starrten die Schüler, die fröhlich mitsangen, drohend an. Sie hatten feine Antennen, um die Schwachen aufzuspüren, wofür man ihnen eigentlich keinen Vorwurf machen konnte, weil sie es zu Hause so gelernt hatten. Also musste man Stärke vortäuschen, selbst wenn das gar nicht stimmte, oder einen anderen Weg finden, um sie in Schach zu halten.

Mich ließen sie nach meiner Begegnung mit Mark Fitzgerald in Ruhe, und viele von ihnen hörten sogar auf mich. Eines Tages musste Miss Brown zu einer Blutuntersuchung, um die sie so viel Wirbel machte, dass ich schon glaubte, sie würde nie wieder zurückkommen und unterrichten. »Sie braucht eine Transfusion, und vielleicht ist es ja schon zu spät«, sagte ich und bereitete meine Mitschüler auf das Schlimmste vor. Als sie am nächsten Tag wieder überlebensgroß vor der Klasse stand, wurde sie von einem Stapel Kondolenzkarten empfangen. »Es war Maya, Miss, sie hat gesagt, Sie würden sterben«, petzte Nicola Jory.

Miss Brown murmelte etwas über ausufernde Fantasie, doch man brauchte nur die Größe ihres Pflasters anzusehen, um zu wissen, dass das nicht ganz stimmte.

Ich musste die Tatsache ausnützen, dass die Klassenrüpel mich verschonten, und Mittel und Wege finden, meine Position abzusichern. Also erfand ich manchmal in der Pause Geschichten und inszenierte abenteuerliche Episoden, in denen sich sogar der hartgesottenste Schläger in einen Kobold oder einen Prinzen verwandeln konnte. Während ich auf einer Bank stehend erzählte, verwandelten sich ihre Wintermäntel in fantasievolle Umhänge, und sie reagierten ihre Wut ab, indem sie einen Drachen töteten, oder wünschten sich von Zauberern Dinge, die, wie wir wussten, nie in Erfüllung gehen würden. Ich schloss nie mit einem glücklichen Ende, sondern immer mit einem unerwarteten Ereignis, sonst hätten sie nicht mitgespielt. Fatima wurde meine Assistentin und erzeugte einige wirklich gute Klangeffekte wie zum Beispiel Wind und sintflutartigen Regen. Meistens jedoch machte das englische Wetter ihre Bemühungen überflüssig, und an diesen Tagen fand ich eine andere Beschäftigung für sie.

Satchin hielt sich die Schläger vom Halse, indem er andere Leute nachmachte. Er war wirklich gut darin, seine Lehrerin zu imitieren, kräuselte die Lippen und redete genau wie sie. Er strotzte immer vor guten Ideen, und wenn eines der Kinder in Schwierigkeiten steckte, fand er eine Lösung. Als er eines Tages feststellte, dass Amma kein Geld für den Stromzähler hatte, schlug er vor, die silbernen Gedenklöffel zu versetzen, die wir in unserer alten Luxusschule nach der Aufführung eines Reigens um einen Maibaum erhalten hatten. Wir hatten sie immer für den Notfall aufgehoben, und so brachten wir sie eines Tages nach der Schule in eine Pfandleihe. Der Pfandleiher sah erst uns und dann die Löffel an, wiederholte dann unsere Forderung von fünf Pfund pro

Stück und lachte so heftig, dass sein Bauch wackelte. »Wie viel also?«, fragte Satchin energisch.

»Fünf Pence pro Stück, und das ist noch großzügig von mir.«

»Zehn, und sie gehören Ihnen«, erwiderte Satchin mit seinem hoch entwickelten Verhandlungsgeschick.

Der Mann bezahlte ihn, und wir liefen triumphierend davon.

Eigentlich hatten wir die zwanzig Pence in den Stromzähler stecken wollen, doch auf dem Heimweg trieben wir uns ein paar Minuten vor Mr. Patels Süßwarenladen herum. Wir standen da, kämpften gegen die Sehnsucht nach ein paar Tüten Chips, einigen Schachteln Schokoladenzigaretten, vier Stangen Lakritz und zwei Päckchen Bazooka-Joe's-Kaugummi an, erlagen schließlich der Versuchung und gingen hinein. Als wir mit ein paar braunen Papiertüten in der Hand wieder herauskamen, trafen wir die Abmachung, die Süßigkeiten zu rationieren und miteinander zu teilen. Doch da wir keine eindeutigen Vertragsbedingungen ausgehandelt hatten, begann ich heimlich, den Inhalt der Tüten zu verspeisen, und ein paar Stunden später war alles weg. Satchin schimpfte nicht, als er es herausfand. Er sah mich nur enttäuscht an.

Unser Verhältnis hatte sich geändert, als unser Vater starb und Amma arbeiten ging. Wir wussten, dass wir auf derselben Seite kämpften, weshalb es unsinnig gewesen wäre, einander absichtlich wehzutun. Satchin entdeckte seinen Beschützerinstinkt, was mich betraf, und obwohl er mich noch immer nicht öffentlich als seine Schwester anerkannte, wartete er immer in der Nähe des Schultors auf mich, damit wir zusammen nach Hause gehen konnten. Er war derjenige, der den Hausschlüssel hütete und für die meisten Dinge die Verantwortung übernahm. Ich hatte große Ehrfurcht vor meinem Bruder und bewunderte seine Fähigkeit, auch die langweiligste Banalität als aufregend darstellen zu können. Wir liefen nach Hause und veranstalteten eine Verfolgungsjagd oder traten abwechselnd nach leeren Dosen. Wir blieben immer in unserer eigenen Welt und wichen den Blicken von Fremden aus, um ihnen keine Gelegenheit zu geben, etwas zu uns zu sagen oder wüste Gesten zu machen.

Wir waren uns dessen bewusst, dass auf den Straßen ein Kampf tobte. Armut ist etwas Schreckliches und erfüllt die Menschen mit dem Gefühl, ungerecht behandelt, ausgeschlossen, unfähig, ja, sogar wertlos zu sein. Daraus entwickelt sich schließlich ein geheimer innerer Kampf, bei dem es darum geht, Einfluss zu gewinnen und etwas zu beweisen. Dieser Kampf hört niemals auf. Die Leute führen Krieg gegen sich selbst, aber vor allem gegen die anderen inmitten von verfallenen Gebäuden, die wie ihre Träume zerbröckeln, von ausgebrannten Autos und von mit verpestetem Speichel beschmutzten Gehwegen. Maggies schlichtes Haus war ein Schutzraum vor allem, was draußen vor der zerbeulten blauen Tür lauerte. Eine Oase in einer steinernen Wüste.

Wenn wir in unserer Wohnung waren, wärmte Satchin das auf, was Amma für uns vorgekocht hatte. Dann aßen wir zusammen, spülten das Geschirr, versuchten, unsere

Hausaufgaben zu machen, und warteten darauf, dass unsere Mutter nach Hause kam. Manchmal war das Warten so langweilig, dass es besser war einzuschlafen. Was genau Amma in der Fabrik tat, erfuhren wir nie, doch sie kehrte immer sehr müde zurück. An Freitagen brachte sie uns etwas mit: ein Malbuch, etwas zum Lesen oder Matchbox-Autos, weshalb wir immer aufblieben. Nie baten wir sie um etwas, obwohl ich das liebend gern getan hätte. Ich wünschte mir ein paar Abziehbilder oder Aufkleber, aber Satchin sagte, ich solle nicht danach fragen. Er erklärte mir, er höre sie manchmal nachts weinen, weil sie uns nicht die Dinge kaufen konnte, die sie wollte, und er meinte, etwas zu verlangen, würde es nur noch schlimmer machen.

Am Sonntag, Ammas freiem Tag, gingen wir in den Park. Sie saß auf dem Karussell und sah uns beim Spielen zu. Wenn es ein ganz besonderer Tag war, fuhren wir mit Toms Transporter ans Meer. Sie dachten, dass uns das Spaß machen würde, aber ich verabscheute das Meer. Für mich war es ein Raubtier – wie der starke Regen –, und Raubtiere nahmen einem – genau wie der Regen – Dinge weg, wenn man am allerwenigsten damit rechnete. Satchin und ich tollten am Strand herum oder spielten unter den Arkaden und konnten ein paar Momente lang Kinder sein. Am Sonntagabend krochen wir ins Bett, in dem Wissen, dass es bald wieder Montag war und die Woche anfangen würde. Es hätte immer so weitergehen können, ohne dass wir einen Unterschied bemerkt hätten, wäre der Wechsel der Jahreszeiten nicht gewesen.

Trotz der Kälte war der Winter wie ein Traum für uns.

Wunderschöne Schneeflocken bedeckten alles, was sonst grau war, sodass wir mit der Wirklichkeit, in der wir lebten, vorübergehend nicht konfrontiert wurden. Die Welt war in ein weiches, flauschiges Weiß getaucht, und wir konnten uns die Zeit damit vertreiben, Schneemänner zu bauen und einander mit Schneebällen zu bewerfen. Während die anderen Kinder die Tage bis zu den Ferien zählten, graute es Satchin und mir davor. Da es im Sommer sehr heiß und stickig in der Wohnung wurde, mussten wir uns draußen aufhalten, doch wir durften uns nicht zu weit entfernen. Uns standen sechs lange Wochen bevor, die wir gemeinsam verbringen, und endlose Stunden, in denen wir einander unterhalten mussten. Da wir keinen Fernseher hatten, versuchten wir Szenen und dämliche Dialoge aus den Dick-und-Doof-Filmen nachzuspielen, die wir gesehen hatten, als wir noch reich gewesen waren.

Hardy (Satchin) hatte ein paar Damen eingeladen, doch sein Geld reichte nicht für Limonade für alle, also forderte er Laurel (mich) auf zu sagen: »Nein danke, Oli, ich habe keinen Durst.« Und als Hardy die Bestellung mit den Mädchen durchging, meinte er: »Limo, Limo, Limo, und was möchtest du, Stanley?«

»Limo«, erwiderte Stanley.

Darauf nahm Hardy ihn beiseite. »Habe ich dir nicht gesagt, dass wir nur Geld für drei Limos haben?«

Stanley grinste, und Hardy fing noch einmal an.

»Limo, Limo, Limo, und was möchtest du, Stanley?«

»Limo«, antwortete ich. Dann jagte mich Satchin durchs Zimmer, und wir kugelten uns vor Lachen auf dem Boden. Warum wir so viel lachten, weiß ich nicht. Langeweile und ständige Wiederholungen können seltsame Folgen haben. Manchmal konnten wir Jatinder und Simon, zwei Jungen, die in unserer Straße wohnten, dazu bringen, die Nebenrollen zu übernehmen. Doch sie fanden es öde, und deshalb erzählte Satchin ihnen von seinem Einfall, eine Bombe zu bauen.

Wir vier gingen in den Hof und fingen an, eine Bombe aus Benzinkanistern zu basteln, die wir auf der Straße gefunden hatten. Satchin goss noch ein wenig Terpentin dazu, das im Hof gestanden hatte. Dann tränkte er einen Lappen mit der Mischung, und Jatinder zündete ihn an. Sofort ging alles in Flammen auf, die auf den Pappkarton daneben übergriffen. Jatinder wurde panisch und warf den Karton gegen den Zaun. Ehe wir es uns versahen, brannte alles lichterloh, und wir konnten das Feuer nicht mehr löschen. Der Pole sah uns und übergoss die Flammen mit Wasser aus dem Eimer, den er gerade zum Fensterputzen benutzte, wodurch er sie noch weiter anfachte. Maggie, die bemerkte, wie der Pole schreiend auf und nieder sprang, während sein Anzug schon beinahe in Flammen stand, kam mit dem Feuerlöscher angelaufen. Jatinder und Simon ergriffen die Flucht.

Maggie schimpfte uns und erklärte uns, wie gefährlich und leichtsinnig wir uns verhalten hätten und dass wir uns alle hätten umbringen können.

»Versteht ihr das, Satchin und Maya? Ist euch klar, was hätte passieren können?«, rief sie.

Sie drohte, es unserer Mutter zu erzählen, wenn wir

keinen Aufsatz über die Gefahren des Feuers schrieben. Meiner trug den Titel »Die Folgen von Rauchinhalation«. Ich weiß nicht, worum es dabei genau ging, denn ich hatte den Text vom Aufkleber auf dem Feuerlöscher abgeschrieben, aber Maggie war sehr beeindruckt und sagte, eines stünde eindeutig fest: Ich hätte ganz offensichtlich Talent und würde es mit Albernheiten wie dem Anzünden von Häusern nur verschwenden.

Maggie hätte uns noch viel öfter anbrüllen können, denn wir gaben ihr allen Grund dazu. Ich glaube, ihr Geduldsfaden riss, als wir um ein Haar zu den Hauptfiguren in einem Geiseldrama wurden. Eines Abends kreisten Hubschrauber über unserem Haus, und Polizisten umstellten unsere Straße. Wir spielten gerade im Hof, als zwei Männer uns zuriefen, wir sollten das Tor aufmachen. Wir wollten es gerade tun, doch da kam der Pole herausgestürmt, schnappte uns beide und schleppte uns ins Haus. Ich trat und biss ihn und schrie, weil Miss Brown gesagt hatte, dass wir uns so verhalten sollten, wenn uns plötzlich ein fremder Mann packte. Maggie rannte herbei, um festzustellen, was das für ein Radau war, und der Pole erklärte ihr, wir hätten beinahe zwei entsprungene Sträflinge, über die in den Nachrichten berichtet worden sei, ins Haus gelassen.

»Mit euch Kindern kann das nicht so weitergehen. Ich weiß, dass euch langweilig ist, aber ich hätte euch mehr Vernunft zugetraut, als Fremden, insbesondere welchen, die bewaffnet sind, die Tür aufzumachen!«, brüllte sie. »Ihr wisst doch, wie gefährlich das ist.«

Wir wollten aber kein gefahrloses Dasein, sondern

sehnten uns nach Abenteuern, danach, dass etwas Außergewöhnliches geschah – doch es passierte nichts.

Nach diesem Tag kam Maggie zu dem Schluss, dass wir nichts als Unsinn im Kopf hätten und deshalb nach der Schule und während der Ferien besser oben bei ihr aufgehoben wären, solange sie zu Hause war. Wir konnten nur bis abends um sieben bei Maggie bleiben, weil sie dann zur Arbeit musste. Manchmal, wenn wir nach Hause kamen und Maggie nicht da war, ließ sie Einauge als Ersatz in unserer Wohnung zurück. Doch wenn sie zu Hause war, kochte sie uns Eintöpfe und spielte mit uns. Maggie wurde sehr wichtig für mich, und ich konnte mit ihr über fast alles reden.

Oben in ihrer Wohnung brachte mir Maggie das Nähen und Stricken bei. Zum Geburtstag bastelte sie mir eine Stoffpuppe, die Kirstin hieß. »Hier, Maya, mein Schatz, als Ersatz für die, die du früher hattest, Jemima, richtig?«

»Jemina«, verbesserte ich sie.

Maggie überreichte mir ein Paket. Ich wickelte es aus, in der freudigen Erwartung, eine Stoffpuppe mit langem, blondem Haar vorzufinden. Stattdessen hatte ich ein unheimlich aussehendes Geschöpf mit schwarzen, zu dicht zusammenstehenden Knopfaugen in der Hand. Die Puppe hatte struppiges schwarzes Haar und sah aus wie eine tobende Wahnsinnige. Als ich eine Bemerkung über die Haare machte, erwiderte Maggie, das sei schick und momentan große Mode. Ich nahm die Puppe nicht mit ins Bett, sondern setzte sie auf die Kommode, wo sie mich finster anglotzte. Auf Maggies Beharren verbrachten wir

Wochen damit, verschiedene Kleider für sie zu nähen. Mein erstes Werk war ein großer rosafarbener Hut, der ihre Augen bedeckte. »Der sitzt viel zu tief, Maya, man kann die Augen nicht sehen«, meinte Maggie. Ich war fest entschlossen, der Puppe zu einem eigenen Zuhause zu verhelfen, damit sie uns nicht mehr anstarren konnte. Also besorgten wir einen Pappkarton und bauten ihr ein Haus, das komfortabler war als das, in dem wir selbst wohnten. Ich sperrte die Puppe darin ein und erlaubte Satchin, das Haus als Garage für all die Autos zu verwenden, die er sammelte. So wurde Miss Dracula zur Parkwächterin, und Satchin war überglücklich.

Das Verhältnis zwischen Satchin und mir wurde in diesem Sommer noch enger, und zwar dank unserer Raubzüge in Mr. Patels Laden. Dabei stahlen wir nicht etwa, weil wir so arm waren. Amma brachte uns häufig dieselben Dinge mit, die wir klauten. Mir kam es eher auf den Nervenkitzel an, den es bedeutete, Satchins kleine Komplizin zu sein. Ich lenkte Mr. Patel ab, indem ich ihn bat, ein Viertelpfund Colawürfel abzuwiegen. Währenddessen stopfte sich Satchin ein paar Wotsits unter den Pulli und hüstelte, was bedeutete, dass ich es mir, was die Süßigkeiten betraf, anders überlegen musste. Dann rannten wir, so schnell wir konnten, aus dem Laden und schüttelten uns vor Lachen. Wenn wir Glück hatten, war auch ein Päckchen Smarties dabei. Mein Bruder und ich wären nie erwischt worden, wenn Maggie uns nicht eines Tages belauscht hätte, wie wir uns wegen der Beute stritten. Die braunen Smarties waren der Stein des Anstoßes, und als ich das ganze Päckchen nach Satchin warf, kam sie herein, zwang uns, unsere Mäntel anzuziehen, und schleppte uns in Mr. Patels Laden, um ein Geständnis abzulegen.

Verstockt standen wir da und hielten uns an die viele Male eingeübte Vorgehensweise, entweder nichts zu sagen oder jegliche Schuld von uns zu weisen. Doch als nach fünf Minuten mehrere Male das Wort Polizei fiel, vergaß Satchin unsere Abmachung, wurde weich und fing an zu weinen. Also wurden einige Stunden Sklavenarbeit vereinbart, und wir mussten Mr. Patel und seiner Frau helfen, die Fußböden zu fegen und das Lager sauber zu machen. Maggie gebärdete sich, als hätten wir die Kronjuwelen gestohlen, und sagte, sie sei sehr enttäuscht von uns und hätte nie gedacht, dass wir so tief sinken würden. Nachdem sie eine Ewigkeit geschimpft hatte, schloss sie mit den Worten, sie werde es nicht unserer Mutter sagen, da ihr das Wissen, dass wir Diebe seien, das Herz brechen würde. Allerdings wünschte ich, sie hätte es getan, damit Amma vielleicht endlich wieder Interesse an uns zeigte.

Ich vermisste Amma entsetzlich. Vielleicht vermisste ich es ja auch nur, eine Mutter zu haben, die zu Hause blieb, Kuchen backte, Geschichten vorlas, einkaufen ging und Klatsch erzählte. Morgens, wenn ich den anderen Müttern folgte, die ihre Kinder zur Schule brachten, war ich traurig und wünschte mir, meine wäre auch da gewesen. Rückblickend betrachtet habe ich nie das Gefühl gehabt, dass ich sie wirklich für mich allein hatte und sie mir gehörte. Allerdings glaube ich, dass ich ihr auch keine Chance dazu gab. Das lag nicht daran, dass ich sie nicht liebte, denn es war schwierig, sie nicht zu lieben. Es lag vielmehr an meiner Angst, sie könnte mir ebenfalls weggenommen werden. Deshalb benützte ich Maggie als Rückversicherung und klammerte mich an sie, damit sie uns nicht auf die Straße warf, falls etwas passierte. Die Tage, an denen Amma da war, waren nicht leicht für mich, denn ich wollte nicht an Indien, die schönen Zeiten und unsere Kultur erinnert werden, da es so schon schlimm genug war, ohne sich auch noch damit beschäftigen zu müssen. Ich hatte das Gefühl, dass eine Entscheidung von mir verlangt wurde, und ich wählte den einfachsten Weg. Und das bedeutete, meine Heimat und die Kultur, aus der ich stammte, zu vergessen.

Zur Gebetszeit, wenn Amma uns weckte, um zur Göttin zu beten, brachte sie nur die ersten paar Wörter heraus: *»Aum namo Guru Dev …«*, bis ich sie mit dem Vaterunser unterbrach, das Maggie mir zu lernen half. Wahrscheinlich war Amma darüber bestürzt, doch alles war schon verwirrend genug, ohne zu einem fremden Gott zu beten. Als Amma alles für Onam vorbereitete und uns irgendeine Geschichte über einen König erzählte, fiel ich ihr mit der Legende über den König ins Wort, der seine drei Töchter gefragt hatte, wie sehr sie ihn liebten. Wenn sie die Wohnung für Onam schmückte, verlor ich keine Silbe über das komplizierte Muster aus Blütenblättern, das sie auf die Schwelle legte, und trampelte mit meinen schmutzigen Schuhen darüber. Wenn sie indisches Essen kochte, forderte ich etwas anderes. Ich wünschte, ich hätte all das nie getan, aber ich sehnte mich verzweifelt danach, dass sie mich anschrie, dass sie endlich reagierte und mir sagte, sie liebe mich nicht mehr, könne all das nicht mehr ertragen und würde deshalb auch gehen. Doch sie tat es nie.

An den Tagen, an denen es wirklich schlimm war, schloss ich mich draußen auf dem Klo ein, sprach mit Achan und flehte ihn an, ganz gleich, wo er jetzt sei, dafür zu sorgen, dass unser Leben ein wenig schöner wurde. Ich wusste, dass er immer da war und zuhörte, denn nach meinen Gesprächen mit ihm verbesserte sich die Lage jedes Mal. Daraus schloss ich, dass er sich, obwohl er nicht körperlich präsent war, dennoch in unserer Nähe aufhielt. Manchmal fragte ich Satchin, ob er auch mit ihm sprach und um Hilfe bat. Aber dann wurde Satchin sehr traurig. Eines Tages war er ziemlich niedergeschlagen und sagte, vielleicht trüge er die Schuld an dem, was unserem Vater passiert sei, weil er Fluffy auf dem Gewissen habe. Ich konnte nichts darauf erwidern, denn ich erinnerte mich an das, was der Astrologe über die Regeln des Karmas erklärt hatte. Deshalb beschloss ich, das Thema nicht mehr zu erwähnen, und dachte, dass Achan möglicherweise wirklich gestorben war, weil wir so viel Böses veranstaltet hatten. War es geschehen, weil wir schlechte Menschen waren?

Wenn ich allein mit Achan sprach, fragte ich ihn oft, ob das der Grund sei, aber er antwortete nie. Dann wieder schilderte ich ihm, wie wir den Tag verbracht hatten, denn ich war sicher, dass er uns irgendwie hören konnte. Aber mein größter Wunsch war, dass er, wenn ich aufwachte, kommen, uns in diesem Haus finden, uns fortbringen und sagen würde, es sei ein schrecklicher Irrtum gewesen und er sei gar nicht tot.

NALINI

Ich kann nicht richtig in Worte fassen, warum ich meinen Kindern weisgemacht habe, dass ihr Vater tot sei. Vermutlich, um sie vor den Lügen zu schützen, die unweigerlich nur zu einem Schluss führen konnten: Er liebte offenbar niemand anderen als sich selbst. Und damit nicht genug. Was sagt man zwei kleinen Kindern, die im Begriff sind, fast alles zu verlieren? Das Selbstwertgefühl ist ohnehin schon eine empfindliche Sache. Was sollte ich ihnen denn erzählen? Die Wahrheit? »Monu, Mol, euer Vater hatte die Verantwortung satt, und falls euch das noch nicht reicht, hat er außerdem eine zweite Familie, und deshalb ist er weg und hat uns verlassen.« Vielleicht hat die Schilderung der Wahrheit ja einhundert Schattierungen, ein Farbspektrum, das alles zwischen Hell und Dunkel umspannt, je nachdem, wie hilflos diejenigen sind, die sie hören müssen. Die Dinge sind nicht immer eindeutig, entweder schwarz oder weiß. Das Leben ist einfach nicht so. Ich weiß, meine Mutter würde da widersprechen und einwenden, es gebe nur eine einzige unerschütterliche Wahrheit und es käme lediglich darauf an, sich ihr zu stellen. Mein Mann ist gegangen, so wie mein eigener Vater, ohne ein Wort zu sagen. Nicht einmal Lebewohl.

Meine Mutter hatte einige Fehlgeburten, bevor sie mich zur Welt brachte. Es störte sie nicht, dass ich ein Mädchen war und sie den Brautpreis für mich würde auftreiben müssen, wenn ich einmal heiraten sollte. Ich glaube, meine Mutter war froh, ihren Schwiegereltern und allen anderen beweisen zu können, dass sie in der Lage war, Kinder zu gebären. Als sie feststellte, dass sie mich erwartete, war sie außer sich vor Freude und versteckte ihren Bauch im Gegensatz zu den anderen Frauen im Dorf nicht.

Ich wurde in einem Teil Indiens geboren, wo Gott sich, wohin das Auge blickte, mit der Farbe Grün ausgetobt hatte. Er hat verschiedene üppige Grüntöne geschaffen und die Luft gesund und still gemacht. Allerdings lernte ich in meinen Kindertagen keinen friedlichen Moment kennen. Mein Vater versuchte ständig, meine Mutter umzubringen, während sie damit drohte, in einen der vielen Brunnen zu springen und Selbstmord zu begehen. Das Geräusch von streitenden Stimmen bestimmte meine ersten acht Lebensjahre. Doch das Gebrüll verstummte schlagartig mit dem Tod meines kleinen Bruders. Mein Vater war bereits gegangen, und zwar am Tag vor der Geburt des Babys. Er war von einem Tag auf den anderen einfach verschwunden. Vor lauter Scham und weil meine Mutter nicht wusste, wie sie das den anderen Dorfbewohnern beibringen sollte, verließen wir das Dorf. Barfuß und unsere wenige Habe auf dem Kopf tragend legten wir über fünfzig Kilometer zurück und ließen uns in dem

Dorf Collenauta nieder, das an der Grenze zwischen Kerala und Tamil Nadu liegt.

Kochen war das Einzige, was meine Mutter außergewöhnlich gut konnte, und so bot sie ihre Dienste der Großgrundbesitzerfamilie im Dorf an, die sämtliche Zuckerplantagen der Gegend besaß und unbeschreiblich wohlhabend war. Für den Fall, dass ich nach meinem Vater gefragt werden sollte, hatte ich Anweisung zu antworten, er sei ums Leben gekommen, als er jemanden vor dem Ertrinken habe retten wollen. Als das Gutsbesitzerehepaar, Thampurati und Mothalali, hörte, wie ich das – untermalt von der angemessenen Betonung und Mimik – erzählte, bekam es Mitleid mit uns und stellte uns eine Unterkunft zur Verfügung. So wurden wir von der Familie Kathi angestellt, meine Mutter als Köchin, ich als ihre Helferin, und wir wohnten in einer kleinen Hütte am unteren Zipfel ihrer Ländereien, umgeben von üppigen Bananenhainen, Mangobäumen und Reisfeldern. Der Wohnraum war zwar klein, aber wunderschön mit schlichten Holzschnitzereien geschmückt und verfügte über alle Gerätschaften, die wir für unsere Arbeit brauchten. Außerdem hatten wir einen Büffel, der uns frische Milch gab.

Die Kunst, ein Gericht zusammenzustellen, ist Zauberei, und wenn man es richtig macht, kann das Ergebnis auch das härteste Herz erweichen. Meine Mutter pflegte immer zu sagen, dass man Zauberkräfte habe, wenn man mit Dingen arbeitete, die man liebte. Doch wenn man die Zutaten falsch kombinierte oder mit bösen Absichten zu Werk ginge, könne das katastrophale Folgen haben.

So machten wir uns mit Leidenschaft an die Arbeit und waren überzeugt davon, dass die Kathis ihren Wohlstand der Liebe und der Dankbarkeit schuldeten, mit der wir ihre Mahlzeiten zubereiteten. Gerade die richtige Menge Kreuzkümmel, um den Appetit anzuregen, eine Zimtstange, um Würze und Bewegung in Stillstandsphasen des Lebens zu bringen, Zitronensaft, um Konflikte auszuräumen, Chili, um Schmerzen zu lindern, und Turmeric gegen Herzbeschwerden. Frisch gepflückte Korianderblätter halfen gegen schlechte Laune und für klares Nachdenken, scharf gepfefferter Rasam wärmte die Seele auf, und Kokosflocken wirkten in vielen Speisen beruhigend und tröstend. Aus gestoßenen, tagelang eingeweichten Linsen entstand ein Teig für weiche Pfannkuchen, die mit in der Pfanne gebratenen und mit Masala gewürzten Kartoffeln gefüllt für ein Gefühl des Stolzes und der Beständigkeit sorgten. Wachsbohnen in einem Gemüse-Thoran versprachen Langlebigkeit und Wohlstand.

Unter dem wachsamen Auge von Annapurna, der wunderschönen blassblauen Göttin der Nahrung und des Überflusses, die vom Feuer und der Leidenschaft von Sonne und Mond erleuchtet wurde, beobachtete meine Mutter Situationen und verordnete dann das passende Gericht. Annapurna wurde auf eine Kiste in der Küche gestellt und jeden Tag mit frischen Blumen geschmückt. Nach dem Aufwachen und vor dem Zubettgehen beteten wir zu ihr, dankten ihr und baten sie um den Mut, unsere Arbeit zu tun. Also weiß ich nicht, ob es wirklich an unseren Bemühungen lag, dass wir wenn immer möglich kleine Glücksportionen verteilen konnten. Jedenfalls führten wir das auf Annapurnas Hilfe zurück, und meine Mutter sagte, dass es eigentlich keine Rolle spielte, da schließlich das wahr wurde, woran man glaubte.

Wir besaßen noch eine kleine Annapurna aus Bronze, nicht größer als mein Daumen, die meine Mutter in einer aufgenähten Tasche ihrer Kasava Mundu aufbewahrte. Sie begleitete uns überallhin, wurde in jeder Küche, in der wir kochten, aufgestellt und erhielt stets die erste Portion. Die kleine Göttin bekam viele Küchen zu Gesicht, denn unsere außergewöhnlichen Kochkünste sprachen sich bald im ganzen Dorf herum. Nachdem wir einige Male für Dorffeste, Geburten und Hochzeiten ausgeliehen worden waren, begann sich im Dorf einiges zu verändern: Ein neuer Tempel wurde gebaut, es regnete wieder öfter, und die Leute lachten mehr. Es war fast, als hätte sich meine Mutter ihre Unfähigkeit, ihr eigenes Leben in Ordnung zu bringen, zunutze gemacht, und nun schenkte ihr der Anblick der Freude, die sie anderen gab, Linderung. Sie war stolz auf ihre Leistungen, und das merkte man ihr an.

Anfangs hielt der Astrologe diese Veränderungen für nicht weiter wichtig und für das Resultat einer neuen Mondphase. Doch als eine Frau im Dorf, die schon seit Jahren vergeblich versuchte, schwanger zu werden, plötzlich ein Kind erwartete, konsultierte er seine Tabelle und entdeckte wieder zwei neue Pünktchen, die nach Norden wiesen. Er stattete uns einen Besuch ab.

Meine Mutter bat ihn herein. Er betrachtete die bunt gestrichenen Wände, die mit frisch geschnittenen Blumen geschmückte Küche, und dann sah er die Kiste mit der Göttin meiner Mutter, behängt mit Girlanden und allen Schmuckstücken, die sie besaß. Im Raum duftete es nach Speisen, nach Jasmin und nach Räucherstäbchen. Der Astrologe warf einen Blick auf den Boden, der sauber gefegt war, und zog beruhigt seine Sandalen aus. Nachdem meine Mutter ihm ihren besten Hocker zurechtgerückt hatte, nahm er Platz.

Er war schätzungsweise Mitte dreißig und hatte den Posten von seinem überraschend früh verstorbenen Vater übernommen. Anfangs fiel ihm das Sprechen schwer, er hüstelte und wirkte ein wenig verlegen, als er sich mit dem Lendenschurz die Wangen abtupfte. Seine nackte Brust war mit roten Safranflecken versehen, und eine schwarze Schnur verlief quer darüber. An dieser Schnur hing eine kleine Tasche, in der er ein Notizbuch, ein paar Muschelschalen und ein Pendel aufbewahrte. Meine Mutter lächelte ihm zu und schenkte ihm einen Masalatee ein. Er trank ihn rasch und hüstelte wieder. Sie holte ein paar mit Honig überzogene Jilebies hervor, und als sie ihm eines anbot, wurde seine Miene versöhnlicher. Nachdem das erste vertilgt war, nahm er noch eines und noch eines, bis sein Körper sich entspannte und er endlich das Wort ergriff.

»Warum seid ihr denn hier?«, erkundigte sich der Astrologe.

»Wir wurden geschickt«, erwiderte meine Mutter.

»Geburtsdaten?«

Sie nannte ihm den Namen der Regenzeit und den Zeitpunkt meiner Geburt und fügte hinzu, er solle meine

Zukunft vorhersagen, denn bei ihrer eigenen wisse sie genau, wie sie verlaufen würde.

»Nur für Nali«, sagte sie.

Er nahm sein Notizbuch heraus und begann zu zeichnen und zu rechnen. Ein erfreutes Lächeln auf den Lippen, murmelte er ein halbes Dutzend Mal das Wort »gut« und hielt dann inne. Nachdem er lange geschwiegen und den Kopf geschüttelt hatte, erörterte er die Pläne, die das Schicksal mit mir hatte.

»Viele Männer werden von weit her kommen, um dich zu heiraten. Du wirst eine schöne Frau werden und darfst nicht den ersten Antrag annehmen. Du darfst auch nicht heiraten, um die große Liebe zu finden, denn auch sie ist nur eine Illusion und ein Geisteszustand. Du wirst eine sehr, sehr reiche Frau werden und unvorstellbar wohlhabend sein, aber du sollst dein Talent nie vernachlässigen. Denn sonst würdest du deine Mitte verlieren, und alles andere würde zerfallen. Du bist bereits gesegnet, denn viele Menschen müssen sich auf die Suche nach ihren Talenten machen, und manche suchen ihr ganzes Leben lang danach. Du hingegen weißt, wo dein Talent ruht, halte es fest.« Er blickte von seiner Tätigkeit auf und fragte: »Vater tot?«

»Ja, ja«, warf meine Mutter hastig ein. »Er ist bei einem tragischen Unfall ums Leben gekommen.«

Er wollte schon weiter nachbohren, doch ich sah ihn an und sagte: »Ertrunken.« Dann erkundigte ich mich, ob ich glücklich werden würde.

Er erwiderte, das Glück sei ein Geisteszustand, und die

Natur bestimme, wie sich diese Zustände ständig änderten. Dann öffnete er eine Dose mit feuchtem Sandelholz und malte uns beiden einen Punkt auf die Stirn. Nach diesem Tag kam er jeden Donnerstag zu Besuch, trank einen Tee, erteilte uns Ratschläge, segnete uns und ging wieder.

Ich besuchte die Schule, wenn es möglich war, aber sie interessierte mich nicht sehr. Ich hatte viel mehr Spaß daran, eine Hochzeit oder ein Dorffest vorzubereiten – die Vorfreude, das Zerkleinern der Lebensmittel, das Mischen, das Braten, die Farben, die Düfte, das Abschmecken und Nachwürzen und dann das Endergebnis, hübsch angerichtet und garniert. Meine Mutter hatte vollstes Verständnis dafür und stellte nur die Bedingung, dass ich lesen und schreiben lernte.

Unsere Arbeit im Dorf brachte uns viel Respekt ein, und obwohl meine Mutter genug Geld verdient hatte, um ein eigenes Stück Land zu kaufen, entschied sie sich dagegen und sparte stattdessen für meine Mitgift, weil sie hoffte, dass ich mit dem Geld eine gute Partie machen würde.

Als ich etwa sechzehn wurde, sprachen viele junge Männer mit ihren Familien vor und erkundigten sich, ob ich schon heiratswillig sei. Zuerst kamen der Baumkletterer und seine Familie. Seine Aufgabe bestand darin, die verschiedenen Früchte von den Bäumen zu pflücken, doch meine Mutter warf einen Blick auf seine Füße und seine Fingernägel und schickte ihn weg. Dann kam die

Familie der Ärzte. Sie waren eigentlich gar keine Ärzte, sondern Zwillinge. Im Dorf wurden Zwillingen heilende Kräfte zugeschrieben, und wenn jemand krank war, wurde einer der Zwillinge geholt, um den Patienten zu berühren. Half das nichts, rief man auch den anderen Zwilling, und der Kranke wurde angeblich wieder gesund. Meine Mutter hielt nichts davon und vertrat die Ansicht, die meisten Beschwerden im Dorf würden durch ihre scharfen Pfefferrasams gelindert. Ihrer Meinung nach war das Heilen von Krankheiten nicht schwierig: Kalte Krankheiten behandelte man mit warmen Gewürzen und warme Krankheiten mit kalten. Allerdings war das sowieso ohne Bedeutung, da sich die Familie nicht entscheiden konnte, mit welchem Zwilling sie mich verheiraten sollte, und sich zerstritt.

Viele verzichteten sogar auf die Mitgift wie zum Beispiel Luxmiammayi. Sie verdiente ihr Geld damit, dass sie andere Menschen vom bösen Blick befreite, und zwar indem sie die Asche des heiligen Vibuthis auf den Betroffenen pustete. Auf diese Weise hätte sie angeblich schon viele Schwierigkeiten aus der Welt geschafft. So war ein Bauer besorgt, weil seine Hühner keine Eier mehr legten, und davon überzeugt, sein Nachbar habe sie verflucht. Also nahm Luxmiammayi sich der Sache an und pustete Asche. Ein paar Tage später legten die Hühner tatsächlich wieder Eier. Allerdings gab es zwischen Luxmiammayi und meiner Mutter leichte Spannungen, denn immer, wenn wir für ein großes Fest kochten, saß sie da und lästerte, das Bananen-Upperie sei versalzen oder das Spinat-Thoran zu grob geschnitten. Meine Mutter hätte keine Mühe gehabt, sich dafür zu rächen, zum Beispiel durch die Anmerkung, dass Luxmiammayi keine echte Vibuthi-Asche benützte, sondern Reste von Holzasche. Doch sie schwieg, und auch Luxmiammayis Antrag wurde zurückgewiesen. Der einzige Vorzug ihres Sohnes, so verkündete meine Mutter, seien seine blendend weißen Zähne, und die hätte er auch nur, weil er den lieben langen Tag nichts anderes täte, als an den Zweigen eines Neem-Baums zu kauen. Meine Mutter verscheuchte alle Bewerber, indem sie ihnen eine anständige Prise Knoblauch in den Tee mischte. Keiner war ihr gut genug. Allerdings ahnte sie nicht, dass ich mich in einen Sohn der Familie Kathi verliebt hatte.

Die Kathis hatten zwei Jungen, Raul und Gobi. Beide waren viel älter als ich, und als Kind sah ich sie nur selten, weil sie ein Internat in der Hauptstadt besuchten. Ihr Vater sorgte dafür, dass sie am College studierten und einen anständigen Beruf lernten. Gobi, der jüngere, kam häufig ins Dorf, wenn er Urlaub hatte. Ich war ihm ein paarmal begegnet, hatte aber nie mit ihm gesprochen. Eines Tages musste ich viele Tabletts und Töpfe zu seinem Haus bringen. Einen Teil meiner Last balancierte ich auf dem Kopf, den Rest trug ich in der Hand. Er jagte mir einen Schrecken ein, indem er plötzlich aus dem Nichts auftauchte, fragte, ob ich zu ihm wollte, und mir seine Hilfe anbot. »Nein«, erwiderte ich, womit ich meinte, dass ich schon allein zurechtkäme.

Der Weg quer über die Felder dauerte eine halbe Stunde. An diesem Tag brannte die Sonne sengend heiß, und als ich die Küchentür erreichte, war ich völlig durchgeschwitzt. Das Hausmädchen schrie mich an und sagte, Thampurati sei böse auf sie und all das sei nur meine Schuld. Sie schimpfte immer weiter und weiter, während ich nur noch daran denken konnte, wie durchgeschwitzt und durstig ich war und wie dringend ich ein Glas Wasser brauchte. Aber sie war zornig und schepperte so laut mit Töpfen und Pfannen herum, dass einige Mitglieder des Haushaltes von dem Lärm angelockt wurden.

Gobi ging an der Küche vorbei und hielt inne, als er mich entdeckte. »Du hast doch eben gesagt, du wolltest nicht hierher.«

»Ich wollte schon, aber …« Ich verstummte, ich hatte solchen Durst.

»Aber«, fuhr er fort.

»Könnte ich vielleicht bitte ein Glas …« Ich fiel in Ohnmacht.

Ich weiß noch, dass ich in einem ausgesprochen prachtvollen Zimmer aufwachte. Kühl, mit gekachelten Böden, einer wunderschönen Gewölbedecke, und man hörte das Plätschern eines Springbrunnens. »Wer ist das?«, hörte ich eine Stimme fragen.

»Nalini, die Tochter von einer der Köchinnen«, erwiderte Gobi.

Ich schlug die Augen auf, und da war er: dunkle, mandelförmige Augen, die mich betrachteten, volle, klar umrissene Lippen, pechschwarzes Haar, sehr hochgewachsen und kräftig gebaut. »Hol ihr ein Glas Wasser«, wies der Mann Gobi an.

Er berührte meine pochende Stirn und nahm meine Hand, die bereitwillig in seine fiel.

»Kommt sie wieder in Ordnung, Raul?«, fragte Gobi, als er ihm das Glas reichte.

»Es ist die Hitze«, entgegnete er, während er mir das Glas an die Lippen hielt und mir vorsichtig das Wasser einflößte.

Plötzlich war da Geschrei. »Monu, Monu, was ist passiert? Was tust du da? Warum gibst du dem Dienstmädchen etwas zu trinken? Und noch dazu in einem unserer besten Gläser! Jetzt können wir es nicht mehr benutzen.« Raul starrte seine Mutter an, die gerade hereingekommen war. Ohne auf sie zu achten, drehte er sich wieder zu mir um und sagte: »Nalini, trink.«

»Diese dummen Mädchen haben keinen Funken Verstand. Was erwarten sie anderes, wenn sie in der prallen Sonne herumlaufen? Und dann kippen sie um und machen uns Schwierigkeiten«, zeterte Thampurati weiter.

»Ich fühle mich schon viel besser«, flüsterte ich und rappelte mich verlegen auf. »Ich muss nach Hause.« Eine Pause entstand, und Raul verkündete: »Ich begleite dich.«

Wieder durchschnitt schrilles Gekreische die Stille. »Aber, Monu, du kannst dich doch nicht mit einem Dienstmädchen blicken lassen. Gobi, sag es ihm.«

Zunächst schwieg Gobi, aber als seine Mutter ihn finster ansah, schlug er vor, vielleicht könne mich ja das Hausmädchen nach Hause bringen.

Raul erhob sich, nahm meinen Arm und ging mit mir an seiner Mutter vorbei. Als wir zusammen über die Felder schlenderten, hielt er einen Schirm hoch, um mich vor der Sonne zu schützen. Die Arbeiter auf den Feldern starrten uns an, die Frauen wandten sich schüchtern ab und taten so, als hätten sie ihn nicht gesehen, als wir vorbeikamen. Wir wechselten kein Wort. Das Schweigen zwischen uns sagte mehr als tausend Worte. Einige der älteren Frauen, zum Beispiel Kochuammayi, standen mit offenen Mündern da. Sie hatte einen Mund wie das Maul eines Wasserbüffels, und ich war sicher, dass sie nach der Arbeit sofort zu ihrem Mann in die Kneipe laufen würde. »Komm heim, ich muss dir etwas Wichtiges erzählen«, würde sie rufen, um ihn von seinem Schnaps wegzulocken, aber er würde nicht auf sie achten. Anschließend würde sie bestimmt zum Tempel rennen, sich auf die Bank davor setzen und die Geschichte ein wenig ausgeschmückt und brühwarm denen zum Besten geben, die sie hören wollten.

Mir war es unangenehm, dass Raul sah, wie wir wohnten, denn in diesen wenigen Momenten war ich nicht die Tochter der Köchin, sondern jemand Besonderes, eine Frau, deren Gesellschaft er suchte. Als ob er das geahnt hätte, blieb er vor dem Baum an dem Pfad, der zu unserer Hütte führte, stehen und verkündete feierlich: »Ich muss jetzt gehen, aber am Onam komme ich wieder zu Besuch.« »Warte, es gibt noch so vieles, was ich dir nicht erzählt habe«, hätte ich am liebsten gerufen. Doch es hatte mir die Sprache verschlagen, und ich stand wie angewurzelt da.

Unzählige Gedanken gingen mir durch den Kopf, als

ich die Vordertür öffnete. »Ma, ich habe ihn gefunden, er ist der Richtige«, wollte ich so gerne jubeln.

»Wo warst du denn so lang?«, fragte meine Mutter.

»Nirgendwo«, erwiderte ich.

Neun Wochen. Neun Wochen bis Onam, dann würde ich ihn wiedersehen. Der Nachmittag hatte sich bis in die letzte Einzelheit in mein Gedächtnis eingebrannt, und ich ließ ihn immer wieder Revue passieren. Sein Geruch, seine kräftigen Hände, sein selbstbewusster Schritt, sein zärtlicher Blick. Meine Mutter stürmte herein und riss mich aus meinen Träumereien. »Nali, du hast mir ja gar nicht erzählt, dass du in Ohnmacht gefallen bist und dass Raul Kathi dich nach Hause gebracht hat.«

»Das war auch nicht so wichtig, Ma.«

Bis zum Monat Shravan schien es eine Ewigkeit zu dauern. Onam war das größte Fest im Jahr, wenn in jedem Haus nach Ende der Regenzeit die Ernte gefeiert wurde. Die Hauptfeierlichkeit fand am zehnten Tag im Haus des Gutsbesitzers statt, der all seine Arbeiter einlud und zum Dank Lebensmittel und Geschenke an sie verteilte. Um diese Zeit hatten meine Mutter und ich stets am meisten zu tun, und die Vorbereitungen begannen immer schon viele Monate zuvor.

Ehe die Regenzeit einsetzte, sammelten wir Bananenblätter, um das Essen darauf zu servieren. Wir bearbeiteten trockene Palmwedel und legten Vorräte an leeren Kokosnussschalen an, die als Brennstoff dienten. Jackfrüchte wurden zu Payasam eingekocht, und wir stellten Pickles aus zarten Mangos her, »damit die Träume gären und wir eine reiche Ernte bekommen«, sagte meine Mutter, als sie erwartungsvoll die fertigen Gläser wegpackte. In dieser Zeit bekochten wir auch all unsere Nachbarn, die einander halfen, neue Dächer aus Zuckerrohrblättern zu bauen, die vor dem Monsun fertig werden mussten. Dann regnete es heftig, die Menschen beteten für eine reiche Ernte, und das ganze Dorf wartete auf die Onam-Feste.

Während wir die Zutaten für das Festmahl ernteten und zubereiteten, erklärte mir meine Mutter wieder und wieder die Bedeutung der Feste. »Sie dienen dazu, den Geist von König Mahabali willkommen zu heißen.«

»Ich werde es mir merken, Ma«, versicherte ich ihr, als sie erneut anfing: »Der Asurakönig machte sich Sorgen, der gütige und weise König Mahabali könne zu mächtig werden. Deshalb bat er Vishnu um Hilfe, um Mahabali in seine Schranken zu weisen. Vishnu nahm die Gestalt eines Zwerges namens Vamana an und wandte sich als Bettler verkleidet an den König. Als der gütige König Vamana nach seinen Wünschen fragte, bat er ihn um drei Schritte Land, wo er sitzen und beten könne. Der König war einverstanden. Da wurde der Zwerg immer größer und verwandelte sich in einen Riesen. Sein erster Schritt reichte in den Himmel, der zweite umfasste das Reich der Götter und der dritte wollte gerade die Erde umspannen, als Mahabali seinen Kopf als Ersatz anbot, damit die Erde nicht zerquetscht wurde. Die Götter wurden durch dieses Opfer besänftigt, sodass sein Geist die Erlaubnis erhielt, einmal im Jahr zurückzukehren, sein Königreich zu besuchen und mit seinem Volk zu feiern.

Opfer sind etwas Wichtiges, Mol«, schloss meine Mutter. »Und der Geist lebt ewig.«

Am Vorabend von Onam wurde jede Veranda mit komplizierten Mustern aus Blütenblättern geschmückt. In der Mitte befand sich stets die vierseitige Pyramide des Mahabali. Als ich die letzten Blütenblätter sammeln ging, um das Muster zu vollenden, entdeckte ich hinter meinem Baum ein Päckchen. Jemand hatte es für mich hinterlegt, denn mein Name stand darauf. Als ich die Verpackung aufriss, war darin ein leuchtend blauer, handbestickter Sari, auf den wir drei Jahre hätten sparen müssen. Ich schaute noch einmal in das Päckchen, aber ich fand keinen Brief. Raul, dachte ich, das Geschenk stammt sicher von ihm, er ist zurück.

Ich kehrte nach Hause zurück und flehte meine Mutter an, bei Tisch bedienen zu dürfen, anstatt wie sonst in der Küche bleiben zu müssen. »Du kennst die Reihenfolge der Speisen nicht«, entgegnete sie. »Noch nicht in diesem Jahr, Mol, lieber im nächsten. Dann habe ich genug Zeit, es dir beizubringen.«

»Bitte, Ma«, bettelte ich. »In diesem Jahr. Erklär es mir jetzt.«

Sie ließ sich überreden, und wir beide saßen bis spät in die Nacht da, als sie ein Bananenblatt nahm und mir erklärte, wie man darauf servierte. »Das schmale Ende des Blattes muss immer links liegen. Beim Servieren beginnst du in der unteren linken Ecke. Zuerst kommt eine kleine Banane, daneben legst du die Bananenchips und bestreust sie mit braunem Zucker, dann das Papadam. Von der oberen linken Kante des Blattes fängst du mit Mangopickles, Injipuli, Thoran, Olan, Khichidi und Aviyal an. Erst wenn alles bereit ist, darf der Gast zugreifen. Warte, bis alle begonnen haben, dann gibst du den Reis unten in die Mitte und gießt den Sambar darüber. Nachdem alle fertig sind, servierst du das Payasam, und nach dem Dessert gibst du das Rasam in die gewölbten Hände der Gäste und wartest dann ab, ob jemand noch etwas möchte.«

Das wiederholte sie drei- oder viermal, bis ich mir ganz sicher war. Dann schliefen wir ein.

Am nächsten Morgen wachte ich sehr früh auf und ging zum See baden. Frösche hüpften auf den Lotusblättern und quakten laut, als ich mir die Haare wusch und sie mit Kichererbsenmehl schrubbte, damit sie glänzten. Nachdem ich Kokosnussöl darauf geträufelt hatte, band ich sie mit einer frischen Girlande hoch und packte den Sari aus. Ma würde ich erzählen, es handle sich um ein Geschenk von den Kathis für all unsere Hilfe. Ich sei zwar damit zu Thampurati gegangen und hätte darauf bestanden, dass ich eines solchen Geschenks nicht wert sei. Doch sie habe sich geweigert, es zurückzunehmen, und mich gebeten, es nicht mehr zu erwähnen, um sie nicht weiter in Verlegenheit zu bringen. Ich kleidete mich an und ließ all mein Selbstbewusstsein und meine Kraft in jede Falte meines neuen Gewandes eindringen. Dann machte ich mich auf den Weg zum Haus der Kathis, um zu bedienen.

Als ich in den Hof kam, klimperten meine Glasperlen, und alle drehten sich um und starrten mich an. Sie hielten inne und schauten noch einmal hin. Die Tempeltrommeln schlugen leise im Hintergrund und riefen das ganze Dorf herbei. Nachdem alle saßen, begann ich mit dem Servieren. Gobi war zuerst an der Reihe. »Eine hübsche Farbe, sie steht dir«, meinte er. Ich lächelte und servierte weiter. Die Trommeln schlugen schneller und schneller, und dann hatte ich ihn erreicht. Ich spürte Rauls Gegenwart, ohne ihn ansehen zu müssen. Nervös gab ich das Aviyal auf das Blatt, und als ich fertig war, hob ich den Kopf und hielt seinem Blick stand. Etwas geschah zwischen uns, das uns tausend Dinge sagte, ohne den Umsitzenden etwas zu verraten.

Meine Mutter war böse auf mich und schimpfte, ich hätte ein solches Geschenk nicht annehmen dürfen und mich mehr anstrengen müssen, um Thampurati den Sari zurückzugeben. Außerdem fand sie, dass ich zu gut aussah, und fragte mich, ob ich mich vor dem bösen Blick geschützt hätte. Als ich sie auslachte, wurde sie sehr wütend und murmelte, sie würde mich nicht pflegen, falls ich nachts am Fieber erkranken sollte. Dann, kurz bevor wir zu Bett gingen, verbrannte sie ein paar rote Chilischoten und brummte, es sei genauso, wie sie gedacht habe: »Zu viele Augen.« Wir schliefen ein, geschützt vor dem aufmerksamen grünen Neid, der die Schuld an so viel Elend trägt.

Am nächsten Tag kam meine Mutter an mein Bett

gelaufen und verkündete, wir würden in den nächsten Monaten viel zu tun haben. Raul würde heiraten. Heiraten! Nein, das durfte er nicht, das war nicht möglich. Ich liebte ihn doch. Abscheu und Selbsthass ergriffen mich. Hatte ich mir das alles nur eingebildet? Die Zeichen falsch gedeutet? Mir blieb nichts anderes übrig, als zu kochen. Ich verbrachte den Tag am Herd, und als meine Mutter einkaufen ging, knallte ich die Töpfe und Pfannen so fest hin, dass sie Dellen auf dem Boden hinterließen. Dann garnierte ich die Speisen mit so viel scharfen Chilischoten, dass beim Mittagessen zum ersten Mal allen übel wurde. Anschließend unternahm ich einen langen Spaziergang.

Widerstreitende Gedanken tobten in meinem Kopf. Wie albern von mir zu glauben, dass ich, eine Köchin, in so eine Familie einheiraten könnte. Aber hatte der Astrologe nicht immer gesagt, dass kein Ruf unbeantwortet bliebe? »Ganz gleich, wie seltsam der Wunsch auch erscheinen mag, jemand hört immer zu«, beteuerte er. Ich watete durch die Reisfelder, meine Füße versanken im Wasser, und ich planschte wütend. Nachdem ich mein Haar gelöst hatte, rannte ich über die Lichtung, setzte mich unter eine Palme und weinte. Ich weinte, bis ich einschlief, und als ich aufwachte, war es schon dunkel. Da spürte ich seine Gegenwart und lachte darüber, dass der Verstand einem so grausame Streiche spielen konnte. Als ich den Kopf wandte, stellte ich fest, dass er tatsächlich da war. Ich fuhr mir rasch mit den Fingern durchs Haar und rückte meine Pavada zurecht.

»Ein bisschen spät, um noch unterwegs zu sein«, sagte Raul.

»Ich musste noch etwas besorgen«, erwiderte ich und betrachtete meine leeren Hände.

»Komm, ich begleite dich nach Hause«, schlug er vor und half mir auf.

»Warum?«, hätte ich am liebsten geschrien. »Warum heiratest du? Warum hast du zugelassen, dass ich mich in dich verliebe, obwohl du die ganze Zeit wusstest, dass ich dich nicht haben kann?« Doch ich brachte nur heraus: »Glückwunsch. Ich habe gehört, dass du heiratest.«

»Es ist nicht so, wie du denkst, Nalini. Ich musste dich noch einmal wiedersehen«, erwiderte er.

Ich blickte auf. Sein Lächeln strahlte mir entgegen und ließ alle meine Zweifel und meinen Zorn wegschmelzen. Auf dem Rückweg erzählte er mir, er habe ständig an mich denken müssen. Seine Ehe, sagte er, sei von seiner Mutter arrangiert worden; er kenne die Frau kaum. Dann nahm er meine Hand.

Raul Kathi, dachte ich. Warum tust du mir das an?

Die Stunde verging wie im Flug, als er mich zum Baum, unserem Baum, begleitete, meine Hand drückte und mir versprach, mich bald wieder zu besuchen.

Er kam am nächsten Tag wieder und am übernächsten. Es dauerte nicht lang, bis ich beschloss zu vergessen, dass er heiraten würde, und ich verliebte mich bis über beide Ohren in ihn.

In unserem Haus machte sich Ungewissheit breit, und meine Mutter und ich stritten uns häufig, was früher nie der Fall gewesen war. Lebensmittel verdarben nach nur einem Tag. Sie ahnte, dass es mit Raul zusammenhing, und ermahnte mich, ich solle mich von ihm fernhalten. Sie appellierte an meine Vernunft und sagte, die Liebe sei bloß ein vorübergehendes Gefühl; nur man selbst, kein anderer, könne dem Leben Beständigkeit geben. Fast alles in mir flehte, ich möge ihm aus dem Weg gehen. Und da ich wusste, dieser Mann würde dafür sorgen, dass ich mir selbst fremd wurde, versuchte ich, einen Bogen um ihn zu machen. Doch je mehr Mühe ich mir gab, Raul zu meiden, umso größer wurde meine Sehnsucht, und desto beharrlicher wurden seine Bemühungen. Ich wollte nur noch ihn, wollte ihn berühren, ihn in den Armen halten und mit ihm zusammen sein.

Zwei Wochen vor seiner Hochzeit kam Raul zu mir und bat mich, mit ihm durchzubrennen. Der Skandal und der Schmerz, den ich damit meiner Mutter zufügen würde, zermürbten mich. Ich wollte sie nicht verlassen, und sie wäre nie bereit gewesen, ihr Zuhause aufzugeben. Aber ich sehnte mich verzweifelt nach Raul, und wenn ich mit ihr darüber gesprochen hätte, hätte sie mich zurückgehalten. Am nächsten Tag packte ich also erfüllt von Trauer ein paar Sachen und ging mit ihm fort. Wir heirateten und machten uns dann auf den Weg zum Bahnhof.

Als der Zug in Mumbai eintraf, drängten sich Menschen auf dem Bahnsteig: Kulis mit roten Turbanen wetteiferten um Kundschaft, Händler mit Obstkörben auf dem Kopf stürzten sich auf die aussteigenden Pendler, Teejungen riefen »chia«, und Schlangenmenschen steuerten auf Familien zu und bliesen Ballons auf, die sie wie ihre Körper verbogen. Einige Kinder weinten erschrocken, andere jammerten, weil sie die Ballons kaufen wollten und ihre Eltern sie hastig wegzerrten. Ich stand da und staunte. Raul hielt meine Hand, als wir auf der Suche nach dem Fahrer durch die Menge gingen.

Während der Fahrt durch die belebten Straßen starrte ich verwundert die Frauen in ihren bunten Kleidern an. Einige waren geschminkt und hatten Handtaschen bei sich. Schnelle Autos rasten vor uns dahin. Rikschas, Ochsenkarren und Fahrräder folgten in großem Abstand. Menschen urinierten an Straßenecken oder kauerten vor Imbissbuden. Bunte Busse rumpelten vorbei, sodass die Lebensmittel von dickem schwarzem Qualm eingehüllt wurden. Ein Polizist stand auf einem Podest und versuchte, mit einer Trillerpfeife den Verkehr zu regeln, doch niemand achtete auf ihn. Selbst der Staub schien ein Eigenleben zu haben, nahm an allem teil und folgte dem Lärm der Motoren oder den Leuten, die durcheinanderriefen, umherliefen oder in ihren besten Kleidern in den langen Schlangen vor den Kinos warteten. Ich wurde von einer seltsamen Aufregung ergriffen und wollte so gerne dabei sein und richtig Hindi lernen, um alles verstehen zu können. Krach, Verkehr, Menschenmassen und Tierherden wurden allmählich weniger und wichen endlosen Feldern voller Limetten- und Mangobäume. Wir erreichten Anajaba, sechzig Kilometer von Mumbai entfernt.

Das Auto hielt vor zwei schmiedeeisernen Toren, und

als der Fahrer hupte, öffnete ein Wachmann in Khakiuniform die Tür. Er salutierte. Raul nickte. Der Rasen war viele Hektare groß. Als wir uns der Veranda näherten, rannte uns eine Frau mit Zahnlücken entgegen, verbeugte sich vor mir und berührte meine Füße. Ein anderer Mann kam aus dem Haus gestürmt, um sich des Gepäcks anzunehmen.

»Memsahib«, sprach er mich an, während er sich verbeugte. Wir näherten uns dem Haus, einem großen weißen Gebäude im Kolonialstil mit hohen Räumen. Die Köchin erschien mit einem Tablett mit Wassergläsern und einem Imbiss.

»Willkommen zu Hause«, sagte Raul.

Das war also mein Zuhause. Alles war in einem üppigen Rot bezogen, und es gab sogar ein dazu passendes importiertes rotes Ledersofa, auf dem gelbe handbestickte Seidenkissen lagen. So eine Pracht hätte ich mir nie träumen lassen. Die Einrichtung sah nagelneu aus, angefangen von den frisch gestrichenen weißen Wänden bis hin zu den polierten Holzmöbeln und dem schimmernden Fußboden.

Selbst wenn wir nur einander gehabt hätten, wäre das genug für mich gewesen, denn in den ersten Monaten unserer Ehe war Raul alles, was ich mir je gewünscht hatte. Er war aufmerksam und zärtlich und gab mir das Gefühl, ich wäre der Mittelpunkt der Welt. Nie hätte ich gedacht, dass ich so einen Mann verdient hatte. Um fünf kam er von der Arbeit nach Hause geeilt, nur um mit mir zusammen zu sein, und er unternahm mit mir Ausflüge, damit ich neue Erfahrungen machte.

Wir besuchten Restaurants in der Stadt, und er zeigte mir, wie man Besteck benutzte. Manchmal gingen wir auch in Sariläden, wo er mir die neuste Mode erklärte. Dann wies er den Verkäufer an, mich in die teuersten Gewänder zu hüllen, ließ uns vom Fahrer durch die Stadt kutschieren und zeigte mir das abendliche Treiben. Hin und wieder schlenderten wir auch zu Fuß durch die Menschenmengen, und Raul hielt mich fest an der Hand. Mir gefielen der Lärm und der Rummel, und seine Nähe gab mir Sicherheit. Dann wurde ich schwanger, und alles änderte sich.

»Raul, ich bin schwanger«, sagte ich und schlang die Arme um ihn.

Er starrte mich entgeistert an.

»Stimmt etwas nicht? Freust du dich denn nicht? Was ist los?«

»Natürlich freue ich mich, es kommt nur ein bisschen überraschend. Vielleicht hätten wir noch ein wenig warten sollen. Ich wollte dich noch eine Weile ganz allein für mich haben. Aber ja, ja, natürlich bin ich glücklich«, sagte er und streichelte mein Haar.

»Bist du sicher?«

»Natürlich«, erwiderte er.

Während mein Bauch wuchs, nahm auch meine Unsicherheit zu. Ich hatte das Gefühl, mit meiner Hochzeit mehr getan zu haben, als nur Ringe und Girlanden auszutauschen. Das Leben in einem großen Haus mit Dienstboten, in dem ich nichts weiter zu tun brauchte, als einzukaufen und Konversation zu betreiben, sorgte dafür, dass ich mich absolut nutzlos fühlte. Übelkeit und Brechreiz verleideten mir die Freude, die ich normalerweise am Kochen hatte, und da ich den Anblick der Küche nicht mehr ertragen konnte, mied ich sie, und die Köchin schaltete und waltete nach Gutdünken.

Raul kam immer später nach Hause – dauernd passierte in letzter Minute irgendetwas Dringendes. An manchen Tagen, wenn er versprochen hatte, früher zurück zu sein, saß ich da, wartete auf ihn, freute mich darauf, etwas zu unternehmen, und schlief dabei ein. Inzwischen war ich nur noch zweite Wahl nach einem Kartenspiel oder einem Besäufnis mit seinen Freunden.

»Warum, Raul?«, wollte ich ihn so gerne fragen. »Warum hast du dich verändert? Liegt es daran, dass die Leidenschaft, die aus der verzweifelten Sehnsucht nach jemandem entsteht, verfliegt, sobald man sich desjenigen sicher sein kann? Ist das bei dir immer so, wenn jemand endlich dir gehört und du dir genommen hast, was du wolltest? Warst du schon von Anfang an so, und ich habe einfach nur die Augen davor verschlossen?« Doch seine Antwort auf alles lautete stets, seit ich schwanger sei, sei ich nicht mehr wie früher und viel zu emotional.

Vielleicht hatte er ja recht. Denn möglicherweise hatte ich jetzt endlich die Zeit, die Dinge infrage zu stellen. Aber ich fühlte mich so allein, und obwohl ich im siebten Monat schwanger war, empfand ich eine unbeschreibliche innere Leere. Ich sehnte mich nach meiner Mutter, unserem gemeinsamen Leben und nach Frieden. Ich wusste, dass sie mir helfen würde, aber ich konnte sie nicht bitten zu kommen. Schließlich hatte ich ihr schon genug wehgetan, als ich sie einfach verlassen hatte. Deshalb durfte ich mich nicht an sie wenden. Also machte ich einfach weiter, ohne mich zu beklagen.

Unser kleiner Sohn kam früher als erwartet. Raul, der unterwegs war, um ein Büro am Golf einzurichten, telegrafierte, er werde bald zu Hause sein. Obwohl ich Dienstboten hatte, die mir halfen, Satchin zu versorgen, fühlte ich mich überfordert. Er schrie die ganze Nacht durch, und ich war völlig hilflos – meine Bemühungen reichten offenbar nicht. Dauernd stand mir das Bild des kleinen Jungen meiner Mutter vor Augen, mit dem ganzen Küchenfußboden voller Blut – kein schreiendes Kind, sondern ein stilles lebloses. Das Bild wollte mir nicht mehr aus dem Kopf. Vor Niedergeschlagenheit und Erschöpfung blieb ich wochenlang im Bett. Manchmal betrachtete ich mein kleines Bündel, sagte mir, welche gewaltige Verantwortung ich jetzt trug, und dachte darüber nach, wie mein Leben sich verändert hatte. Im Dorf bei meiner Mutter war ich so sorglos gewesen – und nun das! Satchin schrie immer weiter, mir schien es, als würde es nie ein Ende nehmen, und als ich kurz vor dem Zusammenbruch stand, schrieb ich meiner Mutter einen Brief, in dem ich sie anflehte zu kommen und mich zu besuchen. Ich legte eine

Zugfahrkarte bei. Zwei Tage später traf sie, bewaffnet mit ihren Gewürzen, ein.

Meine Mutter erschien in ihrem besten Mundu und hatte für die Reise falsche Zähne eingesetzt. Da das Gebiss zu groß für ihren Mund war, musste sie die Lippen schürzen, damit es ihr nicht herausfiel. Der Fahrer hatte sie vom Bahnhof abgeholt, und als er den Kofferraum aufklappte, quoll eine Lawine aus handverschnürten Essenspaketen heraus. Er beschwerte sich, sie habe sein Auto mit Koriander beschmutzt, als sich ein Päckchen beim Holpern durch die unzähligen Schlaglöcher in der Straße geöffnet habe.

»Koriander ist harmlos«, nuschelte meine Mutter aus dem Mundwinkel. »Besonders auf dem Rücksitz eines Autos.«

»Raul Sahib wird gar nicht erfreut sein«, gab er zurück.

Da Ma nicht den Mund geschlossen halten konnte, als sie auf mich zutrat, um mich zu begrüßen, nahm sie die Zähne heraus und reichte sie dem Fahrer, der angewidert das Gesicht verzog. Sie drückte mich fest an sich. Ich hatte ihr so viel zu erzählen. Wie sollte ich ihr sagen, dass sie recht gehabt hatte und ich inzwischen verstand, was sie meinte, wenn sie über die Liebe sprach und darüber, wie wichtig es sei, sich nicht selbst zu verlieren? Aber ein Fehler ist nur ein Fehler, wenn man ihn sich in seinem tiefsten Inneren eingesteht. Während mir die Tränen übers Gesicht liefen, beteuerte ich also, ich sei so glücklich, Raul sei ein guter Mann, vermittle mir die Geborgenheit, nach der ich mich immer gesehnt hätte, und sei sehr, sehr gütig.

Meine Mutter schwieg. Sie tadelte mich auch nicht und verlor kein Wort über meinen Abschied vom Dorf, den

Skandal, der darauf gefolgt war, und die Konsequenzen für sie selbst. Sie kümmerte sich lieber um praktische Dinge und half mir, endlich das Kommando im Haushalt zu übernehmen. Die erste anstehende Aufgabe war, die Köchin zu entlassen. Die Frau verbreitete eine unangenehme Stimmung, und jede ihrer Handlungen war von Wut und Enttäuschung geprägt. Außerdem bestahl sie uns, ohne dass ich etwas dagegen unternommen hätte. Ich hatte einfach nicht die Kraft, mich damit auseinanderzusetzen, und die anderen Diener hielten den Mund, weil sie Angst vor ihr hatten. Meine Mutter war streng, aber gerecht und sagte zur Köchin, sie habe zwar gute Arbeit geleistet und sich um mich gekümmert, solle aber möglicherweise in Erwägung ziehen, sich nach einem anderen Wirkungskreis umzusehen.

Die Köchin stürmte aufgebracht durchs Haus und machte sich auf die Suche nach mir. Ich stillte gerade meinen Sohn. »Ist das richtig, Memsahib? Wollen Sie, dass ich gehe?«

»Das ist es nicht, Barathi … Es ist nur, dass meine Mutter hier ist, und sie ist …«

»Sie ist ein Mensch, der sich in alles einmischt! Sie werden schon sehen, was der Sahib sagt, wenn er zurückkommt.«

»Tut mir leid, Barathi, Sie bekommen drei Monate Lohn.«

»Geld, Geld, Geld«, tobte sie. »Sie denken, alles dreht sich ums Geld. Eines Tages werden Ihnen die Augen aufgehen, und dann werden Sie wissen, dass ich Ihnen hätte helfen können. Aber jetzt, Memsahib, haben Sie alles, was passiert, nur noch sich selbst zuzuschreiben.«

Sie nahm ihren Lohn und verließ türenknallend das Haus.

Die zweite Aktion meiner Mutter war, das Ledersofa abzudecken. Ihr wurde übel bei der Vorstellung, dass in unserem Wohnzimmer eine oder zwei heilige Kühe lagen, auf denen wir alle sitzen sollten. Die ganze Nacht blieb sie auf und nähte einen Bezug aus Baumwolle. Dann wandte sie sich dem Herzen unseres Hauses zu. Nachdem sie Annapurna ausgepackt hatte, wurde alles von der Güte erfüllt, die nur die Göttin ausstrahlen konnte. Das Knistern des brutzelnden Öls im erhitzten Cheenchatti, wo Chilischoten brieten, war Musik in meinen Ohren, und der Duft nach warmem Zimt und Nelken wehte durch alle Räume des Hauses. Haufen von Ingwer und Turmeric wurden auf der Veranda zum Trocknen ausgebreitet, und daneben dörrte ein Berg goldener Kreuzkümmelsamen in der heißen Sonne, Reiskörner wurden auf weißen Laken ausgestreut, damit sie die Hitze in sich aufnahmen. Leute, die uns gar nicht kannten, kamen zu Besuch, angelockt von dem geschäftigen Treiben und den verlockenden Düften, die aus unserem Haus aufstiegen. Meine Mutter unterbrach ihre Arbeit, um sich Zeit für sie zu nehmen, und bot ihnen Tee und Süßigkeiten aus sorgfältig gebratenen grünen Bananen an. Sie kehrten zurück und brachten ihre Kinder und alten Verwandten mit. Mein Baby schlief friedlich, und ich hatte wieder das Gefühl, mein Leben im Griff zu haben.

An Morgen wie diesem sang Amin vor sich hin, während er Brennholz sammelte. Es waren die Bruchstücke eines Liedes aus einem Film in Hindi, den er selbst gar nicht gesehen hatte. Das Lied hatte er vom Gärtner, der den Film ebenfalls nicht kannte. Ayas Fußkettchen klimperten, als sie sich beim Wasserholen am Brunnen rhythmisch wiegte, und die Waschfrau, die die nassen Kleider gegen die Wand schlug, gab dazu den Takt an. Eine Autohupe und dann das Dröhnen eines Wagens, der plötzlich in die Auffahrt einbog, übertönte sie. Das Auto fuhr den Berg Kreuzkümmelsamen um. Alle hasteten umher und eilten in den hinteren Teil des Hauses, während sich Schritte der Veranda näherten. Er rief meinen Namen.

»Nalini, Nalini«, hallte es durchs Haus. Endlich war er zurückgekommen. Satchin war drei Monate alt. Raul ging die Treppe hinauf in unser Schlafzimmer. Meine Mutter badete das Baby, ich bereitete seine Sachen vor. Er blieb stehen, sah die beiden an und trat dann näher, um mich zu küssen. »Ich wollte früher kommen, Nalini, aber ich konnte nicht; es war unmöglich.« Er hielt inne und betrachtete noch einmal unseren Sohn. »Ich bin so stolz auf dich, und schau dir unseren kleinen Sohn an«, sagte er und hob ihn hoch. Satchin zitterte und schrie, als ihn auf einmal ein Fremder im Arm hielt. Ich wickelte ihn in eine Decke und reichte ihn wieder seinem Vater.

»Achan wird sich jetzt um dich kümmern, Monu«, meinte er und warf einen Blick auf meine Mutter.

Vielleicht machte ich mir ja etwas vor, aber zwischen mir und Raul lief es wieder besser. Eine Weile war er völlig begeistert von unserem Sohn, präsentierte ihn allen Besuchern und zeigte sich mir wieder von der zärtlichen Seite, in die ich mich damals bis über beide Ohren verliebt hatte. Außerdem herrschte in meinem Leben wieder Gleichgewicht, und ich war mit Satchin, meiner Mutter, meinem Haushalt und dem Kochen beschäftigt.

Wenn Raul in der Arbeit oder verreist war, wagten meine Mutter und ich uns auf größere Ausflüge. Wir zogen unsere ältesten Sachen an und ließen uns vom Fahrer und Amin in die Stadt bringen, wo es von Straßenhändlern wimmelte. Mittwochs war Markttag. Bettler, Fliegen, Katzen, Hunde und alles, was sonst noch Beine hatte, drängte sich um die Lebensmittel, stets in der Hoffnung, dass einem Verkäufer eine Zitrone, eine Mango, eine Banane oder sonst etwas aus dem Korb fallen würde. Wenn das tatsächlich geschah, stürzten sich alle darauf und kämpften darum, bevor der Händler Gelegenheit hatte, das Verlorene wieder aufzuheben. Einige Leute kauerten auch da und warteten ab, bis die Händler die verschrumpelten Gemüse wegwarfen, die sie nicht hatten verkaufen können. Häufig harrten sie vergeblich aus.

Meine Mutter und ich lernten zu feilschen und die beste Ware auszuwählen, indem wir das welke Zeug, das ganz oben lag, zurückwiesen und auch nicht auf die rührseligen Geschichten hereinfielen, die man uns auftischte. Denn wenn man ihnen allen Glauben geschenkt hätte, hatten die meisten Händler zehn Kinder, keine Frauen und dazu noch pflegebedürftige Eltern, die sie versorgen mussten. Kleine Kinder liefen uns nach und bettelten uns an, unsere Einkäufe tragen zu dürfen. Auf dem Weg zum Auto kamen wir an Spielern vorbei, die an den Straßenecken vor ihren Karten saßen. Zigeuner tanzten und sangen, während Männer, Beadies im Mundwinkel, auf Kisten saßen und ihnen zusahen. Der Fahrer brachte uns in unser wohlbehütetes Zuhause zurück.

Am Donnerstag kochten wir den ganzen Tag, verpackten das Essen in Baumwolle oder in Zeitungspapier, verschlossen die Bündel mit Schnüren und wiesen Amin, Nila und den Fahrer an, die Speisen an die obdachlosen Kinder zu verteilen, die am Strand schliefen. Anfangs protestierte der Fahrer, dies sei nicht seine Aufgabe. Außerdem wäre Raul Sahib gewiss nicht einverstanden, wenn das Auto für diese Zwecke benutzt würde. Doch meine Mutter redete ein ernstes Wörtchen mit ihm, worauf er den Widerstand bald aufgab.

Zwei Jahre später wurde meine Tochter Maya geboren. Ich hätte nie gedacht, dass ich so viel Liebe für ein Baby empfinden könnte. Man möchte meinen, dass das Herz sich gar nicht so weit ausdehnen kann, um einen anderen Menschen auf diese Weise zu lieben, weil der Platz einfach nicht reicht. Doch es ist möglich, und zwar ohne die geringste Anstrengung.

Maya hatte rosige Füßlein und winzige Händchen, war arglos und sehr temperamentvoll und wusste schon im zarten Alter ihren Kopf durchzusetzen. Eigentlich hatte ich sie nur selten im Arm, da sie ständig von einem anderen Mitglied des Haushaltes aufgehoben wurde, denn alle waren von ihr hingerissen. Wenn Maya nicht bei meiner Mutter war, suchte sie nach ihrem Vater. Schon als Winzling verstand sie, dass man sich umso mehr nach jemandem sehnt, je seltener man ihn sieht. Wenn ihr Vater sich näherte, fing sie an zu strahlen. Ich versuche immer noch dahinterzukommen, was Maya an sich hatte, dass er ständig in ihrer Nähe sein und mit ihr spielen wollte. Ich wusste nicht, wie lange es dauern würde, vermutlich nur, bis sie begann, Forderungen zu stellen. Doch sie betete ihn an, ohne etwas zu verlangen. Raul brauchte das. Er gab Maya alles, was er hatte. »Mol, Achan spielt mit dir Huckepack. Komm, spring auf Achans Rücken.« »Mol, Achan hat eine Überraschung für dich. Schau, Mol, ein Welpe.«

Satchin sehnte sich nach der Zuneigung seines Vaters und danach, liebkost und geküsst zu werden. Doch mit seiner Bedürftigkeit schreckte er Raul ab. Meine Mutter und ich versuchten, ihn dafür zu entschädigen, aber Satchin zeigte nur ungern, dass er unsere Zuwendung brauchte. Deshalb umgab er sich gerne mit anderen Menschen und sicherte sich ihre Aufmerksamkeit, indem er lachte und Witze machte. Schon in jungen Jahren war er sehr selbstständig, und wenn er nicht im Haus mit seiner Schwester spielte, fuhr er mit dem Briefträger auf dessen Fahrrad davon oder begleitete Amin auf Botengängen.

Rauls Geschäftsreisen wurden immer häufiger und dauerten zunehmend länger, aber ich vermisste ihn nicht. Inzwischen hatte ich mich daran gewöhnt und mir ein Leben mit meiner Familie aufgebaut. Wenn mein Mann dann doch nach Hause kam, hatten wir wegen der spannenden Geschichten und der aufregenden Geschenke aus fernen Ländern etwas, worauf wir uns freuen konnten. Meine Mutter war nicht froh über seine Gegenwart, schwieg, wenn sein Name fiel, und ging ihm aus dem Weg, wenn er zu Hause war. Als wir erfuhren, dass Raul dazu bestimmt worden war, die Indische Ölexport-Gesellschaft in Großbritannien zu leiten, war sie überglücklich. Wir alle dachten, dass er ein oder höchstens zwei Jahre in England bleiben würde. Doch nachdem sein Vertrag ein Jahr gelaufen war, rief er an und teilte uns mit, wir sollten nachkommen.

Als ich das hörte, wurde ich mutlos. Wir hatten einen eingespielten Tagesablauf, die Kinder fühlten sich wohl. Ich wollte unser Zuhause, meine Mutter und unsere Küche nicht verlassen. Ich hätte mich weigern sollen, das sagte mir mein Herz und schrie es mir regelrecht zu. Dann jedoch dachte ich an die Zukunftschancen meiner Kinder und daran, dass sie ihren Vater brauchten. Also erklärte ich mich bereit, das restliche Jahr bei ihm zu verbringen, und ich ließ ihn versprechen, dass wir anschließend zurückkehren würden. »In ein größeres und schöneres Leben«, versicherte er mir. Als ich erwiderte, dass ich das gar nicht brauchte, entgegnete er, er vermisse uns alle sehr und wolle nichts weiter, als mehr Zeit mit uns zu haben. Dann wies er mich an, das Haus zu verkaufen, da es nicht sinnvoll sei, es ungeschützt gegen Diebe leer stehen zu lassen. In meiner Naivität stimmte ich ihm zu.

Meine Mutter sagte nichts. Nicht ein Wort. Ich flehte sie an, uns zu begleiten, aber sie weigerte sich. Ich hätte es nachdrücklicher von ihr verlangen sollen. Warum ließ sie uns einfach gehen? Warum? Sie hätte Einspruch erheben können, doch stattdessen half sie mir, das Haus samt Inhalt zu verkaufen und allen Dienstboten einen neuen Arbeitsplatz zu besorgen. Meine Mutter meinte, es sei Zeit, dass sie in ihr Dorf zurückkehrte. Und so reiste sie ab, nachdem sie uns beim Packen geholfen hatte, und versprach, wir würden alle bald wieder vereint sein. Doch ich sah sie nie wieder, und die Briefe, die ich ihr im Laufe der Zeit schrieb, blieben unbeantwortet.

England war klamm, obwohl es mitten im Sommer war, und es waren kaum Leute auf der Straße. Ich verstand kein Wort von dem, was der Fahrer, den Raul geschickt hatte, um uns abzuholen, zu mir sagte, und ich hatte Angst. Auf dem Weg zu unserem Treffpunkt klammerte ich mich an meinen Kindern fest. Als Raul vor mir stand, wirkte er auf mich wie ein Fremder. Er war hochmütig geworden und trug das Kinn hoch, sodass er einen nicht länger anschaute, sondern über einen hinwegblickte. Er brachte uns in ein großes, beeindruckendes Haus mit dickem Teppichboden und Kerzenleuchtern. Es war ein kaltes Haus ohne Garten, das in einer Reihe mit vielen anderen, die genauso aussahen, stand. Aber meine Kinder waren glücklich. Sie waren bei ihrem Vater und bereit, sich in ein neues Abenteuer zu stürzen. Kinder sind anpassungsfähig, die Erwachsenen sind es, die Schwierigkeiten mit Veränderungen haben. Ich sehnte mich nach meiner Heimat und meiner Mutter, und wenn die Kinder in der Schule waren und mein Mann verreist oder im Büro, zehrte die Einsamkeit an mir, dass es richtig wehtat – ein bohrender Schmerz in meiner Brust, der sich einfach nicht legen wollte.

Ich gab mir Mühe, das Haus zu verlassen, aber ich verabscheute die ständigen Hinweise darauf, dass ich mich in einem fremden Land befand. Es war schon schwierig genug, sich im Haus aufzuhalten, ohne ständig mit neuen Absonderlichkeiten konfrontiert zu werden. Außerdem störte mich der ständige Verkehrslärm, der verglichen mit dem bunten Treiben auf den Straßen zu Hause so monoton war. Es gab keine aufgebrachten Rufe von Leuten, die versuchten, die Straße zu überqueren und dabei den Rikschas und den Kühen auszuweichen. Keine scharfen Gerüche stiegen von den Straßenecken auf. Und man sah auch keine lautstark feilschenden Straßenhändler, die vergeblich zu verhindern versuchten, dass die großen schweren Busse, die durch die Stadt zuckelten, ihre Waren mit Abgasen verschmutzten. Strahlende, vibrierende Farben fehlten völlig. Ich sah Wäscheleinen – man stelle sich einmal Wäsche vor, die in Reih und Glied an Leinen hängt, ohne dass eine Dhobi hin und her hastet, auf der Suche nach einem Flecken Gras, um die Kleider dort auszubreiten! Selbst der Regen fiel nur halbherzig. Alles war so schrecklich ordentlich. Angefangen beim Verkehr bis hin zu den Lebensmitteln in den Läden und zu den Häusern. Gas, Wasser und Strom flossen berechenbar, wann immer man sie brauchte.

Die Menschen bremsten sogar ihre Gefühle – sie sprachen nicht miteinander, sondern sahen sich nur argwöhnisch an. Die Vorhänge der Nachbarn zuckten, doch Fenster und Türen blieben fest geschlossen. Keine Händler kamen an die Tür, die Perlenketten, frischen Fisch, Stoff, Gemüse oder Klatsch im Angebot hatten. Höchstens der Katalogverteiler ließ sich blicken, legte einen Katalog vor die Tür oder läutete und ging sofort wieder. Eines Tages hatte der Briefträger aus Versehen einen Brief bei uns abgegeben, der für die Nachbarin bestimmt war. Also klopfte ich an ihre Tür, um ihn ihr zu geben. Eine Frau mittleren Alters machte auf. Sie stemmte den Fuß fest gegen die Tür und spähte nur durch den Spalt. Anstatt mich hereinzubitten und mir Tee und Süßigkeiten anzubieten, bedankte sie sich bloß höflich und machte die Tür wieder zu. England war ein sehr, sehr einsames Land.

Raul ging früh zur Arbeit und kam spät nach Hause. Hin und wieder beschäftigte er sich mit den Kindern. Manchmal ging er mit seinen Freunden aus, aber ich war nur selten eingeladen. Und wenn ich doch dabei war, passte ich einfach nicht dazu und trat immer wieder ins Fettnäpfchen.

»Nalini, mach das nicht so, sondern benütze eine Serviette«, beklagte sich Raul. Oder er lachte vor allen anderen über mein mangelndes Wissen. Ich saß an Tischen herum und kam mir dumm vor, während die Leute sich in einer fremden Sprache unterhielten. Ich konnte nichts tun, als zu lächeln, und nicht einmal das gelang mir richtig, weil ich tief in meinem Innersten nicht glücklich war.

Glück. Glück war nur ein Geisteszustand, Glück war nur ein Geisteszustand. Wenn ich es oft genug wiederholte, würde es vielleicht in mein Bewusstsein einsickern. Ich musste etwas tun, egal was. Also brachte ich Raul dazu, Lebensmittel und Gewürze ins Haus liefern zu lassen. So konnte ich wenigstens kochen, um nicht den Verstand zu verlieren.

Ich bereitete gewaltige Mahlzeiten zu und arrangierte sie auf dem Esszimmertisch. Von morgens bis abends stellte ich Gerichte zusammen, rief mir Rezepte ins Gedächtnis, erinnerte mich an Geschichten meiner Mutter und vergaß dabei, wo ich mich befand. Ich polierte das Besteck und schmückte den Tisch. Niemand aß, was ich gekocht hatte. Raul hatte entweder im Büro oder mit seinen Kunden und Freunden gegessen, und die Kinder bevorzugten neu entdeckte Speisen wie Hamburger und Fischstäbchen. Ich reicherte sie heimlich mit Gewürzen an, damit sie nie vergaßen, woher sie kamen. Jeden Tag erhielt ich Anweisungen, neue englische Gerichte zuzubereiten. »Ma, kannst du uns Omelette und Toast machen?«

»Was ist Omelette und Toast, Makkale?«

»So etwas wie Mutta Dosa ohne Chilis und mit heißem Brot«, erklärte Satchin.

Ich verquirlte die Eier mit Korianderblättern, gab eine halbe Chili, geschroteten Pfeffer und Zwiebeln hinzu und toastete das Brot auf dem Cheenchatti mit Butter. Sie beschwerten sich über die »grünen Stückchen«, und ich hatte den Eindruck, dass ich im Begriff war, den Kampf zu verlieren. Die Kinder waren begeistert von dem Abenteuer, und mich tröstete nur, dass es ja nur vorübergehend war und dass wir bald nach Hause fahren würden.

Tom, der junge Mann, der die Gewürze lieferte, kam zuverlässig jede Woche. Ich füllte Behälter mit Essen und gab sie ihm mit, da es sonst nur verdorben wäre. Ich freute mich auf seine Besuche, obwohl er Fingernägel hatte wie der Baumkletterer. Bei jedem Besuch brachte er mir ein neues englisches Wort oder einen Satz bei. »Das, Mrs. K., nennt man einen Kürbis, und das ist ein Markkürbis …« So tauschten wir Behälter aus, und nach einem Jahr konnte ich ihn verstehen und auch in ganzen Sätzen antworten. Er ermutigte mich immer, und wenn er ging, sagte er stets: »Sie lernen schnell, Mrs. K., es klappt schon ganz prima.«

In diesem Herbst war Raul nach Amerika geflogen. Wenn er verreist war, rief er normalerweise einmal pro Woche an. Doch nun waren schon zwei Wochen vergangen, ohne dass ich von ihm gehört hätte. Am folgenden Mittwoch meldete er sich, und anstatt zu fragen, wie es uns ginge, oder uns zu sagen, wann er zurückkommen würde, erteilte er mir strikte Anweisung, Tom einen seiner Anzüge mitzugeben, damit dieser ihn in die Reinigung brächte. Da mir diese Bitte seltsam erschien, erkundigte ich mich, ob der Grund sei, dass er bereits am nächsten Tag wieder da sein würde. »Ja«, entgegnete er, »bald.« Ich wartete darauf, dass er etwas über Satchin und Maya wissen wollte, aber vergebens. Also beendete ich das Gespräch mit den Worten, die Kinder seien gesund, und wir alle vermissten ihn. Er antwortete nur, er sei wirklich sehr beschäftigt und müsse jetzt auflegen.

Als ich später an diesem Nachmittag sauber machte, fiel mir der Anzug wieder ein. Also machte ich mich im begehbaren Kleiderschrank auf die Suche danach. Es war der blaue mit den Nadelstreifen. Nachdem ich ihn unter den Hunderten von Anzügen, die Raul besaß, gefunden hatte, holte ich eine Tüte, um ihn darin zu verstauen. Beim Zusammenfalten kam ich auf den Gedanken, besser in den Taschen nachzusehen, um sicherzugehen, dass sich keine Papiertaschentücher oder Münzen darin befanden. In der Brusttasche des blauen Anzugs entdeckte ich ein Foto. Es stellte Raul dar, wie er die Arme um eine blonde Frau schlang. Zwischen ihnen stand ein kleines Kind. Verdattert starrte ich auf das Foto. Auf der Rückseite standen ein paar Wörter, die ich nicht lesen konnte. Ich fühlte mich wie gelähmt, und meine Gedanken bewegten sich im Kreis. Wer war diese Frau? Wer war das Kind? Handelte es sich um einen Irrtum?

Als ich seinen Schrank durchwühlte, fand ich Fotos und Briefe in einem Schuhkarton. Für mich ergab das alles keinen Sinn. Wer war sie? Raul musste nach Hause kommen. Ich musste mit ihm sprechen. Er würde alles klarstellen und mir sagen, dass es nur ein großes Missverständnis war. Es war vier Uhr, und die Kinder würden bald nach Hause kommen. Deshalb legte ich die Sachen an ihren Platz zurück, und als die beiden eintrafen, machte ich ihnen etwas zu essen, spielte mit ihnen und versuchte anschließend zu schlafen.

Tagelang wartete ich auf einen Anruf, einen Brief, irgendein Lebenszeichen. Die Woche verging, und meine Bestürzung steigerte sich, als die Kinder nach ihrem Vater fragten. Ich erfand Geschichten, er werde in dieser Woche nach Hause kommen – noch eine Woche verstrich. Keine Nachricht. Dann erhielt ich einen Anruf aus dem Büro, aber ich wollte nicht verstehen, was sie mir sagten, und bat um einen Rückruf am Donnerstag um die Mittagszeit, wenn Tom da sein würde. Das Telefon läutete, und ich beobachtete, wie er erbleichte. Dann legte er auf. »Mrs. K., ich weiß nicht, wie ich Ihnen das erklären soll, aber er ist verschwunden. Sie können ihn nicht mehr finden. Er hat Geld von der Firma unterschlagen und ist abgehauen.« Ich schüttelte den Kopf und begriff kein Wort. »Er ist weg. Sie wollen wissen, wann Sie aus dem Haus ausziehen werden. Nächste Woche kommt der Nachfolger.«

»Nein, nein, nein, nein.« Ich schüttelte den Kopf. Tom tätschelte mir den Arm. »Gehen Sie!«, schrie ich. »Gehen Sie!«

»Mrs. K., kann ich etwas für Sie tun? Soll ich jemanden anrufen?«

»Nein, nein, nein«, schluchzte ich ungläubig. »Gehen Sie.«

»Ich kann Sie nicht so allein lassen.«

»Gehen Sie!«, kreischte ich wieder.

An der Tür sagte er noch, er werde auf dem Heimweg noch einmal vorbeischauen.

Nachdem die Tür sich hinter ihm geschlossen hatte, begannen meine Hände zu zittern, die Tränen liefen mir übers Gesicht, und dann schrie und schrie ich, bis mir die Luft wegblieb. »Ma … wo bist du? Hilf mir.« Wie ein Tier wälzte ich mich auf dem Boden, zerrte an meinen Haaren und erstickte fast an meinen Tränen. Als ich aufblickte, sah ich die Fotos von ihm auf dem Tisch. Auf den Knien kroch ich hin, schleuderte sie zu Boden, zertrümmerte sie mit den Fäusten und zerschnitt mir an den Scherben die Hand. Warum? Warum hatte er uns hierhergeholt, um uns dann zu verlassen? Warum? Hatte er denn nicht gewusst, was er damit anrichtete? Warum hatte er uns nicht darauf vorbereitet, wenn er geplant hatte zu verschwinden? Oder hatte er das? Hatte ich die Anzeichen übersehen? Hatte er uns vielleicht Geld und Flugtickets hinterlegt, damit wir nach Hause fliegen konnten? Hatte er? Ich rappelte mich vom Boden auf, durchsuchte verzweifelt das Haus und rückte jedes Möbelstück weg. Ich durchkämmte sämtliche Zimmer. Nichts. Er hatte nicht für uns vorgesorgt.

»Ma, hilf mir, sprich mit mir. Was soll ich jetzt tun?«, schrie ich. »Verrat es mir.« Schweigen.

Meine Kinder. Was sollte ich den Kindern sagen? In zwei Stunden würden sie nach Hause kommen. Ich ging in die Küche und begann hastig zu kochen.

Das Blut von meiner Hand verteilte sich auf dem Markkürbis, als ich danach griff und zu schneiden begann. Blut und Tränen tropften in die Pfanne, sodass das Öl spritzte. Blut sickerte in den Holzlöffel, während ich ihn fester und fester umfasste. Ich begann zu rühren. Wer war dieser Mann, der sich Ehemann und Vater nannte? Welcher Mensch konnte so grausam sein? Warum? Sicherheit, Zuverlässigkeit, Beständigkeit, Güte – all diese Dinge hatte er mir vorgegaukelt und so getan, als könne er sie mir geben. Und dann hatte er sie mir skrupellos weggenommen. Ich wusste nicht, wo und wer er war oder ob er je zurückkommen würde. Während ich abwesend mit dem Löffel umrührte, versprach ich mir selbst etwas. Ich schwor mir, dass dieser Mensch keine zweite Chance erhalten sollte, unser Leben aus der Bahn zu werfen. Ganz gleich, welche Gründe er auch gehabt haben mochte, er brauchte nicht mehr wiederzukommen. Und ich würde tun, was in meiner Macht stand, um ihn von meinen Kindern fernzuhalten. Niemand durfte nach so einem Verhalten einfach wieder zur Tagesordnung übergehen, mit der jämmerlichen Entschuldigung, er sei nun einmal der Vater. Er hatte die Kinder nicht verdient. Und so wurde es der Tag, an dem er starb.

Wenn einem Stück für Stück alles genommen wird, gerät man in eine Position, in der es einen nicht mehr kümmert, was einem sonst noch entrissen werden könnte. Man hat nichts mehr zu verlieren. Meine Sorge galt nur noch den Kindern, die ich beschützen und für die ich sorgen wollte, um sicherzugehen, dass sie auch gute Menschen wurden. Also holte ich sie von der Schule ab und erzählte ihnen, ihr Vater sei ums Leben gekommen, weil er mitten auf die Straße gesprungen sei, um einen kleinen Jungen zu retten, der beinahe von einem Bus überfahren worden wäre.

Weder weinte noch schrie Maya. Sie sah mich nur an. Tränen liefen Satchin übers Gesicht, während seine Schwester ihn anstarrte. »Er kommt nicht zurück«, flüsterte ich und brachte die Worte kaum heraus. Aber ihre

»Wahrscheinlich ist sie hinten in einem Karton, Mol«, sagte ich.

»Nein, nein, ich muss sie sehen. Ich muss sie sofort sehen«, beharrte Maya.

»Kein Problem, Nalini, ich kann da drüben anhalten und nachschauen, ob Jemina auch nichts fehlt«, schlug Tom vor und hielt an. Maya ging mit ihm nach hinten, um die Kartons zu durchsuchen, und brach wieder in Tränen aus. »Sie ist nicht da, sie ist weg. Jemina ist weg. Weg. Sie kommt nicht zurück, richtig?«

»Maya, mein Schatz, weine doch nicht. Wenn die neuen Besitzer einziehen und es hell ist, fahre ich sofort hin und suche noch mal. Vielleicht ist sie ja noch dort«, meinte Tom beschwichtigend.

»Nein«, kreischte sie noch lauter. »Ich weiß, dass sie nicht zurückkommt. Sie ist fort.«

Ich stieg aus dem Wagen, um sie zu holen. Meine kleine Tochter lag am Straßenrand, und Tom konnte sie nicht trösten. Ich hob sie auf. »Amma ist hier, Mol.«

»Nein«, schluchzte sie und schmiegte ihr tränennasses Gesicht in mein Haar. »Achan, ich will meinen Achan.«

Wir mussten in ein Haus im Londoner Eastend ziehen, in eine Gegend, wo viele Einwanderer lebten. Alles sah ärmlich aus: Schmutzige Kinder liefen auf der Straße herum und stritten sich um ihre wenigen Spielsachen. Als wir durch das Viertel fuhren, sahen wir erschöpfte Menschen in schäbigen Kleidern, die schwarze Müllbeutel und Plastiktüten mit sich herumtrugen oder sie in rostigen Einkaufswagen vor sich herschoben. Es gab zwar viele ausländische Gesichter, aber, glauben Sie mir, ich fühlte mich nicht geborgen oder gar willkommen. Alle strahlten ein abgrundtiefes Misstrauen aus. Die Stimmung war angespannt und wegen der Plünderungen, Aufstände und der durch Briefschlitze geworfenen Brandbomben von einer tief sitzenden Angst geprägt. Wir parkten vor einem viktorianischen Haus mit Veranda. Toms Schwester Maggie kam heraus, um uns kennenzulernen und uns in unserem neuen Zuhause willkommen zu heißen.

Obwohl Maggie später eine meiner besten Freundinnen werden sollte, hätte ich bei unserer ersten Begegnung am liebsten meine Kinder genommen und wäre davongelaufen. Doch wir konnten sonst nirgendwohin. Tom hatte ihr von unserer misslichen Lage erzählt. Ich begegnete aber ihrer Freundlichkeit mit Argwohn, da ich sie für einen Trick hielt, um mich Schritt für Schritt in ihren Beruf zu locken. Deshalb sah ich sie in diesen ersten Tagen nur ausdruckslos an, wenn sie mit mir sprach, obgleich ich den Großteil verstand, da Unwissenheit mir als die sicherste Vorgehensweise erschien. Als ich die schäbige Wohnung sah, die sie uns anbot, wäre ich fast verzweifelt. Muffig riechende Teppiche, Feuchtigkeit, eine abblätternde Decke und ein ständiges Tropfen durch das undichte Dach. Sollten meine Kinder etwa in so einem Loch aufwachsen?

Überfluss bringt viele Wahlmöglichkeiten mit sich, und wenn ich heute vor einer Entscheidung stehe, genieße ich es und erfreue mich an der Vielzahl der Alternativen und Konsequenzen. Damals hatte ich nichts davon. Selbst der kurze Gedanke, wie es wohl den Kindern ergehen mochte, war Luxus. In diesem Kampf ums nackte Überleben sind Gefühle die reine Verschwendung. Wer innehält und nachdenkt, hat schon verloren, und deshalb war ich dankbar dafür, dass ich gar nicht die Zeit dafür hatte. Am Freitag kamen wir an, zwei schlaflose Nächte verbrachte ich damit, das Nähen zu lernen, und am Montag wurde ich in die Fabrik begleitet.

Die Fabrik lag in einer heruntergekommenen Werksanlage und war eine etwa zwanzigminütige Busfahrt entfernt. Diese zwanzig Minuten verbrachte ich damit, mich geistig auf den bevorstehenden Tag einzustellen und das Verhalten der Arbeiterinnen zu beobachten, die an den verschiedenen Haltestellen zustiegen. Einige waren Irinnen oder Polinnen, doch zum Großteil handelte es sich um pakistanische Frauen, die Salvar Kamise und Schals trugen. Es waren auch einige Inderinnen in Saris, Socken und Sandalen dabei, die mich in meiner westlichen Kleidung finster ansahen. Alle gesellten sich zu ihren jeweiligen Landsmänninnen und bildeten plaudernde Grüppchen. Die Irinnen machten den meisten Lärm und belebten die langweilige Fahrt ein wenig mit ihrem Gelächter.

Maggie stellte mich dem Chef, einem Mr. Humphries, vor. Er war ein dicker, kahlköpfiger Mann, der sich zu freuen schien, sie zu sehen. Er war etwa fünfundvierzig, kaute an einem Bleistift, den er sonst hinter dem Ohr stecken hatte, und räusperte sich alle fünf Minuten. Maggie und dieser Humphries führten ein Gespräch. Ich wusste nicht genau, worum es ging, doch dann führte er mich zu einem Tisch mit einer Nähmaschine.

Maggie nahm ein Stück roten Stoff aus dem Korb und legte es auf die Nähmaschine. Indem sie es vorsichtig manövrierte, stellte sie die Schablone für den Rock her, den ich anfertigen sollte. Nachdem ich ein paar Röcke genäht hatte, lächelte sie. Mr. Humphries kam, um nach dem Rechten zu sehen. Er nickte, und Maggie ging.

Wir schrieben das Jahr 1978, und im Alter von sechsundzwanzig Jahren war ich allein in einem fremden Land. Meine erste Arbeitsstelle bei Humphries & Co. in Bow war in einer schlecht beleuchteten Fabrik, in der ich saß und schäbige Träume für zwei kleine Kinder wahr werden ließ. Ich nahm den Bus, stempelte um acht Uhr morgens ein, setzte mich an meine Maschine und nähte. Das monotone Geräusch brachte mich weit weg, sodass ich mit meinen Kindern und meiner Mutter wieder in Indien war, in einem wunderschönen Haus mit einer Veranda inmitten von Mangobäumen. Dann bohrte mir die Vorarbeiterin, eine klapperdürre Frau namens Veronica, ihren Bleistift in die Schulter. Obwohl ich die Worte, die sie mir entgegenzischte, nicht verstand, sagte ihr Gesicht alles, und ich arbeitete schneller. Der Lärm durchdrang die Erinnerungen, aber ich nähte sie mit Sonnenschein und Lachen zusammen. Um zehn verstummte der Krach für fünf Minuten, und die Frauen tranken aus ihren Thermosflaschen. Nachdem sich alle mit Tee oder Kaffee gestärkt hatten, ging es weiter bis zur Mittagspause. Sie dauerte eine halbe Stunde, und die Frauen fanden sich zu Grüppchen zusammen und nützten jede Minute zum Tratschen und Kichern. Dann setzten die Maschinen ihr Getöse bis sechs Uhr abends fort.

Ich war die Letzte im Bus und die Letzte, die wieder ausstieg, und rannte durch die Dunkelheit nach Hause, um meine Kinder zu sehen. Doch wenn ich heimkam, lagen sie meistens bereits im Bett. Während sie schliefen, stand ich am Herd und kochte für den nächsten Tag vor. Ich kochte, um zu vergessen. Um zu vergessen, dass sie mir immer mehr entglitten und dass Satchin sehr viel Verantwortung trug. Mit acht hatte er schon Pflichten, die seine altersgemäßen Fähigkeiten weit überstiegen. Und dann war da noch Maya. Maya verhielt sich fast geistesabwesend, als lebte sie in ihrer eigenen Welt. Aber ich musste weitermachen. Ich hatte keine Wahl. Nachts schmiegten sich ihre warmen Körper an mich, während ich ihnen das Haar streichelte und ihre schlafenden Gesichter berührte. Die Tränen liefen mir über die Wangen, wenn ich immer wieder flüsterte: »Ich weiß, dass ich nicht genug für euch da bin, bei Weitem nicht genug.«

In der Fabrik konnte ich mir keinen Gedanken daran erlauben, ob meine Kinder auch in Sicherheit waren. Ich betete, dass Gott sie beschützen würde, bis ich nach Hause kam, und dass sie bloß nicht erkrankten. Mein ganzes Leben war auf den Freitag ausgerichtet. Jeden Freitag nach Schichtende kam der braune Umschlag. Es gelang mir, wöchentlich einen kleinen Betrag zu sparen, und am Samstag machte ich wenn möglich Überstunden. Mit dem Samstagsgeld kaufte ich Wertmarken für die Lebensmittelkooperative, damit wir uns, ganz gleich, was sonst geschah, gut ernährten.

Ich schloss mich keiner der Cliquen in der Fabrik an, tat so, als verstünde ich das gebrochene Englisch nicht, und hielt mich so aus politischen Diskussionen heraus. Jede Gruppe hatte ihre eigene Anführerin und ein anderes Anliegen. Anstatt sich gegen einen gemeinsamen Feind zu verbünden, stritten sie sich unablässig. Die anderen Inderinnen gaben sich stolz, zeigten mir die kalte Schulter oder machten gehässige Bemerkungen, wenn ich vorbeiging. Vielleicht lag es daran, dass ich aus dem Süden stammte, oder daran, dass ich neu war und westliche Kleidung trug. Ich täuschte wenn möglich Unverständnis vor, ging in der Mittagspause frische Luft schnappen, sammelte langsam in der örtlichen Lebensmittelkooperative die Vorräte für die Woche zusammen und besorgte, wenn ich konnte, ein kleines Spielzeug für Satchin und Maya.

Die Sonntage waren die einzige Gelegenheit, Zeit mit meinen Kindern zu verbringen. Sie wuchsen so schnell, und nur an diesen Tagen hatte ich die Muße, es zu bemerken. Manchmal wollte ich es lieber gar nicht sehen, da sich ein Schuldgefühl meiner Seele bemächtigte. Ich hatte ein schlechtes Gewissen, weil ich ihnen nichts bieten konnte. Das Kochen war meine einzige Möglichkeit, einen Ausgleich zu schaffen. Ab und zu wird man eben mit Dingen konfrontiert, gegen die man absolut machtlos ist, und dann tut man eben so, als hätte man sie nicht bemerkt, weil es so weniger schmerzt.

Wir hatten kein Geld, um etwas zu unternehmen, und auch nicht für Überflüssiges. Nicht einmal ein Schaufensterbummel mit den Kindern kam infrage, denn ich hielt es für grausam, ihnen Konsumgüter vorzuführen, die wir uns niemals würden leisten können. Am Sonntagvormittag gingen wir in den Münzwaschsalon, und die Kinder halfen mir, die Taschen mit der nassen Wäsche nach Hause zu tragen, wo wir sie aufhängten, wo gerade Platz war. Bei schönem Wetter besuchten wir den Park, doch wenn es kalt war, saßen wir nur zusammengedrängt im Bett, und ich erzählte ihnen Geschichten. Verzweifelt versuchte ich, die Märchen ihrer Großmutter nachzuerzählen. Ich schrieb sogar Briefe in ihrem Namen und tat so, als hätte sie sie geschickt. Doch wenn ich mir andere Mittel und Wege einfallen lassen wollte, um sie an ihre Heimat zu erinnern, versagte meist meine Fantasie. Maya erfand eine Fortsetzung für die Geschichte, ich kochte etwas, und dann fragte sie, ob sie nach oben gehen und Maggie einladen dürfe.

Anfangs gefiel mir das nicht. Was für einen Einfluss mochte eine Frau wie Maggie wohl auf meine Kinder ausüben? Und dabei verbrachte ich ohnehin schon viel zu wenig Zeit mit ihnen. Aber dann bemerkte ich, wie sehr Maya sie liebte und wie gut Maggie mit den Kindern umging, und ließ mich irgendwann erweichen. Sonntags aß Maggie bei uns, und hin und wieder gesellte sich auch Tom dazu. Manchmal bestand sie darauf, für uns einen Braten zuzubereiten, und sagte, dass Satchin und Maya das sehr gerne mochten. Bevor ich die Chance hatte abzulehnen, sprangen sie schon aufgeregt herum. Also schlich ich mich unter einem Vorwand nach oben und steckte, kurz bevor sie das Hähnchen oder das Fleisch ins Backrohr schob, Nelken und Zimt hinein, damit sie den Geschmack ihrer Heimat nicht vergaßen.

Wenn ich kochte, tat ich das für gewöhnlich auf meiner Kochplatte, doch gegessen wurde oben bei Maggie, weil ihre Wohnung viel größer war und sie außerdem einen Esstisch hatte. Nach einem Jahr vertraute ich ihr ein wenig mehr, da ich bemerkte, wie nett sie sich während meiner Abwesenheit um Satchin und Maya kümmerte. Deshalb kochte ich alle Gerichte aus einem tiefen Gefühl der Dankbarkeit heraus. Tom verschlang wie immer sein Essen. Maggie fand es ein wenig zu scharf, was verständlich war, weil die Gewürze im Widerstreit zu ihrem Temperament standen, weshalb sie sich von ihnen überwältigt fühlte. Ich hoffte, dass die Gewürze eines Tages wirken und die Wut beseitigen würden, die in ihr tobte, damit sie endlich ihren Beruf aufgab.

Tom lieferte weiter Lebensmittel an die Wohlhabenden aus und hatte nun auch Kunden außerhalb von London, weshalb er während der Woche stets unterwegs war. Einmal fragte ihn ein Kunde nach einem Glas mit einem bestimmten Pickles, das nicht so scharf sei wie das, was die Asialäden in dieser Gegend anböten, und trotzdem würzig und süß schmeckte. Tom erzählte uns, er habe trotz aller Suche keinen Vertreiber ausfindig machen können. »Vielleicht kann Nalini ja etwas zusammenmischen«, schlug Maggie begeistert vor. »Geh auf den Markt und kaufe, was du brauchst. Ich passe währenddessen auf die Kinder auf.«

Aufgeregt wählte ich die Früchte und Gewürze an den verschiedenen Marktständen aus: weiche aus Indien importierte Alfonso-Mangos, dunkelrote Chilis, Ingwerwurzeln, Senfkörner und grobe Zimtstangen. Dann kehrte ich nach Hause zurück, reinigte und schälte die Früchte, kochte sie und experimentierte mit dem Verhältnis von Zitronen, Mangos und Gewürzen herum, bis ich eine Mischung gefunden hatte, die mir zusagte. Ich gab Tom die Pickles und vergaß sie sofort wieder.

Einige Wochen später kehrte Tom zurück und verkündete, der Familie hätten die Pickles ausgezeichnet geschmeckt, und nun wolle sie wissen, ob sie ein Dutzend Gläser bestellen könnte. Ich verbrachte den Sonntag damit, alles zuzubereiten, es in verzierte Marmeladengläser abzufüllen und ihm exotische Namen zu geben. Tom bot die überzähligen Gläser seinen anderen Kunden an, und es gingen weitere Bestellungen ein. Ich hatte so viel zu tun, dass ich am Samstag keine Überstunden in der Fabrik mehr machte und mich stattdessen mit der Herstellung und dem Abfüllen der hausgemachten Pickles beschäftigte. Satchin und Maya halfen. Da die Mischung ständig umgerührt werden musste, stand Satchin auf einem Stuhl und kümmerte sich darum. Maya wollte die Pickles in die Gläser füllen, aber sie veranstaltete eine solche Panscherei dabei, dass ich ihr vorschlug, es sei viel interessanter, ein Stück Stoff über die Deckel zu stülpen und es mit einem Gummiband zu befestigen. Als ich hinzufügte, dass ich das am liebsten selbst erledigen würde, wechselte sie bereitwillig die Abteilung. In nur zwei Tagen verdienten wir einen ganzen Wochenlohn. Bald stand unser Zimmer voller bunter Mangos und Zitronen, Gewürze und Gläser. Wir systematisierten den Arbeitsablauf, und Maggie zwängte sich ebenfalls ins Zimmer, um beim Beschriften und Abfüllen zu helfen.

Tom klapperte Restaurants und Läden ab, bot Warenproben an, und innerhalb weniger Wochen hatten wir mehr Bestellungen, als wir uns je hätten träumen lassen. Ich wusste, dass ich die Nachfrage nicht würde befriedigen können, wenn ich meinen Job nicht aufgab, und dachte darüber nach, aber die Vorstellung machte mir Angst. Ich fürchtete mich vor diesem Schritt, weil die Arbeit in der Fabrik meinem Leben Sicherheit und Berechenbarkeit verlieh, sosehr ich sie auch verabscheute. Sie ließ keinen Raum für Hoffnungen und Träume, Erwartungen oder Enttäuschungen. Tom stellte Berechnungen an, um mich zu überzeugen, dass ich von zu Hause aus mit der Herstellung von Pickles viel mehr Geld verdienen würde. Und Maggie fügte hinzu, noch wichtiger sei, dass ich auf diese Weise für meine Kinder da sein könnte, wenn sie von der Schule kamen. Über all das dachte ich nach, während ich zur Arbeit fuhr.

Die Frauen stiegen in den Bus. Einige von ihnen waren

über vierzig oder bereits fünfzig Jahre alt und wirkten niedergeschlagen, alt und überarbeitet. Vielleicht würde ich in zwanzig Jahren ja auch so weit sein und mich derart an dieses Leben gewöhnt haben, dass ich es gar nicht mehr wagen würde zu träumen und etwas anderes zu erwarten als die nackte Existenz. Mein Dasein würde dieselben Höhepunkte haben wie ihres: begeisterte Gespräche über den Kauf einer Wassermelone im Sommer und das Sparen auf einen Luxus wie einen Duschkopf für die Badewanne. Für mich würde es nichts mehr geben als einen Alltag, der daraus bestand, Röcke zu nähen und mich von Leuten anblaffen zu lassen, die sich für etwas Besseres hielten. Und man würde es mir ansehen, ebenso wie diesen Frauen: tiefe traurige Falten, die sich so sehr in die Gesichter eingegraben hatten, dass sie gar nicht mehr lächeln konnten. Wenigstens hatte sich mir jetzt eine Möglichkeit eröffnet, dem allen zu entrinnen. Es lag nur an mir, den Mut zu fassen, um den ersten Schritt zu tun.

Ich ging in das Büro von Mr. Humphries, der mich anbrüllte, weil ich hereingekommen war, ohne anzuklopfen, und teilte ihm mit, ich wolle kündigen. »Was wollen Sie? Kommen Sie bloß nicht angelaufen, wenn Sie aus dem letzten Loch pfeifen. Von mir kriegen Sie keinen Job mehr«, fügte er verärgert hinzu.

Ich schwieg. Das reizte ihn noch weiter, und er sagte, er werde meinen Lohn kürzen müssen, da ich die Kündigungsfrist nicht eingehalten und er nun eine Arbeitskraft zu wenig habe. »Gut«, erwiderte ich selbstbewusst, rollte meinen zerschlissenen blauen Overall zusammen und reichte ihn ihm. Nachdem ich meinen letzten braunen Umschlag entgegengenommen hatte, ging ich.

Ich erinnere mich, dass ich mich so überglücklich und frei fühlte, als ob ich nun alles tun und sein könnte, was ich wollte.

»Es ist Amma, Satchin, es ist Amma, sie ist am Tor und wartet auf uns.« Ich glaube, der halbe Schulhof hörte Maya rufen. Die anderen Mütter starrten mich an.

»Was ist? Was ist passiert?«, fragte Satchin.

»Gar nichts, Monu. So wird es von heute an immer sein. Heute ist ein ganz besonderer Tag, und wir gehen jetzt feiern.«

»Es ist doch nicht etwa schon wieder Onam?«, wollte Maya wissen.

»Nein, Mol, es ist nicht Onam. Was würdet ihr beide denn gern unternehmen?«

»Wimpy!«, riefen sie im Chor.

Ich schüttelte den Kopf. Industriefutter, um auf neue Gedanken zu kommen. Dann lachte ich. »Also los, gehen wir.«

Wir drei saßen bei Wimpy und träumten. Den Mund voller Hamburger machte Maya auf ihrer Serviette eine Liste der Dinge, die sie sich wünschte. Doch ihr ging bald der Platz aus, weil ihre Schrift zu groß war. Satchin und ich sprachen von einem großen Haus mit Garten und genug Zimmern, um Freunde einzuladen. Dann erzählte ich ihnen von meinen Geschäftsplänen und erklärte, es würde eine Weile recht ungemütlich sein, inmitten von Obst- und Gewürzstapeln zu leben. Aber es würde nicht lange dauern. Auf dem Nachhauseweg hielten wir uns an den Händen und machten an einem Fotoautomaten halt, um diesen Augenblick für die Ewigkeit auf Papier zu bannen.

Es war vier Uhr morgens, ich konnte nicht schlafen. In einer knappen Stunde würde Tom mich abholen, um mich zu seinem Großhändler zu fahren. Ich hatte schon einmal mein ganzes Vertrauen einem Mann geschenkt, der sich als absolut unzuverlässig erwiesen hatte, und deshalb hatte ich mir geschworen, nie wieder so leichtgläubig zu sein. Dann wurde ich mit einer Situation konfrontiert, die mir keine andere Wahl ließ, als zu vertrauen. Und die beiden Menschen, die mir geschickt wurden, waren ausgerechnet welche, die ganz und gar nicht vertrauenswürdig wirkten: Maggie und Tom. Doch was wäre wohl ohne sie aus mir geworden?

Meine Mutter hätte gesagt, dass uns die richtigen Menschen geschickt werden, wenn wir sie brauchen, und dass sie in den verschiedensten Gewändern auftreten. Der Bettler, der um etwas Essbares bittet, mag tatsächlich arm sein, doch wirklich arm wird er nur durch unser Urteil. »Wenn wir nicht urteilen und über unseren Tellerrand hinausblicken, geschehen Wunder«, lauteten ihre Worte. »Wenn wir an jemanden glauben, obwohl derjenige nicht an sich selbst glaubt, geschieht ein Wunder.« Wo mochte sie nun sein? Was tat sie jetzt? Was hätte sie zu alldem gesagt? Ich wusste, sie hätte mir geraten zu vertrauen, denn ihrer Ansicht nach bedeutete Vertrauen die Grundlage der Vergebung. Nur wenn man wieder ans Leben glaubt und ihm vertraut, kann man auch vergeben. Und mit der Vergebung lösen sich scheinbar unüberwindliche Hindernisse einfach auf. Gestärkt stand ich auf, um mich anzuziehen.

Tom erschien und fuhr mit mir zum Markt von Spitalfields.

»Er ist ein recht netter Mann, aber du musst hart mit ihm verhandeln, Nalini«, riet er mir unterwegs.

»Tom, vielleicht sollte ich nicht fragen, aber ich muss es wissen – warum?«

»Weil er manchmal ein bisschen teuer ist und …«

»Nein, Tom, das habe ich nicht gemeint. Warum gibst du dir so viel Mühe, mir und den Kindern zu helfen?«

Er warf mir einen Blick zu und schien wegen meiner Frage gekränkt zu sein.

»Weil ich nicht will, dass du und die Kinder dasselbe durchmachen müssen wie wir damals. Reicht dir diese Erklärung?«, erwiderte er abwehrend.

»Was ist denn passiert?«, erkundigte ich mich sanft.

»Du solltest besser fragen, was nicht passiert ist.« Eine Pause entstand. »Ich möchte lieber nicht darüber reden, Nalini. Manche Dinge lässt man besser auf sich beruhen.«

»Tom«, sagte ich nach einer Weile. »Wir sind für alles dankbar, was du und Maggie für uns tut. Ich meine, ich möchte nicht, dass du glaubst …«

»Ich weiß«, unterbrach er mich. »Wie ich gesagt habe, musst du bei Mr. Prakash energisch auftreten. Sag ihm genau, was du willst und wie viel du dafür zu zahlen bereit bist. Er wird versuchen, auf stur zu schalten, aber du musst beharrlich bleiben.«

Es war noch dunkel, doch beim Großhändler ging es trotz der frühen Stunde geschäftig zu. Verkäufer riefen den Preis ihrer Waren und das Herkunftsland aus. Der Boden war schmutzig vom Regen und von zertretenen Tomaten und anderen Früchten. Es gab keine Tiere, die sich um die Lebensmittel drängten und auf eine günstige Gelegenheit hofften. Mr. Prakash war genau so, wie Tom ihn beschrieben hatte. »Unsere Früchte und Gewürze sind von höchster Qualität, Ma'am. Etwas Besseres finden Sie nirgendwo. Alles frisch aus Indien importiert. Riechen Sie.« Er fuchtelte mit den Händen und schnupperte den Duft einer Kiste Mangos. »Und der Preis entspricht natürlich dieser Qualität.«

»Ich brauche zwanzig Prozent Rabatt«, beharrte ich.

»Zwanzig Prozent«, rief er aus. »Wenn Sie von mir verlangen, dass ich mein letztes Hemd verschenke, werde ich pleitegehen.«

»Meinetwegen«, erwiderte ich und wandte mich ab.

»Zehn Prozent«, stieß er leise hervor.

»Fünfzehn. Und ich sichere Ihnen einen guten Umsatz zu.«

»Sie sind wirklich eine gnadenlose Frau, aber Gott möge Sie schützen«, entgegnete er.

Ich wählte kistenweise die besten Früchte aus und füllte Gläser mit frischen Gewürzen, während er einen seiner Gehilfen herbeirief, der uns beim Aufladen helfen sollte.

Maggie besorgte die Gläser günstig bei einem Bekannten, der in einer Verpackungsfirma arbeitete. Ich ging in den Sariladen in der Green Street und erstand meterweise Stoff, um die Deckel zu überziehen. Und Tom kaufte drei Kochplatten bei einem Trödler in der High Street. Da in unserem Zimmer absolut kein Platz mehr war, versuchte ich zu arbeiten, während die Kinder in der Schule waren oder wenn sie spätnachts schliefen. Neue Sorgen lösten die alten ab. Ich dachte darüber nach, ob ich wohl Erfolg haben würde und ob ich gut genug war, um den Kindern ein besseres Leben zu ermöglichen. Außerdem machte ich mir Gedanken über praktische Dinge wie die große Hitze im Raum, darüber, ob sie sich wegen der Zugluft, die durch das offene Fenster hereinkam, vielleicht erkälten könnten, oder ob ihnen von den ständigen Gerüchen womöglich schlecht werden würde. Ich befürchtete, nicht rechtzeitig mit den Bestellungen fertig zu werden. War die Qualität der Pickles wirklich ausreichend? Würde der Großhändler nächste Woche genügend Früchte auf Lager haben? Also war ich immer noch nicht sorgenfrei, aber beim Kochen konnte ich alles vergessen.

Die Bestellungen nahmen zu, und wir erreichten den Punkt, an dem der Platz beim besten Willen nicht mehr ausreichte. Es blieb mir also nichts anderes übrig, als umzuziehen. Ich beschloss, eine Zweizimmerwohnung auf der anderen Straßenseite zu mieten, um nicht zu weit weg von Tom und Maggie zu wohnen. Es war unser erstes richtiges Zuhause und erschien uns wie der Palast eines Maharadschas. Wir hatten ein separates Wohnzimmer, eine große Küche mit einem schwarzweiß gefliesten Boden und einen kleinen Garten. Tom, Maggie, die Kinder und ich panschten am Wochenende mit weißer Farbe herum, und wir kauften einige Gebrauchtmöbel, die wir lackierten und neu überzogen. Die meisten Bezüge bestanden aus einem leuchtend grünen und rosafarbenen Saristoff, den Maya zusammen mit Maggie besorgte, und die Vorhänge waren aus demselben Material. Maggie beschaffte uns einen gewaltigen gebrauchten Kühlschrank und einen Gastroherd. Ich wusste nicht, woher die Sachen stammten, und fragte lieber nicht nach. Der Mann im Gebrauchtwarenladen hatte einen großen Holztisch für mich reserviert, auf dem ich die Zutaten zerkleinern und ausbreiten konnte und der ausgezeichnet in die Küche passte.

Der Umzug war ein großer Schritt für mich, der wieder Vertrauen erforderte. Und wenn ich der Theorie des Astrologen Glauben schenke, dass auch auf die unbedeutendste Handlung eine weitaus größere Reaktion erfolgt, muss ich sagen, dass wir reich belohnt wurden. Die Kinder waren in ihrem neuen Zuhause glücklich, und wir hatten das Geld, um neue Schuhe für sie zu kaufen, die die billigen Tennisschuhe ersetzen sollten. Ich musste ihre Kleider nicht mehr aus Wühltischen hervorgraben, und wenn sie jetzt Geld für einen Schulausflug brauchten, konnte ich es ihnen geben. Am Freitagabend saßen wir drei zusammen vor dem Fernseher und aßen Schokolade und gingen am Wochenende ins Kino, wenn wir Lust dazu hatten. Ich meldete mich sogar an der Abendschule an, um Englisch und Buchhaltung zu lernen. Die Kunden bestellten immer wieder, und zum ersten Mal war ich in der Lage, Tom für seine Liefertätigkeit und Maggie für ihre Hilfe beim Abfüllen und Verpacken zu bezahlen.

Meine Mutter pflegte zu sagen, dass es die Vergebung sei, die in der Seele ihren Zauber wirken ließ und Wunder möglich machte. Ihrer Ansicht nach strahlte die Vergebung aus einem gebrochenen Herzen eine Energie aus, die unüberwindlich scheinende Hindernisse einfach auflöste. Wenn sie also feststellte, dass Luxmiammayi über sie lästerte, vergab sie ihr. Wenn ein Botenjunge etwas von ihrer spärlichen Habe stahl, ließ sie es zu. Wenn ich ihr Leid zufügte – und ich weiß, dass es so war –, vergab sie mir einfach. Es war nicht die Vergebung eines Feiglings – eines Menschen, der zwar sieht, aber sich weigert zu glauben und so tut, als wäre nichts geschehen –, sondern eine von der Art, zu der es eines mutigen Herzens bedarf. Eines Herzens, das annimmt und sagt, dass es ihm immer und immer wohl ergehen wird, unabhängig vom Verhalten anderer und von den Umständen, die ihm aufgezwungen werden. Es verstrickt sich nicht in eine alles vereinnahmende Wut und Bitterkeit, sondern bewegt sich weiter und wächst.

Wenn es im Dorf zu einem scheinbar nicht mehr aus der Welt zu schaffenden Konflikt kam, führte meine Mutter mit buntem Turmeric, Senfkörnern, Ingwer, Knoblauch, bitteren Zitronen und dem Zorn scharfer Chilischoten eine Versöhnung herbei. Die letzten beiden Zutaten dienten dazu, den schlechten Gefühlen entgegenzuwirken und sie aufzulösen. All das vermengte sie mit warmem Wasser, stellte eine Paste her, gab sie zu einem Gericht, das sie für passend hielt, und bot es beiden Seiten an. Die Ergebnisse waren nicht sofort sichtbar, und viele behaupteten, die Zeit habe auch das ihre dazu beigetragen. Aber sie war sicher, dass ihre einfache Art, Vergebung hervorzurufen, gewirkt hatte.

Meine Mutter hatte mir beigebracht, dass Vergebung zu den Lernprozessen im Leben gehörte. Ich weiß nicht, ob sie meinem Vater einfach vergeben hat, ob sie ihr Schicksal wirklich annahm, losließ und ihre Wunden mit dem Duft von gebratenem Ingwer und Turmeric heilte. Doch für mich war es unmöglich. Unmöglich, denn wie sollte ich einem Menschen vergeben, der fast von meinem ganzen Herzen Besitz ergriffen hatte und mein Ein und Alles, meine Welt gewesen war? Er hatte beteuert, ich sei das Allerwichtigste für ihn – und dann hatte er mich verlassen. Plötzlich war das Essen, das ich kochte, nicht mehr gut genug, meine Küsse waren nicht mehr gut genug, und auch ich selbst genügte nicht mehr. Obwohl meine Eltern sich ständig stritten, war mein Vater immer gütig zu mir gewesen, und ich liebte ihn. Ich dachte, dass er mich ebenfalls liebte, und hätte es vorgezogen, die Wahrheit über ihn nicht zu erfahren. Warum hatte meine Mutter nicht einfach so getan, als hätte er uns geliebt und wäre uns durch einen tragischen Schicksalsschlag entrissen worden? Doch nach Auffassung meiner Mutter waren Lügen etwas für Feiglinge. In ihren Augen war die Wahrheit etwas Absolutes wie Schwarz oder Weiß. Doch was wäre, wenn die Wahrheit einhundert Schattierungen hätte?

Ich glaube, ich begann meinem Vater erst zu vergeben, als ich Raul allmählich loslassen konnte. Tag um Tag verbrannte ich mein Gefühl, unfähig oder wertlos zu sein, zusammen mit Pfefferkörnern und Chilischoten. Die Pfefferkörner und Chilischoten brutzelten im kochend heißen Öl, bis sie sich nicht mehr ausdehnen konnten. Dann zerplatzten sie und verströmten einen übermächtigen Duft, der einem den Atem verschlug. Frisch gepresster Zitronensaft und Ingwer beruhigten und milderten das Aroma, ließen den scharfen Geruch verdampfen und versetzten ihn wieder in einen neutralen Zustand. Zu der Mischung wurde eine süße reife Mango hinzugegeben, prall von Fruchtbarkeit und Verheißungen. Dazu leicht angebratene Zwiebeln, die Bodenkontakt herstellten und alles sicher und möglich machten. Das Ganze wurde in Gläser abgefüllt, bis der Mann der Schatten einer Erinnerung wurde. Mich interessierte nicht mehr, wer er war und wo er steckte, und der Gedanke, er könnte zurückkehren, kam mir nie in den Sinn. Dann wurden die Etikette auf die Gläser geklebt, und der Vorgang war abgeschlossen.

Wir saßen uns am Küchentisch gegenüber, und Maggie lachte, als ich ihr erzählte, welche geheimen Zutaten meine Pickles so erfolgreich machten. Wenn das Leben nur so einfach wäre, erwiderte sie. Sie wurde die oberste Vorkosterin, und ich ließ sie die Deckel auf die Gläser schrauben, damit sie den Inhalt schnuppern konnte. Allmählich begann sie, sich zu öffnen und ihre Erinnerungen in dem Duft aufzulösen, der aus diesen Gläsern aufstieg.

Die Gerüche versetzten Maggie zurück in ihre Kindheit in einer kleinen Stadt namens Dara, im Süden Irlands. Alles war tief dunkelgrün, doch das durchdringende graue Licht (an das sie sich nie gewöhnte, obwohl sie dort geboren war) ließ alles stumpfer erscheinen, als es war. Sie wuchs auf einer Farm auf, auf der ihr Vater Landarbeiter war. Ihre Mutter war damit beschäftigt, jedes Jahr ein Kind zu bekommen, und Maggie hatte die Aufgabe, die Kleider zu flicken, die von Geschwister zu Geschwister weitergereicht wurden, und auch sonst im Haushalt zu helfen. Dabei wurde sie von ihrer Schwester Noreen unterstützt, die ein Jahr jünger war. Vermutlich hatte Maggie noch mehr Geschwister, von denen sie gar nichts wusste, denn ihr Vater, der eine Schwäche für Guinness hatte, erinnerte sich oft nicht mehr, was er nachts getrieben hatte. Wenn er morgens nüchtern war, pflügte er die Felder und sorgte dafür, dass die Familie ihr Zuhause nicht verlor.

Da Maggie bloß hin und wieder zur Schule geschickt wurde, konnte sie nur mit Mühe die Schilder im Dorf und die Briefe lesen, die der Farmer ihr zusteckte und in denen er ihr Liebe, Wohlstand und ein besseres Leben versprach. Der Farmer setzte Maggie Flausen in den Kopf und machte ihr falsche Hoffnungen, sodass das stumpfe Licht schließlich erträglich wurde. Mit fünfzehn wurde sie schwanger. Die Familie deckte Maggies Fehltritt mit einem neunmonatigen Schweigen. Um sie vor den neugierigen Blicken der Nachbarn zu schützen, behielten sie sie während dieser Zeit im Haus, wo sie die anfallenden Arbeiten erledigte. Maggies Mutter übernahm das Baby, nannte es Tom und gliederte es in ihre Kinderschar ein. Der Farmer sagte nichts, gab Maggies Vater ein wenig Geld und erlaubte der Familie, nahezu mietfrei auf seinem Land zu wohnen.

Maggie liebte Tom – runzelig, zu einer Kugel zusammengerollt und mit hell orangefarbenem Haar – auf den ersten Blick. Sein Haar war störrisch und sträubte sich immer in die entgegengesetzte Richtung, wenn es gekämmt wurde. Diese ungehorsame Ader hatte er von seiner Mutter geerbt. Wenn Maggie angewiesen wurde, sich um die anderen Kinder zu kümmern, tat sie das stets ohne Widerspruch, aber sie bevorzugte fast immer Tom, liebkoste ihn, sang ihm vor und fütterte ihn. Sie nahm eine Stelle im Laden am Ort an, und das Geld, das sie verdiente, wanderte sofort in die Tasche ihrer Mutter. Doch als sie eine Lohnerhöhung bekam, verriet sie ihr nichts und sparte die zusätzlichen Pennies, um Geschenke für ihren Sohn zu kaufen. Sie erstand sogar einen kleinen Spielzeuglaster, aber bald wurde ihr klar, dass er gar nicht damit spielen konnte, weil ihre Mutter sonst gefragt hätte, woher er ihn hatte. Also versteckte sie das Auto unter ihrem Bett.

Kurz nach Maggies achtzehntem Geburtstag starb ihre Mutter. Maggies Vater blieb nun die ganze Nacht weg, und sie arbeitete weiter im Laden und im Haushalt. Allerdings wünschte sie sich eine bessere Zukunft für sich und für Tom. Sie fand, dass Noreen nun alt genug war, um die anderen Kinder zu versorgen, und sie spielte immer öfter mit dem Gedanken, nach England zu gehen. Eines Nachts, nach einem heftigen Streit mit ihrem betrunkenen Vater, beschloss sie, dass es Zeit war zu verschwinden. Sie stahl Geld aus dem Laden, nahm Tom und floh nach England, wo sie sich auf die Suche nach ihrem ältesten Bruder Michael machen wollte.

Die letzte bekannte Adresse war in Bow im Osten von London, aber als sie dort ankam, war er bereits weggezogen und hatte keine Nachsendeadresse hinterlassen. Also war Maggie gezwungen, sofort Arbeit zu finden. Das gestohlene Geld hatte nur für die Fahrtkosten nach England und für eine Woche Miete gereicht. Sie mietete das Apartment, in dem ihr Bruder gewohnt hatte, hoffte, er würde irgendwann zurückkommen, und begann in der Fabrik zu arbeiten. Da sie niemanden hatte, der auf den damals erst drei Jahre alten Tom aufpasste, sperrte sie ihn in ein Zimmer ein, stellte ihm Essen und Wasser hin und baute Barrieren, damit er sich nicht verletzte. Sie machte sich große Sorgen um ihn und betete, dass ihm nichts zustoßen möge.

Das Geld reichte hinten und vorne nicht, und am schlimmsten traf sie, dass sie ihrem Sohn nichts bieten konnte. Also fing sie an, auf den Strich zu gehen, und zwar nachts, damit sie ihn tagsüber versorgen konnte. Zumindest, so dachte sie, konnte ihm nichts passieren, wenn er schlief. Das Leben ging weiter, Tom besuchte die Schule, und Maggie verdiente genug, um auszuziehen und sich eine bessere Wohnung zu leisten. Ein paar Jahre später starb einer ihrer Stammkunden und hinterließ ihr ein Haus unter der Bedingung, dass sie sich um seine Katzen kümmerte und seinem Onkel eine Unterkunft zur Verfügung stellte. Also zog sie in die Pension in der Green Street. Eigentlich hätte sie aufhören können zu arbeiten, als Tom elf war, aber sie machte weiter, in der Hoffnung, ihm ein noch besseres Leben zu ermöglichen.

Maggie verriet Tom nie, dass sie seine Mutter war. Sie tat alles und arbeitete für ihn. Dann jedoch kam der Tag, an dem sie nicht mehr wusste, warum sie eigentlich arbeitete und wozu sie überhaupt noch nütze war. Es war alles schleichend zu viel geworden. Als Tom nach seiner Mutter und seinem Vater und nach den Brüdern und Schwestern fragte, an die er sich kaum noch erinnerte, erwiderte sie, die Mutter sei gestorben, der Vater sei überfordert gewesen, und alle Geschwister seien zu Tanten und Onkeln gezogen, bis auf sie und den kleinen Tom. Er sei einfach etwas Besonderes gewesen, und deshalb habe sie ihn nach London mitgenommen.

Als Tom alt genug war, erfuhr er, womit seine Schwester ihren Lebensunterhalt verdiente, aber er konnte es ertragen, weil sie eben seine Schwester war. Seine Mutter war ihm als warmherzige Irin, die früh gestorben war, in Erinnerung geblieben. Und sein Vater verwandelte sich in seinen Gedanken in einen liebevollen Menschen, der vor lauter Gram einen tödlichen Herzinfarkt erlitten hatte. Tom liebte Maggie, das sah man auf den ersten Blick, und sie unterstützte ihn, so gut sie konnte. Er hatte sich immer selbstständig machen wollen, und als er mit dem College fertig wurde, kaufte Maggie ihm einen Transporter, sodass er bald auf eigenen Füßen stand. Hin und wieder übernachtete er bei ihr, und wenn er unterwegs war, schlief er in seinem Transporter. Und dann erschienen wir auf der Bildfläche und stellten das Leben der beiden auf den Kopf.

Über den Küchentisch hinweg erzählten wir einander von unseren innersten Konflikten, während ich Zutaten zerhackte oder Maggie Gläser befüllte. Wir schlichen um die heiklen Episoden in unseren Leben herum wie Gurkhas, die versuchen, Landminen zu meiden. Es war nicht so, als würden wir so tun, als hätten diese Ereignisse nie stattgefunden, aber wir bohrten nie nach, sondern warteten ab, bis die andere freiwillig mit der Information herausrückte.

»Weißt du, Liebes, Tom hat eine Menge durchgemacht, mehr, als ich je erfahren werde. Einer seiner Mitschüler hat ihm von meiner Arbeit erzählt. Ich habe es einfach abgestritten, aber ich habe es doch nur für ihn getan. Wie oft wollte ich mich mit ihm zusammensetzen und ihm alles, die ganze Sache eben, erklären, doch ich habe befürchtet, es würde ihn überfordern. Sich wegen seiner Schwester zu schämen ist eine Sache, aber eine ganz andere, wenn es um die eigene Mutter geht.«

»Ich habe keine Minute daran gedacht, meinen Kindern die Wahrheit über ihren Vater zu sagen. Er ist ein Mann, der anderen nur Schmerzen zufügen kann. Ich weiß noch, wie ich mich fühlte, als ich erfuhr, dass mein Vater uns verlassen hatte. Ich war ihm immer nachgelaufen und hatte mich nach seiner Zuwendung gesehnt. Nun hatte ich Selbstzweifel. War er vielleicht gegangen, weil ich nicht gut genug war? So etwas sollen meine Kinder nicht erleben. Ich möchte, dass sie sich geliebt fühlen und nicht glauben, hart arbeiten und sich beweisen zu müssen, um Liebe zu verdienen.«

»Es sind reizende Kinder, Liebes, und du kannst stolz auf sie sein. Was ihre Arglosigkeit angeht, tja, wir müssen sie beschützen, solange wir können. Ich wünschte, ich hätte es bei meinem Tom besser gemacht. Er glaubt nicht an sich. Obwohl er sich Tag und Nacht abmüht, ändert sich nichts, und du weißt sicher, woran das liegt. Er glaubt, nichts Gutes verdient zu haben. Alle Träume scheitern, wenn man nicht wirklich überzeugt davon ist, dass sie sich verwirklichen lassen. Was soll ich ihm sagen? Liebling, du verdienst nur das Beste? Tja, schau, woher das Geld kommt, das ihm das alles ermöglicht hat. So empfindet er es, er braucht es nicht auszusprechen. Ich weiß auch so, was er denkt.

Hoffentlich lernt er eine Frau kennen, die ihn versteht. Er ist ein netter Kerl, mein Tom, und er hat ein großes Herz. Er wäre ein wunderbarer Vater.«

Manchmal redeten wir auch überhaupt nicht, sondern

ließen uns vom Radio, das im Hintergrund lief, dorthin entführen, wo wir gern sein wollten.

Da die Mango- und Limetten-Pickles sehr gefragt waren, beschloss ich, dass es an der Zeit war, eine neue Geschmacksrichtung einzuführen: Apfel, Zimt und Chili. Reife, ernste englische Kochäpfel in einer Mixtur aus temperamentvollen Chilis, einem Hauch gerösteten Fenchel und Teufelsdung für den Weitblick, alles abgerundet mit leicht angebratenen Zwiebeln und Senfkörnern. Die Gläser enthielten eine ausgewogene Mischung aus vernünftigem Westen und feurigem Osten. Für mich bedeutete es ein Annehmen und eine Integration von Kulturen, verbunden durch die derbe Süße des Zimts.

Ich musste einen Namen für unsere Marke finden, und nach vielen Diskussionen entschieden wir uns für »Füllhorn der Gewürze«. Was als Heimarbeit begonnen hatte, verwandelte sich bald in ein florierendes Unternehmen mit täglich wachsendem Umsatz. Vermutlich hielten uns einige unserer Kunden für eine richtige Firma. Wenn sie nur geahnt hätten, wie wir unsere Produktionsanlagen zusammengebastelt hatten: der altersschwache Mixer stammte aus einem aufgegebenen Restaurant, Töpfe und Pfannen waren von einem Altwarenhändler, der sie eigens für uns sammelte, und das Küchenmesser-Set hatten wir bei einem Privatflohmarkt erstanden.

Einer unserer wichtigsten Privatkunden war ein Mann namens Ravi Thakker, der vierzig Gläser pro Monat bestellte. Ich weiß nicht, was er damit machte, aber wir amüsierten uns königlich bei dem Gedanken, wie er morgens, mittags und abends Pickles aß. Maggie meinte, er sei inzwischen vermutlich so voller Vergebung, dass er das Leben angenommen habe und singend und summend auf einem Berggipfel saß. Tom erzählte uns, Mr. Thakker sei recht nett und Geschäftsmann, lebe allein und bestelle so viele Flaschen, weil er Heimweh habe.

Bei einem seiner Besuche fragte Ravi Tom, ob jemand vom »Füllhorn der Gewürze« an einem Abend bei ihm zu Hause kochen könne. Er habe einige Kunden zu einer Dinnerparty eingeladen und bot uns zwanzig Pfund – für uns ein Vermögen. »Sag ihm, das machen wir, kein Problem«, erwiderten Maggie und ich. Tom fuhr mich nach Nordlondon, um die Bedingungen, die Menüfolge und die Wünsche der Gäste zu besprechen. Ich nahm ein paar Kostproben in einem Henkelmann mit, um sicherzugehen, dass ihm meine Kochkünste auch zusagten.

Ein freundlich wirkender Mann Mitte dreißig öffnete die Tür, lächelte und stellte sich als Ravi Thakker vor. Ich schüttelte ihm die Hand. Er war höflich, sodass ich mich nicht befangen fühlte, und bot Tom und mir Tee an. Nachdem wir die Vorbereitungen besprochen hatten, zeigte er mir eine sehr große, ordentliche Küche, die entweder neu roch oder neu geblieben war, weil niemand sie je benutzt hatte. Mr. Thakker importierte und exportierte Gummi und sagte, er erwarte wichtige Kunden aus Malaysia. Und da er sie eine Woche lang würde bewirten müssen, wolle er, dass sie auch in den Genuss einer hausgemachten Mahlzeit kämen. In zwei Wochen würden die sechs Gäste eintreffen. Wenn das Essen, das ich mitgebracht hatte, seinen Qualitätsansprüchen genügte, würde er mich anrufen und mir mitteilen, welcher Tag ihm am besten passte. Er meldete sich noch am selben Abend, sagte, mein Essen sei »unglaublich«, und wir verabredeten alles Weitere.

Maggie half mir beim Einkaufen, und Tom fuhr mich am Donnerstagmorgen hin. Wir öffneten die Tür mit den Schlüsseln, die Mr. Thakker für uns hinterlegt hatte, und Tom packte die Lebensmittel aus. »Kommst du allein zurecht, Nalini?«, fragte er immer wieder.

»Ich schaffe das schon«, erwiderte ich.

»Wenn er sich komisch benimmt, ruf mich an, und ich bin sofort hier«, sagte er auf dem Weg zur Tür. Dann blieb er stehen, als wolle er noch etwas hinzufügen, doch ich fiel ihm ins Wort: »Ich schaffe das, Tom. Und wenn ich dich brauche, rufe ich dich an.«

Ich öffnete Mr. Thakkers Kühlschrank und entdeckte ein paar leere Milchkartons, Imbissreste und einen Vorrat meiner Pickles mit etwas Naan-Brot. Ich lachte und war stolz darauf, dass meine Pickles in seinem Kühlschrank einen Ehrenplatz hatten. Dann packte ich meine Gerätschaften aus, spülte sie noch einmal, nahm die frischen Lebensmittel und fing an zu hacken, zu zermahlen, zu mischen, zu kochen und zu braten. Die Küche begann von Düften zu vibrieren. Ich wollte, dass seine ganze Wohnung vom Geruch frisch gemahlener Gewürze zum Leben erweckt wurde.

Als Vorspeise gab es Dosa: Pfannkuchen aus Linsen und Reis, gefüllt mit üppigen Masala-Kartoffeln. Anschließend folgte Dhai Vada: lockere Teigklößchen mit Senfsamen überzogen und in gewürzten Joghurt getaucht. Darauf folgte ein Hühnchen-Biryani, damit die Gäste beschäftigt waren, während Mr. Thakker redete, und zum Abschluss eine Auswahl von Kokosnuss-Barfi und Payasam, damit sie zu einer Einigung kamen. Ich stöberte die Vorlegeplatten auf, die er besaß, arrangierte sorgfältig das Essen darauf und schmückte jedes Gericht mit frischem Koriander. Danach zog ich einen Sari an, um die Mahlzeit zu servieren. Das Bad oben war so groß, dass eine vierköpfige Familie darin hätte wohnen können, und verfügte über Utensilien, die ich noch nie gesehen hatte. Alles war blitzsauber, und die Handtücher waren frisch gewaschen. Bestimmt hatte Mr. Thakker ein Hausmädchen oder eine Putzfrau, die regelmäßig kam und hier für Ordnung sorgte.

Ich deckte den Tisch. Pünktlich zur vereinbarten Zeit traf Mr. Thakker mit seinen Gästen ein. Er stellte mich höflich als Nalini, die Köchin, vor, und während ich die Speisen aufwärmte, versorgte er die Gäste mit Getränken. Ich servierte das Essen und kehrte in die Küche zurück. Durch die Wände drangen die Geräusche, die mit dem Genießen köstlicher Speisen einhergehen. Während der Mahlzeit, als ich gerade die Küche sauber machte, kam Mr. Thakker herein, um sich zu bedanken, und sagte, ich hätte ausgezeichnete Arbeit geleistet. Nach dem Kaffee zog ich meinen Mantel an, nahm den Umschlag, den er auf den Frühstückstisch gelegt hatte, und fuhr mit der U-Bahn nach Hause. Als ich den Umschlag öffnete, befanden sich darin ein Zettel mit den schlichten Worten »Vielen Dank« und fünfundzwanzig Pfund. Ich verbrachte die Heimfahrt damit, mir zu überlegen, wie die Kinder das Geld ausgeben könnten. Als ich nach Hause kam, schliefen sie schon. Ich schlich mich mit zehn Pfund in einem Umschlag aus dem Haus und schob ihn unter Maggies Tür durch.

Am nächsten Morgen bestürmten Satchin und Maya mich mit einer Wunschliste, zu deren Erfüllung fünfmal fünfzehn Pfund nötig gewesen wären. Dann gingen sie zur Schule, und Maggie kam, um beim Abfüllen der Pickles zu helfen. Kurz darauf läutete das Telefon. Es war Mr. Thakker, der sich erkundigte, warum ich gegangen sei, ohne mich zu verabschieden. Er bedankte sich noch einmal und fragte, ob ich im nächsten Monat noch einmal für ihn kochen könnte. Ich legte auf, und Maggie lächelte. Später erschien Tom, um die Kartons zum Ausliefern abzuholen, und Maggie erzählte es ihm. Doch er schien nicht sehr erfreut. »Ich dachte, das wäre eine einmalige Sache gewesen, Nalini«, meinte er, als er ging.

Am Sonntag fuhren wir mit den Kindern nach Brighton. Da sie sich nicht entscheiden konnten, was sie mit dem Geld anfangen sollten, beschloss ich, für jeden von ihnen ein Postsparkonto zu eröffnen. Satchin gefiel dieser Vorschlag – er war ein praktischer Mensch und plante stets alles sorgfältig bis ins letzte Detail. Sein Geld lag auch noch fünf Jahre später auf dem Konto, und er kassierte die Zinsen. Maya hingegen wollte es schon am nächsten Tag wieder abheben, um Seidenstoffe und eine Schneiderschere zu kaufen. Doch das war typisch Maya: schon mit zehn Jahren impulsiv und eine Träumerin. Ich wusste genau, dass sie die Schere und den Stoff kaufen und damit etwas nähen würde, das nur einen Tag hielt. Doch bis zu einem gewissen Punkt gab ich den Kindern die Freiheit, wenn möglich selbst zu entscheiden.

Mein Geschäft florierte so gut, dass ich eine Mitarbeiterin einstellte, und zwar Mrs. Khan. Sie war die Mutter von Mayas Freundin Fatima, die ich eines Nachmittags am Schultor kennengelernt hatte. Obwohl ihr Gesicht von einem Schleier verdeckt wurde, merkte ich ihr an, dass sie geweint hatte. Also ging ich zu ihr und versuchte, ein Gespräch mit ihr anzuknüpfen. Sie sprach nur gebrochen Englisch, schaffte es aber, mir zu erklären, dass sie gerade ihre Stelle in der Süßwarenfabrik verloren habe und dass ihr Mann darüber sehr böse sein würde, da das Geld ohnehin schon knapp sei. Darauf sagte ich ihr, sie könne am nächsten Tag bei uns anfangen.

Farida war still, sprach nur sehr wenig und arbeitete hart. Anfangs machte ihr Schweigen Maggie nervös, aber irgendwann gewöhnte sie sich daran und verstand, dass es eben ihre Art war. Die Pickles wirkten bei ihr nicht. Maggie und ich bemühten uns verzweifelt, sie dazu zu bringen, die Düfte einzuatmen, doch sie vertraute uns nicht und war so verängstigt und eingeschüchtert, dass sie völlig verschlossen blieb. Schon beim leisesten Geräusch zuckte sie zusammen. Maggie versuchte, ihr alles zu erklären, aber offenbar wollte Farida nicht verstehen, sodass sie es irgendwann aufgab und meinte, es sei sinnlos, einem Menschen Hoffnung zu vermitteln, wenn man wisse, dass derjenige sie nie nützen würde. Das Arrangement war auch in anderer Hinsicht praktisch, da die beiden Mädchen nun nach der Schule zusammen nach Hause kamen und miteinander spielten: Früher war Fatima immer allein gewesen. Nach der Arbeit nahm Farida Fatima mit.

Ich sparte auf die Anzahlung für ein eigenes Haus und stellte es mir in allen Einzelheiten vor, angefangen von der Größe der Schlafzimmer bis hin zur Farbe der Wände und der Vorhänge. Die Kinder und ich redeten vor dem Schlafengehen häufig darüber. Maya wollte ihr Zimmer mit rosafarbenen Tupfen dekorieren, Satchin wünschte sich eine Tapete mit Rennautos. Es würde nicht lange dauern, versprach ich ihnen, vielleicht noch ein Jahr. Ich hätte es auch in sechs Monaten geschafft, wollte mich aber nicht so einschränken, dass sie auf etwas verzichten mussten.

Mr. Thakker nahm meine Dienste immer wieder in Anspruch. Da die Fahrt zu ihm über eine Stunde dauerte, sorgte er stets dafür, dass ich von einem Taxi abgeholt und nach Hause gebracht wurde. Für ihn und seine Gäste zu kochen machte mir große Freude. Mir gefiel es, dass er einen Sinn dafür hatte, welche Sorgfalt bei der Essenszubereitung nötig war, und dass er die Mühe zu schätzen wusste. Jeden Monat arbeitete ich bei ihm und erfuhr ein wenig mehr über ihn, und zwar durch die Anweisungen, die er mir auf dem Küchentisch hinterließ. Seine Briefe waren ordentlich geschrieben, in wohlgesetzten Worten, die nicht einfach hingeschmiert waren oder unmittelbar mit einer gekritzelten Unterschrift abbrachen. Wenn er sich verschrieben hatte, strich er den Fehler einfach durch und versuchte nicht, ihn zu tarnen oder auszuradieren. Im Laufe der Zeit wurde sein Ton lockerer. Und er unterschrieb immer mit »Ravi«, nicht mit »Mr. Thakker«.

Nach sechs Monaten bat Ravi mich, ein Abendessen für zwei Personen zuzubereiten. Ich fuhr ein wenig später zu ihm als gewöhnlich, weil es ja nicht so viel zu tun geben würde. Gegen sechs kam er nach Hause, allerdings ohne Begleitung. Zu meiner Überraschung hielt er mir einen Strauß gelber Rosen hin. »Für Sie, Nalini«, sagte er. »Um Ihnen für alles zu danken.« Dann forderte er mich auf, mich zu setzen und mit ihm abendzuessen. Am liebsten wäre ich aus dem Haus gerannt und geflohen. Doch ein großer Teil von mir wollte bleiben. Ich fühlte mich geschmeichelt. Wir setzten uns, und er servierte.

Er erzählte mir, wie seine Familie nach England gekommen sei, nachdem man sie aus Uganda ausgewiesen habe. Ein paar Jahre später seien seine Eltern zu seinem Bruder nach Amerika gezogen, während Ravi blieb, um seine neue Firma auf Erfolgskurs zu bringen, und das tat er nun schon seit sieben Jahren. Sein Unternehmen beschäftigte weltweit neunzig Mitarbeiter. Ich dachte, dass er weiter über sich reden würde, doch dann erkundigte er sich aus heiterem Himmel nach mir. Seine erste Frage lautete, wie lange ich schon bei der Firma arbeite und ob ich mit meinen Arbeitgebern zufrieden sei. »Sie sind sehr nett … einfach wunderbar«, erwiderte ich. Er entgegnete, es sei wichtig, für gute Menschen zu arbeiten, worauf ich antwortete, es sei meine eigene Firma, und wenn die Chefin nicht nett sei, würde ich sie eben rausschmeißen. Als er überrascht wirkte, erklärte ich ihm, das Unternehmen sei nicht so international, wie er geglaubt habe, sondern operiere eher in Heimarbeit. Dann, als er gerade ein Brinjal verspeiste, fügte ich hinzu, ich hätte es wegen meiner Kinder gegründet. Das Brinjal fiel ihm beinahe aus dem Mund.

»Sie sind verheiratet!« Ich hätte einfach Ja sagen und den Satz mit »aber mein Mann hat uns verlassen« beenden können, doch ich tat es nicht. Es dauerte nur ein paar Sekunden, die Worte »mein Mann ist tot« auszusprechen. Er sagte, das täte ihm leid, und wir plauderten über die Kinder und übers Geschäft. Da es spät geworden war, rief er mir ein Taxi und bezahlte den Fahrer, der mich nach Hause bringen sollte. Als ich mich verabschiedete, küsste er mich auf die Wange. Ich fühlte mich, als wäre ich wieder sechzehn. Die Heimfahrt verging wie im Flug, während ich unser Gespräch noch einmal Revue passieren ließ und versuchte, meine Aufregung im Zaum zu halten.

Als Maggie mich am nächsten Morgen fragte, wie es gelaufen sei, erwähnte ich meine Gefühle nicht, vermutlich deshalb, weil ich sie mir selbst nicht eingestehen wollte. Wie gerne hätte ich ihr erzählt, dass Ravi sanft, gütig und großzügig sei. Das meinte ich nicht materialistisch, sondern in Bezug auf seine Bereitschaft, Zeit, Geduld und Einfühlsamkeit zu investieren. Offen gestanden war ich schon bei unserer ersten Begegnung zu dem Schluss gekommen, dass er ein netter Mann war. Im Laufe der Monate vermittelte mir seine Gegenwart Geborgenheit und Sicherheit. Ich wusste, er würde mich nie im Stich lassen.

Wir sahen einander ein oder zwei Mal im Monat, aber es waren nie wieder andere Gäste anwesend. Wir beide saßen nur da, aßen zusammen und redeten. Nicht über die Vergangenheit oder die Gegenwart, sondern über unser Leben, die Firma und Satchin und Maya. Wenn ich bei ihm war, war ich mir meiner selbst sicher und hatte nicht das Gefühl, mich für jemand anderen ausgeben zu müssen. Nach einem Jahr fragte er mich, ob er meine Kinder kennenlernen dürfe. Ich dachte lange darüber nach. Ich wollte nicht, dass jemand in Satchins und Mayas Leben eindrang, sich dort gemütlich einrichtete und dann wieder ging. Und deshalb sagte ich Nein. Er fand sich damit ab, ohne nachzubohren.

»Liebst du ihn?«, erkundigte sich Maggie, als ich ihr endlich von unserer Beziehung erzählte.

»Ja«, erwiderte ich.

»Vertraust du ihm?«

Es war Zeit, ihn mit den beiden bekannt zu machen.

Außer den Schulfreunden der Kinder und Maggie und Tom bekamen wir eigentlich nie Besuch. Wir hatten nicht genug Platz und auch keinen richtigen Esstisch mit Stühlen. Ich hatte immer einen kaufen wollen, aber wir fühlten uns wohl damit, auf dem Boden zu essen, und außerdem brauchten wir die Stellfläche für die Pickles. Ich erklärte den Kindern, der Mann, der so viele Pickles gekauft und für den ich gekocht hätte, würde vorbeikommen, um etwas mit uns zu unternehmen. Er sei ein guter Freund geworden, und ich wolle, dass sie ihn kennenlernten. Satchin schien einverstanden zu sein, aber Maya sah mich an und sagte: »Wir brauchen keine neuen Freunde, vor allem keine Männer, wir haben doch Tom.«

»Gib ihm eine Chance, Maya Mol, vielleicht magst du ihn ja«, erwiderte ich.

»Nein, ich bin ganz sicher. Tom genügt mir«, beteuerte sie.

Ravi erschien kurz vor dem Mittagessen. Satchin rannte die Treppe hinunter, um ihm die Tür aufzumachen und ihn nach oben zu begleiten. Ich stellte ihn Maya vor. Ravi hatte ihr ein Geschenk mitgebracht, aber sie starrte ihn bloß an. »Sag danke, Mol.« Sie grunzte nur etwas, während Satchin ihn fragte, ob er ein Auto hätte, was es für eine Marke sei und wo es parkte. Er bestand darauf, dass wir sofort aufbrachen, da sein Wagen sonst möglicherweise nicht mehr da sein würde, wenn wir zu lange warteten. Ravi lachte, betrachtete die mit Gläsern vollgestapelte Wohnung und meinte: »Echte Heimarbeit.« Satchin erbot sich, ihm den Rest der Wohnung zu zeigen, was nicht lange dauerte, da es sonst nur noch die Küche und das Schlafzimmer gab, wo sich Kartons mit Gewürzen und Früchten türmten.

Als wir in die Innenstadt fuhren, wurde mir klar, dass ich meinen Kindern London nie richtig gezeigt hatte, und an diesem Tag schien es ganz besonders schön zu sein. Wir fuhren am Buckingham Palace, am Trafalgar Square und am Tower vorbei, und dann besuchten wir Madame Tussauds. Es gefiel ihnen großartig. Anschließend ging Ravi mit uns zu Pizza Hut in der Nähe vom Oxford Circus. Er unterhielt sich mit den Kindern, und Satchin redete wie ein Wasserfall, wodurch Maya kaum zu Wort kam. Aber die beiden schienen ihn zu mögen.

Von diesem Tag an kam er alle zwei Wochen pünktlich um die vereinbarte Zeit und irgendwann sogar jeden Sonntag. Maggie fand ihn sehr nett, aber Tom war nie da und mit seinen Lieferungen beschäftigt, wenn Ravi uns besuchte.

»Bleib doch, Tom, und lerne ihnen kennen«, sagte ich eines Sonntags.

»Ich kenne Leute seines Schlages, und du solltest vorsichtig sein«, entgegnete er.

Ich war wütend. Wie konnte er es wagen! Und dabei war er Ravi erst ein Mal begegnet! Aber ich schwieg. Ich würde diese Bemerkung nicht mit einer Antwort würdigen. Dann würde er schon spüren, dass er mich gekränkt hatte.

Tom und ich entfremdeten uns, und er unternahm auch weniger mit den Kindern. Doch diese Entfremdung war seine Entscheidung, und er wollte nicht wahrhaben, wie sehr die beiden und wir alle ihn vermissten. Es war nicht so, dass Ravi erschienen und seinen Platz eingenommen hätte. Tom hat Ravi nie eine Chance gegeben. Denn sonst hätte er nämlich gesehen, was für ein guter Mensch Ravi war – ein himmelweiter Unterschied zu Raul.

Eines Tages besuchten wir Ravi zu Hause, und während die Kinder im Garten spielten, fragte er mich, ob ich ihn heiraten wolle.

Meine Gedanken überschlugen sich, und ich hätte gerne Ja gesagt. Aber so einfach war das nicht. Was würden die Kinder davon halten? Was war mit der Firma? Mit Maggie? Mit Tom? Wie würden Ravis Eltern reagieren, wenn er eine Frau mit zwei Kindern heiratete? Was empfand er für Maya und Satchin? Liebte er sie, als wären sie seine eigenen Kinder? Ich stand auf der Terrasse und sah meinen Kindern beim Spielen zu. Sie wirkten so sorglos. Ich konnte ihnen die meisten Dinge bieten, doch etwas fehlte. Sie brauchten einen guten Vater. Also drehte ich mich zu Ravi um und antwortete, ich müsste mit den Kindern sprechen, bevor ich eine Entscheidung treffen könne.

Zu Hause setzten wir drei uns aufs Bett, und ich fragte sie, wie sie es fänden, wenn Ravi ihr neuer Vater werden würde. Satchin war begeistert und erkundigte sich, ob wir dann nach Mill Hill ziehen würden. Maya schwieg.

Es war so schwierig, mit Maya zu sprechen. Sie teilte ihre Gedanken mit keinem von uns, außer vielleicht mit Maggie. Maggie und Maya hatten eine Art Abkommen getroffen, und wenn ich etwas von Maggie zu erfahren versuchte, hielt sie den Mund. Ich weiß, dass Maya uns einen Menschen vorspielte, der sie eigentlich gar nicht war, doch es war unmöglich, zu ihr durchzudringen, und ich konnte nicht mit ihr reden. Auch wenn ich kochte, hatte das keine Wirkung auf sie. Sie aß kaum etwas von den Gerichten, die ich zubereitete, sondern verteilte sie nur auf dem Teller, damit es nach weniger aussah, und versteckte Reis und Gemüse unter einem Stück Papadam. Sie saß auch nicht in der Küche, wie ich es bei meiner Mutter getan hatte, außer wenn Maggie da war. Manchmal glaubte ich, dass ich nicht die Mutter war, nach der sie sich sehnte. Dann wieder kam ich zu dem Schluss, dass solche Gedanken meine eigene Unsicherheit verrieten, und versuchte, mich nicht länger damit aufzuhalten.

Ich drückte Maya fest an mich und sagte ihr, alles sei in Ordnung und ich würde sie immer lieben, ganz gleich, was auch geschah. Als sie mich ansah, stand Trauer, nackte Trauer in ihren Augen. »Sprich mit mir, Maya Mol, erzähl mir, was du denkst. Wenn du nicht möchtest, dass ich ihn heirate, lasse ich es.«

»Was soll das heißen, du wirst ihn nicht heiraten, Amma, wenn Maya dagegen ist? Los, Maya, sag es ihr, sag es ihr«, rief Satchin.

»Nein, Monu, ihr beide müsst damit einverstanden sein«, beharrte ich.

Sie erwiderte, dass es in Ordnung sei, wenn es mich glücklich machen würde, Ravi zu heiraten. Ich wartete ab, bis die Kinder eingeschlafen waren, und fing dann zu kochen an.

Im Kochen liegen immer die Antworten. Während ich frische Tomaten zu Mus zerdrückte, überlegte ich mir, dass ich Ravis Antrag annehmen würde. Als ich die Zwiebeln hackte und briet, dachte ich, dass ich bereit war, mit meiner Familie nach Mill Hill zu ziehen, allerdings nur unter der Bedingung, dass ich meine Firma behalten durfte. Vielleicht konnte ich mit meinem als Anzahlung gesparten Geld einen Laden oder eine Halle zum Arbeiten mieten. Als die Zwiebeln brutzelten, fügte ich Knoblauch, Ingwer und ein wenig Turmeric hinzu und beschloss, dass es besser war, bis zum Sommer zu warten, wenn das Schuljahr vorbei war und Maya von der Grundschule auf eine weiterführende Schule wechseln würde. Die grünen Chilis kamen mit den gekochten Kartoffeln in die Paste. Während sie zusammen mit dem Tomatenpüree schmorten, entschied ich, dass Maggie Chefvorkosterin bleiben und Tom weiter die Zutaten liefern sollte. Schließlich sorgten frischer Koriander und ein paar Zimtstangen für genau den richtigen Duft. Alles würde klappen. Ich rief Ravi an und sagte: »Ja.« Ja, ich würde seine Frau werden.

Maggie war begeistert, aber Tom sagte, dass es, wenn wir nach Mill Hill zögen, zu weit sei, um die Aufträge abzuholen. Doch er würde uns einen neuen Fahrer besorgen. Ich flehte Tom an, bekam jedoch keine Antwort. Also bat ich Maggie, mit ihm zu reden. »Er wird es überstehen«, antwortete sie.

Während ich unsere Sachen für den Umzug packte, erschien Tom.

»Du kannst nicht heiraten, Nalini, das weißt du genau«, rief er mit erhobener Stimme.

»Er ist tot, Tom. Es ist fünf Jahre her, und für mich ist er tot«, erwiderte ich.

»Daran liegt es nicht … Ach, vergiss es, es bringt sowieso nichts!«, brüllte Tom und verließ die Wohnung, wobei er die Tür knallen ließ.

Ich wollte unbedingt einen Weg finden, unseren Konflikt beizulegen, aber ich schaffte es nicht. Wir hatten uns inzwischen so entfremdet, dass ich nicht mehr an ihn herankam. Also beschäftigte ich mich mit dem Packen und der Suche nach einem Laden, den ich mieten konnte. Ravi half mir dabei, und wir fanden einen in Edgware, zu dem eine Einliegerwohnung mit drei Zimmern gehörte. Ich hinterlegte eine Kaution und fragte dann Maggie, ob sie mietfrei dort einziehen wollte. Als sie sich zierte, bat ich sie, es ein halbes Jahr lang zu versuchen. Wenn es ihr nicht gefiele, konnte sie ja immer in ihr altes Haus zurückkehren. Maggie versprach, sie werde es sich überlegen. Da Farida uns nicht begleiten konnte, besorgte ich ihr einen Job bei meinem Großhändler, aber sie blieb nicht sehr lange dort, und ich erfuhr nie, was aus ihr geworden war.

Ravi und ich heirateten im Juli auf dem Standesamt in Stanmore. Seine Eltern, sein Bruder und seine Schwägerin reisten aus Amerika an, ebenso seine Freunde, die über die ganze Welt verstreut lebten. Seine Mutter war ein wenig überkandidelt, küsste mir ständig das Gesicht und dankte mir, weil ich Ravi so glücklich gemacht hätte. Sie hatte gar nicht mehr gehofft, den Tag seiner Hochzeit noch zu erleben. Nun, so sagte sie, könne sie in Frieden sterben. Dafür, dass sie einander zwei Jahre lang nicht gesehen hatten, verhielt sich Ravis Bruder Anil ein wenig distanziert. Doch er war sehr freundlich und höflich zu mir. Allerdings spürte ich ein wenig Beklommenheit bei unserem Freundeskreis. Insbesondere zwei Ehepaare beäugten Maggie verächtlich, doch ich achtete nicht darauf. Schließlich konnte man es nicht allen recht machen.

Am Tag vor der Hochzeit erkrankte Maya an Bauchschmerzen und sagte, sie könne auf keinen Fall mitkommen. Maggie beschwatzte sie, saß fast die ganze Nacht lang neben ihr und meinte, sie müsse jetzt schnell gesund werden, damit sie das Kleid, das sie für die Hochzeit kreiert hatte, auch anziehen könne. Am Morgen fühlte sie sich schon viel besser, und so standen Maya und Satchin auf dem Standesamt neben mir. Maggie war auch da. Tom blieb der Trauung fern. »Nur den Kindern zuliebe«, flehte ich.

»Sie haben jetzt jemand anderen. Sie brauchen mich nicht mehr.«

»Natürlich brauchen sie dich.«

»Machen wir uns nichts vor, Nalini, ihr verkehrt jetzt in anderen Kreisen.«

Selbst Maggie konnte ihn nicht überzeugen.

Nach der Trauung veranstalteten wir einen kleinen Empfang in einem indischen Restaurant und fuhren dann in unser neues Zuhause. Als ich ins Bett ging, lag dort ein Umschlag mit meinem Namen darauf. Ich machte ihn auf und entdeckte eine Hochzeitskarte und eine Grundbucheintragung in meinem Namen für den Laden und die

Wohnung. Dankbarkeit ergriff mich. »Ich liebe dich, Nalini Thakker«, sagte Ravi, als ich den Umschlag aufmachte.

»Ich liebe dich auch. Ich glaube, du kannst dir gar nicht vorstellen, wie sehr.« Als ich Ravi fest in die Arme nahm, konnte ich Raul für immer loslassen. Endlich, endlich war er fort.

Ich darf nicht verschweigen, dass die Kinder einige Zeit brauchten, um sich einzugewöhnen. Es dauerte das ganze erste Jahr. Da waren zum Beispiel Kleinigkeiten, wie in ihren eigenen Zimmern zu schlafen. Wir hatten so lange gemeinsam in einem Bett geschlafen, dass es ihnen schwerfiel, die Nacht allein zu verbringen. Außerdem vermissten sie Maggie und Tom. Obwohl Maggie versprochen hatte, in die Wohnung einzuziehen, sobald der Laden geöffnet und in Betrieb war, war es seltsam für sie, sie nicht in ihrer Nähe zu haben. Besonders Maya fehlte sie schrecklich, und sie rief sie vier oder fünf Mal täglich an, um ihr zu berichten, was sie alles erlebt hatte. Außerdem mussten sie sich an den Alltag mit einem anderen Menschen gewöhnen. Maya testete Ravi aus, indem sie ihn provozierte, damit er sie ausschimpfte. Aber er tat es nie. Satchin schien die Umstellung zwar leichter zu fallen, aber ich wusste, dass auch er seine Freunde vermisste.

In diesem Sommer stellten wir weiter Pickles her. Ravi wollte zwar mit uns in Urlaub fahren, aber wir waren zu sehr damit beschäftigt, unten im Gewächshaus im Garten unsere Produktionsstätten zu betreiben, während der Laden umgebaut wurde. Maggie kam zwei Tage in der Woche und übernachtete bei uns, und Ravis Putzfrau Ana trieb zwei Inderinnen auf, die in der Nähe wohnten und an den Tagen aushalfen, an denen Maggie nicht da war.

Das durch den Umzug ausgelöste Durcheinander kostete uns ein paar Kunden, da wir die Bestellungen nicht rechtzeitig ausführen konnten. Einige Lieferungen kamen auch zurück, da die Kunden sagten, die Pickles schmeckten nicht mehr wie früher. Das war durchaus möglich, weil sie während der Vorbereitungszeit zu sehr der Hitze ausgesetzt waren. Und so siedelten wir mit unserer Fertigung in die Küche um, in der bald das absolute Chaos herrschte. In meinem Kopf herrschte ebenfalls Chaos, doch es handelte sich eher um Ungeduld als um Angst oder Unbehagen. Die Umbauarbeiten schienen ewig zu dauern, und ich wurde ständig vom Kochen abgelenkt, weil ich hinfahren und nachsehen musste, ob die Handwerker auch vorankamen.

Die Handwerker erweiterten das Hinterzimmer des Ladens, bauten eine Küche ein und statteten sie mit den Geräten aus, die das Kochen und Abfüllen weniger zeitraubend machen würden. Zehn Personen konnten dort arbeiten, ohne einander im Weg herumzustehen. Außerdem ließ ich ein Nebenzimmer abtrennen, um es dem Fahrer zu erleichtern, die fertigen Lieferungen abzuholen.

Die Maler strichen die ganze Küche weiß, damit die neue Ausstattung noch mehr glänzte. Dann wurden die hinteren Räume schwarzweiß gefliest. Da mich Neonröhren zu sehr an die Kleiderfabrik erinnerten, entschied ich mich für Strahler, die alle für zu teuer und für unpraktisch erklärten. Aber die Atmosphäre musste einfach stimmen. Während die Maler den vorderen Teil des Ladens in dem tiefen Dunkelrot strichen, das ich bestellt hatte, erschien der Schreiner, der Theke, Regale und das Ladenschild anfertigen sollte. Die kleine Annapurna wurde auf einem eigens für sie eingebauten Regalbrett in der Küche aufgestellt, sodass sie über uns wachen konnte. Alles war rechtzeitig für Onam fertig.

In der darauf folgenden Woche gingen die Kinder in ihre neue Schule. Maggie und ihre Katzen zogen in die Wohnung über dem Laden, und wir alle bereiteten uns auf die Eröffnung vor. Der Laden war wie eine Zauberwelt, nachdem wir alle Pickles auf den neuen Regalen verteilt hatten. Maggie dekorierte das Schaufenster und kaufte verschiedenfarbige Saristoffe, die sie um geflochtene, mit Stroh gefüllte Körbe drapierte. Darauf arrangierte sie dekorativ Gläser mit Pickles und Früchte. Der Duft von getrocknetem Lavendel wehte durch den Laden und verbreitete eine friedliche Stimmung, und ein Windspiel hing über der Tür, damit die Luft gereinigt wurde, wenn diese aufging. Durch einen Freund von Ravi trieb ich einen Priester auf, der den Laden segnen sollte. Ich erwartete ihn am frühen Morgen des Tages vor der Eröffnung.

Das Windspiel klimperte, und ein alter Inder mit weißem Bart kam herein. Er stellte sich als Priester vor und zog die Schuhe aus, bevor er den Laden betrat. Nachdem er sich umgeschaut hatte, sah er mir direkt in die Augen.

Ich rückte ihm einen Stuhl zurecht, meine Augen füllten sich mit Tränen, und es schnürte mir die Kehle zu. Ich spürte die Gegenwart meiner Mutter, einen Geruch nach Sesamöl und Ingwer und eine Stimme, die sagte: »Achte auf Nalini, mir geht es gut.« Habe ich es richtig gemacht, Ma? Bist du stolz auf mich? Habe ich mich um die Kinder gekümmert, wie du es von mir erwartet hast? Ich begann zu weinen, und die Tränen flossen in Strömen. Der Priester ergriff meine Hand, und je länger er sie hielt, desto untröstlicher weinte ich. Schweigend saß er da.

Langsam wichen die Wellen, die mich erfasst hatten, an den Ort zurück, von dem sie kamen, und ich konnte mich wieder beherrschen. Ich sei einfach nur sehr müde, sagte ich zu dem Priester. Er erwiderte nichts. Dann nahm er seine Muschelschalen heraus und warf sie über die Theke. »Da du nun die Vergebung erreicht hast, lass sie in alle hineinfließen, die durch diese Tür treten – dann bediene sie. Biete ihnen Dankbarkeit an, doch erst, wenn du dafür bereit bist.« Ich sah ihn an und fragte ihn, woran ich das erkennen könne. »Das wirst du schon, wenn der richtige Zeitpunkt gekommen ist.« Der Priester zerbrach eine Kokosnuss, die er mit Safran bestäubte. Die Kokosmilch rann über die Stufe, die zur Küche führte. Dann sprach er ein Gebet, segnete den Laden und holte ein kleines Döschen feuchtes Sandelholz aus der Tasche. Nachdem er mir einen Punkt auf die Stirn gemalt hatte, ging er.

Meine Mutter hatte immer gesagt, dass Vertrauen den Boden für die Vergebung bereitete. Es sei unabdingbar, an etwas zu glauben und darauf zu vertrauen, damit die Vergebung fest verankert sei. Allerdings sei Vergebung eigentlich nur der erste Schritt, gleich dahinter käme die Dankbarkeit. Dankbarkeit könne in Hunderten von Formen auftreten, wie die verschieden geformten Gebäckstücke, die man anbot, ohne dafür eine Gegenleistung zu erwarten. Dankbarkeit, so sagte sie, sei der einzige Weg, um seine Wertschätzung zu zeigen, eine Art Miete für die Erlaubnis, das zu tun, was wir liebten. Die Gebäckstücke wurden den Kathis angeboten, die uns eine Chance gegeben hatten. Dem Astrologen, der jeden Donnerstag kam, um uns Ratschläge zu erteilen. Den Kindern, die am Strand lebten. Nachbarn, die uns besuchten. Dankbarkeit, verkündete meine Mutter, halte die Angst fern. Wenn wir uns auf das konzentrierten, was wir besäßen, würde sie größer. Doch wenn wir auch nur für einen Moment an das dächten, was wir fürchteten, würden sich die Ängste vermehren und uns Rückschritte machen lassen. Deshalb dankte sie sogar, wenn etwas Schlechtes geschah, auch dafür zum Beispiel, dass mein Vater gegangen war. Sie ließ es hinter sich, dass er sich zu einem Trinker entwickelt hatte, der von Dorf zu Dorf zog und jedes Mal eine Frau unglücklich machte. Sie sagte, Dankbarkeit bringe die hässlichen Dinge an die Oberfläche, und ein reiches Leben sei eines, das sich der Hässlichkeit stellen und diese dann freigeben könne.

Nachdem der Priester fort war, verbrachte ich den restlichen Tag bis zu den Ellenbogen in einer Mischung aus frisch gemahlenem Maismehl und Sesamöl, in der sich alle Körnchen Dankbarkeit miteinander vereinten, und knetete sie mit ein wenig lauwarmem Wasser zu einem Teig. Indem ich nur ein wenig Salz, Pfeffer, Paprika und zerdrückte Lorbeerblätter hinzufügte, stellte ich Berge der Dankbarkeit für mein momentanes Leben her: für die Kinder, Ravi, Maggie, unser Zuhause, meine Mitarbeiterinnen und den Laden.

In Indien hätte ich das Gebäck in verschiedene Formen gedrückt und es nach draußen in die Sonne gelegt, damit es Hitze und Energie in sich aufsaugen konnte. Hier breitete ich es unter der Küchenbeleuchtung aus, sodass es sich in der Wärme ausdehnte. Als es fertig war, frittierte ich es in heißem Erdnussöl, damit es rechtzeitig hart und fest wurde.

Ich rief Maggie, die vorne die Theke polierte, und bat sie, einen der goldbraunen, knusprigen Kringel zu kosten. Sie biss hinein, und nachdem sie ihn aufgegessen hatte, leckte sie sich die Krümel von den Lippen und nahm noch einen. Dann fragte sie mich, was das sei. »Dankbarkeit«, erwiderte ich. Maggie verdrehte die Augen und lachte ihr Maggie-Lachen, eine Art Gackern, bei dem sie den Kopf in den Nacken legte, damit das Geräusch in den Himmel hinaufsteigen konnte. Damals erschien es mir noch nicht ratsam, die Kringel zu verpacken und sie zum Verkauf anzubieten – wir hatten noch keine »Vergebung« erreicht –, und so legten wir sie nur auf Teller, um sie unseren neuen Kunden zur Begrüßung anzubieten. Wir waren für die Eröffnung bereit.

Es war ein Samstagmorgen, und unsere ersten Kunden waren Ravi und die Kinder. Die Kinder kauften ein paar Pickles, fragten nach einem Rezept und schenkten Maggie und mir eine Glückwunschkarte, die Maya gebastelt hatte. Dann gingen sie, um mit Ravi in die Innenstadt zu fahren. Maggie übernahm das Kommando hinter der Theke, während ich zwischen Laden und Küche hin- und herlief.

Anfangs kamen nicht allzu viele Kunden, und die, die erschienen, kosteten nur das Gebäck, ohne etwas zu kaufen. Maggie wurde richtig böse, als sie sogar zurückkehrten, um noch ein Stück zu essen, und meinte, sie sei bald am Ende ihrer Dankbarkeit und ihrer Geduld angelangt. Nach der Mittagspause kamen ein wenig mehr Leute. Zuerst sagten sie nur Hallo, betrachteten die verschiedenen Picklessorten und suchten sich nach Belieben das aus, was sie zu brauchen glaubten. Obwohl Maggie sie gerne beraten wollte, hielt sie sich zurück und plauderte stattdessen über das Wetter. Darauf nickten sie nur wortlos, bezahlten die Ware und gingen. »Nicht sehr freundlich, die Leute hier«, flüsterte Maggie. »Das werden wir bald ändern.«

Hinten in der Küche arbeiteten die beiden Inderinnen, die schon im Gewächshaus ausgeholfen hatten, Anita und Deepa. Anita war verheiratet und hatte einen kleinen Sohn. Deepa war ihre junge Schwägerin, die bei ihnen wohnte. Außerdem hatten wir noch Govind eingestellt. Er war Küchenhelfer im indischen Restaurant im Viertel gewesen, hatte aber seine Stelle verloren, weil er sich gegen den tyrannischen Koch gewehrt hatte. Wir waren dabei gewesen, als es geschah, und so hatte ich ihm angeboten, zuerst einmal auf Probe bei uns zu arbeiten.

Deepas Aufgabe war es, die Früchte und die übrigen Zutaten auf Anweisung zu waschen, zu zerkleinern und vorzubereiten. Dann kam ich und gab die verlangte Menge an Gewürzen hinzu. Anschließend erhitzten und kochten Deepa und Govind die Mischung. Anita sorgte dafür, dass die Maschinen die Pickles richtig abfüllten und beschrifteten, und verpackte sie anschließend entweder für den Laden oder zum Ausliefern. Maggie machte wie ich eine Dankbarkeitsphase durch, bediente an der Theke oder half den Kunden, die Pickles auszusuchen, die zu ihnen passten.

Tom kam unregelmäßig vorbei, und zwar immer an den Tagen, an denen ich nicht im Laden war. Maggie wollte, dass er das Haus verkaufte und zu ihr über den Laden zog, doch er weigerte sich. Er machte sich nicht einmal die Mühe, die Kinder zu besuchen, und wollte einfach nichts mehr mit uns zu tun haben. Außerdem schickte er uns einen neuen Fahrer namens David, der uns alle zwei Tage frische Zutaten brachte und die Lieferungen abholte.

Der Laden war wie ein Magnet, der viele gebrochene Herzen anzog. Allerdings waren diese zarten Herzen von Panzerschichten umgeben, die sie ausgesprochen stark erscheinen ließen. Wir hatten ganz unterschiedliche Kunden: indische Matriarchinnen, die zu wissen schienen, wie man eine Familie zusammenhielt. Junge Jüdinnen und Polinnen, die entschieden hatten, was sie vom Leben wollten. Wohlhabende Engländerinnen mittleren Alters, die aussahen, als hätten sie alles im Griff. Alleinstehende Männer, verheiratete Männer, alte Männer. Sie alle traten energischen Schrittes ein. Doch ohne dass sie es ahnten, wurden sie vom Klimpern des Windspiels und von den verschiedenen Düften entwaffnet. Sie fühlten sich im Laden sowohl sicher als auch geborgen und wussten es nicht einmal.

Anfangs griffen sie im Vertrauen auf ihren Instinkt wortlos nach irgendwelchen Gläsern. Doch wenn sie wiederkamen, kauften sie andere Geschmacksrichtungen, um zu ermitteln, was sie lieber mochten. Einige gaben regelmäßig Bestellungen ab, die sie jede Woche abholten, und die waren ziemlich berechenbar: rohe grüne Mangos für die Entschlussfreudigkeit, Apfel und gebratener Ingwer, um Streitigkeiten zu schlichten, und süße Mangos und Limetten mit einem Hauch roter Chilis, um vergessene Träume wieder zum Leben zu erwecken. Andere waren sich nicht ganz sicher, was ihre Lieblingssorten waren, und änderten ihre Bestellung jede Woche. Einige sagten, sie müssten ein Geschenk für jemanden besorgen, und kauften eine ganze Kiste. Maggie hielt das für ein Symptom von Einsamkeit und redete so viel wie möglich mit dem Betroffenen, um ihn aufzumuntern.

Maggie hatte häufig recht. Sie besaß eine scharfe Beobachtungsgabe und wusste oft, was ihr Gegenüber brauchte. Dabei drängte sie ihren Rat nie auf, sondern gab nur Empfehlungen ab, verwickelte den Kunden in ein Gespräch und bestätigte damit ihre ursprüngliche Diagnose. »Sie werden sehr gut mit dem hier zurechtkommen«, sagte sie dann und lief um die Theke herum, um dem Kunden das Glas zu geben.

Abgesehen von gelegentlichen Disputen unter den Angestellten klappte im Laden alles wie am Schnürchen. Maggie kümmerte sich um die Zänkereien, ich mischte mich nur selten ein. Als sich immer mehr Stammkunden im Laden drängten, stellte ich Govinds jüngeren Bruder Amit ein, in der Hoffnung, ein Gleichgewicht der Kräfte in der Küche herzustellen. Außerdem bat ich Ana, unsere Putzfrau, Maggie drei Tage pro Woche beim Bedienen zu helfen. Maya kam am Mittwoch nach der Schule. Satchin und sein bester Freund Suri unterstützten die Mitarbeiter in der Küche beim Verpacken der Bestellungen und bereiteten sie für David vor, der inzwischen jeden Tag auslieferte.

Am Mittwoch hatte ich meinen freien Tag. Vormittags besuchte ich weiterhin Collegekurse und hatte mich in Stanmore angemeldet. Am Nachmittag experimentierte ich mit neuen Rezepten und Mischungen. Mindestens zwei Mal pro Woche sorgte ich dafür, das ich um vier Uhr nach Hause kam, damit ich vor den Kindern zurück war und das Abendessen kochen konnte. Normalerweise kochte ich zwei Gerichte, weil Maya indisches Essen noch immer nicht mochte. Ravi kam gegen halb sieben, duschte, und wir aßen etwa um sieben. Ich wusste, dass die Kinder das verabscheuten, weil sie um diese Zeit fernsehen wollten. »Oh, Amma, bei uns in der Schule muss kein Mensch dieses Abendessensritual durchziehen«, protestierte Satchin, doch es war das Einzige, worauf ich bestand. Schließlich hatten wir nur beim Abendessen die Gelegenheit, zusammenzusitzen und uns zu unterhalten. Lediglich am Freitag erlaubte ich ihnen, sich etwas beim Imbiss zu holen und vor dem Fernseher zu essen.

Diese Abende waren für Ravi und mich reserviert, und manchmal luden wir Bekannte ein. Ich spürte, dass Ravis Freunde sich mir gegenüber leicht reserviert verhielten, und wenn Maggie sich zu uns gesellte, verabschiedeten sie sich meist unter einem höflichen Vorwand. Und das, obwohl Maggie sich inzwischen ausgesprochen sittsam kleidete. Maggie meinte, die Ehefrauen hätten vermutlich Angst vor uns und klatschten sicher darüber, was wohl zwischen uns lief. Lachend ahmte sie einen indischen Akzent nach: »Woher, glaubst du, kennen sich die beiden?« »Ich weiß nicht, aber ich mag diese Maggie nicht. Nalini sollte ihren Verstand benützen. Was Ravi wohl dazu sagt?«

Wenn diese Frauen sich im Laden blicken ließen, verordnete Maggie ihnen extrascharfe Chili-Pickles, um ihren Leben ein wenig Würze zu geben, damit sie über ihre eigenen Erfahrungen tratschen konnten.

Ein Jahr verging, und der Laden verbreitete Wohlstand. Ich spürte, dass die Zeit reif war, auch abgepacktes Gebäck anzubieten. Also brachte ich Deepa und Govind bei, wie man Sesamöl, Wasser und Maismehl im richtigen Verhältnis zusammenmischte und das Kokosnussöl auf genau die richtige Temperatur erhitzte, damit das Gebäck nicht zerbrach oder oben schwamm. Inzwischen hatten sie sich zusammengerauft und waren so eine gute Mannschaft geworden, dass ich nicht mehr ständig dabeibleiben musste, um sie zu überwachen.

Die Dankbarkeit hatte eine erstaunliche Auswirkung auf den Laden. Die Leute kamen und deckten sich mit Schachteln ein, weil sie Freunden, Familienangehörigen und Gästen Pickles und Gebäck anbieten wollten. Etwas Unerklärliches lag in der Luft, und im Laufe der Monate kam es zunehmend zu Veränderungen, als ob sich die Ursache und Wirkung von Ereignissen vervielfältigt hätte. Deepa, die bei ihrem Bruder und ihrer Schwägerin wohnte, seit ihre Mutter sie aus dem Haus geworfen hatte, verkündete, sie und Govind würden im Frühjahr heiraten. Anita zog mit ihrem Mann in ein größeres Haus. Amit wurde befördert. Ana gewann eine ziemlich hohe Summe im Bingo, sagte aber, sie wolle weiter bei uns putzen und im Laden arbeiten, und Maggie – Maggie hatte sich verliebt.

Jack war Schotte, Mitte fünfzig und ein Jahr nach der Eröffnung zum ersten Mal im Laden erschienen. Er war darüber gestolpert, als er seiner Frau einen Artikel in der Lokalzeitung vorgelesen und sie ihn gebeten hatte, hinzugehen, damit er ihr den Laden in allen Einzelheiten beschreiben könne. Sandra, Jacks Ehefrau, lag im Sterben. Jack zögerte zehn Minuten vor der Ladentür, ehe er eintrat, und sah sich dann gründlich um. Er unterschied sich von den anderen, weil die Schichten der Trauer beim Eintreten nicht von ihm abfielen, sondern ihm folgten, während er eine Auswahl traf, die sie kosten sollte. Als Maggie scherzte, er werde wohl lange damit beschäftigt sein, erwiderte er abweisend, die Pickles seien nicht für ihn bestimmt. Damit war ihr Gespräch zu Ende, doch er kam danach regelmäßig in den Laden. Er hätte zwar einen Sechserkarton kaufen können, aber er hatte Freude an dem Fußweg, und außerdem fühlte er sich durch die Besuche allmählich ein wenig wohler.

Maggie, die ahnte, dass sein barsches Auftreten seinen Grund in einem gebrochenen Herzen hatte, empfahl ihm eine Mischung aus gemahlenem Ingwer, Orange und Kreuzkümmel, um die Wut in ihm aufzulösen. Einige Zeit verging, bis wir ihn wieder im Laden sahen. Seine Frau war in der Zwischenzeit gestorben. Er wollte nicht hereinkommen, sondern uns nur sagen, dass sie tot sei. Ich schenkte ihm ein Glas mit Honig und Limetten und hoffte, dass er wieder Frieden finden würde. Von da an kam er jeden Freitagabend und plauderte mit Maggie, falls sie nicht zu sehr mit anderen Kunden beschäftigt war. Acht Monate später nahm er all seinen Mut zusammen und fragte sie, ob sie mit ihm ins Kino gehen wolle. »Wurde auch langsam Zeit«, meinte sie, nachdem sie sich einige Male bei mir nach dem genauen Verhältnis von Knoblauch, Teufelsdung und roten Chilis erkundigt hatte. »Maggie, du hast doch genug Mut für eine ganze Armee«, hatte ich gesagt, nicht ahnend, dass es nicht für sie selbst bestimmt war.

Wir hätten es auch daran erkennen können, dass sie

jeden Freitag ihr Lieblingskleid trug und am Donnerstagabend zum Friseur ging, aber irgendwie bemerkten wir es nicht. Dann, eines Tages, wollte sie von mir wissen, wie lange die Kündigungsfrist sei, wenn sie aus der Wohnung ausziehen wolle.

Ich war am Boden zerstört und glaubte, ich hätte als Freundin schrecklich versagt. Wie würde Maya reagieren, wenn sie erfuhr, dass Maggie ins Eastend zurückkehren wollte? Sie konnte nicht gehen. Nicht jetzt, da wir es so weit gebracht hatten. Maggie musterte mich, lachte ihr Maggie-Lachen und erklärte mir, sie würde nur ein paar Häuser weiter ziehen, um mit Jack zusammenzuleben. Ich umarmte sie und ging nach unten, um Govind und Deepa mitzuteilen, ihr Hochzeitsgeschenk von Ravi und mir sei die Wohnung oben, in der sie in den ersten sechs Monaten mietfrei leben könnten.

Zehn Tage später erschien die Dankbarkeit und eröffnete mir, dass ich schwanger war. Der zweite Jahrestag der Ladeneröffnung stand unmittelbar bevor.

Ich war erschrocken und sehr unsicher, was Maya und Satchin dazu sagen würden. Als Ravi an diesem Abend nach Hause kam, teilte ich es ihm mit. Noch nie hatte ich bei einem Mann einen so glückseligen Gesichtsausdruck gesehen, und das allein sorgte schon dafür, dass ich mich auf das Baby freute, das ich erwartete. Am nächsten Abend setzten wir uns mit den Kindern zusammen und erklärten es ihnen. Satchin schien es nicht sehr zu interessieren. Er war ein Teenager und hatte andere Dinge im Kopf als Babys, doch er schaffte es, etwas zu brummeln, das sich wie eine Zustimmung anhörte. Maya sagte nichts und wirkte überrascht. Ravi meinte zu ihr, sie werde immer unser wichtigstes Mädchen sein, aber das war vermutlich genau das Falsche. Sie stand vom Tisch auf und ging nach oben. Als ich ihr folgte, merkte ich ihr an, dass sie geweint hatte. Ich bat sie, mir zu sagen, was los sei, aber sie wiederholte nur ständig, es sei alles in Ordnung. Dann küsste sie mich, sagte, sie freue sich, eine große Schwester zu werden, und kam mit mir nach unten, um zu Ende zu essen.

Dass ich ein Kind in mir trug, schien eine neue magische Stimmung in den Laden zu bringen, und wir hatten mehr zu tun als je zuvor. Alles klappte perfekt, die Mitarbeiter unterstützten mich, so gut sie konnten, und erlaubten mir nicht, mehr als zwei Gläser auf einmal zu tragen. Ich brachte Maggie das richtige Verhältnis von Früchten und Gewürzen bei, damit sie während meiner Abwesenheit zurechtkamen. Die Monate vergingen, und dann, eines Tages, standen Maggie und ich hinter der Theke. Ich bediente Mrs. Zanuski, die mir von ihren Problemen mit ihrer Schwiegertochter erzählte. Als ich nach dem Glas mit der für sie richtigen Mischung griff, platzte meine Fruchtblase. Ich kassierte und gab Maggie, die in ein Gespräch mit Mr. Matthews vertieft war, ein Zeichen. Nachdem ich eine Orange nach ihr geworfen hatte, sagte ich, es sei Zeit loszufahren. »Jetzt schon?«, wunderte sie sich. »Aber du hast doch noch zwei Wochen.« Da sie Ravi nicht erreichen konnte, packte sie mich in Amits Auto, und wir fuhren ins Krankenhaus. Zwölf Stunden später wurde meine Tochter geboren.

Ich will nicht behaupten, dass die Geburt ein Kinderspiel war, doch ich plagte mich viel weniger als bei der von Maya. Nichts geschah heimlich, es herrschte kein ständiges Kommen und Gehen von Fremden wie beim letzten Mal, und ich durfte schreien, ohne dass die Hebamme mir befahl, den Mund zu halten. Ravi saß die ganze Zeit dabei und umfasste meine Hand. Er konnte es kaum fassen, als unser kleines Mädchen herauskam, und schüttelte ständig den Kopf. Als man mir das Baby reichte, küsste er ihre kleine Stirn und hielt ihre winzigen Fingerchen und sah mich sprachlos an. Ich wusste, dass es unmöglich war, diesen Mann mehr zu lieben, als ich es ohnehin schon tat. Wir nannten die Kleine Ammu nach meiner Mutter, und in jener Nacht schlief ich mit ihr im Bett. Ich roch den Duft des Sesamöls und des Ingwers, der über uns schwebte, und wusste, dass sie da war.

Am nächsten Tag kamen die Kinder, um ihr Geschwisterchen zu sehen. Satchin beugte sich über das Bettchen, berührte ihren Kopf und ging dann zum Spiegel, um sich die Haare zu kämmen, damit er die Schwestern beeindrucken konnte. Maya saß da, betrachtete sie und nahm sie dann in die Arme. Als ich sagte, die kleine Ammu hätte sie angelächelt, erwiderte sie, das seien bestimmt nur Blähungen gewesen. Die beiden so zusammen zu sehen, machte mich sehr glücklich, und ich hielt Mayas Hand. Maya schien irgendwie verändert, so als hätte sie endlich nachgegeben, und sie akzeptierte Ravi auf eine Weise, die ich nie für möglich gehalten hätte. Maggie hatte recht gehabt, denn sie hatte mir die ganze Zeit geraten, Geduld zu haben und abzuwarten. Dann kamen Maggie und Deepa mit einem riesigen Teddybären herein und sagten, sie hätten alles im Griff. Maggie füge die Gewürze nach meinen Anweisungen hinzu, und bis jetzt habe sich noch kein Kunde beschwert oder sei krank geworden. Offenbar war alles in bester Ordnung. Am nächsten Tag ging ich mit dem Baby nach Hause.

Bei der Geburt meiner ersten zwei Kinder war ich selbst fast noch ein Kind gewesen, und so hatten die Menschen um mich herum das Kommando übernommen. Meine Aufgabe beschränkte sich darauf, die Babys zu stillen. Ich ließ meiner Mutter freie Hand mit ihnen, als Ausgleich für das Kind, das sie verloren hatte. Mein Vater hatte sie, am Tag bevor die Wehen begannen, verlassen. Ich hörte, wie er sie anbrüllte, und glaubte, er sei nur zur Arbeit aufs Feld gegangen und würde am Abend wiederkommen. Kurz nachdem ich aufwachte, hörte ich sie schreien, aber ich kümmerte mich nicht darum, weil das häufiger vorkam, und dachte, dass sie nur meinen Vater ausschimpfte. Ich hielt es für einen ihrer vielen Streits. Doch als es nach zehn Minuten nicht aufhörte, stand ich auf, um nach ihr zu sehen. Sie stand gekrümmt in der Küche, und das Baby hing aus ihr heraus. Die Zeit reichte nicht, um loszulaufen und Hilfe zu holen, und so zog ich in meiner Panik das Baby heraus. Ich hatte nicht bemerkt, dass sich die Nabelschnur um seinen Hals gewickelt hatte und dass es blau angelaufen war. Meine Hände waren mit Blut bedeckt.

Meine Mutter sagte, es sei nicht meine Schuld. Es habe eben in letzter Minute beschlossen, dass es nicht bei uns bleiben wollte. Aber mir stand immer wieder diese Szene vor Augen: Blut überall auf dem Küchenboden und die abgrundtiefe Verzweiflung in ihrem Gesicht. Sie hatte sich den kleinen Jungen so sehr gewünscht. Gelang es mir je, ihr zu genügen? Vielleicht wäre mein Vater ja zurückgekommen, wenn mein Bruder überlebt hätte, wenn nicht meinetwegen, dann ihm zuliebe. Ich kochte meiner Mutter heiße Suppen aus Reisgrieß, damit sie rasch wieder genas, und schwor, ihr zu helfen, so gut ich konnte. Wir mussten wegziehen, weil sie mir eine gute Zukunft ermöglichen wollte und niemand mich geheiratet hätte, wenn wir in dem Dorf geblieben wären, in dem jeder wusste, dass mein Vater uns verlassen hatte. Meine Mutter und ich fingen ein neues Leben an und hatten Freude daran, gemeinsam zu kochen. Endlich hatte ich das Gefühl, dass sie stolz auf mich war und ich mich so entwickelt hatte, wie sie es sich wünschte. Dann brannte ich mit Raul durch und brach die Versprechen, die ich ihr und mir selbst gegeben hatte. Und mit meinem Umzug nach England nahm ich ihr auch noch die Enkelkinder weg. Wahrscheinlich ahnte sie, welches Leben uns dort erwartete, und es zerriss ihr sicher das Herz, aber sie ließ uns gehen – ließ mich gehen. Ich hätte mich stärker ins Zeug legen und mehr dafür tun sollen, dass sie bei uns blieb.

Die kleine Ammu gab mir die Möglichkeit, meinen Fehler wiedergutzumachen. Sie einfach nur im Arm zu halten und ihr beim Schlafen zuzusehen, versetzte mich in friedliche Stimmung, obwohl Ravis Eltern da waren. Sie trafen vor ihrer Geburt ein und wollten mindestens vier Monate bleiben, während ich wieder halbtags im Laden arbeitete. Doch als sie da waren, schaffte ich es nicht, meinen Liebling auch nur einen halben Tag allein zu lassen. Ravis Mutter wurde ziemlich ärgerlich, als ich ihr nachlief, wenn sie die Windeln des Babys wechselte oder es badete. Das lag nicht daran, dass ich ihr nicht vertraute, ich wollte einfach alles selbst machen. Wahrscheinlich empfand mich meine Schwiegermutter als überfürsorglich, während ich mich von ihr erstickt fühlte, obwohl ich wusste, dass sie es nur gut meinte. Es war wie ein Wettrennen, wer zuerst den Herd erreichte – sie war immer zuerst da und gab mir nicht einmal in meiner eigenen Küche Raum.

Maya schien sich recht gut mit ihr zu vertragen, zeigte ihr das Viertel und begleitete sie in die Läden, wenn sie etwas einkaufen wollte. Satchin war es offenbar gleichgültig, ob sie nun da waren oder nicht, und er reagierte nur genervt, als meine Schwiegermutter ihn aufforderte, die Musik leiser zu stellen. Obwohl sie Ravi wie ein Kind behandelte, ließ er sich nicht aus der Ruhe bringen und sagte, sie wisse es eben nicht besser und sei harmlos. Allerdings unternahm sie ständig etwas mit ihren neuen Freundinnen. Warum konnte sie nicht auch bei einer von ihnen übernachten?

»Es ist doch nur für eine kurze Zeit, Nalu«, meinte Ravi, aber ich hatte den Eindruck, dass sie uns schon seit einer Ewigkeit belagerten.

Sie verließen kaum das Haus, und ich floh vor all den

Einladungen, die sie gaben, indem ich mit dem Baby in den Park ging oder im Laden vorbeisah. Maggie drängte mich, es sei an der Zeit, wieder mit der Arbeit anzufangen, doch ich wiederholte nur, ich sei noch nicht bereit. Der Grund war nicht, dass ich nach der Geburt depressiv gewesen wäre, doch manchmal fühlte ich mich wie leer und hatte niemanden, mit dem ich mich richtig aussprechen konnte und der wirklich verstand, wie es mir ging. Als ich im Park saß und dem Baby von meiner Vergangenheit erzählte, bekam ich es mit der Angst zu tun. Es war das erste Mal, dass ich in meinem beschäftigten Leben innehielt und dem lauschte, was uns allen widerfahren war.

Vier Monate verstrichen, und meine Schwiegereltern waren immer noch nicht abgereist. Meine schüchternen Andeutungen wurden überhört. Je länger meine Schwiegermutter blieb, desto unfähiger fühlte ich mich, und ich, die ich einer Million problembeladener Menschen die richtigen Pickles verordnet hatte, fand einfach keine Lösung. Während ich darüber nachgrübelte, wurden die Schwierigkeiten immer größer. Irgendwo in meinem Hinterkopf hörte ich eine Stimme, die »Lass einfach los« sagte, aber meine Schwiegermutter verfügte über die Fähigkeit, meine wunden Punkte zu erkennen und zielsicher zu treffen.

Eines Abends erzählte sie mir, sie habe zufällig Ravis lang verschollene Ex-Freundin getroffen und überlege nun, ob sie es ihm sagen solle. Sie erklärte mir, Ravi sei der restlichen Familie deshalb nicht in die Vereinigten Staaten gefolgt, weil er geglaubt habe, dass seine Verlobte sich in London aufhielt und er sie dort habe suchen wollen. Sie waren durch Idi Amins Staatstreich voneinander getrennt worden. Jahrelang habe er nach ihr geforscht, doch dann habe er mich kennengelernt. Allerdings sei sie nicht sicher, ob er die Hoffnung, sie wiederzufinden, je aufgegeben habe. Als ich mich erkundigte, warum sie mir all das erzählte, erwiderte sie, sie wolle meine Meinung dazu hören.

Wenn Ravi nach Hause kam, ging er direkt in Ammus Kinderzimmer. Falls ich gerade dabei war, sie zu stillen, drehte sie den Kopf in seine Richtung, und er trat näher, um sie zu küssen. Diese schlichte Geste erinnerte mich an Raul, und ich erschauderte bei diesem Gedanken. Etwa um diese Zeit musste Ravi geschäftlich ins Ausland reisen, und ich spürte, wie vertraute Ängste zurückkehrten. Die Dinge begannen mir zu entgleiten, und ich wusste es.

Maggie erschien und flehte mich an, wieder in den Laden zu kommen, aber ich schaffte es nicht. Ich fühlte mich wie gelähmt. Sie sagte, wir könnten das Baby ja mitnehmen und jemanden suchen, der es versorgte. Ich überlegte es mir, doch im Laden waren immer so viele Menschen, die die Kleine ständig befingern und betatschen würden. »Nein«, sagte ich. »Uns geht es gut.«

Als Ammu ins Krabbelalter kam, kroch sie durchs Haus, suchte Maya und nannte sie Mo-Mo. Dann nahm Maya sie in die Arme sprach mit ihr und liebkoste sie. Dass meine beiden Töchter einander liebten, war eine große Beruhigung für mich. Seit Ammus Geburt hatte Maya sich sehr verändert, nicht nur mir gegenüber, sondern auch im Umgang mit anderen Menschen. Ich konnte mit ihr reden, mit ihr lachen, und sie verhielt sich offen und nicht mehr so argwöhnisch. Das Baby brachte uns einander näher. Ammu würde sich gut mit ihrer großen Schwester verstehen, dachte ich, auch wenn meine Schwiegermutter blieb, würde ich abends wieder im Laden arbeiten können.

Es war einen Monat vor Ammus erstem Geburtstag. Ich war eine Zeit lang nicht im Laden gewesen. Als ich hereinkam, hing ein abgestandener Geruch in der Luft. Maggie war nicht da. Maggie war doch sonst immer im Laden und rief an, wenn sie sich nicht wohlfühlte. Als ich sah, in welchem Zustand sich der Laden befand, bekam ich es mit der Angst zu tun. Es musste etwas Schreckliches geschehen sein, sonst hätte sie nie alles stehen und liegen gelassen. Also rief ich Jack an. Er klang besorgt und bat mich, sofort zu kommen. Er wisse nicht, was mit Maggie los sei. Sie wolle nicht zum Arzt gehen, weigere sich aber, aus dem Bett aufzustehen. Als ich ihr Schlafzimmer betrat, erkannte ich sie nicht wieder. Sie hatte allen Lebensmut verloren, ihr Haar war nicht gefärbt, sie trug keinen grellroten Lippenstift, und sie wirkte abgezehrt. »Was ist los, Maggie? Was hast du? Bist du krank?« Sie schüttelte den Kopf und reichte mir einen Brief. Er war von Tom. Inzwischen sah sie Tom nur noch selten. Er sagte, er habe ein reizendes Mädchen kennengelernt und sei mit ihr beschäftigt. Ich war ihm zuletzt im dritten Schwangerschaftsmonat begegnet, und das auch nur zufällig. Maggie musste etwas erledigen, und ich hatte mich erboten, sie im Laden zu vertreten, als Tom hereinkam. »Das ist doch albern, Tom. Du kannst uns nicht weiter so aus dem Weg gehen. Die Kinder vermissen dich. Ich vermisse dich.«

»Ich habe davon gehört. Hoffentlich macht das Baby dich glücklich«, erwiderte er kühl.

Tom war mit seiner Freundin Elaine nach Irland gefahren und hatte beschlossen, die Gelegenheit zu nützen, um wieder Kontakt zu seiner Familie aufzunehmen. Da Maggie ein ungutes Gefühl gehabt hatte, als er sich bei ihr erkundigte, hatte sie ihm die Namen von Dörfern genannt, die so weit von ihrem Heimatort entfernt waren, dass er ganz bestimmt nicht zufällig einen Verwandten treffen würde.

Ich entfaltete den Brief.

Maggie,

also bist du in Wirklichkeit meine Mutter, auch wenn ich dich nie so nennen könnte.

Obwohl du so oft die Möglichkeit gehabt hättest, es mir zu sagen, musste ich es von einem Betrunkenen, der angeblich dein Bruder ist, in einer Kneipe erfahren.

Warum hast du mir keinen reinen Wein eingeschenkt und mich all die Jahre lang belogen? Ich weiß nicht mehr, was Wahrheit ist. Unser gemeinsames Leben war nichts als Lug und Trug, und dasselbe gilt für die Menschen, mit denen du dich umgibst.

Jetzt reicht es mir, und ich will nie mehr wieder etwas damit zu tun haben.

Elaine und ich haben geheiratet und werden uns hier in Irland niederlassen.

Tom

Anbei lagen Maggies Hausschlüssel. Ich konnte nichts tun, um sie zu trösten, da ich selbst von Angst ergriffen wurde. »Maggie, er beruhigt sich schon wieder, du wirst sehen. Du musst ihm nur Zeit geben«, war alles, was ich herausbrachte, auch wenn ich meine eigenen Worte nicht glaubte. »Komm zur Arbeit, das wird dich ablenken.« Aber sie weigerte sich. »Soll ich Maya zu dir schicken?«, fragte ich verzweifelt. Sie schüttelte den Kopf und bat mich dann, sie ein paar Tage lang in Ruhe zu lassen.

Also war Maggie nicht im Laden gewesen, ohne dass sich jemand, nicht einmal Anita, die Mühe gemacht hätte, mich zu benachrichtigen. Sie berichtete mir, Deepa sei vor vier Tagen verschwunden und sie habe mir nicht Bescheid gegeben, weil sie geglaubt habe, dass sie schon zurückkommen würde. Govind sei losgezogen, um sie zu suchen, und nichts wies darauf hin, dass Amit in der letzten Woche erschienen war. David war nach Hause gegangen, weil es nichts auszuliefern gab, und die Waren, die er gebracht hatte – Kisten mit verfaulten und verschrumpelten Mangos und anderen Früchten –, standen einfach herum, weil niemand es für nötig gehalten hatte, sie zu verarbeiten. Anita meinte, sie habe gehofft, die Situation retten zu können, ohne dass ich es erfuhr. Die Küche war ein Schweinestall. Als ich meine kleine Annapurna aus Bronze betrachtete, war sie vom Schmutz geschwärzt. Es war, als ob die Kunden die Angst riechen konnten und deshalb wegblieben.

Ich kam zu dem Schluss, dass meine einzige Alternative war, den Laden zu schließen, bis ich wieder für Ordnung gesorgt hatte.

Nachdem ich das »Geschlossen«-Schild aufgehängt hatte, wischte ich die Regale, die Fußböden und die Theken, um den Gestank zu beseitigen, der in der Luft lag. Doch die Flecken, die sich in den Holzflächen festgesetzt hatten, ließen sich nicht entfernen, und der Geruch blieb. Ich riss Fenster und Türen auf, aber vergebens. Dann versuchte ich es mit Räucherstäbchen – nichts half. Ich verstand die Welt nicht mehr. Seit meinem letzten Besuch waren doch nur zwei Wochen vergangen. Warum hatte ich die Probleme nicht bemerkt? In einer Woche hatte der Laden doch unmöglich so herunterkommen können. Weshalb hatte ich es nicht gesehen? Anita half mir, die Fußböden zu putzen und die leeren Kisten zu beseitigen, die den Flur verstellten. Ich hatte meinen Mitarbeitern vorbehaltlos vertraut und ihnen die Freiheit gegeben, die ich in der Fabrik so schmerzlich vermisst hatte. Doch sie hatten sie nur genommen, ohne ihren wahren Wert zu erkennen, und sie achtlos weggeworfen. Ich rief den Priester an – gewiss konnte er etwas tun. Er versprach, am folgenden Tag in den Laden zu kommen.

Als er sehr früh am nächsten Morgen eintrat, war kein Windspiel zu hören. Seine Miene verriet, dass er am liebsten auf dem Absatz kehrtgemacht hätte, da er glaubte, sich im Laden geirrt zu haben. Ich erklärte ihm, Angst habe jeden Winkel meines Verstandes überschwemmt und es geschafft, in den Laden einzudringen. Die Furcht habe von dem Raum, den ich geschaffen hatte, Besitz ergriffen und ihn mit Durcheinander und Chaos erfüllt. Was sollte ich tun? Wie sollte ich das Problem lösen? Er zog die Schuhe aus, blieb mitten im Raum stehen und sah mich an. »Wenn die Dankbarkeit kommt, Nalini, bescheint sie mit ihrer Fackel alles, was hässlich ist, sodass alles Hässliche, was nichts mit dir zu tun hat und nicht wirklich existiert, verschwinden kann. Ich kann nichts tun. Du musst tapfer sein, ausharren, dich allem, was geschieht, mit Offenheit, Mut und Würde stellen und dann loslassen.« Er griff nach seiner kleinen Dose mit Sandelholz, malte einen Punkt auf meine Stirn, sprach ein Gebet und ging. Ich fühlte mich von seinen Worten nicht getröstet, denn sie hatten in mir eher eine unheilvolle Vorahnung ausgelöst.

Hieß das, dass ich den Laden aufgeben musste? Das war unmöglich, ich hatte doch so hart dafür gearbeitet. Nichts konnte mich dazu bringen, endgültig zu schließen. Ich ließ Ammu vormittags in der Obhut meiner Schwiegermutter zurück und stürzte mich darauf, den Laden auf Vordermann zu bringen. Nachdem ich ein Schild mit der Aufschrift »Wegen Renovierung geschlossen« ins Fenster gehängt hatte, machte ich mich an die Arbeit, schrubbte und putzte und warf alle alten Gewürze weg. Auch die restlichen Gläser mit Pickles wurden aus den Regalen genommen und ausgekippt. Da ich das allein erledigen musste, gab ich Ana und Anita einige Zeit frei. In dieser Woche wurden die Theken frisch lackiert und die angeschlagenen Fliesen durch neue ersetzt. Wenn ich am Ende jedes Tages erschöpft nach Hause kam, wurde ich von einem Lächeln und winzigen Ärmchen empfangen, die sich mir um den Hals schlangen und mir wieder Kraft gaben.

Ravi erbot sich, mir eine Putzkolonne zu schicken, falls ich Hilfe brauchte, doch ich erwiderte, ich müsste das selbst in die Hand nehmen. Dann sagte er, sein Bruder sei mit einem Kollegen aus den Vereinigten Staaten auf Geschäftsreise und werde auch nach London kommen, sodass seine Eltern vielleicht beschließen würden, zusammen mit ihm abzureisen. Falls es ihm gelang, sie dazu zu überreden, würde eine große Last von meinen Schultern genommen werden. Endlich würden wir wieder eine richtige Familie sein, und ich konnte das Regiment in meinem eigenen Haushalt führen. Ravi fügte hinzu, die beiden würden in zehn Tagen eintreffen und in einem Hotel in der Londoner Innenstadt übernachten. Zehn Tage, zehn Tage waren genug Zeit, um mit dem Laden fertig zu werden, sodass ich mir die Küche zurückerobern und etwas für sie würde kochen können. »Ich koche etwas Gutes«, sagte ich. Ravi wirkte erstaunt, ich hatte schon lange nicht mehr zu Hause gekocht. Er erwiderte, das sei wirklich nicht nötig. Seine Mutter könne das erledigen, oder wir könnten essen gehen. »Nein«, beharrte ich. »Der Laden wird dann fertig sein, und es ist etwas, das ich wirklich tun will.« Er legte die Arme um mich.

Jeden Tag arbeitete ich im Laden, um ihn in seinen ursprünglichen Zustand zurückzuversetzen. Ich rief Maggie an, von der ich immer noch nichts gehört hatte, worauf sie meinte, sie brauche noch etwas mehr Pause. Jack wolle eine Woche mit ihr verreisen. »Nur, um sicherzugehen, dass du wohlbehalten zurückkommst, denn es wird besser werden als je zuvor«, sagte ich zu ihr. Govind, Deepa und Amit hatten immer noch nichts von sich hören lassen, weshalb ich beschloss, eine Stellenanzeige in die Lokalzeitung zu setzen. Anita flehte mich an, es nicht zu tun, und ich versicherte, ich würde alles mit den dreien klären, wenn sie zurückkämen. Doch bis dahin brauchten wir Personal. In der Wohnung oben sah es aus wie an einem durchwühlten Flohmarktstand. Es waren nur noch Gerümpel und ein paar Koffer zurückgeblieben. Ich räumte auf, packte die Kleider in die Koffer, brachte alles in den Abstellraum und putzte die Wohnung von oben bis unten. Am Ende der Woche war alles bereit. Nun konnte ich mich damit befassen, für meine Gäste zu kochen, etwas, das ich schon lange nicht mehr getan hatte. Allmählich nahm die Welt für mich wieder Gestalt an.

Meine Schwiegermutter war sehr aufgeregt, als sie erfuhr, dass ihr ältester Sohn sie besuchen wollte, und sie plante bereits das Menü für ihn. Ich teilte ihr mit, es sei sehr wichtig für mich, sie am ersten Tag in meinem Haus selbst willkommen zu heißen, weshalb ich das Kochen übernehmen würde. Sie war gar nicht erfreut, doch als ich hinzufügte, das Baby würde es sicher genießen, den ganzen Tag mit seiner Großmutter spielen zu können, wurde sie ein wenig versöhnlicher. Am Tag davor überlegte ich mir die Speisenfolge und ging zum Einkaufen auf den Markt.

Der Fischhändler hatte frische Forellen, die erst an diesem Morgen geliefert worden waren und die ich marinieren und leicht anbraten wollte. Die restlichen Taschen packte ich mit Obst und Gemüse der Saison voll. Ich wusste, dass es eine besondere Mahlzeit werden würde, ein Neuanfang für uns alle. Am Freitagabend marinierte ich den Fisch mit Joghurt, Tamarinde und Gewürzen, die nach der Ruhe des Meeres rochen. Im Haus war es still und sehr friedlich. Satchin war im Fußball-Trainingslager, und ich hatte Maya erlaubt, an diesem Wochenende bei einer Freundin zu übernachten. Ammu krabbelte in der Küche herum und steckte alles in den Mund, was sie in die Finger bekam. Sie war fast ein Jahr alt und versuchte schon, sich aufzurichten. Wenn sie stand, stieß sie ein Geräusch aus, damit ich sie ansah, und nachdem ich sie angelächelt hatte, kippte sie wieder um und applaudierte sich selbst. Ich sprach mit ihr und erklärte ihr, was ich da tat, während ich den Fisch vorbereitete. Und obwohl sie mit einem Kochlöffel auf einen Pfannendeckel trommelte, wirkte ihre Gegenwart beruhigend auf mich. Meine Schwiegereltern waren irgendwelche Verwandte besuchen gegangen, und Ravi war noch im Büro.

Am Samstag verbrachte ich den ganzen Tag damit, zu hacken, zu mischen und zu braten. Im Haus herrschte wieder Leben. Die Küchendüfte wehten in die Zimmer im Obergeschoss, worauf mein Schwiegervater neugierig herunterkam. Sonst redete er nie mit mir oder überhaupt mit jemandem. Er sah aus wie eine alte Zimtstange auf zwei Beinen, trottete stets zwei Schritte hinter seiner Frau her und stimmte ihr in allem zu. Nun meinte er, die Gerüche erinnerten ihn an seine Kindheit und es sei lange her, seit er zum letzten Mal frisch gemahlene Gewürze gerochen habe. Also blieb er eine Weile in der Küche und schnupperte, und ich gab ihm etwas zum Probieren. »Koste mal, ob genug Salz drin ist«, sagte ich. Der alte Mann war überglücklich.

Das Essen war fast fertig, und ich musste nur noch den Safranreis und das Blumenkohlgemüse fertig machen. Die Iddlies dampften, und der Sambar blubberte vor sich hin. Ravi hatte den Tisch gedeckt. Ich ging nach oben, um mich umzuziehen, und suchte gerade nach dem Türkisschmuck, der zu meinem Sari passte, als Ravi hereinkam und meldete, die Gäste seien eingetroffen. »Noch fünf Minuten«, sagte ich. Fünf Minuten später rief er nach mir. Als ich die Treppe hinunterlief, glaubte ich, ein vertrautes Lachen zu hören, doch es wurde von der Stimme meiner Schwiegermutter übertönt. Ich trat ins Wohnzimmer und erkannte Ravis Bruder Anil. »Es ist lange her, Anil Bhai«, begrüßte ich ihn und wollte gerade fortfahren, als ich zur Seite blickte und plötzlich Raul gegenüberstand.

»Darf ich dir meinen Freund Raul Karta vorstellen?«

»Raul, das ist meine reizende Schwägerin Nalini.«

Ich erstarrte. Er glotzte mich an und hielt mir die Hand hin. Am liebsten wäre ich aus dem Haus gerannt und immer weitergelaufen. Entsetzen ergriff mich, und ich musste die Tränen zurückhalten. Ich räusperte mich und stieß ein »Hallo« hervor. Meine Schwiegermutter musterte mich von ihrem Platz aus. Warum? Warum ausgerechnet jetzt? Wie war er hierhergekommen?

»Nalini ist eine fantastische Köchin«, verkündete Anil.

Raul lächelte dasselbe schiefe Lächeln, mit dem er damals mein Herz erobert hatte.

»Haben Sie Kinder?«, fragte er.

Kinder? Wie gerne hätte ich ihm die Augen ausgekratzt, auf ihn eingeschlagen und Ja gerufen. Ja, aber du bist einfach verschwunden und hast sie im Stich gelassen. Es war dir vollkommen egal, was aus ihnen wird. Du hast keinen Gedanken an ihre Zukunft verschwendet. Tränen stiegen mir in die Augen, und ich musste sie mühsam unterdrücken.

»Drei«, erwiderte Ravi und ging zu einem Foto hinüber, das die drei darstellte. »Satchin ist sechzehn, Maya knapp vierzehn und das Baby fast ein Jahr.«

Während Raul nach dem Foto griff, zitterten mir die Hände, und mein Körper begann zu beben. Das Zimmer drehte sich, mir wurde übel. »Nalu, hast du etwas?«, fragte Ravi.

»Nein, nein, nein …«

»Was ist, Nalu?« Ravi eilte auf mich zu, um mich zu stützen.

»Schlecht«, stammelte ich.

»Kann ich etwas tun?«, erkundigte er – Raul – sich.

Ich bekam keine Luft mehr und stürzte vornüber zu Boden.

Raiv hob mich auf und trug mich nach oben. Nachdem er mich aufs Bett gelegt hatte, griff er zum Telefon, um einen Arzt anzurufen.

»Nein«, protestierte ich.

»Was ist, Nalu? Was hast du?«

»Ich muss schlafen. Geh runter. Wird schon wieder«, nuschelte ich.

»Ich kann dich doch so nicht allein lassen.«

»Bitte«, flüsterte ich.

Er ging widerstrebend.

Ich hörte unter mir Schritte, meine Schwiegermutter, die sich in der Küche zu schaffen machte und darauf bestand, dass alle blieben, denn sie würde das Essen servieren. Keine Sorge, ich würde mich schon wieder erholen, vermutlich sei es nur eine Vierundzwanzig-Stunden-Grippe. Ich hörte, wie Ravi widersprach, es sei vielleicht besser, wenn sie gingen, doch sie ließ sich nicht beirren. Alle setzten sich an den Tisch und aßen. Er saß an meinem Tisch und aß. Wie schaffte er es nur, in meinem Haus zu essen? Speisen, die er früher zurückgewiesen hatte? Ebenso wie seine Kinder, sein Zuhause und seine Ehefrau? Alles zurückgewiesen. Ich ging zu meinem Baby, nahm es mit ins Bett und weinte, bis ich keine Tränen mehr hatte.

Die ganze Nacht lag ich wach und überlegte, was ich am nächsten Tag tun sollte. Ich beschloss, zum Hotel zu fahren und ihn zur Rede zu stellen. Sie wohnten im Lancaster Gate, gleich in der Nähe des Hauses, in das er uns vor neun Jahren gebracht hatte. Fünf harte Jahre hatte ich gekämpft, um uns ein besseres Leben zu ermöglichen. Welcher Mann brachte es fertig, seiner Familie so etwas anzutun? Nur ein Mann ohne Gewissen und ohne Gefühle. Wenn es nötig war, würde ich lieber wieder fortziehen und die Kinder mitnehmen, als ihm zu gestatten, auch nur einen Blick auf sie zu werfen.

Früh am Morgen machte ich mich auf den Weg. Ravi war besorgt, aber ich sagte ihm, ich müsste etwas Dringendes erledigen. Während ich in der U-Bahn saß, zitterte ich, und die Tränen liefen mir übers Gesicht, als ich an den Tag dachte, an dem ich meine Mutter verlassen hatte. An den Tag, an dem er mich überredet hatte, einfach fortzugehen, und an den Nachmittag, an dem ich meinen Kindern gesagt hatte, er sei gestorben. An Satchins Schluchzen, an Maya, wie sie weinend am Straßenrand lag, an die endlosen Stunden in der Fabrik, während die beiden zu Hause auf mich warteten. Dem Paar gegenüber schienen meine Tränen peinlich zu sein, und es begann, sich leise zu unterhalten. Ich dachte, ich hätte das Beste für meine Kinder getan, und wenn ich die schreckliche Entscheidung noch einmal hätte fällen müssen, hätte ich mich wieder genauso verhalten wie damals.

Als ich am Hotel eintraf, wischte ich meine Tränen weg und rief in seinem Zimmer an. Er sagte, er hätte mich schon erwartet, und meinte, es sei besser, wenn ich nach oben käme. Er öffnete die Tür, und meine Fäuste prügelten hasserfüllt und wütend auf ihn ein. Er hielt sie fest. »Warum?«, schrie ich. Er antwortete nicht. »Warum?«, rief ich wieder.

Er schwieg und sparte sich sogar die Mühe, mit einer jämmerlichen Entschuldigung aufzuwarten. Ich setzte mich aufs Bett und begann, hysterisch zu schluchzen. Als er mich berühren wollte, schlug ich seine Hand weg. »Wage es nicht, mich anzufassen!«

»Du darfst die Kinder nicht sehen«, stieß ich unter Tränen hervor. »Sie halten dich für tot, und ich wünschte, du wärst es. Wir haben Jahre gebraucht, um Geborgenheit zu finden. Sie sehen Ravi als Vater, und du darfst ihnen das nicht nehmen. Versprich mir das. Versprich es mir!«, kreischte ich.

»Ich kann doch nicht einfach wieder gehen«, erwiderte er.

»Was kannst du nicht?«, brüllte ich. »Du hast sie doch damals auch ohne einen Penny sitzen gelassen.«

»Du verstehst das nicht, Nalini. Es war sehr schwierig. Du warst schwierig.«

Ich spuckte ihn an.

Dann fragte ich ihn, was er verlangte, um einfach zu verschwinden und nie wiederzukommen.

Fünfzigtausend Pfund. Ich kaufte das Versprechen für fünfzigtausend Pfund. Geld, das ich nur auftreiben konnte, indem ich den Laden, die Firma und alles andere verkaufte, für das wir gearbeitet und von dem wir geträumt hatten. An jenem Abend reiste er mit der Zusage ab, dass ich das Geld auf sein Konto überweisen würde, sobald ich es hatte. Falls das nicht innerhalb eines Monats geschah, würde er zurückkommen, diesmal um die Kinder zu sehen.

Ich schäme mich, es zuzugeben, aber ich verkaufte mich zweimal an ihn. Zweimal hatte er mir meine Träume gestohlen. Man erlegt uns die Dinge, die wir am meisten fürchten, als Prüfung auf, und ich hatte kläglich versagt. Meine Mutter hätte mir erklärt, die Dankbarkeit habe mich an einen Punkt gebracht, an dem es endlich an der Zeit gewesen wäre, mich der Wahrheit zu stellen, ganz gleich, wie abstoßend hässlich sie auch sein mochte. Und die Fundamente, auf die der Neubeginn gebaut war, würden dann sehr viel stärker sein. Doch meine Kinder hatten sich weiterentwickelt und fühlten sich geborgen. Sie liebten Ravi und ihre kleine Schwester, und der Gedanke, dass Raul sich wieder in ihr Leben drängen könnte, widerte mich an und löste in mir körperliche Übelkeit aus. Ich wollte sie nicht verlieren und ihnen außerdem weiteren Schmerz und zusätzliche Probleme ersparen. ich wollte nicht, dass Ravi sich von mir abwandte. Und ich wollte verhindern, dass ein Mann unser Leben zerstörte, der es nicht verdiente, mit meiner Familie im selben Raum zu sein.

Also leitete ich den Verkauf des Ladens in die Wege und sagte Ravi, ich hätte beschlossen, zu Hause zu bleiben und mich um Ammu zu kümmern. Als ich Maggie von Rauls Wiedererscheinen erzählte, meinte sie, ich hätte mich richtig entschieden. Sie hätte damals auch alles getan, damit Tom bloß nicht hinter die Wahrheit kam. Außerdem bot sie mir an, mir zu helfen, indem sie mir einen Teil des Verkaufserlöses des Hauses in der Green Street überließ.

»Werd ihn los, werd ihn einfach nur los«, sagte sie. »Mach Schluss mit der Vergangenheit, dann können wir wieder von vorne anfangen.«

MAYA

Meine zukünftige Schwiegermutter Señora María Carmen Gonzalez del Hoyo war eine Furcht einflößende Frau und befehligte die Hochzeitsvorbereitungen wie ein kommandierender General einen Feldzug. Nachdem sie wochenlang, einem Satelliten gleich, den Priester umkreist hatte, um herauszufinden, welches Datum wohl am zukunftsträchtigsten sei, hatte sie einen Termin für Marcos und mich vereinbart. Auf den Tag genau in fünf Monaten, wie er verkündete. Ich weiß nicht, wie sie den Priester überzeugt hatte, mich kirchlich zu trauen, aber sie schaffte es, in ihre Kampfuniform gehüllt, die aus einem grauen Angorarock mit Jacke bestand, das Ganze abgerundet von formvollendet gelegtem Haar. Senora Gonzalez del Hoyo scheuchte die Armee der Buffetlieferanten, Dekorateure, Musiker und Floristen herum, schob sie nach einem exakt abgestimmten Zeitplan hin und her und ließ hin und wieder einen aufmüpfigen Geiger oder Innenausstatter standrechtlich »erschießen«.

An jenem Morgen war ich in der Wohnung und räumte meine Kleider aus den Schränken. Sie läutete an der Tür –

eher eine Warnung, dass sie gleich hereinkommen würde, als eine Bitte um Einlass – und schoss wie eine Rakete in den Raum. Nachdem sie aufgeregt durch die Wohnung gekeucht war, holte sie die Hochzeitseinladungen aus der Tasche. Gerade wollte ich ihr sagen, sie habe ein »o« an die falsche Stelle gesetzt, aber dass es eigentlich keine Rolle spielte, als das Telefon läutete. Es war Ravi, der mir mitteilte, dass Maggie schwer krank sei und dass die Ärzte ihr höchstens noch ein paar Wochen gaben.

Ich legte den Hörer auf, stürzte ins Schlafzimmer und stopfte hastig ein paar Sachen in einen Koffer. María Carmen kreischte mir mit schriller Stimme etwas auf Spanisch ins Ohr. »Ich muss sofort nach London«, erwiderte ich. Sie war verdattert und schien mich nicht zu verstehen. »*Voy a Londres ahora mismo, mi tía está muy enferma.* Ich habe versucht, Marcos anzurufen, doch er antwortet nicht, vermutlich ist er bei Gericht. Richte ihm aus, dass ich mich melde, wenn er zu Hause ist«, fuhr ich fort und schloss den Koffer. Sie umsummte mich wie eine Bienenkönigin, die man einfach nicht verscheuchen kann, und wiederholte, ich dürfe sie jetzt nicht im Stich lassen. Was sei mit den Einladungen? Der Hochzeit? Den Vorbereitungen? Wann würde ich zurückkommen? Als ich aus der Tür stürmte, warf sie mir ihren Pelzmantel zu. Also kehrte ich noch einmal um, küsste sie zum Abschied und versprach ihr, sie bald anzurufen.

Ich hielt ein Taxi an und fuhr zum Bahnhof. Vom zwischen Hügeln versteckten Palmadoro bis nach Madrid dauerte die Zugfahrt zwei Stunden. Der Zug hatte Verspätung, und als er ankam, stieg der Lokführer erst einmal aus, um Pause zu machen, sodass wir noch einmal zwanzig Minuten warten mussten, während er Kaffee trank und eine Zigarette rauchte. Ich ließ mich erschöpft auf einen Fensterplatz sinken und genoss während der Fahrt den Anblick der Hügel und der Landschaft. Die Februarsonne hatte all ihren Mut zusammengenommen, um zu scheinen, obwohl es draußen kalt war. Die Leute fühlten sich von dem hellen Licht gestört und zogen die Jalousien vor die Fenster. Ich nahm den Riesenmantel, den María Carmen mir geliehen hatte, und legte ihn auf den Platz neben mir, damit er besetzt aussah und ich keine Rücksicht auf die Schattenbedürfnisse eines eventuellen Sitznachbarn nehmen zu musste.

Der Mantel sah aus wie ein großer Hund. In Palmadoro brauchte man keine Pelze außer an ein paar verirrten Wintertagen, doch die Damen führten sie sowie ihre langen Perlenketten gern spazieren und verglichen Qualität und Preis, während sie den neuesten Klatsch in der Stadt austauschten. Die meisten Frauen hatten nichts Besseres zu tun, als mit ihren Aperitifs in Cafés und Restaurants zu sitzen, zum Friseur zu gehen, um sich schon wieder die Haare legen zu lassen, und anschließend nach Hause zu schlendern, wo sie kochten und auf ihre Ehemänner warteten.

Ich wohnte schon seit Jahren dort, doch hatte ich immer noch keinen Zugang zu den wichtigeren gesellschaftlichen Kreisen gefunden, und das, obwohl Marcos der bekannteste Anwalt der Stadt war. Vermutlich lag es daran, dass Celia de la Casa Morales mich eines Morgens in einem Gewand beobachtet hatte, das sie für meinen Pyjama hielt. Da es mir zu lästig war, das obligatorische Twinset mit Rock anzuziehen, wenn ich in den Supermarkt ging, hatte ich mich für etwas Selbstgenähtes entschieden. Das führte zu einer ziemlichen Unruhe unter den anderen Kunden, die tatsächlich durch die Regale hindurchspähten, da sie ihren Augen nicht trauen konnten. Celia war auch zugegen gewesen, und für sie war es, als wäre ich splitternackt durch die Stadt gelaufen. »*Un poco de discreción*, Maya«, war alles, was Marcos dazu einfiel.

Der Mantel rutschte zu Boden, als der Zug sich in Bewegung setzte, und während ich ihn aufhob, hörte ich Maggies Lachen. Ich war acht und hatte »Popel« angezogen. »Popel« war Maggies Pelzmantel. Sie hatte ihn von einem Freund, demselben, der ihr auch das Haus und die Katzen vermacht hatte. Maggie hatte den Pelzmantel »Popel« genannt, da der Mann fast immer einen Nasenpopel aus der Nase hängen gehabt hatte. Das habe in so krassem Gegensatz zu seiner sonst so gepflegten Art gestanden, dass sie nicht das Herz gehabt hatte, ihn darauf hinzuweisen.

Dazu trug ich Maggies rote hochhackige Schuhe, die viel zu groß waren, und ihre Halsketten. Ich schlüpfte in »Popel« und steckte eine Schokoladenzigarette, die jedoch immer wieder herausfiel, in ihre Zigarettenspitze und stolzierte so durchs Wohnzimmer. »Regel Nummer eins,

Maya, mein Schatz. Pass immer auf, dass deine Nase sauber und dass dein Höschen nicht zu sehen ist, nachdem du auf dem Klo warst, dann wirst du im Leben Erfolg haben«, verkündete Maggie. Ich stellte Maggies Handtasche auf den Tisch und zog meinen zusammengerollten Rock herunter. »Schau, schon viel besser. Jetzt hat der Erfolg dich entdeckt und macht sich auf den Weg zu dir.« Allerdings übersah mich der Erfolg und wandte sich stattdessen meiner Mutter zu. Ein paar Wochen später zogen wir in unsere Wohnung gegenüber von Maggie und Tom.

Zu einer meiner wichtigsten Kindheitserinnerungen gehören die drei abgestoßenen Koffer, die oben auf einem Schrank standen, und meine Mutter, wie sie sie hastig herunterzerrte und das hineinstopfte, was sie für wichtig hielt. Wenn diese Koffer ins Spiel kamen, wusste ich, dass alle Gegenstände im Haus verkauft werden und dass wir von den Menschen Abschied nehmen würden, die uns etwas bedeuteten. Obwohl Amma uns immer versprach, dass wir sie wiedersehen würden, erfuhren wir von den meisten nie, was aus ihnen geworden war, insbesondere nicht von denen, die wir am meisten liebten.

Damals dachte ich, falls ich je ein Buch schreiben sollte, jedes Kapitel würde damit beginnen, dass ich in einem anderen Bett aufwachte: die Baumwollstoffkonstruktion aus einem weißen gestärkten Laken, das zu einem Dreieck gefaltet und in die Tür gehängt wurde, in der ich meine ersten Jahre verbrachte; das Etagenbett, das ich mit Satchin teilte und in dem ich oben schlief, weil er den Gedanken, ein beinloser Hamster könnte sich auf ihn stürzen, nicht ertrug; das Schmiedeeisenbett mit der urinfleckigen Matratze, in dem vermutlich schon Hunderte von Leuten geschlafen hatten, bevor Amma, Satchin und ich es in Besitz nahmen; und dann das »normale« Doppelbett, das wir im Ausverkauf für unsere neue Wohnung erwarben. Die neue Wohnung hatte die Nummer 64a, und für das Bett gab es sogar ein Schlafzimmer. Dort schliefen meine Mutter und ich. Satchin übernachtete im Wohnzimmer auf dem Sofa. Tja, eigentlich hätte er auf dem Sofa übernachten sollen, doch morgens sah ich ihn oft auf Ammas Seite liegen. In diesem Zuhause waren wir am glücklichsten, und ich erinnere mich, wie wir herumplanschten und einander mit Farbe bespritzten, als wir die Wände strichen.

Wir wohnten über dem »Mann von unten«, weshalb wir nicht herumtollen und Lärm machen durften, da er sonst mit einem Besenstiel an die Decke klopfte oder Beschimpfungen brüllte. Eigentlich wäre das ja nicht so schlimm gewesen, aber weil er außerdem unser Vermieter war, gingen Satchin und ich immer auf Zehenspitzen. Doch er stieß weiterhin fest mit dem Besenstiel an die Decke, und wenn er ganz besonders unverschämt wurde, ließen Satchin und ich die Luft aus den Reifen seines schwarzen Ford Cortina. Allerdings hatte ich Verständnis dafür, dass das ständige Gläsergeklapper ihn störte. Wir lebten mit einer ganzen Familie von Pickles zusammen. Es waren Hunderte, und man stolperte auf Schritt und Tritt über ein Picklesglas. Ich konnte den Geruch und den Anblick auch nicht ausstehen.

Die Pickles verfolgten mich bis in die Schule. Als meine Freundin Fatima zum Spielen zu uns kam und die Pickles sah, machte sie den in ihren Augen originellen Vorschlag, einen Picklesladen zu eröffnen. Ich stimmte zähneknirschend zu, denn sie besaß eine Spielzeugkasse, die sie eigens mitbrachte. Und wenn ich ablehnte und meinte, wir sollten doch lieber Kleider verkaufen, ließ sie mich nicht kassieren. Die Pickles vereinnahmten sie völlig, und sie führte das Spiel sogar in der Schule ein, wo alle anderen Kinder Schlange standen, um Kunden zu spielen, oder sich darüber stritten, wer der Ladenbesitzer sein durfte. Es ist erstaunlich, welche Macht eine Registrierkasse haben kann. Aber als ihre Mutter bei Amma zu arbeiten anfing, erlitt Fatima ebenfalls eine Picklesüberdosis, gab das Spiel rasch auf, und wir wandten uns anderen Dingen zu.

Wir verwandelten uns in Boney M. Da wir zu wenig Sänger hatten, erklärten wir unserem Puppenpublikum, Boney habe sich verdrückt, weshalb wir unsere Band in M. umbenannt hätten. Manchmal waren wir auch die Sängerinnen von ABBA. Aber ich durfte nie die Blonde sein. Vielleicht wäre es gegangen, wenn ich mich wirklich bemüht hätte, aber ich ließ Fatima ihren Willen, da es sonst niemand tat. Fatima wollte unsere Konzerte unbedingt im Garten abhalten, weil sie zu Hause keinen hatte. Allerdings war der Weg dorthin unpassierbarer als der Hindernislauf in *The Krypton Factor*. Die Tür, die zum Garten führte, war mit einem hohen Stapel Pickleskartons verstellt, und wenn man diesen überwunden hatte, musste man noch an der Schneckenkolonie vorbei, die dort heimisch geworden war. Zu guter Letzt öffnete sich die Tür nur mit einem kräftigen Tritt.

Maggie war oft bei uns. Sie arbeitete nur noch Teilzeit, um meiner Mutter helfen zu können, und wir sahen Amma viel häufiger als früher. Sie brachte uns zur Schule, und jeder sollte wissen, dass sie meine Amma war. Den ganzen Weg lang hielt ich ihre Hand, und wenn wir die Schule erreichten, rief ich aus voller Kehle: »Tschüss, Ma!« Satchin ergriff die Flucht, weil er ahnte, was darauf folgen würde, nämlich ein noch viel lauteres: »Wir sehen uns nach der Schule!« Auf dem Heimweg erzählte ich dem Süßigkeitenverkäufer, der mir über die Straße geholfen hatte, als ich noch allein gegangen war, dass ich ihn nicht mehr brauchte, da meine Mutter nun da sei. Als sie ihn ansah und anlächelte, holte er verschiedene Süßigkeiten aus der Tasche, hielt sie mir hin und sagte: »Ach, das weiß ich, mein Kind. Aber ich muss trotzdem dafür sorgen, dass ihr alle wohlbehalten über die Straße kommt.« Nach einem Blick auf Amma erwiderte ich: »Ich darf keine Süßigkeiten von Ihnen annehmen, Sir«, damit sie auch mitkriegte, was für ein braves Kind sie großgezogen hatte. Dann überquerte ich hastig die Straße und zerrte sie mit, in der Hoffnung, der Süßigkeitenverkäufer würde nicht erwähnen, dass ich ihn schon öfter um Süßigkeiten angebettelt und sie sofort hinuntergeschlungen hatte.

Allein ihre Gegenwart machte den Schulweg wunderschön. Dort, wo der Süßigkeitenverkäufer stand, befand sich eine Süßigkeitenfabrik, und der süße Geruch, der aus dem Schornstein aufstieg, folgte uns bis nach Hause. Während wir daran vorbeigingen, erzählte uns Amma, der Geruch erinnere sie an zu Hause, wenn das Zuckerrohr geerntet und verarbeitet wurde. Das sagte sie wie auf ein Stichwort, jedes Mal wenn wir den Anfang unserer Straße erreichten. Doch sobald wir durch die Eingangstür traten, würde der süße Geruch von dem Chili- und Knoblauchnebel abgelöst, der sich an unsere Kleider zu heften schien – ganz gleich, wie oft wir sie wuschen, der Gestank blieb. Die anderen Kinder, die auf der Straße mit uns spielten, verwendeten den Geruch gegen uns, wenn sie ihren Willen nicht durchsetzen konnte, was Anlass für viele Prügeleien bot. Satchin und ich hätten uns rächen können, denn wir verfügten über jede Menge Munition gegen unsere Spielkameraden. Jatinder band sein Haar zu einem Dutt zusammen und trug eine Brille mit blauem Kassengestell, was uns die Möglichkeit gegeben hätte, ihn Brillenschlange zu nennen, aber wir taten es nicht. »Kümmert euch nicht darum«, sagte Maggie und machte uns sauber, bevor sie uns wieder unserer Mutter übergab. »Eure Mutter wird so stolz sein, wenn sie erfährt, dass ihr brav wart.«

Da wir auf Maggies Straßenseite spielten, erkannte sie an den Geräuschen, wenn sich eine Prügelei anbahnte. Kurz bevor es ernst wurde, sah sie aus dem Fenster, kam herunter und schnappte sich uns, ehe Ziegel und Steine ins Spiel kamen. All das änderte sich, als Amma Satchin ein gebrauchtes Budgie-Fahrrad und mir einen Space-Hopper schenkte und alle Kinder plötzlich unsere Freunde sein wollten.

Ich liebte die Abende, besonders im Herbst, wenn es früh dunkel wurde. Dann kam Maggie zu uns, und Satchin und ich halfen ihr, die Etikette auf die Gläser zu kleben.

Sie war eine wirklich gute Geschichtenerzählerin und schilderte uns die Schlösser, in denen ihre Familie gewohnt hatte, und ihre Kindheit in Irland. Manchmal gesellte sich abends auch Tom dazu, aber ihn sahen wir meistens am Sonntag. Gelegentlich unternahmen wir mit Amma, Maggie und ihm einen Ausflug, hin und wieder sogar bis nach Brighton, wo wir unter den Arkaden spielen durften. Wenn wir dann nach Hause kamen und uns schlafen legten, kroch das Sonntagabendgefühl zu uns ins Bett. Doch nun war es ein Gefühl der Geborgenheit, weil meine Mutter beim Aufwachen bei uns sein würde.

»*¿Perdone, Señorita, está ocupado?*« Als ich aufblickte, wies ein älterer Herr auf den Sitzplatz. Ich hatte nicht das Herz, Ja zu sagen. Also wurde »Popel 2« zusammengeknüllt und oben ins Gepäckfach gelegt. Der alte Mann begann prompt, hektisch zu blinzeln und sich die Hand über die Augen zu halten. Also zog ich die Blende herunter, aber nicht bis ganz unten, sondern nur ein Stück, damit ich noch hinausschauen konnte.

Die Landschaft war immer noch atemberaubend schön, obwohl ich sie sicher schon mindestens tausendmal gesehen hatte. Ich kannte den Verlauf der meisten Flüsse, die kleinen Bäche, die dort flossen, die Dörfer, die zwischen den Bahnhöfen standen, und die Tiere, die zwischen den Hügeln weideten. Bei meinem ersten Besuch hatte ich nichts davon wahrgenommen. Bewaffnet mit einem Sprachführer war ich viel zu sehr damit beschäftigt gewesen, meinen einzigen Satz für den Taxifahrer einzuüben, damit er nicht bemerkte, dass ich keine Ahnung hatte, wohin ich fuhr und mich fürchtete.

Ich war zwanzig, und der unerwartete Sieg bei einem Universitätswettbewerb, an dem ich mich eigentlich nur wegen einer Wette beteiligt hatte, hatte mich in dieses Städtchen verschlagen. Wettbewerbe waren nicht meine Stärke und jagten mir eine Todesangst ein, weshalb ich niemals mit einem Sieg gerechnet hätte. Bei dem ersten Wettbewerb, an dem ich mit neun teilgenommen hatte, war es darum gegangen, aus Batterien und Alufolie einen Roboter zu basteln. Nicola Jory hatte mir anvertraut, sie verfüge über interne Informationen, da ihre Mutter Lehrerin und eine der Preisrichterinnen sei und gesagt habe, ich hätte den ersten Preis gewonnen. In der Schulversammlung wurden die Sieger in umgekehrter Reihenfolge aufgerufen, und als Mr. Mauldy verkündete: »Der erste Preis geht an …«, stand ich auf. Doch der Preis ging an John Saunders, und alle schütteten sich aus vor Lachen. Eigentlich hatte ich keine große Lust, Spanisch zu lernen, aber ich machte mit, weil man mich in dem Glauben wiegte, der Preis sei ein Luxusurlaub mit ein bisschen Spanischunterricht.

Der Taxifahrer, der mich am Bahnhof von Palmadoro abholte, hatte einen unsteten Blick und Pomade in den Haaren. Ich sprach den einzigen Satz aus, den ich wieder und wieder geprobt hatte: *»El monasterio Santo Paulo, por favor.«* Als er ein Gespräch mit mir anknüpfen wollte, gähnte ich und deutete an, die Fahrt sei sehr lang gewesen, weshalb ich nicht in der Stimmung sei zu reden. Eine Viertelstunde später erreichten wir ein abgelegenes Gebäude in der Einöde. Da ich gedacht hatte, das *El monasterio* sei ein Fünfsternehotel, beharrte ich, es müsse sich um einen Irrtum handeln. Der Taxifahrer schüttelte heftig den Kopf und deutete auf den Mönch, der uns entgegenkam. Dieser schwieg und wies nur auf das Kloster. Also folgte ich ihm und rollte meinen Koffer durch den Säulengang. Er ließ mich in der Empfangshalle stehen.

Das Kloster wurde von Vater Antonio geleitet, einem bärtigen Mann, dessen zusammengewachsene Augenbrauen aus einer Kombination aus linken und rechten Maschen zu bestehen schienen und dessen Augen vielleicht ein kleines bisschen zu eng beieinanderstanden. »Ich freue mich sehr, Sie kennenzulernen. Lassen Sie mich Ihnen Ihre Unterkunft zeigen, Senorita Thakker.« Ich war erleichtert, dass er Englisch sprach.

»Das muss ein Irrtum sein«, sagte ich. »Ich suche das *El monasterio.*«

»Ja, ja, ja, willkommen«, erwiderte er und tätschelte mir den Rücken. Dann brachte er mich zu meinem Zimmer. Es handelte sich um einen karg eingerichteten Raum mit einem alten Bett, einem Schrank, einem Tisch und einer Lampe. Vier Wochen, dachte ich. Er erklärte, sein Büro befände sich nur zwei Etagen tiefer, falls ich etwas bräuchte. Der Speisesaal liege auf der anderen Seite des Säulenganges, es sei eine große Halle, die ich nicht verfehlen könne. Abendessen gebe es um acht. Alles war so still, und ich hatte nichts zu tun, als auf das Abendessen zu warten. Allmählich fragte ich mich, worauf ich mich da eingelassen hatte.

Nachdem ich über das Gelände geschlendert war, betrat ich den Speisesaal, und einhundertfünfzig männliche Augenpaare, deren Besitzer sich zum Essen eingefunden hatten, blickten mir entgegen. Ich ging verlegen weiter, und Vater Antonio kam mir entgegen. »Der Tisch für die ausländischen Gäste ist da drüben. Es ist sonst noch niemand da, die anderen werden erst nächste Woche erwartet. Aber fühlen Sie sich bitte wie zu Hause, setzen Sie sich zu uns.« Also nahm ich am vordersten Tisch Platz und lächelte nur, da ich kein Wort von dem verstand, was gesprochen wurde. Als ich nach der Mahlzeit gehen wollte, wurde ich von einem Schwarm Männer verfolgt. Doch ich ließ sie alle mit einem *»no entiendo«* vorbeiziehen.

Niemand hatte mir erzählt, dass die Räumlichkeiten des Klosters auch als Unterkünfte für die männlichen Studenten dienten, die die Universität der Stadt besuchten. Eigentlich hatte man mir überhaupt recht wenig erklärt. Ich saß herum und langweilte mich zu Tode, bis die anderen Ausländer eintrafen. Die meisten waren kanadische Rentner, die beschlossen hatten, im Ruhestand Spanisch zu lernen, doch es waren auch ein paar französische Mädchen und ein schottisches Paar dabei, denen ich mich anschloss.

Den Kurs leitete Vater Antonio, der uns stundenlange Vorträge hielt und uns vier öde Stunden täglich im Spanischen unterrichtete. Eines Tages wollte ich mit ihm sprechen, da ich beschlossen hatte, nach Hause zu fahren, und so klopfte ich an seine Bürotür und trat ein. Da sich am hinteren Ende des Raums noch eine Tür befand, klopfte ich auch dort, und obwohl niemand antwortete, ging ich weiter. In diesem Zimmer entdeckte ich ein mit lilafarbener Seide bezogenes Himmelbett, einen Fernseher, einen Videorecorder und eine Stereoanlage – überall hingen Fotos von Frauen. Ich bekam es mit der Angst zu tun, als ich draußen Schritte hörte, schloss die Tür und rannte hinaus. Da ich nicht hinsah, wohin ich lief, stieß ich mit jemandem zusammen.

Ich blickte auf und schaute in ein Paar tiefblaue Augen. »Entschuldigung«, sagte ich. »Ähhhh … Ich suche Vater Antonio.« Er lächelte, nickte und ging davon. Es war der erste Spanier, der nicht versuchte, mich in ein Gespräch in gebrochenem Englisch zu verwickeln, das unweigerlich mit den Worten »du« und »ich« und »Kaffee« endete. Während er davonschlenderte, wurde ich von einem Gefühl ergriffen, das alle Gedanken an eine Heimreise hinwegfegte. Da kam Vater Antonio die Treppe hinauf. »Kann ich Ihnen helfen, Maya?«

»Nein danke, Vater«, erwiderte ich und dachte an meine Fingerabdrücke überall an seiner Tür. »Ich bin gerade vorbeigekommen und wollte Ihnen nur sagen, wie viel Spaß mir Ihr Kurs macht.«

»Schön, freut mich, das zu hören.«

Jeden Abend spielten wir Karten, um uns die Zeit zu vertreiben. Hin und wieder gesellten sich ein paar spanische Studenten hinzu, und während sie spielten, verlor ich immer wieder den roten Faden, da ich mir vorstellte, der Mann mit den tiefblauen Augen, dem ich vor Vater

Antonios Zimmer begegnet war, würde hereinkommen. Deshalb blickte ich ständig zur Terrasse hinaus und verpasste es, wenn ich an der Reihe war. Doch er kam nie. Der Lieblingsspruch von Miguel, dem Pokerkönig, lautete: »Maya, ich lasse dich sogar schummeln, wenn du willst, aber spiel endlich aus.« Er dachte, ich gehöre zu den Leuten, die sich davon überfordert fühlten, morgens aufzustehen und sich anzuziehen, und beschloss darum, sich meiner anzunehmen. Er hatte eine Freundin namens Lucía, von der er unablässig sprach, weshalb ich keine Gefahr darin sah, mir von ihm die Stadt zeigen zu lassen.

Als ich eines Abends nach dem Essen in mein Zimmer zurückkehren wollte, rief Miguel mir nach: »Maya, ich möchte dir einen guten Freund von mir vorstellen. Komm mal her.« Ich drehte mich um, und da war er, der Mann mit den blauen Augen. »Darf ich dich mit Marcos bekannt machen, Maya?« Während ich ihn begrüßte, musste ich schlucken, damit mir mein Herz nicht aus dem Mund hüpfte. Er sprach ein wenig Englisch, ich ein bisschen Spanisch. Doch es waren leider nur Sätze, die in solchen Situationen wenig nützlich sind, wie zum Beispiel: »Wo ist das Postamt?« Dennoch saß ich eine halbe Stunde mit den beiden zusammen, bevor ich mich dann verabschiedete. Als ich mich ins Bett legte, galten all meine Gedanken nur diesem Mann namens Marcos, und ich hoffte, dass ich ihn am nächsten Tag wiedersehen würde.

Marcos erschien vor dem Abendessen. Da sich die Französinnen um ihn scharten, ging ich auf die Terrasse und setzte mich auf die Mauer. Nach einer Weile folgte er mir. Typisch Schicksal, dachte ich. Jetzt hatte ich nur noch eine Woche und fühlte mich von diesem Mann auf eine Weise angezogen, die ich gar nicht in Worte fassen konnte. Vielleicht lag es daran, dass er alles im Griff zu haben schien. Ein Mann, der alles im Griff hat, gibt Unbeständigkeit, Chaos oder Veränderungen keine Chance und strahlt eine Zuverlässigkeit aus, bei der man weiß, woran man ist. Obwohl die Frauen ihn umringten, schien ihn das nicht zu kümmern.

Veronique, eine wirklich sehr attraktive Französin, gesellte sich zu uns, als wir uns unterhielten. Er bat sie, ihm ein Feuerzeug aus seinem Zimmer zu holen, und gab ihr seinen Schlüssel. Als sie zurückkehrte und mit einem Feuerzeug und einer Zigarettenschachtel in der Hand dastand, drehte er sich zu mir um und sagte: »Geh heute Abend mit mir essen.« Er hätte Veronique um den kleinen Finger wickeln können, aber er wollte nicht sie, sondern mich. An diesem Abend und auch am nächsten verabredeten wir uns, und als er mich am dritten Abend küsste, fand ich, dass alles, was bislang geschehen war, keine so große Rolle mehr spielte.

Ravi Thakker war der Mann, der meinen Vater ersetzte, und auch der, der wieder einmal Chaos in unserem Leben anrichtete. Bei unserer ersten Begegnung fand ich, dass er wie eine Ente aussah. Man hatte uns kaum Zeit gelassen, Amma allein für uns zu haben, als er schon in unser Leben angewatschelt gekommen war. Zuerst mit einer großen Pralinenschachtel und einem rosafarbenen Schachtelteufel. Was, glaubte er, sollte ich wohl damit anfangen? Dann, als die Monate vergingen, erschien er immer wieder, beladen mit Spielsachen und anderen Geschenken, um unsere Zuneigung zu erkaufen.

Bei seinem ersten Besuch ging er mit uns in eine langweilige Wachsfigurenausstellung und dann zum Pizzaessen. Das war das Beste daran, weil wir noch nie zuvor Pizza mit zähflüssigem Käse und Tomaten gegessen hatten. Ich war begeistert. Amma mochte es auch. Normalerweise aß sie nie mit uns, wenn wir zu Wimpy gingen. Doch bei Pizza Hut holte sie eine Tabascoflasche aus der Handtasche, träufelte etwas davon auf die Pizza und aß alles auf. Ravi Thakker sagte etwas, ich weiß nicht mehr, was es war, und Amma lachte. Sie lachte immer, wenn er da war, wahrscheinlich machte er sie nervös. Nachdem er fort war, nannten Satchin und ich ihn »Entenarsch«. »Hast du gesehen, wie Entenarsch sein Auto gefahren hat?«, fragte er und machte ihn nach. Doch als die Monate vergingen, fand Satchin es nicht mehr lustig, wenn ich ihn imitierte, denn inzwischen mochte er ihn. Immer wenn wir uns endlich irgendwo eingewöhnt hatten, passierte wieder etwas, das alles auf den Kopf stellte. Nachdem ich Ravi einige Wochen kannte, wusste ich, dass er nicht mehr verschwinden und Amma ihn heiraten würde.

Es waren kaum merkliche Signale: Sie zog sich schick an, wenn sie ihn sonntags erwartete, und bürstete immer wieder ihr langes Haar. Außerdem benützte sie einen Lippenstift in einer dunkleren Farbe, damit man es auch sah. Ich wollte, dass sie Tom heiratete, wenn sie schon unbedingt heiraten musste. Tom war immer für uns da, und er hätte alles für Amma getan. Er hatte sich die Geschichte mit den Pickles und den Kunden, die unbedingt welche haben wollten, ausgedacht, damit sie endlich eine richtige Aufgabe hatte. Ich hatte gehört, wie Maggie und er darüber sprachen, als ich oben bei ihnen war. Ich lag auf dem Sofa und stellte mich schlafend.

»Wir müssen ihr helfen. Sie hat so viele Fähigkeiten, und ich will nicht, dass sie für den Rest ihres Lebens hier hängen bleibt«, sagte Maggie.

Also redeten sie darüber, wie sie Amma unterstützen könnten. Bei einigen ihrer Vorschläge wäre ich am liebsten aufgesprungen und hätte »Kommt gar nicht infrage!« gerufen. Aber dann einigten sie sich auf die Sache mit den Pickles, und die Idee war wirklich recht gut. Es war Toms Einfall. Erst nachdem sie begonnen hatte, die Pickles herzustellen, fand er Kunden, die sich dafür interessierten, indem er stundenlang herumfuhr. Tom war gut zu ihr und zu uns.

Selbst wenn er müde war, spielte er mit uns. Wenn er bei Maggie übernachtete, weckten wir ihn, indem wir auf seinem Bett herumsprangen. Und anstatt uns anzubrüllen, packte er uns an den Beinen und kämpfte wie ein Löwe, bis wir aufgaben. Er schenkte uns Knaller, zeigte uns, wie man sie ohne Pistole explodieren ließ, und brachte uns Karateschläge bei. Wenn der Eismann vorfuhr, gab er uns Geld, damit wir uns ein Flake 99 holen konnten. Dann saß er mit uns auf der Mauer, bis wir aufgegessen hatten. Manchmal, wenn wir am Freitagabend bei Maggie waren, durften wir uns mit ihm *Starsky und Hutch* ansehen – er nannte uns auch so: Starsky und Hutch. Er liebte uns wirklich, und wir liebten ihn. Und dann mussten wir fort.

»Tu es nicht, heirate ihn nicht, Ma. Siehst du nicht, dass er nur eine fette Ente ist und dich uns wegnehmen will«, hätte ich am liebsten geschrien, als sie es uns sagte. Doch Satchin war nicht länger mein Verbündeter, und ich bereute es sehr, dass ich in der Woche zuvor die Ärmel und die Kapuze von seinem Parka abgeschnitten hatte, um mir eine Weste daraus zu nähen. Er sah mich an, als wolle er mir mitteilen, dass er mich nicht unterstützen und mir das Leben zur Hölle machen würde, wenn ich Amma Widerstand entgegensetze. Also erklärte ich mich einverstanden und ließ Amma dann stehen, um meine Sachen zu packen. Ich stapelte all meine Puppen, meine Stoffe, meine Nähsachen, meine Scheren und meine Kleider in einer Ecke und sagte mir: So, das war's, wieder einmal vorbei. Maggie versprach, nachzuziehen, um in unserer Nähe zu sein. Tom schwieg und gab keinen Ton von sich. Deshalb ging ich an dem Tag, an dem ich mich eigentlich von ihm hätte verabschieden sollen, zu Fatima.

Da ich sie an diesem Tag vermutlich zum letzten Mal sehen würde, rechnete ich eigentlich damit, dass sie mich hereinbitten würde, doch sie tat es nicht. Ich gab ihr meinen Space-Hopper, weil sie ihn so gernhatte und nie genügend Wiederholungen darauf schaffte. Denn ich konnte mir nicht vorstellen, dass ich in Mill Hill darauf herumhüpfen würde. Die Kinder dort besaßen vermutlich Rollschuhe und teure Spielsachen. Außerdem schenkte ich Fatima ein Briefpapierset, das ich für sie gebastelt hatte. Allerdings war es in der Eile nicht so professionell geworden, wie es hätte sein sollen. Sie betrachtete enttäuscht die schiefen Kanten, versprach aber zu schreiben. Ich sagte, ich würde sie anrufen, bis mir einfiel, dass ihre Familie ja gar kein Telefon hatte. Dann rief ihre Mutter sie hinein, und sie lief davon. Ich ging auf einem Umweg nach Hause und schlenderte langsam die schmutzig grauen Bürgersteige entlang, die nun von Kirschblüten bedeckt waren. »Achan«, flüsterte ich. »Sie heiratet einen Mann namens Ravi Thakker, aber ich werde dich niemals vergessen.« Draußen warteten sie schon auf mich, und ich hatte nicht mehr genug Zeit, um mich von Tom oder Maggie zu verabschieden. Nur so konnte ich verhindern, dass ich in Tränen ausbrach.

Ammas Hochzeit war schauderhaft. Ständig wurde ich von Ravis Mutter verfolgt, die sich für meine neue Großmutter hielt. Sie kniff mir mit fettigen Fingern, die sie nach dem Essen nicht gewaschen hatte, immer wieder in die Wange. »So ein reizendes Mädchen«, sagte sie zu allen, die vorbeikamen. »Sie ist ihrer Mutter wie aus dem Gesicht geschnitten.« Woher wollte sie das wissen? Ich hätte ja auch eine genaue Kopie meines Vaters sein können. Eine andere Frau namens Nita stimmte zu, nickte heftig, warf einen Blick auf ihre eigenen Kinder und fügte hinzu: »Aber Beta, so ein hübsches Mädchen hätte doch wirklich ein netteres Kleid anziehen können.« Rüschenröcke und Blusen mit Puffärmeln oder Caprihosen mit Riemchenschuhen waren aber nichts für stilbewusste Menschen, sondern nur für Schafe, die willenlos der derzeitigen Mode folgten. »Maggie und ich haben das selbst genäht«, erwiderte ich trotzig und warf einen Blick auf Maggie. »Ja, ja, das kann ich mir denken«, meinte die Chefsprecherin.

Ich folgte dieser zickigen Nita zur Toilette, und als sie in der Kabine war, blockierte ich das Schloss mit ein paar Haarnadeln. Niemand vermisste sie, und als sie eine Stunde später herauskam, wirkte sie aufgebracht und zerzaust. Sie sammelte ihre zwei als Baisers verkleideten Kinder ein, suchte ihren Mann, der kräftig dem Jack Daniels zugesprochen hatte, und machte sich aus dem Staub. Die fettfingrige Großmutter kam zu mir und kreischte: »Du musst nach Amerika kommen, Beta, und uns besuchen. Wir fahren mit dir nach Disneyland.« Mit diesen Worten drückte sie mich an ihren Busen, als ob sich dort Disneyland befände. Der Großvater kleckerte mit seinem Bombay-Mix herum und meinte: »Du und dein Bruder, ihr könnt jederzeit kommen. Schließlich sind wir jetzt eine Familie.« Was für eine Familie sollte das bloß sein?

Ravi Thakkers Haus roch nach gebohnerten Fußböden und frischer Farbe. Offensichtlich hatte er es renovieren lassen, um uns zu beeindrucken. Mein Zimmer hatte er mit scheußlichen rosafarbenen Tupfen dekoriert, die mich nachts wach hielten. Da ich sowieso nicht schlafen konnte, ging ich in Satchins Zimmer und legte mich in das zweite

Bett, das dort stand. Doch Satchin gefiel das nicht, und er stapelte seine Turnschuhe auf diesem Bett, sodass ich damit aufhören musste. Als er ein Teenager wurde, errichtete er Barrieren zwischen uns und wollte alles Vergangene ungeschehen machen. Also erinnerte ich ihn an unsere Geschichten und daran, wie es früher gewesen war und was wir zusammen unternommen hatten. Aber es war zwecklos. Satchin interessierte sich nicht dafür, er hatte sich mit Ravi, dem Kricketfan, verbündet. Ravi hatte gewonnen, und Satchin stand nun auf seiner Seite. Ich machte Ravi klar, dass er nie mein Vater sein würde, ganz gleich, wie viele Geschenke er mir auch kaufte und wie viele Ausflüge er auch mit mir unternahm. Er habe überhaupt keine Chance. »Okay, Maya«, lautete stets seine Antwort, denn er schrie nie. Okay, Ravi Thakker, so stand es eben: Sie gegen mich. Aber bald würde Maggie aus dem Londoner Eastend zu uns ziehen.

Als der Zug in Valamoro hielt, stiegen viele Fahrgäste aus, weil dort Markttag war. Valamoro, die Nachbarstadt, war viel größer als Palmadoro, und es gab dort eine Menge Läden, Restaurants und Lokale. Ich kam häufig am Sonntagmorgen zum Markt hierher, um das geschäftige Treiben zu beobachten und die Zigeuner zu sehen, die ihre selbsthergestellte Ware verkauften. Ich kaufte den Kindern immer etwas ab, ein handgearbeitetes Armband oder eine Kette. Doch in Palmadoro konnte ich den Schmuck nicht tragen, da das nur zu überflüssigen Streitereien zwischen Marcos und mir führte.

»Wenn du ein Armband brauchst, Maya, schenke ich dir eins. Aber trag keine Sachen von der Straße. Das sieht billig aus.«

Unseren ersten Streit hatten wir, drei Tage bevor Vater Antonios Kurs endete. Einer von Marcos Freunden hatte mir mitgeteilt, er sei schon zweiunddreißig und kein Student mehr, wie er mir weisgemacht hatte.

»Du bist zwölf Jahre älter als ich und kein Student. Du hast gelogen, und ich kann Unehrlichkeit nicht ausstehen, egal in welcher Form«, schrie ich.

»Ich habe dich nie belogen, Maya. Als du gefragt hast, habe ich nicht geantwortet. Es macht doch keinen Unterschied, oder?«

»Du kapierst es einfach nicht. Es liegt nicht am Alter …«, brüllte ich und war nicht in der Lage, meinen Satz zu beenden.

Ein paar Stunden später kam er zu mir. Ich saß allein im Aufenthaltsraum. Er kam herein, schloss die Tür hinter sich ab und sagte, bei mir sei es anders. Er habe schon bei unserer ersten Begegnung gewusst, dass ich etwas Besonderes sei. Dann nahm er seine Brieftasche heraus und zeigte mir lange schwarze Haarsträhnen. »Deine«, meinte er. Bei jedem anderen hätte ich so etwas für pervers gehalten, aber bei Marcos brachte es mich zum Lachen. »Maya, ich verspreche dir, ich werde dir keine Halbwahrheiten erzählen. Ich möchte, dass du hierbleibst. Es ist Sommer, und du musst erst in drei Wochen wieder zurück«, sagte er ernst. Am nächsten Tag buchte ich meinen Flug um und blieb.

Vater Antonio war so begeistert von meinem Interesse an seinem Kurs, dass er mir Privatunterricht erteilte. Marcos und ich verbrachten den restlichen Sommer zusammen, und dann war es Zeit für die Heimreise. Er fuhr mich zum Flughafen und versicherte mir, er werde mich in einem Monat in Edinburgh besuchen und mich in der Zwischenzeit anrufen. Es machte mich nicht traurig abzureisen, und ich empfand keinen übermächtigen Drang zu bleiben. Eigentlich bereitete ich mich schon gedanklich darauf vor, dass er sich nicht melden würde und dass es vielleicht nur eine Urlaubsromanze gewesen war. Wir verabschiedeten uns am Flughafen.

Ich verbrachte fünf Tage zu Hause, bevor das Semester begann. Der Sommer erschien mir weit weg, als ich wieder mit dem Studium anfing. Architektur langweilte mich, ich hatte mir das Fach ganz anders vorgestellt, und meine Mitstudenten waren eingebildet. Vielleicht lag es auch an mir. Alle anderen schafften es, eine Clique zu finden und Freundschaften zu schließen. Gleich nach meiner Rückkehr belegte ich Spanisch als Nebenfach und entwickelte auch ein großes Interesse für spanische Architektur. Marcos rief wie versprochen jeden Tag an, und zwar früh am Morgen, womit er alle meine Mitbewohner weckte. Aber das war nicht schlimm. Ich wartete auf seine Anrufe, weil ich ihn mit der Zeit wirklich vermisste. Zumindest redete ich es mir ein.

Es fiel mir schwer, mich auf mein Studium zu konzentrieren. Ich ging nicht aus und hatte eigentlich auch keine Lust dazu. Die Entfernung schien uns näher zusammenrücken zu lassen. Nach zwei Monaten kam er nach Edinburgh. Ich holte ihn vom Flughafenbus ab, der in der Innenstadt hielt, und es war, als hätten wir uns niemals getrennt. Als wir uns an diesem windigen Nachmittag in den Armen lagen, existierte niemand mehr außer uns, und den Großteil der nächsten Woche waren wir immer zusammen. Ich glaube, man kann einen Menschen aus dem verzweifelten Bedürfnis heraus lieben, dazuzugehören, jemandem wichtig zu sein und die innere Einsamkeit zu vertreiben.

Marcos verstand kein Wort, als der schottische Fremdenführer ihm Edinburgh Castle in allen Einzelheiten erläuterte. Er starrte ihn nur an, nickte zustimmend und zwinkerte mir zu. Dann brachen wir beide in Gelächter aus, das durch die unheimliche Stille des Gemäuers hallte. Die anderen Besucher schnalzten missbilligend mit der Zunge, und da wir nicht mehr aufhören konnten, musste man uns hinausbegleiten.

So ging es in diesen zwei Wochen weiter. Wir lachten, wir verstanden einander, und er vermittelte mir Geborgenheit. Ich lernte eine sehr zärtliche Seite von ihm kennen, von deren Existenz außer mir niemand etwas ahnte. Es war, als ob er weit weg von Palmadoro endlich er selbst sein konnte, weil er nicht mehr gezwungen war, etwas darzustellen. Er war frei und wurde dadurch beinahe kindlich und verletzlich. Vielleicht bildete ich es mir ja nur ein, aber ich war überzeugt, dass das mein Werk war und dass er mich genauso brauchte wie ich ihn. Rückblickend betrachtet denke ich, dass es genau so war. Er berührte etwas in mir, an das bis jetzt noch niemand herangekommen war. Es war der Wunsch, mich um jemanden zu kümmern und für sein Wohlbefinden zu sorgen, eine Hilflosigkeit, die ich verstehen konnte. Ich wollte nicht, dass die zwei Wochen jemals endeten. Als das Taxi uns zum Flughafen brachte, wurde ich von Angst ergriffen, und die Zeit blieb stehen, während er mich zum Abschied küsste. Bei meiner Rückkehr nach Hause fand ich Zettel und Geschenke von ihm vor, die er an jedem nur denkbaren Ort versteckt hatte. Obwohl ich versuchte, wieder zum Alltag überzugehen, konnte ich nur noch an Marcos denken.

Zu Weihnachten beschloss ich, das Studium aufzugeben. Ich hatte keine Freude an den Seminaren und wollte kein weiteres Jahr damit verschwenden, so zu tun, als ob. Als der Zeitpunkt kam, an dem ich meine Sachen packen und nach Edinburgh hätte zurückkehren müssen, teilte ich Ravi und Amma meine Entscheidung mit. Die Architektur sei nichts für mich, und ich wolle ein Jahr aussetzen, um in Spanien Spanisch zu lernen. Ravi und Amma waren entsetzt und taten alles, um mir mein Vorhaben auszureden. Sie zogen Maggie hinzu, aber selbst sie konnte mich nicht aufhalten.

Maggie mochte Ravi Thakkers Haus und fand, dass es einem Palast ähnelte. Zu meinem Entsetzen fand sie sogar Ravi Thakker selbst sympathisch und bezeichnete ihn als anständigen Kerl. Ihr Glück, dass sie seine Eltern noch nicht kennengelernt hatte, Mutter und Vater Ente. Maggie zog in die Wohnung über dem Picklesladen, und natürlich half ihr Ravi, denn schließlich war er ein geschickter Taktiker. Ich muss ihm zugutehalten, dass er ein würdiger Gegner war. Seine größte Schwäche war seine Abneigung gegen Tiere, eigentlich war es eher Angst. Zum Dank für seine Unterstützung beim Umzug, weil Tom zu beschäftigt gewesen war, machte ihm Maggie eine Tasse Tee. Als Ravi Platz genommen hatte, setzte ich Einauge auf seinen Schoß und erwartete eigentlich, dass er die Katze wegschubsen, sie durch eine abrupte Bewegung treten oder zurückweisen würde, damit alle sein wahres Gesicht sahen. Doch er saß nur da wie eine Salzsäule. Maggie nahm die Katze von seinem Schoß. »Maya, das darfst du nicht wieder tun. Du weißt doch, dass dein Vater gegen Katzen allergisch ist.«

»Mein Vater hat Katzen geliebt, und wir hatten sogar drei.«

Beide wirkten beklommen, und dann sagte er, dass es Zeit sei zu gehen. Ich blieb, um Maggie beim Auspacken zu helfen.

Sie versuchte, mich zu überreden, ihm doch eine Chance zu geben, aber ich erwiderte, ich könne nicht mehr tun, als keine Schwierigkeiten zu machen. Irgendwann würde schon jeder merken, was für ein Mensch er in Wirklichkeit sei. Die Zeit würde es zeigen. »Das Leben entwickelt sich nicht immer nach unseren Vorstellungen. Manchmal entpuppen sich die schlimmsten Dinge als Wohltat, und dann wieder erweist sich etwas, das wir für den absoluten Glücksfall hielten, als das genaue Gegenteil«, meinte sie. Maggie verstand einfach nicht. Sie hatte immer ihren richtigen Vater um sich gehabt, nicht irgendeinen Eindringling, der viel Geld mitbrachte. Maggie besaß so viele Kleider, dass sie nicht in die Schränke passten. Also packten wir den Großteil in einen Koffer und schoben ihn unters Bett im Gästezimmer. Als ich fragte, ob ich bei ihr einziehen könne, antwortete sie mit Nein, es sei immer besser, nur Gast zu sein.

In diesem Sommer, bevor die Schule anfing, besuchte ich sie, so oft ich konnte. Wenn sie nicht mit Amma im Laden arbeitete, half sie mir, Kleider zu nähen, und zeigte mir, wie man Schnittmuster anfertigte. Maggie hatte vor ihrem Umzug riesige Stoffmengen und bunte Saristoffe von der Inderin in der Green Street gekauft. Weiche Stoffe, die sich endlos abspulen ließen und die ich zornig zerreißen oder ruhig und ordentlich mit der Schere abschneiden konnte. Dann nähten wir alles zusammen und schufen die verschiedensten Kreationen. Die Stoffe mussten sich meinem Willen fügen, auf den Rest meines Lebens hatte ich keinen Einfluss.

Der Sommer endete, wie er angefangen hatte, hektisch und viel zu schnell. Ich kam in eine weiterführende Schule. Es war eine Mädchenschule, und ich musste eine hellblaue Uniform tragen und mir den groben Akzent abgewöhnen. Ich verlor ihn nie ganz, sondern tarnte ihn nur hinter einer kultivierten Aussprache, sodass nach acht Wochen niemand mehr zwischen Sandra Bailey – Musterschülerin, Lacrossemeisterin und Kapitänin der Netzballmannschaft – und mir unterscheiden konnte. Es war eine nette Klasse, geleitet von Mrs. Harrison, die keine Mätzchen duldete. Das Leben schlägt wirklich seltsame Kapriolen. In meiner alten Schule hatte ich mich jahrelang abgemüht, um beliebt zu sein. Und nun, da es mir eigentlich egal war, rissen sich plötzlich alle um mich. Einige der Mädchen machten sogar nach, wie ich meinen Rock und meine Krawatte trug. Ich weiß nicht, ob es meine herablassende Art war, die sie anzog. Ich freundete mich mit allen, aber mit niemandem im Besonderen an. Da ich nicht wusste, wie lange wir diesmal bleiben würden, lohnte es sich nicht, sich zu sehr auf andere Menschen einzulassen. Nach der Schule brachte ich Amma das Bruchrechnen und das Dividieren bei und erklärte ihr, dass sie das im Laden sicher gut würde gebrauchen können. Samstags durfte ich ihr dort helfen.

Maggies ganzes Herz gehörte dem Laden, und es war schwer, sie davon loszueisen. Die meisten Kunden wurden ihre Freunde. Der Laden entwickelte sich zu einem Treffpunkt für alte Damen mit blaustichig getöntem Haar, die stundenlang herumstanden und über Hüftprothesen und Herzschrittmacher redeten. Sie holten nur Luft, wenn ihnen einfiel, dass sie ja noch ihre Rente abholen mussten, um die vielen Gläser, die sie verspeisten, auch zu bezahlen. Sie flöteten mich an und zerzausten mir das Haar, während ich kassierte, und ich musste höflich zu ihnen sein und fragen, ob sie eine Plastiktüte brauchten. Sie baten mich aber immer, um die Theke herumzukommen und die Ware in ihre Einkaufskarren zu legen. Ein weiterer Vorwand, das Gespräch auszudehnen, indem sie Bemerkungen über meine Größe oder mein Haar machten.

Es erschienen auch elegante Damen in sündhaft teuren Kleidern. Vermutlich ahnten sie inzwischen, dass Edgware nicht die modebewusste Metropole war, die sie sich erhofft hatten, doch es schien sie nicht zu stören. Andere Kunden schnupperten an den Gläsern mit Pickles, hinterließen schmierige Fingerabdrücke darauf und stellten sie dann wieder ins Regal. Eines Tages erwischte mich Amma, wie ich einen Mann fragte, ob er das Glas jetzt bezahlen würde, nachdem er es mit seinen Fingern schmutzig gemacht habe. Sie nahm mich beiseite und sagte mir, die Menschen, die in diesen Laden kämen, seien etwas Besonderes und könnten es überhaupt nicht gebrauchen, wenn man so mit ihnen spräche. Irgendwann kamen Maggie und Amma gemeinsam zu dem Schluss, dass der Dienst am Kunden nicht unbedingt meine Stärke war, und schickten mich zum Helfen in die Küche. Im Gegensatz zu Fatima, die hinter einer wahrhaftigen Registrierkasse in ihrem Element gewesen wäre, war ich froh darüber. Es langweilte mich, mit anhören zu müssen, wie die Leute stundenlang über die Wirkung redeten, die eine alte Mango oder eine verschrumpelte Zitrone angeblich auf sie gehabt hatte. Was sollte dieser Unsinn? Hinten in der Küche war es viel lustiger.

Sie erinnerte eher an die Kulisse eines indischen Spielfilms, wo im Hintergrund Hindimusik dudelte. Ein Lied, das immer wieder lief, wurde, begleitet von fetzigem Discosound, von einer jaulenden Frauen- und einer piepsigen Männerstimme gesungen. Die Handlung begann mit Deepas dramatischen Tränen, die über die Mangos tropften. Sie war von ihrer Mutter vor die Tür gesetzt worden, weil sie mit dem Moslemjungen von gegenüber ausgegangen war. Ihre Schwägerin Anita versuchte, sie zu trösten, doch schließlich trieb sie alle zur Arbeit an, denn sie hatte sich selbst zur Küchenaufseherin befördert. Nach einem höchst dramatischen Nachmittag bot Anita Deepa eine Unterkunft an, bis sie sich mit ihren Eltern versöhnt hatte. Das war die erste Woche, und die Handlung setzte sich fort wie in einer Fernsehserie.

Govind, der sich für Amitabh Buchan hielt, wurde eine Woche später eingestellt. Er sah zwar nicht aus wie der indische Filmstar und war so mager, dass er aufpassen musste, um nicht vom Lüftungsschacht weggesaugt zu werden, aber er war sehr lustig und konnte wirklich komische Tanzbewegungen vollführen. Er tänzelte durch die Küche und betrachtete sein Gesicht in Töpfen und Pfannen, während er Anweisungen erteilte, wie die Gerätschaften am besten zu benützen seien. Zwischen Anita und ihm kam es häufig zu Auseinandersetzungen, und sie stand oft kurz davor, mit dem Pfannenwender zuzuschlagen. Doch er kümmerte sich nicht um sie. Deepa ergriff scheinbar Partei für ihre Schwägerin, denn inzwischen waren vier Wochen vergangen, und sie wusste, dass sie deren Gastfreundschaft allmählich überstrapazierte. Ihr Verhältnis zu ihrer Mutter hatte sich verschlechtert, und der Konflikt ließ sich nicht lösen, da Deepa es nicht über sich brachte, einer arrangierten Ehe zuzustimmen. Doch sie stellte es Anita gegenüber dar, als hätte man bereits mit Friedensverhandlungen und dem Entwurf eines Vertrags begonnen.

Als ich eine Woche später in den Laden kam, trug Deepa eine enge rote Saribluse unter einem leichten Nylonsari, dessen einer Zipfel zufällig in die große Rührschüssel geriet, sodass Govind ihn herausfischen und ihr wieder auf die Schultern legen musste. Darauf kicherte Deepa leise, damit Anita sie nicht hörte, und Amma kam herein und fragte, ob jemand Interesse an Überstunden habe. Als Govind sich bereit erklärte zu bleiben, schloss sich Deepa rasch an. Ich weiß nicht, was danach geschah, weil ich nach Hause musste, um Hausaufgaben zu machen. Doch beim nächsten Mal ertappte ich sie, wie sie einander über die Picklesmaschine hinweg ansahen, und am selben Abend, als sie glaubten, dass niemand hinhörte, flüsterte er ihr zu, dass er sie liebe.

Das Drama nahm seinen Lauf, als Govinds jüngerer Bruder auch im Laden anfing. Er war um einiges attraktiver und hatte keinen unvorteilhaften Mittelscheitel. Da Amit den Ernst der Lage verkannte, unternahm er Annäherungsversuche, indem er Deepa mit einem schmierigen Lächeln und einem Zwinkern bedachte. Sie fühlte sich geschmeichelt und senkte den Blick und konzentrierte sich auf die Mangos, die sie gerade wusch. David, der Fahrer, ließ auch eine Bemerkung über ihr hübsches Aussehen fallen, und Govind, der Konkurrenz witterte, beschleunigte sein Tempo. Er lud Deepa zum Chinaimbiss ein und sagte ihr wieder, er würde alles für sie tun. Etwa um diese Zeit hatte ihre Schwägerin endgültig genug davon, dass sie ihre Kleider und schmutzigen Tassen überall verstreute, und bat sie, zu ihrer Mutter zurückzukehren. Also forderte Deepa Govind auf, seine Liebe unter Beweis zu stellen, und er machte ihr tatsächlich einen Heiratsantrag. Ich weiß nicht, wie lange ihre Ehe hielt, aber ich erinnere mich, dass Deepa ging und Amit ihr kurz darauf folgte.

Satchin und sein bester Freund Suri kamen auch samstags in den Laden. Sie lachten beide über die Kleider, die ich nähte und anzog. »Hübsche Hose«, begann Suri, und dann brach Satchin in Gelächter aus und fing auch an zu lästern. Suris Eltern waren beide Ärzte, und er schien allwissend zu sein. Er war Einzelkind, was man daran merkte, dass er sich wie eine Klette an Satchin heftete. Anfangs kam er, um sich nach der Schule Bücher auszuleihen, dann, um am Computer zu spielen, und schließlich blieb er zum Essen. Das erreichte er, indem er Amma mit Komplimenten wegen eines Imbisses überhäufte, den sie ihm angeboten hatte. Und ehe wir uns versahen, wohnte er mehr oder weniger bei uns. »Sei nicht so knurrig, Maya, er ist Einzelkind, und seine Eltern arbeiten sehr viel. Wahrscheinlich vermisst er sie«, pflegte Amma dann zu sagen.

Ja, ja, die berüchtigten Ärzte, die tagein, tagaus Leben retteten. Ich verstand einfach nicht, warum ich wegen eines langweiligen Besserwissers abgeschoben worden war, der hinter dem Laden Breakdance übte, wenn er glaubte, dass niemand hinschaute. Er hatte überhaupt keinen Geschmack und trug lilafarbene Schlabberhosen und ärmellose T-Shirts mit grünem Karomuster. Aber es hätte ja noch schlimmer kommen können – gelbe zum Beispiel. Suri nahm mich wahr und nickte und lächelte, wenn er mich sah, was mehr war, als ich inzwischen von Satchin gewohnt war. Manchmal half er mir, die Tabletts mit den fertigen Pickles in den Lagerraum zu schleppen. Im Laufe der Zeit gewöhnte ich es mir an, am Samstag im Laden nicht meine eigenen Kreationen zu tragen, sondern Turnschuhe und Trainingsanzüge, in der Hoffnung, die beiden würden mich eines Tages auffordern, mit ihnen in den Park zu kommen, wohin sie immer nach der Arbeit im Laden gingen. Ich nahm sogar meinen Tennisschläger mit, aber für gewöhnlich musste ich nach Hause.

Eines Tages jedoch war wirklich Not am Mann, und sie baten mich, als Torwart mitzumachen, weil sie einen Spieler zu wenig hatten. Das war der Glücksfall, auf den ich gewartet hatte. Ich wusste, dass es eine Frage der Zeit war, stellte mich ins Tor und konzentrierte mich, so gut ich konnte, um Satchin ja nicht zu enttäuschen. Alles klappte wunderbar, bis ich dem Ballmann den Ball zurückwarf, seine Hände verfehlte, ihn stattdessen am Kopf traf und bewusstlos schlug. Suri meinte, ich solle mir keine Gedanken machen, weil so etwas eben passieren könne. Aber Satchin tobte vor Wut und sprach wochenlang kein Wort mit mir. Amma sagte, ich solle mich nicht darum kümmern, denn schließlich gebe es in diesem Haus noch mehr Leute, mit denen ich reden könne. Außerdem erwarteten wir Gäste, sodass ich genug Ansprache haben würde.

Ravi Thakker holte mich am Schultor ab, da er den Tag freigenommen hatte, um die fettfingrige Oma und den sabbernden Opa vom Flughafen abzuholen. Sie waren aus Chicago angereist, um meiner Mutter mit dem neuen Baby zu helfen, obwohl dieses erst in zwei Monaten kommen sollte. Vermutlich wollten sie sich häuslich bei uns einrichten und uns mit einer Invasion der Entenfamilie überschwemmen, damit wir sie später umso schwerer loswerden konnten. Fettfingerchen lauerte schon an der offenen Tür auf mich, erstickte mich fast in ihrer Umarmung und sagte, ich sei so groß und so hübsch geworden und würde meiner Mutter mit jedem Tag ähnlicher. Der Opa schüttelte mir die Hand und drückte mir die Schulter mit den Worten: »Wirklich schön, dich wiederzusehen, Beta. Du bist seit dem letzten Mal ja ein richtig großes Mädchen geworden.« Dann deutete er meine damalige Größe an, indem er auf sein gichtiges Knie zeigte. Da erst zwei Jahre vergangen waren, vermutete ich, dass er an einer Art fortschreitenden Gedächtnisverlusts leiden könnte, und sparte mir deshalb die Antwort.

Obwohl Fettfingerchen erst seit fünf Minuten im Haus war, hatte sie es schon geschafft, eine gewaltige Mahlzeit anzurichten. Da ich indisches Essen nicht sehr mochte, kochte Amma mir immer etwas anderes, aber ich wollte nicht unhöflich sein, setzte mich hin und aß mit ihnen. Amma war erleichtert. Sie wirkte ein wenig müde, und da sie schwanger war, beschloss ich, mich zu benehmen und ihr keine Schwierigkeiten zu machen. Alles klappte wunderbar, bis Opa uns die Geschichte erzählte, wie die Zollbeamten sie aufgehalten und den Inhalt ihrer vielen Dosen überprüft hätten. Fettfingerchen unterbrach ihn und meinte: »Aber ich habe ihnen gesagt, es sei nur Essen, das ich für meine Kinder gekocht hätte.« Bei der Vorstellung, wie die Lebensmittel zuerst einen Langstreckenflug hinter sich gebracht hatten und anschließend von Zollbeamten betatscht worden waren, wurde mir übel. Ich sprang auf und rannte los, schaffte es aber nicht mehr bis ins Bad, sodass alles auf dem Koffer landete, der die Tür blockierte. Amma und Ravi Thakker wären beinahe im Erdboden versunken. Doch Fettfingerchen nahm es mit Humor, auch wenn sie mir tagelang nachlief und wiederholte, zum Glück sei sie jetzt hier, da ich dringend Aufsicht bräuchte.

Maggie fand sie nett – aber Maggie redete nie schlecht über andere Leute. »Sie meint es nur gut«, beteuerte sie. Zum Glück hörte Maggie nicht, was Fettfingerchen über sie sagte, insbesondere als sie herausfand, dass Maggie mit Onkel Jack zusammenlebte, ohne mit ihm verheiratet zu sein. Fettfingerchen hatte es geschafft, eine Horde Freundinnen zusammenzutrommeln – woher, weiß ich nicht. Vermutlich rekrutierte sie sie in den Tempeln, Gemeindezentren und mithilfe entfernter Verwandter, deren Nummern sie nachgeschlagen hatte. All das geschah unter dem Vorwand, dass sie ihnen ihr Horoskop berechnen und ihnen den Verlauf ihres weiteren Lebenswegs genau voraussagen könne. Sie sah sehr professionell aus, wie sie so ihre Berechnungen anstellte, alles addierte, kurz zögerte und dann Kästchen malte. Doch im Laufe der Zeit wurde mir klar, dass sie bei jedem auf dieselbe Weise vorging und eine Strategie hatte, demjenigen die Informationen zu entlocken, indem sie immer wieder Fragen stellte und dann so tat, als sei sie von selbst dahintergekommen. Zu guter Letzt teilte sie den Frauen ihre Ergebnisse mit und dichtete hie und da etwas hinzu.

Im Haus wimmelte es von ihren Freundinnen. Wenn

man eine Zimmertür öffnete, stieß man auf eine indische Dame und dann auf noch eine und noch eine, alle bunt gekleidet, in sämtlichen Farben und Formen. Jede von ihnen hoffte auf Omas weise Ratschläge und darauf, dass alles besser werden würde. Bald hatte sie den Kreis der Damen auf eine feste Clique zusammengeführt, die sie alle zwei Tage einlud. Dann saßen sie, in bunten Saris und Strickjacken, die aussahen wie aus der Kleidersammlung, im Kreis zusammen. Wenn es wirklich kalt war, setzte Fettfingerchen ihre Wollmütze auf. Manchmal sangen sie gemeinsam Bhajans. Eine der Frauen war eine alte Großmutter, die niemand berühren durfte, weil sie sich für Gott rein bewahren wollte. Sie weigerte sich, irgendetwas in unserem Haus zu essen, und trank nicht einmal Masalatee, da der Geruch angeblich abstoßend auf Gott wirkte, sodass er ihre Gebete nicht mehr erhören würde. Fünf Minuten später nahm sie eine Schnupftabaksdose heraus und atmete den Inhalt ein. Also hatte Gott etwas gegen den Geruch von Gewürzen, aber offenbar nichts gegen eine Prise Betäubungsmittel.

Eine andere Oma, die nicht ganz so alt war – vielleicht Mitte fünfzig –, sah ziemlich abgemagert aus. Sie hatte das große Pech, in einem Schuhgeschäft zu arbeiten und kein »Sch« aussprechen zu können. »In einem Sugesäft«, wiederholte sie, als ich sie zum zweiten Mal fragte, was sie denn beruflich mache. Ganz sicher würden wir sie nicht mit dem Singen von Gutenachtliedern beauftragen, wenn das Baby erst einmal da sein würde, vor allem nicht mit »Slaf, Kindlein, slaf«. »Fischers Fritz fischt frische Fische« hätte bei ihr sicher auch interessant geklungen. Die Damen waren für mich eine dringend benötigte Abwechslung, obwohl sie mit ihrem ständigen Gekicher und Getratsche einen Höllenlärm veranstalteten.

Eines Tages belauschte ich, wie Fettfingerchen ihrer engsten Verbündeten Nita erzählte, dass sie Ravi Thakker auf ihrer Türschwelle gefunden hatte. Ich hielt in meinen Hausaufgaben inne und legte das Ohr an die Wand. Damals lebten sie in Indien und bereiteten sich gerade auf die Auswanderung nach Uganda vor, als ein kleiner sechsjähriger Junge in Lumpen an ihre Tür klopfte. Er war eine Waise, ein Betteljunge. Während sie diese Worte aussprach, hatte ich ein Bild von ihm vor Augen. Er war eines der Strandkinder, die einen Luftballon zu ergattern versuchten. Ihre Schwiegermutter hatte ihn aufgenommen, um ihn als Dienstboten auszubilden, doch Fettfingerchen hatte ihn bald lieb gewonnen, weil er so freundlich und nachdenklich war und alle mit einem Lied und einem Tanz, die er auf der Straße gelernt hatte, zum Lachen brachte. Außerdem war er sehr klug und konnte sich Worte und Zahlen schon nach einmal Hinsehen merken. Als die Abreise nach Uganda bevorstand, wollte sie ihn nicht zurücklassen und nahm ihn deshalb mit. Das war ziemlich schwierig, denn ihr älterer Sohn hasste ihn wie die Pest und behandelte ihn immer wie einen Außenseiter. Aber Ravi fand rasch Freunde, war ein guter Schüler und schaffte die Aufnahme an die Universität. Er stand kurz vor der Hochzeit, als Idi Amin überraschend die Macht ergriff, sodass die Familie seiner Verlobten gezwungen war, bei Nacht und Nebel zu fliehen, und ihm nicht mitteilen konnte, wohin sie wollte.

Ravi vermutete sie in England, da sie dort enge Verwandte hatte, und machte sich deshalb dort auf die Suche nach ihr. Jahre vergingen, ohne dass er sie fand. Fettfingerchen dachte schon, er würde niemals heiraten, doch dann hatte er Amma kennengelernt. Sie sagte, ohne ein Blatt vor den Mund zu nehmen, meine Mutter sei zwar ungebildet, entstamme einer anderen Schicht und habe überdies zwei Kinder, aber das Wichtigste sei, dass er überhaupt geheiratet habe, anstatt sein Leben lang ledig zu bleiben.

Ich begann, Ravi Thakker in einem völlig anderen Licht zu sehen. Er wusste, wie es war, jemanden zu verlieren, den herzzerreißenden Schmerz zu empfinden, der durch nichts gelindert werden kann, und mit ansehen zu müssen, wie das eigene Leben völlig aus den Fugen gerät. Er hatte es zweimal durchgemacht. Ich hatte meine Ammamma und meinen Achan verloren. Also hatten wir etwas gemeinsam. Er machte meine Mutter glücklich, das konnte jeder sehen. Und er gab sich Mühe mit uns, auch wenn er häufig etwas falsch verstand. Eine Woche später wurde meine kleine Schwester geboren. Ich schenkte ihnen eine Karte, die ich an Amma und Dad richtete, und ließ mich von ihm auf die Stirn küssen.

Zur großen Enttäuschung von Fettfingerchen nannten sie meine kleine Schwester Ammu nach meiner Großmutter. Sie kam zwei Tage nach meinem dreizehnten Geburtstag zur Welt. Als ich sie im Arm hielt, sah sie so hilflos und unschuldig aus. Die Geburt des Babys bedeutete für uns alle einen Neuanfang, und alles, was davor geschehen war, schien nicht mehr so wichtig zu sein. Ich teilte Ravi mit, ich sei damit einverstanden, den Namen Thakker anzunehmen, falls er das immer noch wollte, damit ich so hieß wie der Rest der Familie. Er traute seinen Ohren nicht.

Der Schaffner verlangte die Fahrscheine zu sehen. Er hielt sich für einen Eisenbahn-Casanova und ergriff jede Gelegenheit, weibliche Fahrgäste in ein längeres Gespräch zu verwickeln. Während er ihnen den Fahrschein zum Knipsen abnahm, strich er ihnen über die Hand. Ich tat so, als wäre ich gerade aufgewacht und wisse nicht genau, wo ich sei.

»*¿Donde va morena?*«

»*A casa*«, entgegnete ich barsch, als ich ihm das Ticket aus der Hand riss.

»Nach Hause« klang wirklich seltsam, als ich es aussprach. Inzwischen war doch Spanien mein Zuhause. Oder …

Er wollte noch etwas zu mir sagen, aber ich schloss die Augen.

Ravi und Amma zogen Maggie hinzu, um mich zu überreden, nach Edinburgh zurückzukehren und mein Studium fortzusetzen. »Du kannst nicht immer davonlaufen, Maya, mein Schatz«, sagte sie. »Eines Tages holt es dich ein, und du musst dich den Schwierigkeiten stellen.«

»So, wie du es getan hast? Hast du dich etwa allem gestellt?«, gab ich zurück. Die Worte waren heraus, bevor ich mich bremsen konnte, und sie sah mich gekränkt und enttäuscht an, versuchte aber, sich nichts anmerken zu lassen. Ich wollte ihr erklären, dass ich es nicht so gemeint hatte und dass es mir leidtat, doch ich konnte es nicht.

»Ich hätte nichts dagegen, wenn du nach Spanien gehen würdest, um zu reisen und die Welt zu sehen. Aber du gehst hin, weil du glaubst, etwas anderes gefunden zu haben, Maya, und das stimmt nicht. Es ist nicht das, wofür du es hältst, und es ist auch nicht dort, sondern genau hier. Ich weiß, dass es ein wenig hart ist, mein Schatz, aber halte durch. Sprich mit mir darüber, du weißt, dass du das kannst. Du hast es doch früher immer getan. Du bist immer zu mir gekommen und hast mir alles erzählt. Was ist aus uns geworden, Maya?«, fuhr sie fort.

Maggie hatte einfach keine Ahnung, und ich wollte es ihr nicht erklären, da sie mich ohnehin nicht hätte verstehen können und wollen. Also schüttelte ich den Kopf. Sie griff nach meiner Hand und küsste mich. Als sie aufstand, um zu gehen, senkte ich den Blick. Am liebsten wäre ich ihr nachgelaufen und hätte sie fest gedrückt, ihr alles gebeichtet und beteuert, wie sehr ich sie brauchte und wie sehr ich wollte, dass alles wieder so wie früher wurde, so wie es einmal zwischen uns gewesen war. Aber ich ließ es dabei bewenden. Nachdem ich meine Schlafzimmertür abgeschlossen hatte, kroch ich ins Bett, zog die Decke über den Kopf und schlief ein. Ein paar Stunden später hörte ich ein leises Klopfen, das einfach nicht verstummen wollte.

Meine kleine Schwester rief meinen Namen und wollte

hereinkommen, um mich zu ärgern. Als ich sie ins Zimmer ließ, rannte sie zum Bett und begann sofort, die Schuhe und Kleider anzuprobieren, die ich aus dem Schrank geräumt hatte.

»Wo willst du hin, Mayo?«

»Weg, Bobo.«

»Warum weinst du?«

»Ich weine nicht, Bobo. Ich bin nur müde.«

»Wann kommst du zurück?«

»Bald«, antwortete ich.

»Wann ist bald?«

Ich hob sie hoch und setzte sie aufs Bett. »Wenn du das ganze Einmaleins auswendig kannst, dann komme ich zurück.«

Sie wirkte bestürzt. »Aber du weißt doch, dass mir das keinen Spaß macht. Ich werde eine Ewigkeit brauchen.«

»Wirst du nicht. Mit zwei kannst du es doch schon. Wie viel ist acht mal zwei?«

»Fünfzehn«, antwortete sie.

Vielleicht auch nicht, dachte ich.

»Du gehst doch nicht weg wie Satchin, Mayo? Du gehst nicht einfach weg und kommst nicht wieder?«

»Nein, Shorty.« Ich schubste sie um, sodass sie rücklings auf dem Bett lag.

»Mayo, Mayo, stimmt es wirklich, dass einem ein Baum im Magen wächst, wenn man einen Apfelkern schluckt?«

»Natürlich. Vielleicht hast du dich schon in einen kleinen Baum verwandelt, wenn ich zurückkomme.« Ich fing an, sie am Bauch zu kitzeln, und sie kicherte hysterisch.

Amma begleitete mich nicht zum Flughafen und flüchtete sich in starke Kopfschmerzen. Also waren Ravi und ich allein. Ravi wich dem Thema Spanien aus und plauderte darüber, dass Indien im Kricket verloren hatte, dass der Verkehr wegen der vereisten Straßen langsamer floss als sonst und dass die Konservativen nun vielleicht ihren Kurs ändern würden, nachdem Major Thatcher abgelöst hatte. Das war typisch Ravi. Er sprach die Dinge nie direkt an, sondern redete um den heißen Brei herum, um ja niemandem zu nahe zu treten oder ihn zu kränken. Er gehörte zu den braven, berechenbaren und zuverlässigen Familienvätern, die lieber nicht das sahen, was direkt vor ihnen war, sondern stattdessen den Blick abwandten, immer in der Hoffnung, die sich nähernde Gefahr möge die Straße verlassen und einfach von selbst verschwinden. Als wir am Flughafen eintrafen, meinte ich, er müsse nicht mit hineinkommen, aber er bestand darauf. Obwohl ich noch anderthalb Stunden warten musste, wollte ich sofort zum Flugsteig. Also verabschiedete ich mich von Ravi und fügte hinzu, ich würde sehr bald zurück sein.

»Das ist für dich, Maya«, sagte er und zog einen Umschlag aus der Tasche. Ich ging durch die Sicherheitsschleuse. Als ich dasaß und auf den Abflug wartete, öffnete ich den Umschlag. Darin befand sich ein wenig Geld und ein kurzer Brief: »Wir lieben dich. Ammu, Amma und Dad.«

Während das Gepäck am Barajas-Flughafen ausgeladen wurde, ging ich auf die Toilette, schminkte mich, trug den Lippenstift auf, der Marcos am besten gefiel, und versuchte, eine gerade schwarze Linie über meine Augenlider zu ziehen. Der Lidstift landete überall, nur nicht dort, wo er sollte – eine Mischung aus Nervosität und mangelnder Übung –, weshalb ich das Geschmiere mit Lidschatten tarnte und mich dann auf die Suche nach meinem Koffer machte.

Marcos erwartete mich am Treffpunkt. Ich ließ meinen Gepäckwagen mitten im Weg stehen und stürmte auf ihn zu. Als ich ihn küsste und an mich drückte, hob er mich hoch und wirbelte mich herum. Nun wusste ich, dass ich mich richtig entschieden hatte. »Maya, ich fasse es nicht, dass du wirklich hier bist. Ich kann es kaum erwarten. Ich habe etwas für dich, das dir gefallen wird. Maya, du wirst begeistert sein.« Er umarmte mich fest. Mein Herz machte einen Satz, als ich die verschiedenen Möglichkeiten im Geist durchging: Für einen Ring war es noch zu früh. Das Bild, überlegte ich dann, das Bild, das er von uns beiden gemalt hatte. Vielleicht hatte er es wie versprochen einrahmen lassen. Eng umschlungen verließen wir das Terminal und gingen zum Parkplatz. Er holte einen Schlüsselbund heraus und deutete damit in alle Richtungen, sodass ein Alarm losging und Lichter blinkten. »Siehst du?«, fragte er mich und zeigte mit dem Finger. »Er gehört mir.« Als wir in den neuen BMW mit Silbermetallic-Lackierung stiegen, waren die Sitze gewiss nicht tiefer als meine Stimmung.

»Er ist … wirklich hübsch«, meinte ich.

Ich bekam einen ausführlichen Vortrag zum Thema Servolenkung und Federung. Vielleicht empfand ich es so, weil es schon spät war. Wir fuhren nach Palmadoro.

Marcos war aus dem Studentenwohnheim in eine

Wohnung gezogen, die er mit zwei Freunden, Miguel und Roberto, teilte. Da wir mitten in der Nacht eintrafen, sah ich sie nicht sofort und stieß erst am nächsten Vormittag nach dem Aufwachen mit Roberto zusammen. Er stellte sich vor. Marcos war schon zur Arbeit gegangen und hatte mir neben einem Glas frisch gepresstem Orangensaft und einem Schlüsselbund eine Nachricht hinterlassen. Es wird klappen, sagte ich mir immer wieder. Er denkt an die Kleinigkeiten. Ich zog mich an und ging hinaus.

Obwohl die Sonne hell schien, war es kalt. Im Café an der Ecke drängten sich die Gäste, überschrien einander und klapperten mit den Kaffeetassen. Die Kellner, die ihr Bestes taten, um den Eindruck zu vermitteln, sie hätten alles im Griff, wussten, dass sie vergeblich kämpften. Während sie, beladen mit Tabletts voller Tassenstapel, Besteck und feuchten Geschirrtüchern, zwischen den Frauen mit ihren Pelzmänteln und Kinderwägen umherhasteten, wurden sie mit Bestellungen überhäuft. Daneben drängten sich die Handwerker, die gerade die Kirche renovierten, städtische Beamte, die eigentlich nur zehn Minuten Pause machen wollten, und eine Gruppe älterer Männer, die in einer Ecke Karten spielten.

Die Leute hielten kurz inne, um mich anzustarren, und betrachteten mich offenbar als exotische Kuriosität, bevor sie sich wieder ihrer Beschäftigung zuwandten. Einige Handwerker pfiffen und sagten etwas, das ich nicht verstand, und die älteren Damen lachten und riefen Antworten quer über die Tische. Ich setzte mich an den Tresen, bestellte einen Kaffee und ließ das fremdartige Tempo auf mich wirken. Wieder ein Neuanfang, dachte ich, während ich meinen Kaffee trank. Ich war an einem Ort gelandet, wo ich wieder einmal Außenseiterin war. Ich ließ meinem gestressten Kellner ein großzügiges Trinkgeld zurück, da er es geschafft hatte, die ganze Zeit über zu lächeln, und ging dann in den Supermarkt, um etwas fürs Mittag- und Abendessen einzukaufen.

Inzwischen war Miguel nach Hause gekommen und öffnete die Tür, als ich mich mit dem Schlüssel abmühte. »Maya, wie geht es dir?«, rief er begeistert aus. »Marcos hat gesagt, dass du kommst.«

Erleichtert über den Anblick eines freundlichen, vertrauten Gesichts fiel ich ihm in die Arme. »Es ist schön, dich zu sehen.«

»Weißt du, Maya, ich hätte nicht gedacht, dass es länger als einen Sommer dauert, aber ich bin echt froh, dass du wieder hier bist.«

Bist du das wirklich? Findest du, dass ich mich richtig entschieden habe? hätte ich ihn am liebsten gefragt, doch in diesem Moment kam Marcos hereingestürmt. Er sagte, er könne nicht zum Essen bleiben, da er während der Mittagspause ein Seminar an der juristischen Fakultät abhalten müsse. Nachdem er mich flüchtig geküsst hatte, meinte er, er werde zum Abendessen zurück sein. Miguel versuchte, sich nicht anmerken zu lassen, dass ihm das Ganze peinlich war, und schlug mir vor, gemeinsam mit ihm zu essen.

Nach dem Essen hielten Miguel und Roberto ein Mittagsschläfchen. Da ich nicht wusste, was ich mit mir anfangen sollte, schaltete ich den Fernseher ein, doch auf jedem Kanal waren nur verschwenderisch ausgestattete, gefärbte Blondinen zu sehen, die ihre weiblichen Attribute zur Schau stellten, und so beschloss ich, mich ebenfalls hinzulegen. Nach dem Aufwachen unternahm ich einen langen Spaziergang. Am Abhang des Hügels, der das Dorf überblickte, hatte man ein Kreuz aufgestellt. Ich saß da, betrachtete die kilometerlange Steinmauer, die beschützend das Kloster und die Gebäude umschloss und Eindringlinge fernhielt, und auf einmal fühlte ich mich ebenso unerwünscht, wie sie es vermutlich damals gewesen waren. Rings um die Mauer wuchsen Zypressen, die ein wenig höher waren als die Kante, sodass ich einen Blick auf das Treiben dahinter erhaschen konnte. Rechts von mir befand sich ein Gerüst, das offenbar keinen bestimmten Zweck hatte und das Chaos und die Verwirrung widerzuspiegeln schien, die in mir tobten. Ich kehrte in die Wohnung zurück und wartete, bis Marcos von der Arbeit nach Hause kam.

Um die Zeit totzuschlagen, fing ich an, eine schauderhafte Mischung aus Eiern, Knoblauchsauce und Spaghetti zusammenmischen. Amma hätte sich totgelacht, wenn sie gesehen hätte, wie ich mit den Zutaten rang. In meiner Kindheit hatte sie mich so oft dazu bewegen wollen, in ihrer warmen Küche zusammen mit ihr zu kochen. Als Teenager hatte ich vielleicht ein paar Minuten dort verbracht, mehr nicht, es waren höchstens Stippvisiten gewesen. Dann wurden uns viele Dinge geschickt, die zwischen uns traten, und das Gefühl, absolut unerwünscht zu sein, spiegelte sich nun in meiner Kocherei wider: ein paar simple abgepackte Zutaten, willkürlich zusammengekippt, die bitter schmeckten und angebrannt rochen. Ich badete, zog mich an, schminkte mich und wartete auf Marcos. Als er nach Hause kam, war es schon elf.

Nach einem Monat hatte sich dieser Tagesablauf eingespielt. Ich stellte mir vor, Maggie könnte sehen, wie ich mich in eine Frau verwandelte, deren Leben sich um Putzen, Seifenopern im Mittagsprogramm, Siestas, Schulterpolster und Lippenstifte drehte. »Ach, du wirst nie eine Dame werden, Maya, mein Schatz. Dass du so hübsch bist, ist bei dir reine Verschwendung. Du musst dich jeden Tag um dich bemühen, anstatt dich in diesem Sweatshirt zu verkriechen«, nörgelte sie an den Tagen, an denen ich im Trainingsanzug in den Laden kam. Ich rief meine Familie an und meldete, dass ich wirklich glücklich und das Leben in Spanien spitze sei. Das Gespräch beendete ich mit den Worten, ich könne gar nicht verstehen, warum in England überhaupt noch Leute wohnten. Ammu griff nach dem Hörer des Zweitapparats, um mir einen Abschiedskuss zu geben, und das Dreier-Einmaleins aufzusagen. Abschließend meinte sie, bei diesem Tempo würde ich bald nach Hause kommen müssen. Wenn das nur so einfach gewesen wäre, Shorty, hätte ich mich sofort in den nächsten Flieger gesetzt.

Marcos, der spürte, wie sehr ich mich langweilte, meldete mich zu einem Spanischkurs in Madrid an. Nun verbrachte ich jeden Tag vier Stunden im Zug und hatte vier Stunden Unterricht, unterbrochen von einer langen Mittagspause. Meine Lage verbesserte sich sehr, als ich andere Ausländer kennenlernte, die sich in Spanien niedergelassen hatten. Die meisten arbeiteten als Englischlehrer. Eine Studentin namens Jennifer wirkte genauso verloren und orientierungslos wie ich. Sie stammte aus den Vereinigten Staaten und wollte hier ihren Freund Steve vergessen. Eigentlich war »vergessen« nicht das richtige Wort: Er hatte sie gebeten, ihn zu heiraten, worauf sie es mit der Angst zu tun bekommen hatte und zuerst herausfinden wollte, ob sie ein Jahr ohne ihn überstehen konnte. Wenn sich ihrer beider Gefühle nach diesem Jahr nicht geändert hatten, wollte sie zurückkehren und seine Frau werden. Anfangs grinste ich ihr zu, da ich ahnte, dass der Konjunktiv auch für sie ein Buch mit sieben Siegeln war. Irgendwann gingen wir zusammen Kaffee trinken und später auch mittagessen.

Unsere Freundschaft entwickelte sich rasch, wie so oft, wenn man in der Fremde ist. Man hat das Bedürfnis, der neuen Freundin alles über sich zu erzählen, vielleicht deshalb, weil diese Vertrautheit das Einzige ist, was inmitten der vielen unbekannten Größen Verlässlichkeit und Bestand hat. Möglicherweise liegt es auch daran, dass wir ahnen, wie vergänglich diese Freundschaft ist, weshalb wir versuchen, möglichst viel in die gemeinsame Zeit hineinzustopfen. Spanien hatte auf viele von uns diese Wirkung. Wir verwandelten das Land in einen Zufluchtsort, wo alles eine neue Bedeutung bekam, sodass man seine innersten Gedanken mit Unbekannten teilen oder sich je nach Lust und Laune aus dem Staub machen konnte. Jen fand es verrückt, dass ich jeden Tag nach Palmadoro fuhr, und schlug mir vor, bis zum Ende des Kurses bei ihr einzuziehen.

Als ich an diesem Abend mit Marcos darüber sprach, war er strikt dagegen und versprach mir, in Zukunft etwas früher von der Arbeit nach Hause zu kommen, damit wir mehr Zeit miteinander hätten. Doch mein Grund war nicht, dass ich ihn zu selten sah. Mir ging es eher darum, mir meinen eigenen Raum zu erobern. Also erwiderte ich, es würde ja nur sechs Wochen dauern. In der Zwischenzeit würde ich jeden Freitagabend nach Palmadoro kommen und am Montagmorgen wieder abfahren. Er stimmte widerstrebend zu.

Madrid war eine erstaunliche Stadt, die erst abends mit einer unglaublichen Energie zum Leben erwachte. Die Menschen pressten den Stunden so viel Spaß wie nur möglich ab und aßen, tanzten und tranken bis in den Morgen hinein, ohne sich darum zu kümmern, dass sie früh aufstehen und arbeiten mussten. Jen und ich gingen meistens mit Leuten aus unserem Kurs oder mit Freunden von Freunden aus. Da ich nicht bis drei oder vier Uhr morgens durchhielt, verabschiedete ich mich gegen eins, während die anderen weiterfeierten. Am Freitagabend nahm ich den Zug nach Palmadoro, verbrachte das Wochenende mit Marcos in den Hügeln und setzte mich am Montag in den ersten Zug, der um halb sechs Uhr morgens abfuhr. Zwischen uns lief es wieder besser, und wir nützten die Wochenenden, indem wir Ausflüge machten und eine Menge unternahmen. Ich liebte ihn, wenn er Palmadoro den Rücken kehrte und aufhörte, sich wie eine wichtige Persönlichkeit zu gebärden.

Die sechs Wochen waren fast vorbei, und ich hatte keine große Lust, endgültig nach Palmadoro zurückzukehren, um dort zu wohnen. Da erzählte mir Jen, die Schule, an der sie unterrichtete, suche immer englische Muttersprachler, und sie werde sich nach einem Job für mich erkundigen. Am Dienstag hatte ich ein Vorstellungsgespräch, und am Freitagnachmittag bat mich Loretta, die Leiterin der Sprachenschule, vorbeizukommen, um zu klären, wann ich anfangen und welche Kurse ich geben würde. Sie teilte mir fünfundzwanzig Wochenstunden Sprachkurse für Kinder zu und schlug vor, ich könne in meiner Freizeit am Spanischunterricht teilnehmen, den die Schule ebenfalls anbot. Ich schwebte im siebten Himmel.

Also nahm ich den ersten Zug nach Palmadoro, um Marcos alles zu berichten. Er war außer sich und protestierte, ich hätte es nicht nötig zu arbeiten, insbesondere nicht in Madrid. Außerdem habe er gedacht, ich sei nach Spanien gekommen, damit wir zusammen sein könnten. »Das können wir doch«, beteuerte ich. »Ich bin wie bisher jedes Wochenende hier.« Den restlichen Freitag schwiegen wir uns an, bis ich einen albernen Witz machte, um die Stimmung aufzulockern.

»Tut mir leid, Maya, *cariño*, aber es ist nur, weil ich dich vermisse.«

»Ich weiß, und ich vermisse dich auch, wenn du nicht da bist«, beruhigte ich ihn.

Manchmal fragte ich mich während meiner Heimfahrten aus Madrid, warum ich diese Ausfälle und das lange Schweigen nach jedem Streit überhaupt ertrug und ihm ständig Bestätigung gab, obwohl ich diese selbst bitter nötig gehabt hätte. Auf jeder Zugfahrt nahm ich mir vor, etwas dagegen zu unternehmen, doch wenn ich ihn dann sah, wurde ich wieder schwach. Es war, als stünde ich unter einem übermächtigen Zwang, alles besser zu machen, obwohl ich mir selbst damit schadete. Dann erinnerte ich mich wieder an Schottland und gemeinsame Urlaube und dachte mir, dass er nur Palmadoro zu verlassen brauchte, um er selbst zu sein; der Marcos, der er in Wirklichkeit war, nicht einer, der verzweifelt seine eigene Bedeutsamkeit unter Beweis stellen musste.

Damals ahnte ich noch nicht, dass nicht er es war, der Rettung brauchte.

Ich unterrichtete zwei Altersgruppen: vier bis acht und zwölf bis sechzehn Jahre. Die jüngeren Kinder waren wie meine kleine Schwester, sprangen ständig von ihren Plätzen auf, wollten auf meinem Schoß sitzen, lenkten mich ab und erzählten mir Dinge wie zum Beispiel, dass ihr Dad heute Morgen vergessen hätte, ihnen die Zähne zu putzen, oder was ihnen sonst noch so einfiel. Die älteren konnten besser bei der Sache bleiben, und ich versuchte – anders als bei den Kleinen, denen ich die Unterbrechungen durchgehen ließ –, einen strukturierten Unterricht abzuhalten. Auch die Bedingungen unterschieden sich bei den älteren, denn sie mussten Prüfungen ablegen, und der Ehrgeiz ihrer Eltern sorgte dafür, dass sie aufrecht auf ihren Stühlen saßen. Es war amüsant zu beobachten, wie sich zwischen einigen Jungen und Mädchen Beziehungen heimlich und unschuldig anbahnten, die erste Liebe, die man nur einmal erleben kann. Hormone schwebten durch den Raum, und wenn ich mich umdrehte, um etwas an die Tafel zu schreiben, wurden Zettel weitergereicht und Blicke gewechselt. Ich hoffte, dass sie sich ihre Gefühle bewahren und sich liebevoll zurückerinnern würden, wenn sie einmal älter waren.

Als ich fünfzehn war, beauftragte mich meine Mutter, einige Gewürze in Wembley, eine halbe Stunde Fahrt von unserer Wohnung entfernt, abzuholen. In Wembley gibt es eine Straße, in der es wie in Mumbai aussieht: verschiedene Läden und Buden, die Saris, indischen Schmuck, exotische Früchte, Gemüse und Gewürze verkaufen. Die Buden, die beide Straßenseiten säumen, strotzen von bunten Farben und kräftigen Gerüchen, und überall herrscht lautes Treiben. Es ist, als hätte jemand Klein-Indien nachgebaut, um das Heimweh der Einwohner zu lindern. Amma schickte mich oft hierher, wenn ihr etwas ausgegangen war und sie in letzter Minute bemerkte, dass sie irgendeine wichtige Zutat brauchte. Damals erschien sie mir zunehmend zerstreut, so als ob sie geistig anderweitig beschäftigt gewesen wäre.

Nach einer Weile verkaufte Amma den Laden, um mehr Zeit für meine kleine Schwester zu haben. Fettfingerchen war endlich abgereist. Ich glaube, meine Mutter hatte genug von ihr, und meine kleine Schwester war auch nicht unbedingt von ihrer Großmutter angetan, denn sie machte bei ihrem Anblick stets kehrt und krabbelte in die entgegengesetzte Richtung. Amma und Maggie arbeiteten ein paar Tage pro Woche von zu Hause aus, aber es war kein Vergleich zu früher, sondern eher, als ließe Amma das Geschäft schleifen und habe die Freude daran verloren. Die magische Aura, die sie umgeben hatte, sodass jeder innehielt und sie ansah, wenn sie einen Raum betrat, war verschwunden. Einige Kilos sammelten sich an ihrer Taille an, und sie unternahm keinen Versuch, sie mit ihrem Sari zu tarnen. Ravi liebte sie trotzdem und verlor kein Wort darüber.

Eigentlich hatte ich an diesem Nachmittag überhaupt keine Lust, nach Wembley zu fahren, denn einige Mädchen aus meiner Klasse wollten nachmittags ins Kino gehen, und ich wusste, dass ich nicht rechtzeitig zurück sein würde.

»Maya, bitte tu es und widersprich mir nicht«, schrie Amma mich an. Da Satchin wegen seiner Prüfungen an den Schreibtisch gekettet war und das Haus nicht verlassen konnte, fuhr ich eben. Nachdem ich Safran und Lorbeerblätter gekauft hatte, hielt ich auf dem Rückweg an einem Zeitungskiosk an.

»Haben Sie *Just Seventeen*?«, fragte ich. Die magere Frau hinter der Theke rief ihrem Sohn, der sich hinten aufhielt, zu, er solle einmal nachsehen. Der Sohn antwortete auf Englisch mit einem starken indischen Akzent, der mich zum Lachen brachte. Offenbar gehörte er zu den Chamäleons, die in Gegenwart ihrer Eltern die eine und auf der Straße eine völlig andere Aussprache pflegten, sobald sie freie Bahn hatten. Er kam heraus und kämpfte mit dem Perlenvorhang, der den Laden vom Lagerraum trennte, und als ich aufblickte, sah ich Suri vor mir. Ich war verdattert.

»Hallo, Suri«, sagte ich, ohne mir etwas anmerken zu lassen.

Mit bedrückter Miene reichte er mir die Zeitschrift. Das war also die berühmte Mrs. Rama, die wir nie zu sehen bekamen, weil sie und ihr Mann immer »Bereitschaft« hatten, denn schließlich waren sie ja Gynäkologen und Geburtshelfer. Im nächsten Moment kam sein Vater herein und bat Suri, ihm beim Abladen einer Lieferung zu helfen.

»Nett, Sie kennenzulernen, Mrs. Rama. Ich bin Satchins Schwester«, meinte ich, doch sie sah mich nur verständnislos lächelnd an. Ich bezahlte und ging. Während ich auf den Bus wartete, dachte ich über Suri nach. Hatte er meinen Bruder anderen Leuten vorgestellt und sie als seine

Eltern ausgegeben? Hatte Satchin sie überhaupt je zu Gesicht bekommen? Plötzlich stand Suri neben mir und legte mir die Hand auf die Schulter.

»Maya, ich muss mit dir reden. Es ist wichtig.«

»Es ist nicht schlimm, Suri, es spielt keine Rolle. Ich verrate es niemandem.«

Der Bus kam. »Ich muss los«, sagte ich. Er stieg hinter mir ein und setzte sich neben mich.

»Maya, ich schäme mich nicht, weil sie einen Laden haben. Es ist nur einfacher so, weil … Tja, du verstehst das sicher nicht, denn dein Vater ist ja Geschäftsmann.«

»Wusstest du nicht, dass Ravi gar nicht mein Vater ist? Wenigstens nicht mein richtiger.«

Er starrte mich fragend an.

»Das wusstest du doch?«

Er schüttelte den Kopf.

Wie konnte er das nicht wissen? Warum hatte Satchin es ihm nicht erzählt? Hatte er Achan aus seinem Gedächtnis gestrichen, als hätte es ihn nie gegeben? All die Jahre, die Satchin und ich füreinander gesorgt hatten, bedeuteten ihm nichts mehr und waren wegen eines schicken Hauses und einer guten Schule vergessen. Und die Erinnerung an unseren wirklichen Vater bedeutete ihm offenbar nichts mehr! Ich fing an, unzusammenhängendes Zeug zu murmeln. Kein Wunder, dass er nie über die Vergangenheit sprach. Suri lachte auf. Ich hielt inne, holte tief Luft und berichtete ihm, wie wir nach England gekommen waren und auch vom Tod meines Vaters. Beim Sprechen kamen mir Tränen in die Augen. Darüber wurde sonst nie geredet.

Suri berührte mich an der Schulter, und dann schilderte ich ihm den Einzug in Maggies Haus und wie Ravi einfach aus dem Nichts aufgetaucht war, um meinen Vater zu ersetzen. Ich redete, als ob Zeit ein kostbares Gut wäre, und hatte das unersättliche Bedürfnis, jemandem mein Herz auszuschütten. Als ich fertig war, fühlte ich mich besser, viel besser, so als wäre eine schwere Last von mir genommen worden. Suri hörte zu, er lauschte einfach nur, ohne etwas zu sagen. Dann erzählte er mir seine Geschichte.

Er sagte, er habe ein Stipendium erhalten, um dieselbe Schule zu besuchen wie Satchin. Seine Eltern arbeiteten von früh bis spät im Laden und hätten nur das eine Ziel, ihm die beste Ausbildung zu ermöglichen. Also nähme er an allen Skiausflügen und den übrigen Aktivitäten teil und finanzierte das mit dem Geld, das sie für ihn sparten, und mit dem, was er an den Samstagen bei Amma verdiente. Die Sieben-Zimmer-Villa mit Au-pair-Mädchen gab es nicht, sie lebten in einer Doppelhaushälfte in Wembley. Er hatte das alles nur erfunden, um in der Schule nicht als Außenseiter dazustehen.

Auf dieser Busfahrt vertrauten wir einander eine Menge an, und als wir ausstiegen, erbot er sich, mich nach Hause zu begleiten. Bestimmt wollte er auf Satchins Computer spielen oder ein Buch ausleihen. Als wir unsere Auffahrt erreichten, sah er mich an und sagte: »Wir sehen uns sehr bald wieder, Maya.« Mit diesen Worten kehrte er um und ging in Richtung Bushaltestelle. Er hatte meinetwegen so einen riesigen Umweg gemacht. An diesem Abend vor dem Schlafengehen fing ich an, an Suri zu denken. An sein ruhiges Lächeln, dem ich vertraute, und seine starken Hände, die meine beim Abschied leicht berührt hatten. Dann schlief ich ein, und als ich aufwachte, grübelte ich nur noch darüber nach, wann ich ihn das nächste Mal sehen würde.

Oft überlegte ich, ob ich zu Maggie gehen und ihr erzählen sollte, was ich für Suri empfand. Ich wollte sie fragen, ob es ratsam sei, zu seinem Laden zu fahren, um eine neue Zeitschrift zu kaufen. Doch offenbar litt meine Mutter an einer ansteckenden Krankheit, denn Maggie schien ebenso geistesabwesend wie sie. Etwas war zwischen ihr und Tom vorgefallen. Nachdem er geheiratet hatte, ohne es einem von uns zu verraten, war sie sehr aufgebracht gewesen, redete nicht mehr mit ihm und brach einfach den Kontakt zu ihm ab, was, wie ich fand, überhaupt nicht zu ihr passte. Sonst war sie nämlich nicht so streng und machte sich über alles eingehend Gedanken. Offenbar musste man selbst bei Menschen, denen man vertraute, mit einem derartigen Verhalten rechnen. Oft sagte ich ihr, sie solle doch zum Telefon greifen und ihm erklären, dass sie ihm verziehen habe. Es sei doch albern, ihm wegen einer solchen Kleinigkeit böse zu sein. Aber sie tat es nicht, obwohl sie ihn sehr vermisste. Auch Tom unternahm nichts und strich uns ebenfalls aus seinem Leben. Es war seltsam. Eine Zeit lang hatten wir ihn jeden Tag gesehen, und nun war er einfach verschwunden. Einige Menschen konnten eben nicht genug geben.

Sechs Tage später kam Suri zu uns, um ein Schulbuch abzuholen, und aß bei uns. Immer wenn ich ihm in die Augen sehen wollte, wich er meinem Blick aus, und ich hatte das Gefühl, nicht so mit ihm und Satchin herumalbern zu können, wie ich es sonst tat. Es wurde immer schwieriger. Ich konnte mich nicht mehr richtig konzentrieren und dachte immer an ihn, egal, was ich auch tat. Oben in meinem Zimmer fing ich an, Stoffe zusammenzunähen, in der Hoffnung, mich damit so lange beschäftigen zu können, bis die Gefühle von selbst vergingen. Schließlich handelte es sich hier nur um eine Jungmädchenschwärmerei. Ein paar Minuten später klopfte es an der Tür. Er war es. Hastig drückte er mir eine Plastiktüte in die Hand und lief dann nach unten. Ich hörte, wie er sich von Ravi und Amma verabschiedete. Dann schloss sich die Eingangstür.

Mein Herz schlug schneller, als sich die Tüte öffnete. Darin befand sich eine Schachtel, die ungeschickt in orangefarbenes Einwickelpapier verpackt war. Ich riss es auf und entdeckte einen Obstkuchen, an dem ein Zettel hing. »Ich wollte dir schon immer etwas schenken, wusste aber nicht genau, was. Suri.« Mein Herz machte einen Satz, und ich wäre ihm am liebsten nachgelaufen, doch das kam nicht infrage. Amy Willis sagte nämlich immer, man dürfe einem Jungen nie im Leben zeigen, dass man ihn mochte, sondern müsse die Typen »schmoren lassen«. Also warf ich den Obstkuchen aufs Bett, rannte die Treppe hinunter und aus dem Haus und heftete mich trotzdem an seine Fersen.

»Suri«, rief ich. »Suri, bleib stehen.« Er drehte sich um, und nachdem ich ihn erreicht hatte, wusste ich nicht, was ich sagen sollte. Als ich aufblickte und ihn anlächelte, küsste er mich. Unsere Nasen stießen zusammen, und er lachte. Dann nahm er meine beiden Hände, legte sie auf sein Gesicht, küsste meine Stirn und meine Augen und flüsterte meinen Namen, sodass er auf einmal wunderschön klang.

»Suri«, sagte ich ernst. »Weißt du, dass es nur eines gibt, das zwischen uns stehen könnte?«

»Was?«, fragte er.

»Diese lilafarbenen Schlabberhosen, die müssen weg.«

Wieder lachte er, nahm meine Hand, begleitete mich zurück zum Anfang meiner Straße und versprach mir, sich trotz der Prüfungen die Zeit zu nehmen, mich zu sehen. Danach würden wir noch den ganzen Sommer vor uns haben. Ich hörte gar nicht richtig zu. So fühlte es sich also an, alles zu haben, was man sich immer gewünscht hatte.

Es kam nicht infrage, es Satchin zu erzählen, denn ich hatte gegen die unausgesprochene Regel verstoßen, nichts mit den Freunden des anderen anzufangen. Amma und Maggie waren zu beschäftigt mit anderen Dingen, um etwas zu bemerken, und ich wollte mich auch nicht den Mädchen in der Schule anvertrauen. Die hätten nur alle Einzelheiten wissen wollen und das Ganze in einen schäbigen Wettbewerb verwandelt, der nichts mit der Wirklichkeit zu tun hatte. Also behielt ich es für mich, und so wurde die Beziehung noch mehr zu etwas Besonderem.

Suri wurde mein bester Freund und war der Einzige, mit dem ich offen über meinen Vater reden konnte. Diese Gespräche ließen Erinnerungen an die Zeit vor Ravi wach werden. Das hieß nicht, dass Ravi ein schlechter Vater gewesen wäre. Er behandelte uns stets wie seine eigenen Kinder und machte keinen Unterschied zwischen Ammu und uns. Aber es war doch nicht dasselbe. Suri verstand auch, woher wir kamen, und kehrte es nicht unter den Teppich, als wäre es etwas, dessen man sich schämen müsste.

Ich liebte seinen Ehrgeiz, sein Selbstwertgefühl und seine Klarheit. Eines Tages sagte er, er wolle gerne Arzt werden, damit seine Mutter und sein Vater irgendwann nicht mehr so hart würden arbeiten müssen. Er sprach über die beiden mit so viel Respekt und stellte sie als reizende Menschen dar – obwohl er mir gestand, sein Vater mache Fotos von der Queen, wenn sie im Fernsehen auftrat! Ich wusste nicht, was ich über meine Eltern erzählen sollte, aber er half mir aus der Bredouille, indem er meine Amma als energische, liebevolle Frau und Ravi als sehr großzügigen Mann bezeichnete.

Wenn es regnete oder kalt war, lieh mir Suri seine Jacke. Das wenige, was er besaß, teilte er mit mir. Er verzichtete auf Dinge, damit wir ins Kino gehen oder etwas unternehmen konnten. Und er war absolut offen in seinen Worten, seinen Gedanken und überhaupt in allem. Er hatte keine Scheu auszusprechen, dass er mich liebte, oder es zu schreiben, sodass es schwarz auf weiß auf Papier stand. Meine Unsicherheiten behandelte er, als wären sie seine eigenen. Er hielt sich zurück und wusste genau, wie er mich beruhigen konnte, wenn schlechte Laune im Anzug war oder wenn er spürte, dass er einen wunden Punkt getroffen hatte. Wenn wir uns stritten, flogen die Fetzen, doch bevor der Abend zu Ende war, war alles wieder vergessen. »Maya, ich gehe nicht eher nach Hause, bis wir das geklärt haben. So können wir das nicht stehen lassen.« Dann tat oder sagte er etwas Albernes: »Maya, hast du je darüber nachgedacht, dass wir wie die Schöne und das Biest sind? Das stimmt doch, oder? Ich wette, dass dich bis jetzt noch nie jemand Biest genannt hat.«

Wir konnten einander nicht offiziell besuchen und nicht als Paar auftreten, und wenn Suri bei uns war, fanden zwischen uns weder Blickkontakte noch ein Gespräch statt. Das war ziemlich schwierig und entfachte die Leidenschaft vermutlich noch mehr. Jeden Sonntagnachmittag verabredeten wir uns zuverlässig, und manchmal konnten wir uns auch kurz am Abend treffen. Nachdem ich mich von ihm verabschiedet hatte, zählte ich die Stunden, bis ich ihn wiedersehen würde. In den Sommerferien verbrachten wir fast jeden Tag zusammen, und irgendwann erreichten wir den Punkt, an dem wir die Sätze des anderen beenden konnten.

Satchin meinte, irgendetwas sei mit Suri los, und mutmaßte, er habe wohl eine heimliche Freundin gefunden, die offenbar sehr fordernd sei. »Hat er das gesagt?«, hakte ich nach.

»Nein, er sagt überhaupt nichts über sie, nur dass sie anders ist als die anderen. Aber man weiß ja, wie die Frauen sind.«

Das Absurde war, dass Satchin plötzlich Lust auf meine Gesellschaft hatte. Eines Tages kam er in mein Zimmer spaziert und verkündete: »Limo, Limo, und was möchtest du, Stanley?«

Oh, bitte, dachte ich. Reiß dich zusammen. All die Jahre hatte ich darauf gewartet, dass er mit mir sprach. Und nun, da ich ihn nicht mehr brauchte, hatte er beschlossen, dass die Zeit nun reif war. Nun, für mich galt das nicht. Es war zu spät, der richtige Moment war längst vorbei. Er drückte sich weiter in meinem Zimmer herum.

»Erinnerst du dich, Maya, in dem großen Haus, als wir am Esstisch saßen und uns halb totlachten, als wir an das Kühlschrankspiel dachten. Wir konnten nicht aufhören zu lachen, und der Tee, den ich gerade trank, spritzte mir aus der Nase. Wir kreischten vor Lachen, und dann kam Achan heraus, weil wir ihn geweckt hatten, und befahl mir aufzuhören. ›Beruhige dich, Satchin, denn heute hast du so viel gelacht, dass du bestimmt die nächsten drei Tage weinen wirst‹, sagte er.«

Nein, ich erinnerte mich nicht daran. Achan hätte so etwas nie von sich gegeben. »Das war eines der letzten Male, dass wir ihn gesehen haben«, fuhr er fort.

»Denkst du oft an ihn?«, fragte ich.

»Eigentlich nicht. Ich versuche, es nicht zu tun und das alles wegzuschieben. Er ist sowieso tot, was bringt es also? Aber ich weiß noch, wie ich dir ein paar Monate danach den Daumen gebrochen habe. Ich habe ihn unters kalte Wasser gehalten, damit es besser wurde, doch du hast nicht aufgehört zu schreien, und Maggie musste uns ins Krankenhaus bringen, weil dein Daumen fast bis zum Ellenbogen hochgebogen war.«

Das hatte ich auch nicht vergessen. Ich war sechs Jahre alt. Satchin hatte einen abgewetzten schwarzen Drehstuhl auf dem Müll gefunden und mich geholt, damit ich ihm half, ihn in unsere Wohnung zu tragen. Er glaubte, dass Amma sich über dieses Geburtstagsgeschenk freuen würde. Wir stritten uns, wer zuerst darauf sitzen durfte, und er gab nach, als ich drohte, unserer Mutter zu sagen, dass er mich morgens, anders als abgemacht, nicht bis ganz zur Schule brachte. Er begleitete mich nur die halbe Strecke und ließ mich dann einfach stehen. »Du kennst den Weg, Maya«, sagte er dann. »Geh einfach den anderen Müttern nach.« Mit diesen Worten lief er davon, um seine Freunde zu suchen. Ich folgte den anderen Müttern, und es war mir wirklich peinlich, wenn sie bemerkten, dass ich mich immer fünf Schritte hinter ihnen hielt. Aus Mitleid mit mir blieben sie dann stehen, warteten, bis ich sie eingeholt hatte, und nahmen mich an die Hand, um mich über die Straße zu führen. Da Erpressung immer wirkte, saß ich auf dem Stuhl und forderte Satchin auf, ihn zu drehen. Er tat es, doch der Stuhl war schon alt, kippte um, und ich flog durchs Zimmer. Mein Daumen blieb am Eisenbett hängen, während mein Körper in die entgegensetzte Richtung geschleudert wurde.

Maggie war wütend und brüllte ihn an, was meiner Ansicht nach vermutlich der Grund war, warum er ihr nie so nah stand wie ich. Es geschah etwa einen Monat nach unserem Einzug in das Einzimmerapartment, weshalb wir wahrscheinlich keinen allzu guten Einstand hatten. Wir erfanden eine Geschichte fürs Krankenhaus und für Amma, die lautete, ich sei auf dem Nachhauseweg von der Schule auf dem Bürgersteig gestolpert und habe mich mit dem Daumen abgestützt. Da ich mir den zweiten Teil der Geschichte nicht merken konnte, redete ich wirres Zeug, als der Arzt mich fragte, worauf sich Maggie einmischte und erkundigte, ob ich vielleicht auch eine Gehirnerschütterung davongetragen haben könnte.

Als ich mich daran erinnerte, musste ich lachen. Wie besorgt die Miene auf Satchins kleinem Gesicht gewesen war und wie ich das ausgenützt hatte, indem ich ihn zwang, mir seine kostbare Murmelsammlung zu schenken. Am nächsten Tag verlor ich alle Murmeln an Jatinder, den schlechtesten Murmelspieler von allen, der den Spitznamen blinder Maulwurf trug, weil er es nicht schaffte, die Murmeln in einer geraden Linie zu rollen. Ich musste mich mit zwei Fingern behelfen, weil mein Daumen eingegipst war, und ich glaube, Jatinder hatte noch nie so viele Murmeln auf einmal gesehen wie an diesem Tag. »Ich habe alle verloren«, sagte ich zu Satchin und rechnete schon mit einem Streit. »Das macht nichts, Maya«, erwiderte er.

»Und erinnerst du dich noch, wie der Typ von der Spezialeinheit mich holen kommen wollte, Maya, und wie ich ihm gesagt habe, er solle abhauen?«

Allerdings war es kein Spezialagent gewesen, sondern nur Simon Kingsleys Dad, der ein pensionierter Polizist war. Ich war etwa acht, und unser Umzug in die Wohnung 64a im Haus auf der anderen Straßenseite stand kurz bevor. Amma war gerade drüben, um alles vorzubereiten. Satchin hatte mich gewarnt, Simon Kingsley werde uns möglicherweise seinen Vater auf den Hals hetzen. Satchin hatte Simon nämlich aufs Auge gehauen, und zwar wegen einer Bemerkung, die er über Amma und Maggie gemacht hatte. Mr. Kingsley erschien tatsächlich und hämmerte an die Tür. Satchin hatte zwar versprochen, immer in meiner

Nähe zu bleiben, doch während ich die Tür öffnete, verdrückte er sich, um sich zu verstecken.

»Nein, Mr. Kingsley, hier wohnt kein kleiner indischer Junge, der so heißt. Wenn Sie mit meiner Mutter sprechen möchten, sie ist gerade hinten und nimmt ein Bad.«

Eine Weile stand er im Flur und betrachtete verdattert das viele Obst, das aus den verschiedenen Kisten in unserer Wohnung hervorquoll. Als ich hinzufügte, sie werde sicher noch eine Weile brauchen, schüttelte er den Kopf und ging. Ich hörte, wie Maggie meiner Mutter am nächsten Tag sagte, jemand sei da gewesen, der sie und Satchin suchte. Da sie geglaubt habe, dass der Mann vom Sozialamt wäre, habe sie erwidert, sie kenne niemanden dieses Namens, und habe ihn weggeschickt.

»Ja, Satchin, du hast ihm wirklich ordentlich die Meinung gesagt«, spöttelte ich und stand auf, um zu gehen.

Ich glaube, tief in meinem Inneren wollte ich immer wie Satchin sein. Er stellte nicht ständig alle Dinge infrage, sondern nahm sie einfach, wie sie kamen, ohne dauernd alles zu bezweifeln und anderen Menschen mit Argwohn zu begegnen. Außerdem verfügte er über die erstaunliche Fähigkeit, Freunde um sich zu scharen, von allen geliebt zu werden und andere glücklich zu machen – eine Begabung, die mir meiner Ansicht nach absolut fehlte. Als er ein Teenager war, wurde er von Mädchen umschwärmt, die anriefen, kicherten und wieder auflegten. »Wer war das?«, fragten Amma oder Ravi.

»Wieder eine von Satchins Bewunderinnen«, erwiderte Ravi.

Er fing an, mit einem Mädchen namens Jasminder zu gehen. Er hatte sie beim Tennis kennengelernt, und sie war wirklich nett. Dann jedoch erschien Karla auf der Bildfläche. Da ich nicht viel von ihr hielt, machte ich mich rar.

Außerdem beneidete ich Satchin um sein enges Verhältnis zu Amma und Ravi. Ich schaffte das irgendwie nicht, jedenfalls nicht so wie Satchin. Vor Ammus Geburt drehte sich alles um Satchin: Satchin, den Supersportler, Satchin, das Genie. Doch seit Suri in mein Leben getreten war, spielte es keine Rolle mehr. Suri sorgte dafür, dass ich mich so, wie ich war, wichtig fand.

»Satchin, ich bin mit Suri zusammen.«

»Ich weiß«, erwiderte er.

Karla war eine Nervensäge. Zugegeben, sie war sehr attraktiv, doch dieser Eindruck legte sich rasch, sobald sie den Mund aufmachte. Sie hatte ein scheußliches Lachen, das wie das klägliche Jaulen einer gefangenen Robbe klang, die um Rettung winselt, sodass alle stehen blieben, sich umdrehten und hinstarrten. Es fehlte nur noch, dass sie mit den Flossen klatschte und vielleicht einen Ball auf der Nase balancierte. Ich konnte es nicht ertragen, wenn wir zu viert unterwegs waren. Aber Satchin war in einer seltsamen Stimmung und bestand darauf, sich uns anzuschließen. Zum Glück geschah das nicht immer, denn ich wusste nicht, worüber ich mit dem Seehund reden sollte. Sie war so alt wie Satchin und Suri, doch es war nicht nur ihr Lachen, das mich störte. Sie hatte etwas Seltsames an sich, etwas Gekünsteltes, das sie unwirklich erscheinen ließ. Ich weiß nicht, woher Satchin sie kannte, vermutlich hatte er sie aus dem Tierheim. Sie wollte nach dem Abitur Sporttherapie oder etwas Ähnliches studieren, aber sie wartete darauf, dass Satchin sich entschied, an welche Universität er wollte, damit sie ihm dorthin folgen konnte.

Er hatte sich an der juristischen Fakultät in Cardiff beworben, doch ich glaube, er verschwieg es ihr, denn immer wenn das Gespräch darauf kam, wechselte er rasch das Thema und sagte, er sei sich noch nicht sicher. Suri wollte in London bleiben und am King's College Medizin studieren. Ich hatte ihn nicht darum gebeten, war aber sehr erleichtert, als er es mir erzählte. Ich konnte mir ein Leben ohne ihn eigentlich nicht vorstellen, obwohl wir erst seit etwa einem Jahr miteinander gingen. Wir hatten sogar schon angefangen, Zukunftspläne zu schmieden.

Vermutlich klingt es schrecklich kindisch und kitschig, dass wir uns unser Haus ausmalten und uns Namen für unsere Kinder überlegten. Amma hätte gesagt, dass das Unglück brachte. Man müsse warten, bis man eine Sache in der Hand hielte, sonst würde sie einen Weg finden, einem wieder zu entwischen. Doch ich war mir tief in meinem Inneren seiner sicher. Es fällt mir schwer, diese Gewissheit in Worte zu fassen, weil ich seitdem nie wieder so empfunden habe. Es ist nicht, als ob man in ein Zimmer kommt und es einen wie ein Blitz aus heiterem Himmel trifft, sondern es ist eher das Gefühl, beim anderen geborgen zu sein und sich nicht von der Schokoladenseite zeigen zu müssen. Alles passte vollkommen; es gab weder Unsicherheit noch Beklommenheit, selbst wenn wir uns stritten. Ich musste mir nicht einreden, dass es schon klappen würde. In meiner Beziehung mit Suri geschah alles wie von selbst.

Suri bestand seine Abschlussprüfungen und wurde am King's College angenommen. Den Großteil des Sommers arbeitete er in Ravis Büro. Satchin fiel mit Pauken und Trompeten durchs Abitur. Ravi versuchte, den Ursachen des Scheiterns auf den Grund zu gehen, doch er fand nichts. Er hätte nur den Seehund eingehend unter die Lupe nehmen müssen, aber das war typisch für ihn: Ravi konnte nicht sehen, was genau vor seiner Nase war, selbst wenn man ein großes rotes Schild mit der Aufschrift »HIER HINSCHAUEN« aufgehängt hätte. Satchin hatte dem Seehund einen Monat vor den Prüfungen den Laufpass gegeben, um sich aufs Lernen konzentrieren zu können. Doch eine Woche davor eröffnete sie ihm, dass sie schwanger sei. Ich weiß nicht, ob es sich um eine Scheinschwangerschaft handelte, doch jedenfalls stürzte sie ihn dadurch in arge Gewissensnöte.

Amma verlor nicht viele Worte darüber, dass er durchgefallen war, und meinte nur, dass es ganz normal sei, wenn man hin und wieder versagte. Scheitern gehöre eben zum Menschsein. Woher sie diesen philosophischen Ansatz hatte, weiß ich nicht, denn seit wir unsere neuen Schulen besuchten, für die Ravi die Gebühren bezahlte, lautete bei ihr jedes zweite Wort Bildung, Bildung, Bildung. »Du musst dein Bestes geben, Makkale, und deine Chancen nützen, so gut du kannst.«

Die Angelegenheit mit Karla bedrückte Satchin sehr. Als das Phantombaby verschwand, fiel die Spannung von meinem Bruder ab, und er nahm seine Umwelt wieder wahr. Er bemerkte plötzlich meine kleine Schwester, die in seinem Zimmer herumkletterte. Sie betete ihn an und saß stundenlang bei ihm, bewaffnet mit dem Topfdeckel, den sie überall mit hinschleppte, und einem Holzlöffel, mit dem sie darauf schlug. Früher hatte es ihn in den Wahnsinn getrieben, doch jetzt konnten die beiden stundenlang miteinander spielen. Er nahm ihren Riesenpanda und ahmte seine Stimme nach, sodass es aussah, als redete das Stofftier mit ihr. Das machte Ammu großen Spaß, und sie durchlebte eine Phase, in der Satchin ihr Ein und Alles war. Wenn er nicht zu Hause war, legte sie sich in seinem Zimmer auf sein Bett und wartete auf ihn. Dann trug Amma sie in ihr eigenes Bett, doch am nächsten Morgen machte sie sich gleich nach dem Aufwachen wieder auf die Suche nach ihm.

Suri hatte auf ein eigenes Auto gespart, doch zu seinem neunzehnten Geburtstag überraschten Mr. und Mrs. Rama ihn mit einem blauen Datsun. Es war eine schreckliche Schrottkiste, die man husten hörte wie einen Kettenraucher, während sie die Straße entlangkeuchte. Wenn Suri in die Auffahrt einbog, erlitt der Wagen einen Herzstillstand und musste mit Ravis Überbrückungskabeln wiederbelebt werden. Eigentlich hatten wir an diesem Abend zu einer Fete fahren wollen, aber Suri und ich hatten uns fürchterlich gestritten, weil ich genug davon hatte, in dieser Rostlaube herumkutschiert zu werden. Ich schlug ihm vor, das Wrack in Zahlung zu geben und sich mit dem gesparten Geld etwas Besseres zu kaufen. Taktvoll, wie ich nun mal war, nahm ich dabei kein Blatt vor den Mund und beleidigte dabei unabsichtlich seine Eltern. Satchin verdrehte wegen meiner Anmerkungen die Augen, und als Suri aus dem Haus stürmte, folgte er ihm. Die beiden fuhren zusammen los.

Ich hatte mich beschwert, weil es mir peinlich war, in diesem Ding gesehen zu werden. An den Sicherheitsfaktor hatte ich gar nicht gedacht. Der glänzende Henkelmann aus Stahl, den meine Mutter für Suri eingepackt hatte, stieß auf der Beifahrerseite gegen Satchins Füße. Suri wendete den Wagen, um umzukehren und eine Entschuldigung von mir zu verlangen. Bei diesem Manöver geriet der Henkelmann ins Rollen, und als ein entgegenkommendes Auto sie rammte, ging er auf. Der Wagen kippte zur Seite, und das Essen flog überall herum. Es spritzte gegen die Fenster und Sitze. Suri kroch aus dem Auto und verlor gleich vor der Wagentür das Bewusstsein. Die Rettungsmannschaft musste Satchin freischneiden, doch er schaffte es nicht mehr bis zum Krankenhaus. Bei der Ankunft wurde er für tot erklärt.

Als ich gerade in meinem Zimmer ein Buch ins Regal stellte, bemerkte ich aus dem Augenwinkel ein blinkendes Blaulicht und hörte das Heulen einer Sirene, das abrupt verstummte, da der Streifenwagen in unserer Auffahrt angehalten hatte. Der Regen prasselte vom Himmel und peitschte gegen die Türen und Fenster. Hätte ich die Polizisten nicht die Auffahrt hinaufgehen sehen, hätte niemand gewusst, dass sie da waren, denn das Geräusch der Türklingel wurde von dem Getöse übertönt. Ich zögerte einen Moment. Vielleicht würden sie ja wieder verschwinden, wenn ich mich einfach nicht von der Stelle rührte.

»Sind Ihre Eltern da?«, fragten sie. Da wusste ich es. Mein Herz pochte, und mir brach der Schweiß aus. Nein, hätte ich am liebsten gesagt, gehen Sie, Sie haben sich im Haus geirrt. Ich holte tief Luft, um zu verhindern, dass mir die Tränen in die Augen stiegen. Als ich versuchte, meine Eltern zu rufen, die im hinteren Teil des Hauses saßen, brachte ich keinen Ton heraus. Die Polizisten folgten mir, als ich in Richtung Küche wankte. Ich blickte auf und sah das Gesicht meiner Amma.

»Mr. und Mrs. Thakker, es hat einen Unfall gegeben.« Eine Pause entstand. »Ich weiß nicht, wie ich es sagen soll, und es tut mir leid, Ihnen mitteilen zu müssen, dass Ihr Sohn Satchin dabei getötet wurde.«

Ein paar Sekunden lang herrschte verständnisloses Schweigen. Dann stürzte Amma schluchzend auf den Polizisten zu und schlug auf ihn ein. Ravi hielt sie zurück. Ammu kam plötzlich herein und fing an zu schreien. Ich schnappte mir meine kleine Schwester, lief mit ihr die Treppe hinauf und brachte sie in ihr Zimmer. »Nicht weinen, nicht weinen, Bobo, ich bin ja da.« Ich versuchte, ihr zuliebe stark zu sein und meine Tränen zu unterdrücken. Nachdem ich sie eine Weile in den Armen gewiegt hatte, schlief sie ein. Ich kehrte zurück in mein Zimmer und blickte aus dem Fenster. Amma kauerte weinend draußen im Regen, war klatschnass und raufte sich die Haare. Ravi konnte nichts tun, um sie zu trösten, und sie weigerte sich hereinzukommen. Ich saß da und beobachtete sie und den Regen.

Ich erinnere mich heute noch an den Regen, der an dem Tag fiel, als wir Ammamma verließen, und auch als wir erfuhren, dass unser Vater tot war. Es waren zwar nur ein paar Tropfen, aber immerhin. Ein paar Tage später fing es richtig zu schütten an, und der Schmerz in mir wollte sich nicht legen. Sosehr ich auch versuchte, stark zu sein, um ihn zu vertreiben und mit meinem Bruder und meiner Puppe zu spielen, er blieb hartnäckig, und es war, als fiele der Regen in mir und bildete langsam einen See, in dem ich ertrank. Ich gab mir Mühe, nicht zu weinen, damit Achan zu mir zurückkam, doch es war zu viel. Nun prasselte der Regen gnadenlos vom Himmel und sagte mir, dass mein Bruder fort war.

Maggie erschien, um meine Mutter ins Haus zu holen. Und Suri? War er auch tot? Ich hätte nachfragen sollen, doch ich hatte nicht daran gedacht. Ein Arzt traf ein und verabreichte Amma ein Beruhigungsmittel. Ravi und Maggie traten in mein Zimmer. »Es tut mir so leid, Maya, mein Schatz«, schluchzte sie. Ravi hatte Tränen in den Augen und legte die Arme um mich. Aber ich empfand nichts. Ich empfand nichts, als Maggie mich in die Arme nahm und sich zu mir ins Bett legte. Nicht einmal ein unterdrücktes Gefühl, nur einen Kloß im Hals, der festzustecken schien. »Maggie, hat Suri überlebt?«

»Ja, mein Schatz«, erwiderte sie.

Jeden Tag rief ich im Krankenhaus an, um zu erfahren, wie es ihm ging, doch ich schaffte es nicht, ihn zu besuchen. Eines Tages kam ich sogar bis zur Stationstür, aber ich kehrte wieder um. Ich fühlte mich, als stäche jemand auf mich ein. Widerstreitende Gefühle tobten in mir: Angst, Wut,

Hass, Schuld, Trauer, alles zusammengeballt zu einem gewaltigen pochenden Schmerz. Ich musste für Amma stark sein. Mein Gott, ich war erleichtert, dass Suri wohlauf war und dass er noch lebte. Jedoch war ich zornig, weil ich so empfand. Zornig auf mich selbst und voller Schuldgefühle, weil eigentlich ich es hätte sein sollen, die auf diesem Beifahrersitz saß. Ich. Wenn ich keinen Streit mit ihm angefangen hätte, wäre ich mitgefahren, und dann wäre das alles gar nicht passiert. Und wenn es doch passiert wäre, hätte es mich erwischt. Warum hatte er nur gewendet? Ich konnte mich an niemandem schadlos halten außer an Suri, denn er lebte schließlich noch.

Amma blieb tagelang weinend im Bett. Diese Frau, die sonst immer alles im Griff gehabt hatte, benahm sich plötzlich wie ein Baby, das ohne unsere Hilfe verloren gewesen wäre. Manchmal, wenn ich mich zu ihr legte, war die Trauer nicht mehr in Worte zu fassen, und ich konnte es nicht ertragen. Also kümmerte ich mich darum, dass Ammu gut versorgt war, in dem Wissen, dass auch das einen Trost für Amma bedeutete. Meine kleine Schwester wanderte auf der Suche nach Satchin von Zimmer zu Zimmer, obwohl wir ihr gesagt hatten, dass er fort war und nicht wiederkommen würde. Es brach mir fast das Herz, wenn ich sah, wie sie in seinem leeren Bett lag und auf ihn wartete. Von ihm war nur noch der Geruch in seinem Kopfkissen übrig geblieben, an das sie sich klammerte. Manchmal sprach sie mit ihrem Panda und rechnete mit einer Antwort, aber er sagte nie etwas.

Suri schickte mir Briefe aus dem Krankenhaus, doch

ich las sie nicht. Er rief mich an, aber ich ging nicht ans Telefon. Daraufhin rief er Maggie an, die ihm erklärte, ich könne noch nicht mit ihm reden und brauche mehr Zeit.

Der Zug fuhr in Atocha, den Hauptbahnhof von Madrid, ein. Alle rappelten sich von ihren Sitzen auf, um auszusteigen, und Casanova schickte sich an, den Damen zu helfen. Eine alte Frau stieß mit dem Fuß gegen die Tür, schrie und sorgte für Gedränge, weil alle sich an ihr vorbeidrücken mussten. Ich holte meinen Koffer aus dem Gepäcknetz und griff nach »Popel 2«. Am liebsten hätte ich den Mantel liegen gelassen, da er unhandlich zu tragen war und ich ihn auf keinen Fall anziehen wollte. Dann dachte ich an María Carmens Gesicht, wenn ich ihren geliebten Mantel im Zug vergaß, und auf einmal erschien mir die Aussicht, ihn mit mir herumschleppen zu müssen, als die bessere Alternative.

Sie war zwar nett, aber so vereinnahmend wie eine Primadonna, die in den Klang ihrer eigenen Stimme verliebt ist. Das erste Mal besuchte ich sie, einige Wochen nachdem Marcos mich gefragt hatte, ob ich ihn heiraten wollte. María Carmen redete ununterbrochen und machte nur hin und wieder eine Pause zum Luftholen. Ihr Gatte wandte etwas ein, wenn er es für angebracht hielt. Er war ein strenger Mann, und obwohl er nur wenig sprach, war seine Anwesenheit deutlich spürbar. Er war Richter in der Stadt gewesen, in der sie wohnten, und erst vor Kurzem in den Ruhestand gegangen. Man merkte ihm an, dass er sich in seiner neuen Rolle noch nicht zurechtfand. Das ständige Geplapper seiner Frau fiel ihm auf die Nerven, und er warf ihr Blicke zu, die besagten, dass er sie, wenn es möglich gewesen wäre, zu mindestens zehn Jahren Einzelhaft verurteilt hätte.

María Carmen vergötterte Marcos. In ihrer Gegenwart verwandelte er sich in einen völlig anderen Menschen und benahm sich, als könne er sich nicht einmal selbst die Nase putzen. María Carmen hatte auch zwei Töchter, die viel jünger als er waren – etwa in meinem Alter – und in einer anderen Stadt studierten. Sie wurden in den Gesprächen nie erwähnt, zumindest nicht so häufig wie Marcos. Sie sehnte sich verzweifelt danach, Großmutter zu werden, und jedes zweite Wort lautete *»niño«,* entweder als Substantiv oder als Adjektiv. Dann holte sie sein Babyalbum heraus, und bevor ich es aufschlug, konnte ich mir schon denken, wie sie ihn ausstaffiert hatte. »Das war, als ich ihn für den Babywettbewerb angemeldet hatte. Natürlich habe ich mir nichts davon erwartet, und weißt du was, Maya – er hat gewonnen«, verkündete sie und zeigte auf sein rüschiges Häkelmützchen.

»Wann wollt ihr denn heiraten?«, erkundigte sich sein Vater.

»Das haben wir noch nicht entschieden«, entgegnete ich.

Seine Mutter sah ihn an.

»Im Sommer würde es doch gut passen, findest du nicht, Maya?«, fügte Marcos hinzu.

Ich schwieg.

Wir mussten seine Eltern zweimal im Monat besuchen, fuhren am Freitagabend los und kehrten am Sonntagabend zurück. Sein Vater verlangte von uns, dass wir zur Kirche gingen, was ich verabscheute, weil er nicht fragte, sondern den Gottesdienstbesuch einfach anordnete, ohne Rücksicht auf meine Gefühle zu nehmen. Ich widersprach nicht, nicht seinetwegen, sondern weil ich María Carmens Befürchtungen ahnte.

»Marcos, du weißt doch, dass ich unsere Kinder nicht im katholischen Glauben erziehen will. Und ich will auch nicht kirchlich heiraten, auch wenn deine Mutter meint, sie werde alles mit dem Priester regeln. Nur eine schlichte standesamtliche Trauung mit Freunden und Familie«, beharrte ich.

»Das hast du mir bereits gesagt, *cariño*«, erwiderte er. Als seine Mutter das Wort Standesamt hörte, fiel sie fast in Ohnmacht. Dann erkrankte sie lebensbedrohlich und teilte uns am Sterbebett ihre letzten Wünsche mit. Ihre Krankheit legte sich auf wundersame Weise, als wir nachgaben und ihr erklärten, ich hätte meine Meinung geändert und sei bereit, kirchlich zu heiraten, falls das möglich sei.

Es gelang mir, dem Gedränge im Zug zu entrinnen, indem ich in die entgegengesetzte Richtung ging. Ein Arzt, ein Priester, eine Nonne und ein Handwerker hatten sich um die Señora versammelt, um ihren Fuß zu versorgen, und man hätte meinen können, dass sie im Begriff standen, eine

Amputation vorzunehmen. Ich stopfte den Pelzmantel in eine Plastiktüte, die auf einem der Sitze liegen geblieben war, und machte mich auf die Suche nach einem Taxi. Sofort hielt ein Wagen neben mir.

»El aeropuerto, por favor.«

»¿Dónde va? ¿A La India?«, fragte der Taxifahrer.

Ich antwortete, ich flöge nach England, um meine Familie zu besuchen, worauf er sich erkundigte, wie oft ich das täte. Ich schämte mich, zu gestehen, dass ich fast vier Jahre nicht dort gewesen war. Ich hatte meine kleine Schwester mit dem Zweier-Einmaleins zurückgelassen, inzwischen war sie vermutlich schon beim Satz des Pythagoras. So oft hatte ich geplant, zu einem Geburtstag, zu Weihnachten oder zu einem Jubiläum hinzufahren, war jedoch am Flughafenparkplatz immer wieder umgekehrt. Auch meine Familie wollte uns besuchen, aber mir fiel immer eine neue Ausrede ein: Das Haus werde gerade renoviert. Ich hätte Gäste. Wir wollten wegfahren. Ich hätte zu viel Arbeit. Ich müsse geschäftlich verreisen.

Ich sagte, ich flöge häufig hin. Er lächelte.

In Barajas war die Hölle los. Bevor ich an Bord ging, rief ich Ravi an, um ihm mitzuteilen, wann die Maschine landete. Dann versuchte ich, Marcos zu erreichen. In all den Jahren hatte ich angerufen und Ammu so oft wie möglich Postkarten geschickt. Aber ich hatte die Zeit einfach verstreichen lassen – es war leichter so.

»Marcos, ich bin es.«

»Maya, wo steckst du?«

»Ich fliege nach London. Maggie ist krank.«

Eine Pause entstand, und dann wurde mir klar, dass er gar nicht wissen konnte, wer Maggie war. All die Zeit und die Ereignisse, die ich einfach ausgelöscht hatte, als ich mein neues Leben in Spanien anfing. Ich war Maya, Maya ohne Vergangenheit, denn so war es einfacher und schmerzlos.

»Maggie ist meine … Meine Tante. Ich muss jetzt los, aber ich rufe dich heute Abend an.«

»Aber Maya …«, fuhr er fort.

»Ich rufe später an und erkläre dir alles.«

Die beiden Plätze neben mir waren leer. Ich steckte »Popel 2« ins Gepäckfach und schloss die Augen. Zu Satchins Beerdigung waren sehr viele Menschen erschienen. Suri lag noch im Krankenhaus, aber seine Eltern kamen. Wir befürchteten, dass Amma es nicht überstehen würde, aber sie klammerte sich an Maggie und mich, so wie sie sich damals an Satchin und mich geklammert hatte, als wir noch Kinder waren, immer in der Angst, wir könnten davonlaufen und sie hilflos zurücklassen. Ich war fest dazu entschlossen, nach dieser Woche Suri wiederzusehen. Ich musste bloß die Beerdigung hinter mich bringen, um wieder mit ihm sprechen zu können. Wir dachten nur noch von einem Tag auf den nächsten, aber zwei Tage später, als ich wieder zur Schule ging, wurde ich, als ich in unsere Straße einbog, von einem hochgewachsenen Mann mit grau meliertem Haar und tief liegenden Augen aufgehalten. Und mein Leben veränderte sich mit einem Schlag. Er sagte, er sei mein Vater. Mein Vater Raul.

Ich verstand die Welt nicht mehr und starrte ihn entgeistert an. »Mein Vater ist tot«, erwiderte ich dem Mann. Was bildete er sich eigentlich ein?

Dann sah ich wieder hin. Satchin hatte dieselbe Nase und denselben Mund. »Mol, Mol, ich bin es. Erinnerst du dich noch, wer meine allerliebste Maya ist, Mol?« Das war richtig, denn genau das hatte er immer zu mir gesagt, in diesem Tonfall und auf Englisch. Unser Vater sprach nur Englisch mit uns, Amma stets Malayalam. Nach seinem Tod hatten wir stundenlang dagesessen und ihr Wörter und Sätze beigebracht. Unsere Sprache war ein Mischmasch aus zwei Kulturen – das ernste Englisch gemischt mit spielerischen hohen Intonationen und farbenfrohen orientalischen Adjektiven. Dann erschien Ravi auf der Bildfläche, und es war Schluss damit, weil er kein Malayalam sprach. Wenn ich ihn ärgern wollte, benutzte ich die Sprache, die uns drei verband, worauf Amma und Satchin wieder ins Englische verfielen. Aber damals war mein Vater tot.

»Mol, ich bin es, Achan.«

Ich sah ihn verdattert an. Nun erkannte ich, woher ich meine Augen hatte. Sie waren das Einzige, worin ich mich von meiner Amma unterschied.

»Mol, können wir irgendwo hingehen und reden?«

Ich starrte ihn an und zeigte in Richtung Park.

»Er ist tot«, hörte ich Ammas Stimme von vor vielen Jahren. Sie trug einen grünen Pullover. Warum? Was hatte sie dazu gebracht, uns das anzutun? »Er ist tot. Er ist als Held gestorben.« Ich ließ meine Tasche mitten auf die Straße fallen und umarmte ihn. Ich hielt ihn ganz fest, damit er nicht wieder verschwand. Ich bekam keine Luft mehr, und der Kloß in meiner Kehle löste sich auf. Dann begann ich zu schluchzen, sank theatralisch zu Boden und umklammerte seine Beine. Er hob mich auf, nahm mich in die Arme und wiegte mich. Ich musste es Satchin erzählen. Satchin, Satchin, schau, er ist da, er ist zurückgekommen. Warum jetzt? Wenn Satchin es nicht mehr sehen konnte. Sie hat gelogen. Warum? Warum hat sie gelogen? Da ich ihn nicht mehr loslassen wollte, nahm er meine Hand und wir gingen zum Park.

»Es tut mir so leid, Mol. Ich bin hier, weil ich das mit Satchin gehört habe. Ein Freund hat es mir erzählt, und ich musste dich einfach sehen«, begann er.

Welcher Freund? Hatte er die ganze Zeit über gewusst, wo wir waren? Warum war er denn nicht früher gekommen?

»Ein Freund? Warum hast du dich nicht gemeldet?«, schluchzte ich.

»Ich habe es versucht, Mol, glaub mir, aber anfangs hatte ich keine Ahnung, wo ihr steckt. Und dann, als ich vor ein paar Jahren zufällig eure Mutter traf, habe ich ihr versprechen müssen wegzubleiben.«

Amma hatte ihn getroffen? Sie kannte seine Adresse? Was war da los?

»Amma hat dich gesehen? Sie wusste, wo du bist? Das verstehe ich nicht. Warum?«, stieß ich hervor.

»Als ich von einer Geschäftsreise wiederkam, war das Haus leer. Ich dachte, sie wäre mit euch beiden nach Indien zurückgekehrt. Natürlich bin ich sofort hingeflogen und habe euch in Mumbai und im Dorf gesucht, aber vergeblich.«

Das ergab einfach keinen Sinn. Warum waren wir mit Tom weggefahren, wenn wir nach Indien wollten? Hatte Amma wirklich mit uns nach Indien gewollt? Ich konnte mich an keinen Streit zwischen den beiden erinnern. Weshalb also der überstürzte Aufbruch? Warum waren wir in ein Einzimmerapartment gezogen? Hatte Tom etwas damit zu tun? Hatte sie es wegen Tom getan?

»Ich verstehe das nicht. Es gab doch keinen Grund.«

»Sie hatte großes Heimweh. Vor meiner Abreise hatten wir eine Auseinandersetzung, Mol. Sie dachte, dass wir nun zurückkehren würden, aber ich musste ihr erklären, dass es noch zwei Jahre dauern würde«, erwiderte er. »Ich habe Dinge gesagt, die ich vielleicht nicht hätte sagen sollen. Ich war hart, zu hart. Vielleicht glaubte sie, sie würde ohne mich besser zurechtkommen.«

Besser! Wir mussten in einem kalten Einzimmerapartment mit Ratten wohnen. Satchin und ich sorgten füreinander. Er kochte, indem er das Essen aufwärmte, das Amma uns hingestellt hatte. Und wenn ich mich beschwerte, machte er eine Dose Suppe auf. Wir trugen Kleider vom Wühltisch, über die die anderen Kinder lachten, und liefen auf Straßen herum, wo leere Benzinkanister neben ausgebrannten Häusern verrosteten, angezündet von Menschen, die alles Ausländische hassten. Ich musste mit ansehen, wie meine Freundin Fatima mit blauen Flecken zur Schule kam, weil ihr Vater sich hier nicht zurechtfand, und ich konnte überhaupt nichts tun, weil man uns gewarnt hatte, niemandem zu vertrauen und bloß den Mund zu halten. Und das sollte besser gewesen sein?

»Nein«, rief ich. »Wir waren die ganze Zeit hier, und sie hat gesagt, du wärst tot.«

»Mach deiner Mutter keine Vorwürfe, es war nicht ihre Schuld, Mol.«

Ich sollte ihr keine Vorwürfe machen? Welche Frau brachte es fertig, ihren Kindern so etwas anzutun und dann einen anderen Mann zu heiraten, obwohl sie bereits verheiratet war?

»Warum hast du nicht um uns gekämpft, als du uns gefunden hattest? Warum hast du nicht versucht, uns zu sehen?«

»Sie hat es nicht erlaubt. Und ihr hattet euch gut eingelebt und machtet einen glücklichen Eindruck. So viel Zeit war vergangen, und ich dachte, es wäre das Beste so. Das Beste für dich und Satchin. Und außerdem hattet ihr eine kleine Schwester.«

»Wann? Wann warst du da?«

Er erzählte mir, er habe Ravi Thakker durch seinen Freund und Kollegen Anil kennengelernt, der Ravis Bruder sei. Dadurch habe er Amma wiedergetroffen. »Weiß Ravi Bescheid?«, fragte ich.

Er schüttelte den Kopf.

»Anil hat mir letzte Woche von Satchins Tod erzählt, und ich musste einfach zu euch kommen, Maya, ich war machtlos dagegen. Dich auch nur einen Moment zu sehen, hätte mir schon genügt. Ich konnte nicht weiterleben, ohne dich wenigstens ein Mal gesehen zu haben. War er glücklich?«, wollte er wissen.

»Ja«, schluchzte ich. »Satchin war immer glücklich.« Ich erzählte ihm von Satchin, von seinem Lachen, unseren Streitereien, wie er sich um seine kleine Schwester gekümmert hatte, wie ihm alles, was er anpackte, gelang und wie stolz mein Vater auf ihn gewesen wäre.

Mein Vater schilderte Ereignisse aus Satchins Kindheit. »Er hat immer gewartet, bis ich nach Hause kam, damit er auf dem Motorroller mitfahren konnte. Dann, als er älter wurde, geriet er richtig außer sich, wenn er einen Koffer sah. Er weinte nur, sobald der Koffer die Treppe hinuntergetragen wurde, weil er wusste, dass ich dann wieder verreisen würde.«

Er überlegte, was er noch sagen könnte, aber ihm fiel nichts mehr ein. Wie hätte er auch weiterreden sollen, nachdem sie ihm alles weggenommen hatte? Ich beschrieb ihm die Jahre, die ihm fehlten, und in diesen wenigen Stunden ließen wir Satchin wieder zum Leben erwachen, bis er bei uns auf der Bank zu sitzen schien.

Ich wollte sofort alles stehen und liegen lassen und meinen Vater nach Chicago begleiten, aber er bat mich zu warten und meinte, ich könne ihn in Zukunft immer besuchen. Mein Platz sei zurzeit hier, und ich müsse mich um meine Mutter kümmern. Wie konnte er ihr so einfach verzeihen? So viel Anteilnahme zeigen und ihre Bedürfnisse auch weiterhin an erste Stelle setzen?

»Verrate ihr nicht, dass du mich getroffen hast, Mol, versprich mir das. Später, wenn du ein wenig älter bist, kannst du zu mir kommen, aber du musst mir dein Ehrenwort geben, dass du ihr jetzt noch nichts sagst. Sie würde das nicht verkraften.«

Wir saßen noch etwa eine Stunde da und redeten. Dann meinte er, er müsse jetzt los. Ich flehte ihn unter Tränen an, nicht zu gehen und mich nicht allein zu lassen, aber er musste noch am selben Abend seinen Flieger erwischen. Er beteuerte, er werde bald zurückkommen, um mehr Zeit für mich zu haben, und bis dahin mit mir in Kontakt bleiben. Falls ich es wirklich wollte, könnte ich ihn in Chicago besuchen. Dann küsste er mich und ließ mich auf der Parkbank sitzen. »Geh nicht, Achan, lass mich nicht allein, nicht jetzt«, weinte ich, während er davonschritt. Er hörte mich nicht.

Ich blieb noch etwa eine Stunde dort, bis die Dunkelheit hereinbrach. Meine Tränen wurden von lodernder Wut abgelöst. Wie konnte sie uns so etwas antun? Welcher herzlose Mensch brachte das fertig? Wusste Maggie eigentlich, mit wem sie es zu tun hatte? Welche Rolle spielte Ravi Thakker in diesem Durcheinander? Sie war nicht einmal richtig mit ihm verheiratet. Und meine kleine Schwester? Was würde aus meiner kleinen Schwester werden? Nun ergab alles einen Sinn. Tom war verschwunden, kurz nachdem Amma Ravi Thakker kennengelernt hatte, vermutlich, weil er ebenfalls von ihr verlassen worden war, und zwar wegen eines anderen Mannes. Offenbar hatte das bei ihr Methode und war ihre Spezialität. Am liebsten hätte ich Amma eröffnet, dass ich alles wusste. Ganz gleich, was Achan über sie gesagt hatte, hatte sie kein Mitgefühl verdient. Sie war eine Egoistin, die einzig und allein an sich selbst dachte. Ich stürmte nach Hause, riss die Eingangstür auf, warf meine Tasche in den Flur, rannte die Treppe hinauf und stürzte in ihr Zimmer. Sie lag leidend im Bett, meine kleine Schwester saß neben ihr auf einem Kissen und streichelte ihr Gesicht. Als sie mich aus rotgeränderten Augen anblickte, hätte ich sie so gerne geschüttelt und ihr entgegengeschrien, dass sie sich das alles selbst zuzuschreiben hatte und den Schmerz verdiente. Niemandem auf der ganzen Welt geschehe es mehr recht als ihr, dass sie sich elend fühlte. Doch das Einzige, was ich herausbrachte, war: »Geht es dir schon besser, Ma?«

Maggie kannte sicher die Antworten. Maggie wusste immer eine Lösung. Sie würde ehrlich mit mir sein, schließlich nahm sie nie ein Blatt vor den Mund. Ich lief zu ihr und klopfte panisch an ihre Tür. »Maggie, mach auf, mach auf. Bist du da?«

»Was ist denn, Maya, mein Schatz? Was hast du? Ist etwas mit deiner Mutter?«, fragte sie, als sie mir die Tür öffnete.

Ich schüttelte den Kopf.

»Was ist passiert?«

Ich brachte keinen Ton heraus.

»Du zitterst ja, du stehst unter Schock, Schätzchen. Komm nach oben, das Kaminfeuer brennt und wird dich wärmen.« Sie brachte mich ins obere Stockwerk.

»Setz dich, mein Kind, ich gehe nur runter und koche

dir eine Tasse Tee. Ganz gleich, was es ist, wir kriegen das schon wieder hin.«

Sie drehte sich um, bevor ich Nein sagen konnte. Nein, ich brauchte jetzt keinen Tee, ich brauchte Antworten. Bebend saß ich da und wartete, bis sie zurückkam.

»Trink erst mal ein Schlückchen, Maya. Und dann holst du tief Luft und erzählst mir alles.«

»Ich habe genug von den Lügen, Maggie. Es gibt da Dinge, die ich wissen muss. Ich muss die Wahrheit erfahren«, schluchzte ich.

»Worüber denn?«, fragte sie ein wenig erschrocken.

»Über Tom, Tom und …«, begann ich und meinte damit, ob zwischen Tom und Amma je etwas gewesen sei. Ich wollte Maggie fragen, ob meine Mutter meinen Vater verlassen hatte, um mit Tom durchzubrennen.

Aber sie ließ mich nicht weiterreden. »Ich wusste, dass das einmal geschehen würde. Und du bist jetzt alt genug, um die Wahrheit zu kennen …« Sie fiel mir ins Wort und gab mir keine Gelegenheit, meine Frage zu Ende zu stellen. Dann erzählte sie mir Toms Geschichte, ganz als ob Satchins Tod in ihr den übermächtigen Wunsch ausgelöst hätte, mir ihr Herz auszuschütten. Sie sagte mir Dinge, die ich gar nicht hören und die ich auch nicht über sie wissen wollte. Die Wahrheit kann manchmal so hässlich sein.
»Also blieb mir nichts anderes übrig, Schatz. Ich musste auf den Strich gehen …«

»Stopp!«, wollte ich am liebsten schreien. »Das habe ich doch gar nicht gefragt.«

»Nein, nein!«, rief ich.

»Liebling, ich möchte, dass du die Wahrheit über mich kennst. Du sollst es von mir erfahren und nicht stückchenweise von anderen Leuten.«

Sie erzählte weiter, und irgendwann während dieses Gesprächs änderte sich unser Verhältnis. Ich begann, Maggie mit anderen Augen zu betrachten. Sie war nicht mehr der Mensch, der alles in Ordnung brachte, mich aufmunterte und immer eine Lösung fand, und auch nicht die Frau, die mir die Mutter ersetzt hatte, sondern sie hatte dieselben Fehler wie sie. Nachdem Maggie fertig war, wischte sie sich die Tränen weg und erkundigte sich, ob meine Fragen nun beantwortet und die Gerüchte, die ich aufgeschnappt hätte, nun aus der Welt geschafft seien. Ob sie mir noch etwas erklären solle? Sei noch etwas unbeantwortet geblieben?

»Nein«, entgegnete ich.

Als wir sonst nichts hatten, hatten wir wenigstens einander gehabt. Maggie hatte mir Grenzen gesetzt und mir gezeigt, wie die Dinge lagen, und dennoch war auch sie nicht aufrichtig gewesen. Noch nie hatte ich mich so verloren, allein und verwirrt gefühlt wie in diesem Augenblick. Es herrschte eine unglaubliche Leere in mir, denn die Menschen, die mir etwas bedeuteten, hatten mir alle etwas vorgemacht. Satchin war fort und konnte deshalb nicht einmal bestätigen, ob sich meine Erinnerungen mit der Wirklichkeit deckten. Und dann gab es da noch Suri, Suri, der mir so wichtig gewesen war. Er war gemeinsam mit allen anderen zu einem Nichts geworden. Die Liebe war nur eine Illusion, nichts war mehr greifbar. Zu Hause angekommen setzte ich mich an meinen Schreibtisch und schrieb einen Brief. Weil ich sonst niemanden hatte, den ich bestrafen konnte, ließ ich meine Wut an der falschen Person aus, schrieb Suri einige schreckliche Dinge und schloss mit der Bitte, er solle sich nie mehr bei mir melden und die Wünsche meiner Familie berücksichtigen, indem er sich von uns fernhielt.

Ich schickte den Brief nahezu sofort ab und nahm mir somit die Möglichkeit, meine Meinung zu ändern, alles zurückzunehmen und die Dinge mit ein wenig Abstand vernünftig zu überdenken. Außerdem entschied ich mich, Ravi und Amma kein Wort zu sagen. Es wäre meiner kleinen Schwester gegenüber nicht fair gewesen. Sie hatte das nicht verdient und Ravi auch nicht. Da ich in einem Jahr sowieso an die Universität gehen würde, fasste ich den Entschluss, mich bis dahin hinter meinen Büchern zu verschanzen, meine Prüfungen zu bestehen und dann den größtmöglichen Abstand zwischen sie und mich zu bringen.

»Ist alles in Ordnung, Miss?«, fragte der Flugbegleiter, während er das Essenstablett vor mich hinstellte.

»Mir geht es gut«, erwiderte ich und wischte meine Tränen weg. »Ich möchte nichts, danke.«

»Sind Sie sicher? Soll ich Ihnen etwas zu trinken holen?«

»Nein danke.«

Die Gespräche zwischen mir, Ravi und Amma wurden immer einsilbiger, und nur meine kleine Schwester gab mir Antrieb, wenn ich am liebsten aufgegeben und das nächste Flugzeug genommen hätte, um bei meinem Vater zu sein. Er schrieb wie versprochen, wenn auch seltener, als er gesagt hatte. Die Briefe gingen an Amy Willis' Adresse, und sie leitete sie wie vereinbart an mich weiter. Manchmal rief ich ihn per R-Gespräch an, doch ich erwischte ihn immer in einem ungünstigen Moment. Mein Vater war eben ein viel beschäftigter Mann.

Als ich ein Jahr später in Edinburgh angenommen wurde, waren Ravi und Amma begeistert. Allerdings ist begeistert vielleicht nicht der richtige Ausdruck in einem Haus, das von Trauer erfüllt war, und außerdem waren die beiden sicher nicht glücklicher als ich. Endlich konnte ich mich von ihnen verabschieden und mir meinen eigenen Bereich und Platz zum Nachdenken schaffen. Ich fühlte mich absolut unwohl bei ihnen, doch inzwischen ist mir klar geworden, dass es keine Rolle spielt, wie viele Millionen von Kilometer man reist, wenn man an einem Ort unglücklich ist – das Glück wird sich trotzdem nicht plötzlich von selbst einfinden. In Edinburgh war es auch nicht besser als in London. Die Briefe von meinem Vater wurden seltener, die Leere wuchs, und ich fand das Studium schrecklich. Das Studentenleben war nichts weiter als ein endloser Reigen aus Kneipenbesuchen und hohlem Geschwätz. Oft spielte ich mit dem Gedanken, Suri anzurufen, weil ich jemanden brauchte, mit dem ich offen reden konnte und der zuhörte, ohne ein Urteil zu fällen.

Aber ich kam nie weiter als bis zu den ersten fünf Zahlen und legte dann wieder auf.

Während meiner ersten beiden Jahre in Edinburgh fuhr ich dreimal nach Hause und behauptete, ich habe zu viel zu tun. In den ersten großen Ferien besorgte ich mir einen Job in einem Restaurant und blieb in der Stadt. Zu Weihnachten fuhr ich nur nach Hause, weil ich wusste, wie sehr meine kleine Schwester sich freuen würde. In den drei Wochen wich sie mir nicht von der Seite, hing an meinen Lippen und lief mir auf Schritt und Tritt nach. Wenn ich sie zur Schule brachte, rief sie »Tschüss, Mayo!«, so laut sie konnte und sah mich stolz an, bevor sie loslief, um mit ihren Freundinnen zu spielen. Genau wie ich damals. Ich sah Maggie nur selten und verschanzte mich hinter dem Vorwand, ich hätte keine Zeit. Ich mied sie nicht, weil ich sie nicht mehr liebte, sondern weil ich sie und alle anderen damals für Mitglieder desselben Verschwörerkreises hielt, denen man nicht vertrauen konnte, weil sie mir wehgetan hatten.

Amma und Ravi waren nur noch Schatten ihrer selbst. Amma trug nun ihr Haar kurz und ergraute allmählich. Ravi arbeitete inzwischen von zu Hause aus, damit er ihr helfen konnte, meine kleine Schwester zu versorgen, wenn ihre Lethargie wieder einmal überhandnahm. Sie und Maggie hatten das Geschäft geschlossen. Jack war krank, und Maggie war Tag und Nacht damit beschäftigt, ihn zu pflegen. Es war ein trauriger Anblick, und das einzige Lachen in diesem Haus stammte von meiner unschuldigen kleinen Schwester. Sie gab ihnen beiden Kraft. Ich durfte ihnen das nicht nehmen.

Auf dem Rückweg vom Spanischkurs stattete ich ihnen einen kurzen Besuch ab. »Du hast dich so verändert, Maya. Hast du jemanden kennengelernt?«, fragte Maggie.

»Nein«, sagte ich.

Als ich packte, um nach Schottland zurückzukehren, stieß ich auf einige Briefe, die ich hinten in meinem Schrank versteckt hatte. Einige waren von meinem Vater, hastig hingekritzelte Worte, begleitet von Schecks, die ich nie eingelöst hatte. Dahinter steckte ein Stoß ungeöffneter Briefe. Sie stammten von Suri. Ich öffnete sie langsam und zögerte einen Moment, bevor ich sie las. Sie rochen nach ihm. Und alle begannen mit den Worten, wie sehr er mich liebte und dass er die Uhr zurückdrehen würde, wenn er nur könnte, um Satchins Platz einzunehmen. In jedem Satz kam das Wort »Entschuldigung« vor. Trauer und Reue füllten die Seiten. Alle Briefe endeten mit: »Ganz gleich, wo du bist, Maya, oder wie viel Zeit auch vergeht, ich werde dich immer, immer lieben. Hoffentlich findest du eines Tages den Raum in deinem Herzen, um mir zu verzeihen. Suri.«

Inzwischen war es drei Jahre her, und kein Tag verging, ohne dass ich an meinen Bruder dachte. Warum hatten die letzten Monate seines Lebens nicht glücklicher sein können? Warum hatte ich nicht mehr Zeit mit ihm verbracht? Warum war er unserem Vater nicht mehr begegnet? Warum hatte Amma uns das angetan? So oft stand ich dicht davor, sie nach der Wahrheit zu fragen, doch immer dachte ich an die Folgen, die das für meine kleine Schwester und für Ravi Thakker haben würde. Er war im Grunde seines Herzens ein guter und anständiger Mensch, und deshalb schluckte ich es herunter, obwohl es mich zerfraß. Suri war der Einzige, der mir hätte helfen können.

Vergebung. Ich war diejenige, die um Vergebung bitten musste. An diesem Abend nahm ich das Auto und fuhr zu ihm. Eigentlich wollte ich aussteigen und an die Tür klopfen, doch während ich dasaß und darüber nachgrübelte, verstrichen anderthalb Stunden. Das alles war nicht Suris Schuld. Ich war nicht auf ihn wütend und war es auch nie gewesen. Gerade wollte ich aus dem Auto steigen, als ich ihn im Rückspiegel erkannte. Er hatte die Arme um die Taille einer jungen Inderin geschlungen und beugte sich lächelnd herunter, um sie zu küssen. Offenbar hatte er die Vergangenheit hinter sich gelassen und war glücklich. Ich startete den Motor und fuhr weg.

Wenn man mich fragen würde, wann genau ich mich in Marcos Gonzalez del Hoyo verliebt habe, würde ich antworten, dass es in diesem Augenblick war. Ich sehnte mich verzweifelt nach jemandem, der mich in die Arme nahm und mir sagte, dass alles gut werden und er immer für mich da sein würde. Als Marcos mich in Schottland besuchte, tat ich alles dafür, dass ich mich bis über beide Ohren in ihn verliebte. Durch ihn konnte ich mich von meinem Schmerz ablenken; er stellte keine Gefahr dar. Bei ihm konnte ich sicher sein, woran ich war. Ich beschloss, das Geschehene zu vergessen und noch einmal von vorne anzufangen. Und Spanien schien mir dazu genauso geeignet wie jeder andere Ort.

An der Schule in Madrid wechselten die Lehrer häufig. Auch wenn wir es nur ungern zugaben, waren wir alle aus den verschiedensten Gründen auf der Flucht und auf der Suche nach etwas Besserem. Sobald wir einen Hauch dessen witterten, was wir erhofft hatten, entglitt es uns wieder, und wir lenkten uns ab und taten so, als hätte es ohnehin keine Rolle gespielt. An den meisten Tagen zogen wir nach der Arbeit von Kneipe zu Kneipe, aßen Tapas, tranken Canas und vergaßen, was wir eigentlich suchten. Wir fühlten uns wie eine große Familie, deren Mitglieder alle aus demselben Ort stammten und einander verstanden. Wir hatten es nicht nötig, ernste Gespräche zu führen, und schlugen unsere Zeit lieber mit Herumalbern tot.

Unser Zwiegespann, John und Michael, stiftete uns zu kindischen Streichen an. Sie waren auch Lehrer, die etwa gleichzeitig mit mir in der Schule angefangen hatten und sich ein schwachsinniges Spiel ausdachten, das auf einem Punktesystem basierte. Zehn Punkte bekam man, wenn man einem kahlen Kellner auf die Glatze fasste, zwanzig, wenn man einem Fremden die Tapas stibitzte, und dreißig, wenn man ihm das Bier austrank. Was man für fünfzig Punkte tun musste, war zu skandalös, um es zu erwähnen. Am Ende des Abends wurden die Punkte addiert, und der Verlierer musste das Abendessen bezahlen. Ich verlor immer, aber oft schaffte ich es nicht zum Abendessen, weil mir plötzlich Marcos' Anruf einfiel und ich losrennen musste.

»Der ist nichts für dich, Maya. Jetzt seid ihr schon zwei Jahre zusammen, und wir kennen ihn immer noch nicht. Mach Schluss mit ihm«, pflegte Michael zu sagen.

Aber was wusste Michael schon? Verstand er Marcos etwa so gut wie ich? Mir war klar, dass Marcos manchmal schwierig sein konnte: Er war ziemlich festgefahren und besitzergreifend. Doch darüber war ich mir im Klaren. Ich kannte seine Fehler, und genau deshalb fühlte ich mich in seiner Gegenwart so sicher. Unerfreuliche Überraschungen waren bei ihm nicht vorgesehen. Michael hatte einfach keine Ahnung.

»Du solltest nicht über andere Leute urteilen, Michael, insbesondere dann, wenn du sie gar nicht kennst.«

»Genau das meine ich. Findest du es nicht ein bisschen seltsam, dass keiner von uns ihm je begegnet ist? Kann man ihn nicht bitten, übers Wochenende herzukommen?«

»Er kommt nicht, weil das Wochenende meine einzige Chance ist, euch loszuwerden.«

»Tja, falls du doch irgendwann Schluss mit ihm machen solltest, Maya, heirate ich dich«, witzelte Michael.

Nach ein paar Jahren als Englischlehrerin bot mir einer meiner Schüler, Enrique Sanchez, einen Job an. Er war ein exzentrischer Modedesigner, der in der Calle Serrano, in einem wohlhabenden Stadtviertel, eine Luxusboutique besaß. Enrique hatte sich für meinen Konversationskurs angemeldet, weil er begonnen hatte, seine Kollektionen im Ausland zu verkaufen, und deshalb sein Englisch verbessern wollte. Das Stellenangebot kam völlig überraschend, weil er mich immer auslachte, wenn ich meine eigenen Kreationen trug. Enrique war kein einschüchternder Mann, nur sehr extrovertiert, und fuchtelte beim Reden immer wild mit den Händen. »Maya, *cariño*, diese Ärmel sind schauderhaft. Und diese Falte da steht dir überhaupt nicht. Keine Bewegung, Stoffe müssen fließen, wenn du gehst, und nicht zehn Schritte hinter dir hertrotten.«

Einmal lud er mich ein, mir seine Herbst-Winter-Kollektion anzusehen, und die Manschetten an den Ärmeln, die Form eines Ausschnitts und der »Fluss« der Stoffe kamen mir ein wenig bekannt vor. Aber ich sagte nichts. Damals hatte ich beschlossen, mir eine Pause vom Unterrichten zu gönnen und ein paar Wochen freizunehmen, um mir meine Möglichkeiten durch den Kopf gehen zu lassen. Eines Tages rief er mich zu Hause an und lud mich auf einen Kaffee ein.

Wir saßen in einem Straßencafé an der Plaza Mayor. Obwohl die Sonne nicht übermäßig hell schien, trug er eine tiefschwarze, schmale Sonnenbrille und gab Kommentare zu den vorbeigehenden Frauen ab. »Siehst du, Maya, *cariño*, zu sehr aufeinander abgestimmt, keine Originalität. Hast du dir schon überlegt, ob du zurückkommen und uns weiter unterrichten wirst?«, fragte er.

»Ich weiß nicht, Enrique. Ich machte das jetzt schon seit zweieinhalb Jahren, es ist Zeit für eine Veränderung«, erwiderte ich.

»Gut. Was hältst du davon, für mich zu arbeiten?«

»Ja!«, hätte ich am liebsten gerufen, aber ich zögerte und antwortete dann, ich würde darüber nachdenken.

»Was gibt es da nachzudenken, *cariño*? Ich biete dir ein gutes Gehalt, viele Geschäftsreisen und die Möglichkeit, etwas über die Branche zu lernen.«

»Wie gut ist denn das Gehalt?«

»Was kriegst du jetzt? 150000 Peseten? Von mir bekommst du das Doppelte«, verkündete er überschwänglich.

»Okay, Enrique. Ich versuche es, und dann werden wir sehen, ob es klappt.« Ich war überglücklich.

Auch Marcos freute sich für mich. Zwischen uns hatte sich ein Alltag eingespielt, und wir hatten uns gemütlich in unserer Beziehung eingerichtet, vielleicht, weil ich ein wenig häufiger nachgab als früher. Der BMW parkte zwar immer noch genau vor meinem Herzen, aber ich wusste, dass es nur eine Frage der Zeit war, bis Marcos aussteigen und mir auf halbem Wege entgegenkommen würde. Wir verbrachten das ganze Wochenende zusammen – zumindest die Samstage, weil er am Sonntagmorgen ins Fitnessstudio ging und nach dem Mittagessen seinen Papierkram erledigte. Ich fuhr weiterhin immer zu ihm, weil er die Stadt nicht leiden konnte. Er hatte sich in Palmadoro eine Wohnung in bester Lage gekauft, und ich mietete eine kleine Wohnung in einem Zweifamilienhaus in Madrid, da Jen inzwischen in die Vereinigten Staaten zurückgekehrt war. Sie versprach, mir zu schreiben und anzurufen, sobald sie zu Hause war, doch ich erfuhr nie, ob es mit ihr und Steve geklappt hatte. Bei den Nummern, die sie mir gegeben hatte, bekam ich keinen Anschluss, und auf meine späteren Briefe antwortete sie nicht. Spanien und die Menschen, die dort lebten, existierten offenbar nicht mehr für sie. Sie hatte das gefunden, was sie hier gesucht hatte. Wir hatten unsere Pflicht und Schuldigkeit getan. Das passierte mit einigen Leuten, die nach Spanien kamen. Sobald sie wieder in ihrer jeweiligen Wirklichkeit waren, löschten sie alles andere aus. Vielleicht war es leichter so.

Meine Wohnung war zwar klein, lag aber unweit des Retiro Parks in einer dörflich wirkenden Gegend. In den von Bäumen gesäumten Straßen gab es viele kuriose kleine Läden, die wundersame Dinge verkauften. Das Lebensmittelgeschäft gegenüber erinnerte mit seinem hübsch dekorierten Obst und den ordentlich gestapelten Dosen und Gläsern an einen winzigen Kaufmannsladen zum Spielen. Die teuersten Waren wie die Gin- und Whiskeyflaschen standen sicher verwahrt hinter der Theke, von der der Besitzer keinen Millimeter wich. Seine Frau bediente die alten Damen, die hereinkamen, um zu plaudern, und schenkte den kleinen Kindern Süßigkeiten, kniff sie in die Wange und überhäufte sie mit Kosenamen. Manchmal am Wochenende kamen ihre eigenen Kinder, die schon älter waren, um auszuhelfen. Wenn sie mich ein paar Wochen lang nicht sahen, machten sie sich Sorgen, obwohl sie wussten, dass es nicht meine Art war, zu einem großen Supermarkt überzulaufen. Ihr kleiner Laden erinnerte mich in vielerlei Hinsicht an den von Amma. Ich ging gerne hin, und es störte mich nie, dass man eine halbe Stunde brauchte, um dort ein paar Trauben zu kaufen, da die Leute einfach nur herumstanden und plauderten. Alle kannten einander.

Die Hausmeisterin in meinem Haus, eine Frau von etwa fünfzig Jahren, hatte ich nach einem spanischen Torwart »Zubi« genannt, weil ihr nie etwas entging. Wahrscheinlich hätte sie sogar die Frage nach meiner Schuhgröße beantworten können. Ab und zu ertappte ich sie, wie sie mit ihrem Mopp das Treppenhaus wischte und dabei das Ohr an die Wohnungstür presste, und der Gasmann kam offenbar jede Woche, weil sie so oft in meine Wohnung musste.

Auf dem Weg zur Arbeit trank ich einen Kaffee in der Kneipe an der Ecke. Die Kellner stellten die Kaffeetasse hin und begannen, ein Croissant zu toasten, bevor ich um neun Uhr hereinkam. Dann ging ich zu Fuß zur Boutique, die etwa eine halbe Stunde entfernt war, vorbei an dem alten Mann, der kurz im Betteln innehielt, um mir einen schönen Tag zu wünschen, und der perfekt frisierten Dame, die immer ein Kostüm trug und mir zulächelte, wenn sie ihre beiden Hunde spazieren führte.

Da es am Nachmittag eine dreistündige Mittagspause gab, kehrte ich in meine Wohnung zurück, kochte mir etwas und schlief ein, während ich mir wie alle eine lateinamerikanische Seifenoper ansah. Das Scheppern und Rufen, das durch die offenen Fenster hereindrang, verstummte schlagartig, wenn sich die Hausfrauen vor ihren Fernsehgeräten niederließen, um zu erfahren, ob Rosa nun endlich wusste, dass ihr Mann eine Affäre hatte. Der Arbeitstag endete zwischen sieben und acht, und dann gingen alle etwas trinken und knabberten dazu Tapas, sodass eigentlich niemand mehr Hunger hatte, wenn es Zeit fürs Abendessen war.

Die Zusammenarbeit mit Enrique war anders, als ich es mir vorgestellt hatte, und zwar viel besser. Jeder von Farben strotzender Tag unterschied sich vom vorangegangenen. Manchmal erledigte ich Verwaltungsaufgaben, telefonierte und vereinbarte Termine mit Kunden. Dann wieder verhandelte ich mit Lieferanten, und manchmal saß ich auch im Atelier und arbeitete mit seinen Designern und Schneidern zusammen. Hin und wieder stattete ich auch der Boutique einen kurzen Besuch ab, aber ich blieb nicht lange, weil ich im Gegensatz zu ihm nicht die Geduld hatte, den Kundinnen zu schmeicheln. »Nein, *cariño*, Sie sehen darin überhaupt nicht dick aus«, beteuerte er den Frauen, auch wenn sie förmlich aus Kleidern quollen, die ihnen überhaupt nicht standen. Nachdem ich sechs Monate bei ihm gearbeitet hatte, wollte er, dass ich ins Ausland fuhr, um Stoffe einzukaufen.

»Ich will einen ethnischen Look, Maya, etwas Indisches. Such mir einen Lieferanten.«

»Wie soll ich das anstellen?«, fragte ich, während ich daran dachte, dass der einzige Lieferant, den ich kannte, der Laden in der Green Street war. »Flieg hin«, erwiderte er. »Ich habe hier eine Liste von indischen Lieferanten. Lass dir einen Monat Zeit und bring mit, was du für passend hältst.«

»Nach Indien?«, erkundigte ich mich verdattert.

»Ja, ja, du kommst doch von dort, oder? Also dürftest du keine Probleme haben.«

Ich konnte ihm nicht antworten, dass ich seit zwanzig Jahren nicht da gewesen war, dass ich nicht die geringste Lust darauf hatte und dass ich mich in Madrid wohlfühlte. »Nein«, meinte ich deshalb. »Es ist wirklich gar kein Problem.«

»Du kannst nicht fliegen, Maya«, tobte Marcos. »Bist du übergeschnappt? Sag ihm ab.« Das mochte ich besonders an Marcos – die Aufmunterung und Unterstützung, wenn ich sie am dringendsten brauchte.

»Marcos, sei doch nicht so«, erwiderte ich.

»Wie lange willst du wegbleiben?«, fragte er.

»Etwa einen Monat.«

»Du weißt doch, dass du es nicht nötig hast zu arbeiten, Maya. Sag ihm, dass du nicht fliegst. Ein Monat ist zu lang.«

Obwohl er schmollte und mich anschwieg, fuhr ich am nächsten Montagmorgen nach Madrid, und zwar mit den Worten, dass ich ihn liebte und mich melden würde, sobald ich in Indien angekommen sei. Dann unternahm ich die nötigen Schritte und tätigte zwei Anrufe. Der erste galt meinem Vater in den Vereinigten Staaten, weil ich glaubte, er könne vielleicht Kontakte für mich herstellen oder mir jemanden vermitteln, der mich begleitete und mir bei Sprachschwierigkeiten weiterhalf. Außerdem wollte ich die Adresse seiner Eltern. Ich beabsichtigte zwar nicht, sie zu besuchen, doch es war besser, sie zu haben. Er versprach, mich in fünfzehn Minuten zurückzurufen. Dann rief ich Ravi an und bat ihn um dasselbe. »Kein Problem, Maya, ich sorge dafür, dass dich jemand in Mumbai vom Flughafen abholt. Außerdem schreib dir die folgenden Nummern auf, für den Fall, dass du etwas brauchst«, sagte er. Ich wartete darauf, dass mein Vater mich aus den Vereinigten Staaten zurückrief. Nach zwei Tagen musste ich abreisen. Er hatte sich nicht gemeldet.

Als ich in Mumbai aus dem Flugzeug stieg, war es ausgesprochen schwül. Es war, als wolle die Hitze mich aus einem tiefen, tiefen Schlaf aufwecken, indem sie die in mir schlummernden Gefühle verdampfen ließ. Ein Geruch lag in der Luft. Ich konnte ihn nicht richtig beschreiben, doch er erinnerte mich an Schweiß und Trauer. Sosehr man auch versucht, sich dagegenzustemmen, indem man nur noch flach atmet, verfolgt er einen. Anfangs kann man nicht sehr deutlich sehen, denn alles wird von Staub und Hitze verschleiert. Aus allen Richtungen dringt einem gedämpftes Geklingel ans Ohr: Fahrräder, Kuhglocken, Motorroller, Autohupen, all das hält einen wach, damit man ja nicht wieder wegdämmert. Als ich ins Flughafengebäude kam, wurden die Geräusche lauter, so als wollten sie mit dem Geschrei, Geschimpfe und Gedränge im Terminal mithalten. Schweißfleckige Khakiuniformen mit buschigen Schnurrbärten und Gewehren fixierten mich mit Blicken, als wollten sie sagen: »Du gehörst zu uns.« Ich hatte Angst.

Der Polizist nahm meinen Pass und gab ihn mir mit einem anzüglichen Blick zurück, dem ich auswich. Mit abgewandtem Gesicht nahm ich den Pass und ging weiter. Kleine Jungen stritten sich, wer mir beim Tragen meines Koffers helfen sollte, und riefen so verzweifelt: »Ma'am, Ma'am, Ma'am«, dass es unmöglich war, einen von ihnen auszusuchen. Der Geruch wurde stärker, als wir das Flughafengebäude verließen. Überall lag der Gestank nach Achselhöhlen und Urin, und der Lärm steigerte sich. Plötzlich war ich von unzähligen Gesichtern umringt, die auf mich einschrien und mich anbettelten: Krüppel, Blinde, Alte,

Junge, Mütter mit Babys, Kinder. Alle riefen »paisa«. Auf einmal wurde man von dem Gestank nicht mehr verfolgt, er stand direkt vor einem: Angst und Trauer. Ich verteilte das Kleingeld, das ich bei mir hatte, obwohl ich wusste, dass es nichts verändern würde. Doch wenigstens hatte ich mir für den Moment nichts vorzuwerfen. Doch sie liefen mir weiter nach, und mir blieb nichts anderes übrig, als mich abzuwenden. Dann entdeckte ich inmitten des Gewühls jemanden mit einem großen Schild, auf dem mein Name stand. Die Rettung.

Ravi Thakker hatte einen seiner Freunde angerufen, und dieser hatte mir einen Fahrer und einen Aufpasser geschickt, um mich vom Flughafen abzuholen. Krishna, der Aufpasser, stellte sich vor und erkundigte sich, ob ich zum ersten Mal in Indien sei. Ich wusste nicht, was ich darauf antworten sollte. Schließlich handelte es sich um das Land meiner Geburt, das ich seit zwanzig Jahren verdrängt hatte, als wäre es vom Erdball getilgt.

»Ich bin hier geboren«, erwiderte ich.

Er lächelte, ahnend, dass ich eine Fremde in meiner Heimat war.

Als wir ins Auto stiegen, scheuchte er die Bettler wie lästige Fliegen weg. Immer wenn wir an einer Ampel hielten, stürzten sie sich aus allen Richtungen auf uns und streckten ihre Arme durch die offenen Fenster herein. Er unterhielt sich weiter mit mir, als ob sie gar nicht existierten. Und als ein kleines Mädchen den Arm zum Fenster hereinschob, hatte ich gerade genug Zeit, um mein Armband abzunehmen und es ihr zu reichen.

»Das sollten Sie nicht tun, Maya. Zum Großteil sind es organisierte Banden, und die Kinder kriegen das, was Sie ihnen geben, nie zu sehen. Achten Sie einfach nicht auf sie.«

Wie sollte ich etwas ignorieren, das mir ins Gesicht starrte? Doch hier fuhren die Wohlhabenden inmitten der Armut herum, als ob diese etwas Alltägliches wäre – sie waren daran gewöhnt. Elendsviertel, bestehend aus Hütten und Pappkartons, verunstalteten die Straßen, und die Dächer waren aus schmutzigen Laken oder Zeitungen, die keinen Schutz vor dem Regen boten. Um sie herum befanden sich Sickergruben und Müllberge, auf denen Kinder spielten. Dahinter ragten bunte Plakatwände auf, die den neuesten Spielfilm aus indischer Produktion anpriesen oder mit Models, die viel zu hellhäutig wirkten, um Inderinnen zu sein, und für Haushaltsgeräte, Cremes oder Kosmetikartikel warben. Leute fuhren, das Mobiltelefon am Ohr, auf Motorrädern oder in schnellen Autos vorbei und trugen Designerkleidung. Sie teilten sich die Straße mit verirrten Kühen, die frei herumliefen. Die lebendig und temperamentvoll wirkenden Frauen in ihren Saris, unter denen ein klein wenig Haut hervorblitzte, erinnerten mit ihren reich gefältelten Gewändern an bunte Geschenkpäckchen. Und dennoch wies ihr scheu abgewandter Blick darauf hin, dass es sich nicht schickte, sie zu bewundern.

Als wir uns der Stadt näherten, waren mehr Menschen westlich gekleidet, und das Tempo änderte sich wieder. Popmusik dröhnte aus den Läden und den Buden am Straßenrand, die Coca-Cola und Fanta in Pfandflaschen verkauften. Der Geruch nach gerösteten Erdnüssen und Abgasen überdeckte den menschlichen Gestank. Im Hintergrund lief MTV, während Satellitenschüsseln die Wellen von Whitney Houstons »I'm Every Woman« begierig aufsaugten.

Der Fahrer hielt vor dem Taj, einem Fünfsternehotel mitten in der Stadt. Die Böden bestanden aus weißem Marmor, und die strahlend weiß gestrichenen hohen Decken waren mit wunderschönen geschnitzten Ornamenten verziert und mit prunkvollen Kronleuchtern aus Kristall geschmückt. Das Schlafzimmer war tadellos sauber, das Bad blitzblank geputzt, und das Doppelbett verfügte über bunte Seidenkissen. Die Klimaanlage lief, damit man kein Fenster öffnen musste. Denn sonst hätte man wegen des Luxus, in dem man lebte, ein schlechtes Gewissen bekommen. Derselbe Widerspruch, der in diesem Land herrschte, spielte sich auch in mir ab. Das Indien, das meine Heimat war, brachte eine Unzahl von Gegensätzen hervor – Glück, Trauer, Armut, Reichtum, Überfluss, Hunger, Frömmigkeit, Dekadenz –, die die Bevölkerung überall umgab. Und alles existierte nebeneinander.

Ich rief Marcos an, um ihm zu sagen, dass alles in Ordnung war. »Schau, dass du bald nach Hause kommst, Maya. Es tut mir leid, dass ich …« Die Verbindung brach ab. Dann wählte ich Ravis Büronummer, bedankte mich dafür, dass er alle Termine für mich vereinbart hatte, und richtete noch eine Bitte an ihn: Er solle meine Mutter nach der Adresse unseres früheren Hauses in dem Dorf nördlich von Mumbai fragen und sie mir faxen. Er antwortete, er werde sehen, was sich tun ließe. Ich ging zu Bett.

Am Morgen kam Krishna, um mich abzuholen und sich mit mir auf die Suche nach den Lieferanten von Enriques Liste zu machen, mit denen ich verabredet war. Einige thronten wie Fürsten hinter ihren Schreibtischen in ihren düsteren, grauen Büros in Geschäftshochhäusern und versteckten sich hinter ihren Schnurrbärten, die im Luftzug der rotierenden Ventilatorenflügel flatterten. Als wir fragten, ob wir die Werkstatt besichtigen könnten, gerieten sie ins Stocken, lehnten höflich ab und wedelten uns mit den kostbarsten Stoffen unter der Nase herum, um uns von unserem schockierenden Vorhaben abzulenken.

Nur wenige zeigten uns ihre muffige, nach Schweiß riechende Werkstatt ohne richtige Belüftung, in der Kinder arbeiteten, die manchmal kaum fünf Jahre alt waren. Niemand blickte auf, um uns anzusehen, und alle webten, färbten oder stickten einfach weiter. Es schien sie nicht zu stören, in einer derartigen Bruchbude schuften zu müssen, und sie ließen sich nicht von der Arbeit ablenken. Aus diesen stinkenden schwarzen Dreckslöchern kamen die wertvollsten Stoffe – rosafarbener und roter Chiffon, goldene Rohseide, türkisblauer Taft, zarter weißer Organza, kunstvoll gewebt und bestickt. Wunderschöne Dinge entstanden in diesen elenden Werkstätten, so wie die Nischen eines gequälten Verstandes zuweilen inspirierte Ideen hervorbringen können. Auch im hellen Sonnenschein waren diesen Stoffen keine Spuren des Leids und auch nicht der hungrigen Hände anzusehen, die sich mit ihnen abgeplagt hatten. Und das Absurdeste daran war, dass diese Stoffe häufig ins Ausland exportiert und dort an westlichen Models zur Schau gestellt wurden, die hungerten, um in die Kleider zu passen.

Ravis Liste brachte uns ein wenig weiter. Der Mensch, der sie zusammengestellt hatte, besaß entweder noch ein Gewissen oder wollte uns ein positiveres Bild vermitteln. Wir sammelten Proben und trafen mit einigen der Lieferanten Vereinbarungen. Da mir noch mehr als zwei Wochen blieben, betrachtete ich immer wieder das Fax mit der Adresse, das Ravi mir geschickt hatte, und bat schließlich Krishna, mich hinzubegleiten.

Wir fuhren am Meer entlang, das schlammig braune

Wellen an einen Strand spuckte und sein Bestes tat, gegen eine gelbsüchtige Sonne anzufunkeln. Kinder rannten den Strand entlang, hinter einem Jungen her, der einen weggeworfenen Fahrradreifen gefunden hatte. Eine Stunde nördlich von Mumbai erreichten wir das große Haus im Kolonialstil, das von gewaltigen Toren geschützt wurde. Dahinter auf dem Grundstück wuchsen viele Bäume. Das Haus wirkte kleiner als in meinen bruchstückhaften Erinnerungen und gehörte inzwischen einem ortsansässigen Großgrundbesitzer. Nachdem Krishna dem Mann erklärt hatte, was wir hier wollten, lud er uns zum Tee ein. Wir saßen im Wohnzimmer hinter der Veranda. Ich erinnerte mich an diesen Raum, inzwischen schmutzig weiß mit rot gekacheltem Boden. Früher hatte hier ein Sofa gestanden. Wenn Satchin und ich den Bezug herunterzerrten, wurde Ammamma böse auf uns. Dann hatte ich ein paar verblasste Bilder vor Augen. Eine Glasvitrine mit Puppen, die mein Vater mir geschenkt hatte, und den Speicher voller Stroh, wo wir wegen der Schlangen nicht spielen durften. Amma, wie sie makellos gekleidet auf der Veranda wartete und mit dem Briefträger plauderte, wenn dieser die Post brachte. Ammammas Verzweiflung über die Dhobi, die unsere Kleider zu sehr stärkte, der sie aber einfach nicht zu kündigen übers Herz brachte. Die Dienstboten, die Kuhdung für die unterschiedlichsten Verwendungszwecke sammelten. Das Haus voller Nachbarn. Der Welpe. Eine Hausangestellte riss mich aus meinen Gedanken, als sie mit einem Tablett erschien, auf dem drei schimmernde Stahltassen standen. Während sie mir eine davon reichte, musterte sie mich fragend.

»Nalini? Nalini?«, rief sie aus, stellte das Tablett ab und begann, wild auf Hindi auf mich einzureden. »Was sagt sie?«, erkundigte ich mich bei Krishna.

»Dass sie Sie sehr vermisst hat, nachdem Sie fortgegangen seien, und dass es seitdem nie mehr dasselbe war.«

Dann hielt sie inne, sah ihren Arbeitgeber an und fügte hinzu: »Natürlich nur, bis Sahib kam.«

»Antworten Sie ihr, dass ich Maya bin, Nalinis Tochter.«

Er erklärte es ihr. Sie lächelte, lachte dann auf, und ihre vom Betelkauen gelben Zähne, die Zahnlücken und die weiße Kopfbedeckung aus Baumwolle ließen mich meine Aya in jungen Jahren wiedererkennen. Als ich die Arme ausstreckte, umarmte sie mich. »Maya, Maya«, wiederholte sie und zeigte mir mit den Händen, wie klein ich damals gewesen war. Dann weiteten sich ihre Augen, und sie erkundigte sich nach Satchin. Als ich den Kopf schüttelte und den Blick senkte, setzte sie sich zu mir. Ihr Geruch nach feuchtem Leinen und Holzrauch erinnerte mich an die Male, die sie mich mit in die Küche genommen hatte, damit ich meine Amma und Ammamma beim Kochen beobachten konnte. »Und Ammamma?«, fragte ich. Meine Aya sah mich an und erwiderte: »Collenauta.« Sie war nach Collenauta zurückgekehrt.

Aya wollte alles über Amma wissen. »Und Raul?«, fuhr sie fort und verzog verlegen das Gesicht. Wieder schüttelte ich den Kopf, da ich nicht wusste, wie ich ihr alles, was seitdem geschehen war, erklären sollte. Ihr Gesicht strahlte, und sie machte wischende Handbewegungen. »Was sagt sie, Krishna? Was sagt sie?«

»Sie sagt, dass er nie gut zu ihr war. Dass Nalini einen Fehler geheiratet hat.«

Warum behauptete sie das? Er hatte sie doch geliebt. »Erklären Sie ihr, dass das nicht stimmt«, entgegnete sie. »Er hat sie wirklich geliebt.«

Aya wirkte enttäuscht, zupfte an ihrer Kopfbedeckung, antwortete etwas und verfiel dann in Schweigen.

»Er hat nur sich selbst geliebt«, dolmetschte Krishna.

Auf der Rückfahrt sahen Krishna und ich Arbeiter, die, wie meine Ammamma sagte, auf den Reisfeldern Widerspruch pflanzten. Er hatte sie wirklich geliebt, das wusste ich genau. Die Kommunikation, insbesondere Briefeschreiben, gehörte eben nicht zu seinen Stärken, mehr steckte nicht dahinter.

Als wir in einer Rikscha zum Meer fuhren und ich auf den Knien meiner Ammamma hüpfte, flüsterte mir ihre Stimme ins Ohr, die Arbeiter pflanzten ihre Zweifel, ihre Sorgen, ihre Hoffnungen und ihre Träume hier in Wasser und Erde, damit der Boden sie mit seiner Zauberkraft nähren könne und alle Probleme gelöst würden. Sie pflegten die Felder gewissenhaft und warteten geduldig, bis der Mond die notwendigen Zyklen durchlaufen habe, damit der Musiker den Regen bringen könne. Dann sammelten sie die Antworten ein, die sie erhalten hatten, und das Einwickelpapier, das sich um jedes Geschenk befand, die Hülse, wurde vom Korn getrennt. Zuerst machte sie einen unnachgiebigen Eindruck und wehrte sich gegen die Ablösungsversuche, doch sobald sie sich ein wenig gelockert hatte, sträubte sie sich nicht mehr. Die Menschen bedankten sich.

Geduld, sagte Ammamma, sei die erste Lektion, die sie dabei lernten, denn diese gehöre zu den wichtigsten Dingen. Ohne Geduld wäre all die Arbeit vergeblich. Anschließend wurden die Reiskörner auf dem Boden ausgebreitet, damit die Sonne jedes einzelne mit ihrer Hitze durchdringen und das Leben, die Kraft und die Fruchtbarkeit, mit der es ausgestattet sei, sowie die angestrebte Weisheit zum Vorschein bringen könne. Aus dem Himmel sähen die Vögel das Korn funkeln und wollten sich darauf stürzen, sodass jemand Wache halten und gut aufpassen musste. Der Reis wurde zusammengefegt und eingesammelt, und die Menschen warteten hungrig. Er wurde gedämpft, damit die Güte, die darin gegart hatte, sich ausbreiten und leere Mägen mit den magischen Antworten füllen konnte, die aus der Erde kamen.

Da einige Menschen die Antworten nicht hören wollten, aßen sie immer mehr, in der Hoffnung auf andere Lösungen. Sie stopften sich voll und genossen das Gefühl, das ihnen die Speisen vorübergehend vermittelte. Doch wenn sie immer wieder dieselben Antworten erhielten, wiesen sie diese erneut zurück. Sie suchten weiteren Trost, manchmal in Süßigkeiten wie Kokosbällchen oder Jilebies, die menschliche Gefühle beschwichtigten. Andere fühlten sich von den Antworten, die sie bekamen, abgestoßen und aßen gerade genug, um den Tag zu überstehen. Viele lebten mit leeren Mägen, und diese Menschen kannten keine Antworten, nur Fragen, die sie Hunger leiden ließen.

Wieder kamen wir am Meer vorbei. »Halten Sie an«, rief ich Krishna zu.

»Hier, Maya?«

»Ja, bitte. Halten Sie an.«

Er gab dem Fahrer ein Zeichen. Ich stieg aus und rannte, so schnell ich konnte, ins Meer, das Meer, das ich für eine dreckige Brühe, ein Raubtier, gehalten hatte. Ich war ein Teil davon, und es gehörte zu mir; ich ließ mich von den Wellen überspülen. Dann setzte ich mich auf die Steine, damit meine Kleider trockneten, und atmete im Gleichtakt mit dem Kräuseln der Wellen. Krishna kam mit ungläubiger und entsetzter Miene angelaufen und zählte alle Krankheiten auf, die ich mir durch diese Wahnsinnstat womöglich einfangen hatte. »Was haben Sie sich bloß dabei gedacht, Maya?«

»Ich habe versucht, den Takt zu finden.«

Er musterte mich völlig verdattert und hielt das vermutlich für eine absonderliche westliche Idee, die ich aus England mitgebracht hatte.

»Ja, aber was ist mit Typhus, Diphtherie, Malaria …«, begann er wieder.

Ich nickte.

»Ich hole Ihnen saubere Sachen aus dem Auto.«

»Nein, ich möchte eine Weile allein hier sitzen bleiben, bis sie trocken sind.«

Während er widerstrebend zum Wagen zurückkehrte, lauschte ich dem Meer und versuchte, den Takt zu finden und die Zeichen verstehen zu lernen. Ein Ballonverkäufer näherte sich, und Kinder umringten mich. Anstatt ihnen

Geld zu geben, kaufte ich dem Ballonverkäufer seine gesamte Ware ab und verteilte alles an die Kinder. Bunte Ballons sausten den Strand entlang. Ich ging wieder zum Auto.

»Ich muss nach Collenauta.«

»Aber, Maya, das ist ganz weit im Süden«, erwiderte Krishna.

»Ich weiß. Sie brauchen ja nicht mitzukommen.«

»Sie können da nicht allein hinfahren. Ich besorge die Tickets. Wir fliegen morgen«, entgegnete er.

Als wir wieder im Hotel waren, trat der Kellner an meinen Tisch und sagte: »Dasselbe wie immer, Ma'am, Omelette, Pommes und grüner Salat?«

»Danke«, antwortete ich, und als er sich schon abwenden wollte, fügte ich hinzu: »Ich glaube, ich probiere heute Iddlies mit Sambar.«

»Kommt sofort«, meinte er nickend.

Es war ein typisches Gericht aus dem Süden, das meine Großmutter häufig für uns gekocht hatte. Man zerdrückte dazu die vergorenen Reiskuchen im flüssigen Sambar. Seit ich zurückdenken kann, versuchte Amma uns dazu zu bringen, das zu essen. Die Ernährung war ein ständiger Kampf zwischen uns, der dazu diente, die Machtverhältnisse zu klären. Satchin und ich ließen uns nicht beirren. Doch sie war eine geschickte Gegnerin, packte die Iddlies in unsere Butterbrotdosen oder gab Ketchup dazu, um uns in Versuchung zu führen. Es war kein Problem, sie wegzuwerfen, doch als Satchin älter wurde, fand er Geschmack an ihnen, und es entwickelte sich zu einem Wettbewerb zwischen ihm und Ravi, wer die meisten verschlingen konnte. Meine kleine Schwester mochte sie auch, und zwar am liebsten zerdrückt, und sie trank den Saft, den meine Mutter ihr in ihre rosafarbene Schnabeltasse gab. Ich hingegen hatte vermutlich mit etwa vier Jahren zum letzten Mal Iddlies und Sambar gegessen und bis jetzt industriell gefertigte Lebensmittel bevorzugt.

Sie wurden heiß und flockig serviert, in einer dicken brauen Sauce mit langen Gemüseschnitzen und saftigen Schalotten. Als ich vorsichtig mit dem Messer hineinschnitt, verdrehte ich die Augen und dachte an die Worte meiner Amma: Die Finger stellten eine Verbindung mit dem Essen her, wie kein Gerät es könne. Satchin und ich stritten mit ihr über Hygiene und bestanden darauf, Besteck zu benutzen. Das hatten wir von den anderen Kindern gelernt, die behaupteten, Pakis seien schmutzig, weil sie mit den Fingern äßen. »Nein«, erwiderte sie. »Es ist wichtig, die Nahrung zu berühren.«

Die Nahrung berühren, mit den Fingern essen. Ich lachte bei diesem Gedanken. Marcos und ich waren mit einigen seiner Kollegen in einer Kneipe und aßen Tapas. Als ich mit den Fingern nach einem Stück Brathuhn griff, war er entsetzt und nahm mich beiseite. »Maya, wie kannst du dich so benehmen? Wozu, glaubst du, sind die Cocktailspießchen da?«

Die Iddlies fühlten sich an wie weiche Sandkörner, zusammengeklebt von der Brandung. Vollendet rund geformt, schwammen sie im Sambar. Bröckchen, die an Seetang erinnerten, trieben ziellos auf der Oberfläche. Ein schweres Gemüsestück sank auf den Grund wie ein altes Ölfass. Die Schalotten hüpften auf und nieder, und es wäre schwierig gewesen, sie mit einer Gabel herauszufischen, weshalb ich einfach danach griff und hineinbiss. Sie schmeckten salzig. Ich bat um einen Löffel, um das Sambar essen zu können, weil ich es nicht wie Ravi vom Teller schlürfen oder wie Amma anmutig aus der Hand trinken wollte. Ich verschluckte mich an den scharfen Pfefferkörnern, und obwohl ich es nicht zugeben wollte, fühlte ich mich geborgen, so als wäre ich wohlbehalten nach Hause zurückgekehrt. Meine Großmutter hätte gesagt, dass es sich um einen Prozess der Selbstreinigung handelte, der allen im Laufe der Jahre angesammelten Schmutz wegspülte. Ganz bestimmt hätte sie mir das zugeflüstert.

Meine Mutter schickte die Briefe mit den Fotos ab, die wir an Ammamma schrieben. Und sie las uns Ammammas Antwortbriefe vor, weil wir kein Malayalam lesen konnten. Jeder Brief endete damit, dass wir brav sein und unsere Hausaufgaben machen sollten und dass sie uns liebte. Als wir in Maggies Haus zogen, wurden die Briefe seltener und hörten schließlich auf. Da Satchin und ich Amma nicht mit Fragen quälen wollten, nahmen wir an, Ammamma sei jetzt bei unserem Vater. Doch vermutlich war sie in Wahrheit noch am Leben und bei bester Gesundheit, was Amma wohl irgendwie vergessen hatte, wieder eine Lüge also. An diesem Abend packte ich meine Koffer, um in den Süden zu reisen.

Am nächsten Tag holte mich Krishna ab, und wir flogen nach Kerala. Am Flughafen wurden wir von einem anderen Fahrer erwartet, der ein kariertes Hemd und einen Loongi trug. Nachdem er uns begrüßt hatte, lüpfte er das Wickelgewand und raffte es zusammen, sodass man seine Beine sah, die mager wie Streichhölzer und dünner als meine eigenen waren. Wenn er lächelte, schien sein Gesicht, das sehr dunkel war, zu strahlen. »Ich bin Ihr Pfarrer«, verkündete er stolz und wiegte den Kopf hin und her. Das sagte er auf Malayalam, bis auf das Wort »Pfarrer«, das ihm jemand offenbar falsch beigebracht hatte. Dann führte er uns zum Auto. Krishna hatte Zimmer in einem Hotel am Flughafen reserviert, wo wir die erste Nacht verbrachten. Der Fahrer aß draußen im Auto. Ich bat Krishna, ihn hereinzurufen und ihn zu uns an den Tisch zu bitten, doch er weigerte sich. Nach dem Essen ging ich hinaus, sprach ihn in meinem gebrochenen Malayalam an und schlug ihm vor, doch hereinzukommen. Wir würden auch sein Zimmer bezahlen. Aber er bestand darauf, in seinem Wagen zu schlafen.

Am nächsten Morgen nach dem Frühstück brachen wir auf. Vijay, der Fahrer, meinte, der Weg würde drei bis vier Stunden in Anspruch nehmen. In der Stadt waren die Straßen gut, doch dann musste er Staubstraßen benutzen und Schlaglöchern und Tieren ausweichen, sodass er bei jeder Gelegenheit auf die Hupe drückte und mit bunten Bussen und Radfahrern um den wenigen Platz kämpfte. Wenn möglich winkte er den Leuten zu und lachte. Und da sein Lachen ansteckend war, lachte ich bald auch. Als die Straßen ruhiger wurden, hörte er trotzdem nicht auf zu hupen. Der Lärm erschreckte die Frauen, die riesige Wasserkrüge aus Bronze trugen. Sie drehten sich nach uns um, während ihre Kinder uns hinterherliefen. Wohin das Auge blickte, sah man Palmen, Bananenplantagen und üppige Vegetation. Wer sich einen Schirm leisten konnte, schritt unter so einem schwarzen Ungetüm einher, um sich vor der Sonne zu schützen. Die Hitze war nicht so stark wie in Mumbai. Es war zwar auch heiß, aber ganz anders. Auch die Luft schien frischer und weniger von Abgasen verschmutzt zu sein. Kurz hielten wir am Straßenrand, um ein paar Kokosnüsse zu kaufen.

Der Kokosnusshändler wirkte erleichtert, da wir an diesem Tag seine ersten Kunden waren, und wählte drei Kokosnüsse aus. Vijay schüttelte den Kopf und sagte, wir wollten nur zwei, doch schließlich gab er sich dem Verkaufstalent des Händlers und meinen Bitten geschlagen. Nachdem der Händler seine rostige Axt geschärft hatte, schlug er genüsslich die Spitze der Kokosnüsse ab und reichte sie uns zusammen mit Strohhalmen, die tatsächlich aus Stroh bestanden. Als ich ein paar Rupien aus der Tasche holte, fielen ihm fast die Augen aus dem Kopf. Vijay protestierte, das sei zu viel, und die Stimmung wurde ein wenig angespannt, als der Händler mit ausgestreckter Hand dastand und ich zu Vijay meinte, das sei doch nicht so wichtig. Der Händler wirkte begeistert, und während wir zum Auto zurückkehrten, begann er, seine Waren zusammenzupacken. Für diesen Tag hatte er genug verdient, um sich auf den Heimweg machen zu können.

Mit einem holperig zusammengeschusterten Satz erkundigte ich mich bei Vijay, ob er Familie habe. Sein Lächeln erstrahlte im Rückspiegel, und er klappte den Sonnenschutz herunter, um mir ein Foto von seiner Tochter und seiner Frau zu zeigen.

»Ich habe sie letztes Jahr verheiratet«, verkündete er stolz.

Sie konnte nicht älter als sechzehn sein. »An einen Mann mit viel Land«, fügte er hinzu.

»Sind Sie verheiratet?«, fragte er mich dann schüchtern.

Als ich den Kopf schüttelte, bedachte er mich mit dem Blick eines Vaters, der von seinem Kind enttäuscht ist. »Ich werde für Sie beten«, sagte er. »Dafür beten, dass ein guter Mann kommt und Sie nimmt.«

Krishna, der feststellte, dass die Sitze allmählich schweißnass wurden, schlug vor, in der nächsten größeren Ortschaft vor Collenauta zu halten und eine Möglichkeit zu suchen, uns zu waschen. In Chotagam wimmelte es von Schildern, auf denen HOTEL stand. Vor jedem davon ließ Krishna anhalten, um die Zimmer in Augenschein zu nehmen, und kehrte unverrichteter Dinge zurück. »Es macht nichts, solange es sauber ist«, beteuerte ich, um die Auswahl zu vergrößern.

Das beste Hotel, das er auftreiben konnte, hieß Laxmi. Überall schwirrten Moskitos herum. Das Bett war zwar von einem Moskitonetz umgeben, doch dieses strotzte vor Löchern. Im Bad gab es weder Wanne noch Dusche, sondern nur einen schlichten gelben Eimer, einen dazu passenden Krug und ein selbst gebasteltes Ablaufsystem. Die

Toilette bestand aus einem Loch auf einer Stufe zwischen zwei Betonblöcken. Um sie zu benutzen, musste man sich hinaufziehen und Kauerstellung einnehmen. »Es ist perfekt«, meinte ich zu Krishna, der nicht sehr überzeugt wirkte.

Wir wuschen uns und verspeisten ein Mittagessen, das aus traurig aussehenden, lustlos zusammenklebenden Reiskörnern in einer Sauce aus misshandeltem Spinat bestand und auf einem Bananenblatt serviert wurde. Ich spielte mit meinem Essen herum, doch da es kein Papadam gab, unter dem ich es hätte verstecken können, blieb mir nichts übrig, als es zu essen. Zum Nachtisch gab es ein zusammengefallenes Gulabjambo, das ich stehen lassen musste, denn es war mit Sirup gefüllt, in dem ein Bataillon roter Ameisen den Tod gefunden hatte. Wir bezahlten den Kellner und setzten unsere Fahrt fort. »Wie weit noch?«, fragte ich Vijay.

»Eine Stunde.«

Die Bäume bogen sich über die Straße, als wollten sie sie zurückerobern, streiften das Auto und setzten einen Konfettiregen aus seltsam aussehenden Insekten an den Fensterscheiben ab. Wenn das Blätterdach sich lichtete, sah man kilometerweit grüne Reisfelder, die die Sonne in sich aufsaugten. Ringsherum wuchsen hohe Gräser und Zuckerrohr, und dahinter erhoben sich schartige, violette Berge. Überall auf den Feldern befanden sich Menschen, die uns zuwinkten, wenn sie aufblickten. Anderthalb Stunden und einige gewundene Nebenstraßen später erreichten wir endlich eine Ortschaft, bei der es sich vermutlich um Collenauta handelte.

Das Motorengeräusch des Autos lockte Leute herbei, die im Tempel gebetet, in der Kneipe getrunken, im See gebadet, Kleider gewaschen oder auf den Feldern gearbeitet hatten und die sich nun rings um unseren Wagen versammelten. Wir standen mitten auf dem Dorfplatz, wo sich ein Tempel und eine Reismühle befanden. Vijay hupte, damit die Menschen Platz machten. Einige Kinder sprangen erschrocken zurück und dachten offenbar, dass Gott uns geschickt hatte. Andere standen nur da, beobachteten uns, lachten oder hielten den Atem an. Als ich mich in meinem gebrochenen Malayalam nach Ammu Menon erkundigte, begannen sie zu tuscheln.

»Nalini!«, schrie jemand. Und dann rief eine Frauenstimme: »Nalini, ich bin es, Luxmiammayi.« Was brachte diese Leute nur auf den Gedanken, dass andere Menschen nicht älter wurden? Doch dann trat ein Mann vor, drängte sich durch die Menge und lud mich zu sich nach Hause ein.

Der Mann war sehr groß und hatte grau meliertes Haar und einen Bart, den er dunkelbraun zu färben versucht hatte, auch wenn das Ergebnis eher hennaorange war. Außerdem hatte er einige Muttermale auf der rechten Wange. Etwas an ihm erschien mir sehr vertraut. Krishna meinte, es sei vielleicht besser, wenn ich allein mitginge. Also folgte ich dem Mann durch die Menge. Einige Leute schlossen sich uns an, die anderen blieben beim Auto, und ein paar wenige wandten sich, tuschelnd und raunend, wieder ihrer Beschäftigung zu. Der Mann bat mich in sein Haus, das hinter dem Tempel lag. Nachdem wir die Schuhe ausgezogen hatten, traten wir in eine Art Hof, wo sich ein defekter

Brunnen befand. Auf einer Bank saß eine alte Frau. Eine elegant gekleidete Dame kam heraus und musterte mich argwöhnisch. »Ich bin Maya, Ammus Enkelin«, meinte ich verlegen und betrachtete die alte Frau, um sicherzugehen, dass sie es nicht war.

»Ich weiß«, entgegnete er.

Wieder sah ich sie an; war sie es? Sie lächelte nicht und nahm mich auch sonst nicht zur Kenntnis.

»Du siehst genauso wie deine Mutter aus«, sagte er. »Ich bin Gobi, Gobi Kathi.«

Ich war so verdattert, dass ich mich setzen musste.

Ich hatte gar nicht daran gedacht, sie zu besuchen. Also war die alte Dame meine andere Großmutter, und er, er war mein Onkel. Ich hatte nicht gewusst, dass ich einen Onkel hatte.

»Onkel?«, fragte ich.

»Onkel«, wiederholte ich dann aufgeregt.

Er nickte abweisend. »Wie geht es Raul?«

Ich überlegte, wie ich anfangen sollte. Was sollte ich sagen? »Es … Es geht ihm gut«, stammelte ich.

»Wir haben ihn seit fast dreißig Jahren nicht gesehen.«

Das konnte nicht stimmen. War er nicht bei ihnen gewesen, als er zurückgekommen war, um uns zu suchen?

Sein Bruder lachte höhnisch auf. »Nicht, seit er mit deiner Mutter davongelaufen ist.«

Mit ihr davongelaufen? Er war doch nicht mit ihr davongelaufen! Sie waren einander vorgestellt worden, seine Familie hatte die Hochzeit arrangiert, und dann waren sie nach Mumbai gezogen.

Als er der alten Dame erklärte, wer ich war, sah sie mich finster an. Keine Umarmung für das verloren geglaubte Enkelkind, kein Lächeln, keine frohe Begrüßung oder auch nur ein Nicken, nichts als ein eisiger Blick, als hätte ich nicht das Recht, in ihrem Haus zu sitzen.

»Deine Mutter war eine raffgierige Egoistin. Sie hat das Geschenk genommen, das ich ihr gekauft habe, und ihn dann verführt.«

Ich hatte keine Ahnung, wovon er sprach. Was für ein Geschenk?

»Alle beide, deine Mutter und deine Großmutter, sie haben ihn verhext, ihn sich geschnappt und schließlich das gekriegt, worauf sie es abgesehen hatten: sein Geld.«

Dann erklärte mir Gobi, Achan hätte eigentlich eine andere Frau heiraten sollen, sei aber aus heiterem Himmel mit Amma verschwunden und habe seine Verlobte sitzen gelassen. »Es war schamlos, er hatte ihr gesagt, dass er sie liebte«, brüllte er. Sein Vater habe die Schande nicht ertragen und kurz darauf einen Herzinfarkt erlitten. Also sei Gobi zurückgekehrt, um alles zu Hause zu regeln, und habe die Verlobte geheiratet, damit die Familie nicht das Gesicht und ihren guten Ruf verlor. Die elegante Dame, die dastand und mich abfällig musterte, hätte also die Frau meines Vaters werden sollen.

»Und Ammu?«

Er schnaubte verächtlich. »Sie war zu deiner Mutter und deinem Vater in den Norden gezogen. Nach vielen Jahren kam sie zurück, aber niemand wechselte mehr ein Wort mit ihr, und sie starb. Sie starb in ihrer Hütte auf der anderen Seite der Seen.« Er wies mit der Hand in Richtung Tempel. Das Wort »starb« sprach er mit einer Bitterkeit aus, als sei er froh, dass sie bekommen hatte, was sie verdiente.

Nun war ich den ganzen weiten Weg gefahren, und sie war tot. Sie war tot, und er freute sich darüber.

»Wo war ihr Zuhause?«, fragte ich.

Er ahmte nach, wie ich das Wort »Zuhause« ausgesprochen hatte, lachte und gab mir eine Wegbeschreibung. Er bot mir nicht an, mich hinzubringen. Ich bekam kein Glas Wasser und auch keine Umarmung zum Abschied. Als ich zu meiner anderen Großmutter hinüberging, um etwas zu ihr zu sagen oder ihr die Hand zu halten, wandte sie das Gesicht ab. Das hatte Amma ihnen angetan. Nachdem ich meine Sandalen angezogen hatte, machte ich mich über den sandigen Boden auf den Weg zu Ammammas Hütte. Einige Leute, die draußen vor dem Haus der Kathis gewartet hatten, folgten mir. Schweigend ging ich zu dem Haus, das er mir beschrieben hatte.

Gleich hinter dem See auf einem Hügel stand zwischen ein paar Bäumen eine einsame Hütte. Niemand wollte dort wohnen, weil sie als verflucht galt. Verflucht von Ammammas Zauberkräften. Die Leute, die mir nachgelaufen waren, blieben kurz vor dem Hügel stehen. Ich stieg allein hinauf. Oben stieß ich auf eine Reihe von Mangobäumen und einen zerbrochenen Zaun. Die Hütte selbst konnte man kaum sehen, weil sie von Pflanzen überwuchert war, doch als ich etwas Hölzernes entdeckte, schloss ich, dass es sich um die Tür handelte. Ich stieß sie mit dem Fuß auf. Als ich das tat, ertönte ein Kreischen und Flattern.

Der Raum war von Spinnweben erfüllt und roch muffig. In dieser einfachen Hütte hatte Ammamma also den Rest ihres Lebens verbracht. Ich hob ein Stöckchen vom Boden auf und schob damit die Spinnweben beiseite, um besser sehen zu können. Auf dem Boden lag eine Matte, umgeben von ein paar gusseisernen Töpfen. Dann bemerkte ich ein paar Fotos unter einer abgestoßenen Holzkiste neben der Matte. Auf der Kiste stand eine Statue, hellblau und von Spinnweben überzogen. Ich trat ein, griff nach den Fotos, warf der Statue einen kurzen Blick zu und wollte wieder hinauslaufen. Doch stattdessen kauerte ich mich neben die Töpfe und wischte die Spinnweben sanft weg. Tränen rannen mir die Wangen hinab, aber ich wusste nicht, warum ich so traurig war. Die Göttin sah mich an. »Erzähl mir, was wirklich passiert ist«, bat ich sie. Ich nahm sie und rannte so schnell wie möglich zur anderen Seite des Sees, wo es still war.

Hinter dem Hügel verlief ein kleiner Bach, und ich setzte mich dort auf die Felsen. Die Fotos stellten Satchin und mich als Babys zusammen mit Amma dar. Auf einigen war meine Ammamma zu sehen, wie sie uns im Arm hielt, mit einem Lächeln, das von Ohr zu Ohr verlief, ihrem Gebiss, das sie sich extra für die Fotos eingesetzt hatte, und sie trug einen cremefarbenen Kasava Mundu aus Baumwolle. Sie hat keine Hexerei verbreitet, sondern Liebe, dachte ich. Was Gobi über sie behauptet hatte, stimmt einfach nicht. Ich ließ den Kopf zwischen die Knie sinken und weinte. Ich war erschöpft. Als jemand den Arm um mich legte, blickte ich bedrückt auf.

»Kleine Maya, sie hat so oft von dir gesprochen.«

Eine mit Safran gefärbte Brust, eine einfache schwarze Tasche, nur mit einem Lendentuch bekleidet. Der alte Mann lächelte mich an und sagte, er sei der Astrologe.

»Wie ist sie gestorben?«, schluchzte ich.

»Es ist nicht wichtig, wie sie starb, sondern wie sie gelebt hat und dass sie mit ihren Talenten Tausenden von Menschen helfen konnte. Das ist etwas, das nicht jedem in seinem Leben vergönnt ist. Wenn man das tut, was man liebt, kleine Maya, empfindet man die größte Trauer und die größte Freude, und so ist es schon immer gewesen. Trauer, weil das Leben einen nur auf diese Weise etwas lehren kann, denn sie gibt einem die Möglichkeit, sich seinen Ängsten zu stellen. Als sie zurückkam, wusste sie, dass sie den Zorn der Leute würde ertragen müssen, denn die Menschen fürchten alles, was sie nicht verstehen – sie haben Angst vor dem Andersartigen. Sie ist ihrer Unwissenheit mit dem größten Mut begegnet, und als keiner der Dorfbewohner das essen wollte, was sie kochte, gab sie es denen, die an ihre Tür klopften, berührte sie und begleitete sie auf ihre Wege, und zwar auf eine Weise, die deine Vorstellungskraft weit übersteigt. Nie dachte sie daran, aufzugeben oder fortzuziehen, um sich das Leben zu erleichtern. Sie wusste, dass du kommen würdest, und wir machten uns nicht einmal die Mühe, den Zeitpunkt zu berechnen, weil sie so sicher war. Sie hat mir das für dich gegeben.«

Er nahm ein kleines Stück Papier aus der Tasche, aber ich konnte den Text nicht lesen. Also reichte ich ihm den

Brief und bat ihn, ihn mir vorzulesen. Wieder kramte er in seiner Tasche und förderte eine alte Brille zutage.

Maya Mol,
wenn du bereit bist, wird die Wahrheit kommen und dich finden. Ich weiß, dass dein Mut ausreicht, denn auch unsichtbare Dinge werden durch die Geburt weitergegeben. Du weißt, dass deine Reise hier an dem Ort beginnt, von dem du stammst. Wenn du die Wahrheit in all ihren verschiedenen Formen erkennst, stell dich ihr, pack sie am Kragen, vergib und lass los. Aus dem Loslassen entstehen ein Frieden und eine Liebe, die man nicht kaufen und die einem auch niemand schenken kann. Es ist die absolute Freiheit von all dem, was wir beweisen wollen. Und wenn du das tust, wird all das, was du in dir trägst, genug sein.
Tu das, was du liebst, finde den Takt und lausche dem magischen Gespräch, das stets durch das Essen, das du kostest, die Worte, die man dir sagt, die Musik, die du hörst, und die Menschen, denen du begegnest, geführt wird, und dann wirst du nie allein sein. Das, Maya Mol, ist Überfluss.
Du sollst wissen, dass ich dich immer lieben werde, ganz gleich, wo du auch bist, und dass ich immer, immer bei dir bin, auch an den Tagen des Zweifels, wenn du glaubst, dass alles nur Illusion ist.
Ammmamma

Er faltete den Brief zusammen und gab ihn mir zurück. Nachdem er die Brille wieder eingesteckt hatte, holte er einen zweiten Brief heraus. »Der ist für deine Mutter, bring ihn ihr«, wies er mich an.

»Lies ihn mir vor.«

Er schüttelte den Kopf. »Erst wenn du bereit bist, sie wiederzusehen«, erwiderte er.

»Hat dein Vater euch verlassen, wie eure Ammamma es vorausgesagt hat?«, erkundigte sich der Astrologe dann.

»Ich weiß nicht. Ich glaube nicht«, antwortete ich und dachte eine lange Zeit schweigend nach.

»Ist sie friedlich gestorben?«, fragte ich.

»Anders hätte sie nicht sterben können.«

Er sprach ein Gebet, dasselbe, das meine Mutter immer gesprochen hatte und das ich sie nie hatte beenden lassen. Dann erzählte er mir die Geschichte von König Mahabali, die Geschichte, die Amma so oft angefangen hatte, bevor ich ihr stets ins Wort gefallen war. Er redete über das Bringen von Opfern. Das Opfer des Königs und Ammammas Opfer, das darin bestand, uns gehen zu lassen. Abschließend meinte er, das sei nur möglich gewesen, weil sie wirklich daran glaubte, dass der Geist immer weiterlebt.

Ich nahm die Briefe und kehrte zum Auto zurück.

Krishna und der Fahrer waren damit beschäftigt, den Schulkindern, die das Auto belagerten, Autogramme zu geben. Da es schon sehr spät war, kamen ihre Mütter heraus, um sie nach Hause zu schleppen. Einige luden uns zum Abendessen ein, und bald brach ein Streit aus, bei wem wir essen sollten. Also bedankten wir uns bei allen und meinten, es sei besser, jetzt zu fahren. Ehe wir uns versahen, wurden uns verschiedene in Baumwolle gewickelte Leckereien durch die Autofenster zugesteckt, und dann winkten uns die Dorfbewohner zum Abschied zu. Von der Familie meines Vaters kam niemand, um auf Wiedersehen zu sagen, doch damit hatte ich eigentlich auch gar nicht gerechnet.

»Haben Sie sie gefunden?«, fragte Krishna.

»Ja, ich habe sie gefunden.«

Nur von einem Orchester aus Grillen und Fröschen begleitet verlief die Fahrt schweigsam, denn wir waren beide in Gedanken versunken. Nach unserer Ankunft im Hotel gingen wir sofort schlafen.

Am nächsten Tag setzte Vijay uns am Flughafen ab. Er

weinte, als wir uns verabschiedeten. Ich weiß nicht, ob das an der Höhe des Trinkgeldes lag, das wir ihm gaben, oder daran, dass er uns vermissen würde. Jedenfalls versprach er, jede Woche für mich zu beten, damit Gott mir einen guten Ehemann mit einem großen Stück Land, vielleicht sogar einer Plantage, schicken würde. Am nächsten Tag flogen Krishna und ich nach Mumbai. Eigentlich hätte ich noch am selben Tag nach Spanien zurückkehren können, aber ich wollte noch bleiben, allerdings nicht im Taj, sondern in einem Privathaus. Ich fragte Krishna, ob er das arrangieren könne. Er erwiderte, er wohne bei seinen Eltern außerhalb von Mumbai, und wenn ich wolle, sei ich herzlich willkommen. Es sei jedoch nicht sehr komfortabel. Und so packte ich meine Sachen, und er holte mich ab.

Krishna arbeitete in einen von Ravi Thakkers Büros in Mumbai, und zwar schon seit seinem College-Abschluss vor zehn Jahren. Er war nicht verheiratet und meinte, man dürfe auf derartige Dinge nicht warten, da sie von selbst geschehen würden, wenn die Vorsehung es wolle und der richtige Zeitpunkt gekommen sei. Seine Mutter dachte da anders. Im Esszimmer hinterlegte sie für ihn Fotos verschiedener Mädchen, versehen mit kurzen Lebensläufen, in der Hoffnung, eine von ihnen würde sein Interesse wecken.

Das Haus war nicht luxuriös, verfügte jedoch über alles Notwendige, und es herrschte – was noch viel wichtiger war – eine liebevolle Atmosphäre. Krishna hatte das Haus vor ein paar Jahren für seine Eltern gekauft, und sie waren sehr stolz auf ihn. Die neueste Errungenschaft der Familie war ein großes Farbfernsehgerät, das sicher in einem Metallschrank verstaut war und nur zu besonderen Anlässen herausgeholt wurde. Seine Eltern waren sehr gastfreundlich. Vermutlich glaubte seine Mutter, dass ich mit meinem Aufenthalt Hintergedanken verfolgte, und gab sich größte Mühe, ein Gespräch mit mir anzuknüpfen. Da ich kein einziges Wort verstand, lächelte ich und sagte vermutlich unwissentlich Ja zu jeder Menge von Hochzeitsplänen.

Tagelang saß ich mit der Mutter und dem Dienstmädchen in der Küche. Ich sah zu, wie Gewürze mit Steinen gemahlen, Blätter eingeweicht und in der Sonne getrocknet, Früchte zu Pickles eingekocht und liebevoll und gewissenhaft Speisen aus frischen Zutaten zubereitet wurden. Da jeder von uns mit seinen eigenen Gedanken beschäftigt war, bedeutete es eine vorübergehende Ablenkung, Teig zu kneten und Linsen zu stampfen. Die Ergebnisse waren ein Traum: vielfarbig und strotzend vor Frische, nicht der Bequemlichkeit halber abgepackt und hastig und willkürlich zusammengekippt – Antworten, die so klar waren, dass man sie einfach nicht überhören konnte.

Ich packte die bunten Stoffe ein, die so voller Duft und Farbe und leidenschaftlich waren wie die Menschen, die sie gewebt hatten, und verabschiedete mich von Krishnas Familie. Seine Mutter weinte. Krishna brachte mich zum Flughafen, und als ich ihm auf Wiedersehen sagte, reichte ich ihm einen Umschlag. Im Flugzeug nahm ich die Briefe meiner Ammamma und legte sie ganz unten in meine Handtasche. Dabei stellte ich fest, dass Krishna mir den Umschlag wieder zugesteckt hatte, und zwar mit einer Botschaft: »Maya, du hast mir so viel gegeben. Finde, wonach du suchst, und kehre dann zurück.« Ich wusste, dass irgendwann die Zeit des Wiedersehens mit allen Briefeschreibern kommen würde, doch im Augenblick hatte ich andere Pläne. Ich wollte alles auskosten, was Indien mir geschenkt hatte – ein Gefühl des Friedens und der Sicherheit, wie ich es bis jetzt noch nie gekannt hatte. Ich saß im Flugzeug und dachte darüber nach, als ich von einem Zischen aufgeschreckt wurde. Die Fluggesellschaft besprühte die Maschine mit Desinfektionsmittel, nur für den Fall, dass wir ansteckende Keime mitgebracht hätten.

Marcos, der vielleicht ahnte, dass er im Begriff war, mich zu verlieren, holte mich vom Flughafen ab. Da ich ihm nicht gesagt hatte, mit welcher Maschine genau ich zurückkommen würde, hatte er offenbar stundenlang gewartet. Er hatte einen Strauß weißer Lilien dabei. Ich hatte geglaubt, dass er mir gar nicht zugehört hatte, als ich verkündete, sie seien meine Lieblingsblumen. Zum ersten Mal bekam ich Blumen von ihm, schlicht duftende Lilien, genau so, wie ich sie liebte. »Maya, ich habe viel nachgedacht, während du weg warst, und du kannst dir gar nicht vorstellen, wie sehr ich dich vermisst habe. Wie war es?«

Was sollte ich nur darauf antworten, damit er mich verstand? Dass Indien in mir schlummernde Teile meiner selbst aufgeweckt hatte? Dass Farben, Düfte, Widersprüche und Gefühle aus unserer Heimat in uns ruhen und dass wir irgendwann aufgefordert sind, sie wiederzuentdecken? Dass ich den Takt erkannt hatte?

»Sehr schön«, erwiderte ich.

Als wir ins Auto stiegen, sah er mich an und sagte: »Maya, inzwischen ist mir klar geworden, wie sehr ich dich liebe. Ich bin bereit, aus Palmadoro wegzuziehen. Ich weiß, dass ich in der Vergangenheit Fehler gemacht habe, aber ich will mich ändern. Hier, ich habe etwas für dich.«

Ist es nicht komisch, dass einem die Dinge, die man sich so sehr gewünscht hat, plötzlich unwichtig erscheinen, wenn sie endlich eintreten? Er zog einen Ring mit einem einzelnen Diamanten aus der Tasche. »Willst du, Maya? Willst du mich heiraten? *Te quiero, Maya, cariño. ¿Lo sabes no?*«

Manchmal sind wir nicht bereit, uns dem zu stellen, was nötig ist. Möglicherweise werden uns auch Ablenkungen geschickt, die uns von unserem Vorhaben abbringen. Wäre sie enttäuscht?, dachte ich. Nein, sie hätte es verstanden.

»Ja«, erwiderte ich. »Mr. Gonzalez del Hoyo, ich werde deine Frau.«

Enrique war von den Stoffproben begeistert. »*Cariño*, genauso habe ich es mir vorgestellt. Und du hast auch die richtigen Farben erwischt. Dieses Lila eignet sich fantastisch für die Herbstkollektion. Was denkst du, Maya?« Ich lächelte, als er mir die Schnittmuster für die Stoffe zeigte.

»Maya, ich wollte dich noch etwas anderes fragen. Was

hältst du davon, für mich ein Büro in London einzurichten? Wir brauchen dort einen Stützpunkt, und du hast doch in London gelebt, oder?«

London. Ich war wie vom Donner gerührt. London. Dort konnte ich auf keinen Fall hin. Kurz dachte ich an Amma und an all die Fragen, die ich an sie hatte. Dann an Marcos, den Mann, an den ich gebunden war. Ich konnte ihn nicht verlassen, er brauchte mich, und ich liebte ihn. Er hatte zwar seine Fehler, aber ich liebte ihn. London kam nicht infrage.

»Ich werde bald heiraten, Enrique. Ich kann jetzt nicht einfach nach London ziehen.«

Er murmelte etwas über Marcos, aber ich verstand es nicht genau und bat ihn lieber nicht, es zu wiederholen.

Ich arbeitete weiter, während die Hochzeitsvorbereitungen in vollem Gange waren. Bereitwillig überließ ich sie María Carmen, die die Verantwortung nur allzu gern übernahm. Ich liebte meinen Beruf von ganzem Herzen, ergriff jede Chance, die Enrique mir eröffnete, und bemerkte gar nicht, wie die Stunden verflogen. Das hieß nicht, dass ich mich von all dem ablenken wollte, was mir im Kopf herumging. Ich wartete einfach nur auf den richtigen Augenblick. Dann, vier Monate später, bekam ich – wie ich vorausgeahnt hatte – die Gelegenheit, Kunden in den Vereinigten Staaten zu besuchen. Die Geschäftstermine in New York nahmen eine Woche in Anspruch. Anschließend flog ich nach Chicago weiter.

Ravis Eltern wohnten dort, und kurz spielte ich mit dem Gedanken, Fettfingerchen einen Besuch abzustatten, doch ich verwarf ihn gleich wieder, denn sie hätte sicher darauf bestanden, dass ich bei ihr wohnte. Also nahm ich mir ein Hotelzimmer und rief mir ein Taxi. Der Fahrer brachte mich zu der Adresse, die ich von einem von Rauls Briefköpfen hatte. Ausreden, immer nur Ausreden. Manchmal will man die Wahrheit einfach nicht sehen, obwohl sie einem ins Gesicht starrt. »Maya, ich habe ein paar Mal versucht, dich anzurufen, aber ich bin nicht durchgekommen.« – »Ich habe dir eine Nachricht hinterlassen, hast du sie nicht gekriegt?« – »Maya, diesen Sommer schaffe ich es nicht, bist du im Herbst da?« – »Maya, ich habe jetzt keine Zeit zum Reden, ich rufe dich später zurück, oder noch besser, ich schreibe dir.« Daraufhin bekam ich einen hingekritzelten Zettel, auf dem stand, wie sehr er mich liebte, begleitet von einem Scheck.

Ich läutete, und eine Stimme fragte mich über die Gegensprechanlage, wer ich sei. »Ich suche Raul«, erwiderte ich.

»Klar, kommen Sie rauf«, sagte eine junge Männerstimme.

Ich stieg zwei Stockwerke hinauf. Die Wohnungstür stand offen.

Ziemlich bescheiden für einen Ölmagnaten, dachte ich.

Ein sehr attraktiver Mann erschien hinter der Tür, und ich zuckte zusammen. »Tut mir leid, Sie zu stören, aber wohnt Raul hier?«

»Ja, tut er, aber er ist gerade nicht da. Kommen Sie rein, und nehmen Sie Platz, er ist sicher gleich zurück«, entgegnete er und führte mich zu einem schauderhaften roten Ledersofa.

»Ich bin Maya, seine …« Meine Stimme erstarb.

»Eine Freundin aus England?«

»Ja«, antwortete ich und fragte mich, wer er wohl sein mochte.

»Dad spricht häufig über seine Zeit in England.«

Dad? War das etwa sein Sohn? Das konnte doch nicht sein, denn er war etwa in meinem Alter. »Dad?«, wiederholte ich, betrachtete die Fotos von Fremden auf dem Beistelltisch und rang um Fassung.

»Sieht man das nicht? Alle sagen, wir seien uns sehr ähnlich. Ich heiße übrigens Ralf«, sagte er.

»So alt ist Raul doch noch gar nicht«, meinte ich und versuchte, sein Alter zu schätzen.

»Ist er doch. Ich bin zweiundzwanzig.« Er lachte.

Also war er drei Jahre jünger als ich: Mein Vater war noch mit Amma verheiratet gewesen, und wir verkauften gerade unsere Sachen, um nach England zu ziehen. Ammamma ließen wir im Regen am Tor stehen.

»Und Ihre Mutter?«, stammelte ich.

Er wirkte verdattert. »Sie ist mit meiner kleinen Schwester wieder in Ohio. Sie sind nicht mehr zusammen. Haben Sie Brüder und Schwestern?«

Was?, dachte ich. Ich bekam keine Luft mehr. Ob ich Brüder und Schwestern hatte? »Ich habe … hatte zwei Geschwister«, keuchte ich.

»Kann ich Ihnen etwas zu trinken anbieten, Kaffee oder etwas Kaltes?«, erkundigte er sich.

Etwas zu trinken? Etwas zu trinken? Wovon redete er?

Er holte mir ein Glas Wasser.

»Und Ihre Schwester, wie alt ist die?«, stieß ich hervor.

»Jemma ist achtzehn«, erwiderte er verwirrt.

Achtzehn. Das hieß, dass ich sieben gewesen war und Satchin neun, als sie zur Welt kam. Er hatte uns in einem Dreckloch zurückgelassen, um mit anderen Leuten Vater-Mutter-Kind zu spielen. Als ich aufblickte, erkannte ich eine eitle Porträtaufnahme von ihm, die stolz auf einem scheußlichen Wohnzimmerschrank aus Mahagoni stand. Am liebsten wäre ich aufgestanden und hätte das Foto angespuckt.

»Ist das Ihre Schwester?«, fragte ich, ging zum Schrank und betrachtete das Bild von den dreien. Sie saß auf seinem Rücken. Die alberne Huckepackreiterei, um die Satchin und ich uns immer gestritten hatten.

»Ja, aber das ist schon ziemlich lange her. Inzwischen sieht sie nicht mehr so aus.«

Daneben stand noch ein Foto von den zweien mit einem Labrador. »Tikko«, stammelte ich.

»Ja, woher wissen Sie das?«

Am liebsten hätte ich losgeschrien. »Ich weiß gar nichts«, flüsterte ich.

Ayas Worte dröhnten mir in den Ohren. »Er hat sich selbst geliebt.« Ich näherte mich der Tür.

»Er müsste gleich zurück sein. Bestimmt wird er enttäuscht sein, dass er Sie verpasst hat«, meinte er mit einem Blick zur Tür.

»Das glaube ich eher nicht«, entgegnete ich und machte auf.

Ralf musterte mich perplex.

»Er braucht bestimmt nicht mehr lang«, beteuerte er. »Soll ich ihm ausrichten, dass Sie wiederkommen? Oder möchten Sie Ihre Nummer hinterlassen, damit er Sie anrufen kann?«

»Nein«, erwiderte ich, während ich mir Mühe gab, nicht wegzurennen, so eilig hatte ich es, die Wohnung zu verlassen. »Nein, das ist nicht nötig.«

»Ihre Hochzeit war ein Fehler, ihre Hochzeit war ein Fehler.« Immer wieder hallten diese Worte in meinem Kopf, als ich die Treppe hinunterstürmte. Ich eilte, so schnell ich konnte, aus dem Haus und musste mich gleich draußen auf dem Gehweg übergeben. Er war nicht mein Vater, war nie mein Vater gewesen. Er war überhaupt kein Vater, und ich wünschte ihm den Tod.

Die Angst vor der Zurückweisung ist schlimmer, als wenn es tatsächlich geschieht, doch er hatte es mir erleichtert, indem er ganz allmählich zerbröckelt war, anstatt mir alles auf einmal vor die Füße zu werfen. Ganz im Gegensatz zu mir, denn ich hatte alle Menschen, die mir wirklich wichtig waren, vor den Kopf gestoßen. Während ich um Fassung rang, musste ich an Amma denken. Fast vier Jahre Funkstille. Ich hatte sie zurückgewiesen und ihr Leid zugefügt. Nach meiner ersten Begegnung mit Raul war jedes Wort, das ich an sie richtete, voller Hass gewesen, bis ich irgendwann überhaupt nicht mehr in der Lage gewesen war, mit ihr zu sprechen. All die Jahre lang hatte ich Ravi Thakker das Gefühl der Überflüssigkeit vermittelt, und dennoch war er das einzig Beständige in unserem Leben. Satchin hatte Raul nicht mehr wiedergesehen, und das jahrelange Bedauern darüber, dass er ihm nicht mehr begegnet war, wurde plötzlich von Erleichterung abgelöst. Wie war es möglich, etwas so falsch zu verstehen? Am liebsten wäre ich sofort nach Hause geflogen und Amma um den Hals gefallen und hätte ihr gesagt, wie schrecklich ich das alles bereute. Alles, was ich ihr angetan hatte. Doch die Schuldgefühle überschwemmten mich, und ich wusste nicht, wie ich anfangen sollte. Bestimmt war es sinnvoller, wenn ich mich raushielt. Sie kamen ohne mich sicher besser mit ihrem Leben zurecht. Ich nahm die nächste Maschine nach Spanien. Während des Flugs dachte ich nur immer wieder: »Wenn du bereit bist, wird die Wahrheit kommen und dich finden.«

Wasserstoffblondes Haar in der Badewanne, das nach seinen Worten von der schwarzhaarigen Putzfrau Lucía stammte. Die bodenständige Lucía, Mutter von zwei Kindern, hatte plötzlich beschlossen, sich die Haare blond zu färben? Eine Frau mit ebendieser Haarfarbe forderte Marcos bei der Hochzeit eines Freundes zum Schiebertanzen auf. »Geh schon, tanz ruhig mit der Dame«, sagte ich ihm, ohne mir etwas dabei zu denken. Marcos Gonzalez del Hoyo ähnelte vermutlich in vielen Dingen Raul Kartha oder Kathi – oder wie immer er sich auch sonst nennen mochte. Er war anziehend und mimte den Empfindsamen, wenn er ahnte, dass ihm die Felle davonschwammen. Allerdings war er nie ganz offen, sondern zeigte nur gerade so viel, dass seine

Partnerin sich noch mehr bemühte, alles besser zu machen, da sie den Fehler bei sich suchte. Sie legte sich immer mehr ins Zeug und gab und gab, bis sie sich selbst fast aufgegeben hatte. Und ehe man sichs versah, war nichts mehr von einem übrig. Kontrolle. Es hatte eine Menge mit Kontrolle und Macht zu tun. Wie hatte er sie mit zwei kleinen Kindern sitzen lassen können, ohne sich einen Dreck darum zu scheren?

Anstatt an dem Wochenende meiner Rückkehr nach Palmadoro zu fahren, nahm ich eine Woche von der Arbeit frei, um alles gründlich zu überdenken. Als ich an jenem ersten Morgen spazieren ging, begegnete ich der Dame mit den beiden Hunden. Sie hielt den Kopf gesenkt und blickte nicht auf. »Hola«, sagte ich wieder, und als sie sich abwandte, bemerkte ich, dass sie ein blau geschlagenes Auge hatte. Den ganzen Tag wollte sie mir nicht mehr aus dem Kopf, und ich wäre ihr am liebsten nachgelaufen und hätte ihr gesagt, dass sie mehr wert sei und etwas Besseres verdient habe. Dann setzte ich mich hin und überlegte mir, wie viel von mir selbst ich aufgegeben hatte, um es jemand anderem recht zu machen. Wie oft hatte ich die Augen vor der Wirklichkeit verschlossen, um mich sicherer zu fühlen – und dabei war diese Sicherheit die ganze Zeit über nur von mir selbst abhängig gewesen. Marcos rief immer wieder an. Es war an der Zeit, endlich etwas zu unternehmen. Später am Abend fuhr ich mit dem Zug nach Palmadoro. Marcos hatte sich erboten, mich vom Bahnhof abzuholen. »Alles in Ordnung«, sagte ich, »ich komme allein nach Hause.«

Als ich die Wohnung betrat, warteten weiße Lilien auf dem Tisch. Es war sehr spät, und er war noch nicht von der Arbeit zu Hause. Erschöpft schlief ich ein. Er weckte mich nicht wie sonst, als er zurückkam. Am nächsten Morgen meinte ich, ich müsse mit ihm sprechen, doch er war in Eile und erwiderte, er werde sich bemühen, früher Feierabend zu machen, damit wir essen gehen könnten. María Carmen rief an und meinte, sie werde vorbeischauen, um mir die Hochzeitseinladungen zu zeigen. Am liebsten hätte ich sie gebeten, die Sache zu stoppen, aber es war zu spät. Sie hatte schon aufgelegt und war unterwegs. Vielleicht war es für alles zu spät. Das war der Tag, an dem mein Vater Ravi anrief und mir mitteilte, Maggie sei krank.

Die Maschine landete auf dem Flughafen Heathrow. Es war regnerisch und grau. Ich hatte einen Kloß im Magen: Angst, Erleichterung, Glück, bange Erwartung, Trauer, Müdigkeit, alles zu einem festen Klumpen zusammengeballt und lauernd. Bevor wir aus der Maschine stiegen, fragte ich die Stewardess, ob sie jetzt nach Spanien zurückfliegen würde. »Ja«, antwortete sie lächelnd. Ich reichte ihr den Mantel mit etwas Geld fürs Porto und der Adresse, an die sie ihn schicken sollte. Außerdem legte ich einen Brief an María Carmen bei, in dem ich schrieb, es täte mir sehr leid, und ich würde anrufen, um ihr alles zu erklären.

Mein Vater und meine Schwester erwarteten mich am Flughafen. Ich ließ meinen Gepäckwagen stehen und lief auf sie zu. Shorty war sehr groß geworden. Ich umarmte sie beide und drückte sie fest an mich, um die Jahre nachzuholen, die ich sie nicht gesehen hatte. »Amma?«, rief ich.

»Sie ist zu Hause und kocht etwas für dich.«

»Und Maggie?«

»Maggie ist sehr krank, Maya. Ich glaube, es dauert nicht mehr lang.« Er versuchte, mich darauf vorzubereiten.

Obwohl ich mich verzweifelt danach sehnte, Amma wiederzusehen, spielte eine halbe Stunde mehr oder weniger angesichts der vielen Zeit, die vergangen war, keine Rolle mehr. Maggie brauchte mich. Ich musste zu ihr.

»Können wir zuerst zu Maggie fahren?«

Ammu betrachtete mich verstohlen. Während der Autofahrt sprach sie kaum ein Wort, anstatt wie sonst wie ein Wasserfall zu reden. Wenn ich sie etwas fragte, antwortete sie nur einsilbig.

Ravi setzte mich vor Maggies Haus ab und sagte, er werde nach Hause fahren, Amma ausrichten, wo ich sei, und mich in einer Stunde abholen. Er und Ammu fuhren davon. Ich stand vor der Tür und wartete. Ich weiß nicht, worauf, und als ich meine Tränen weggewischt hatte, läutete ich. Eine Afrikanerin öffnete mir.

»Sie müssen Maya sein«, meinte sie. »Ihre Mutter ist vor einer Stunde weg und sagte, Sie würden gleich kommen.« Lächelnd bat sie mich herein.

Es roch nicht nach warmem Lammeintopf, elektrischem Heizstrahler oder Kerzenwachs, sondern nach steriler Bleiche. Der grüne Teppich auf der Treppe war abgewetzt und schmutzig. Die Fotos hingen immer noch an der Treppenwand, eines von einem Schäferhund und eines von Tom; Satchin und ich mit Ammu auf dem Schoß und eines von Maggie und Jack. Jack war vor ein paar Monaten gestorben. Ich hatte es nicht zur Beerdigung geschafft. Die Afrikanerin, Joyce, sprach mit mir, aber ich hörte nicht zu, sondern dachte daran, wie ich damals diese Treppe hinuntergerannt war. »Nicht so schnell, Maya, du machst mir noch den Teppich kaputt«, pflegte Maggie zu schimpfen. Inzwischen sah der Teppich wie getrocknetes Moos aus. Als ich das letzte Mal hier heruntergeeilt war, war ich voller Abscheu und Verachtung gewesen, weil ich nicht glauben wollte, was sie mir gesagt hatte. Nun spielte es keine Rolle mehr. Joyce öffnete Maggies Schlafzimmertür und verkündete: »Maggie, hier ist jemand für Sie.« Keine Antwort. Kein Maggie-Lachen. Ich trat ein, und da war sie. Sie lag im Bett und war kaum zu erkennen.

Schwammig, bleich, mit schlaffer Gesichtshaut und anscheinend auf die Hälfte ihres Gewichts abgemagert. Um den Kopf hatte sie ein rotes Tuch gebunden, und die blauen Augen waren tief in den Schädel gesunken, als bereiteten sie sich auf den Abschied vor. Als sie mich ansah, versuchte sie zu lächeln. »Maya, mein Schatz«, stieß sie mühsam hervor. Ich ging zu ihr, schlang die Arme um ihren gebrechlichen Körper und küsste sie auf die Stirn. »Endlich«, flüsterte sie.

»Sag nichts, Maggie.«

Sie holte tief Luft und fragte: »Hast du es in Spanien gefunden?«

»Ja und nein«, schluchzte ich. »Warum hast du mich nicht früher angerufen?«

Sie schloss die Augen. Joyce kam und brachte ihren Kopf in eine andere Lage, damit sie es bequemer hatte.

Joyce erzählte mir, dass sie im Schlaf immer wieder nach Tom und nach mir gerufen habe. Tom war unauffindbar. Ravi hatte ihn gesucht, aber kein Glück gehabt. »Sie klammert sich ans Leben«, sagte Joyce. »Sie ist eine Kämpferin.«

Dass sich bis jetzt niemand bei mir gemeldet hatte, um mir mitzuteilen, wie es um sie stand, war vermutlich ihr Werk. Sie war der sturste Mensch, dem ich je begegnet bin. Im Alter von acht Jahren saß ich bei ihr am Tisch in meiner hochmodischen braunen Kordhose, die sie mir genäht hatte, und wir stritten uns. »Du stehst nicht eher auf, Maya, bis du das ganze Gemüse aufgegessen hast. Auf der Welt gibt es Leute, die hungern müssen.«

»Dann sollen die das doch essen«, brüllte ich sie an.

»Ich bleibe hier sitzen, bis du aufgegessen hast«, erwiderte sie mit Nachdruck.

Die Stunden vergingen, und sie saß immer noch da.

»Ich hasse dich!«, kreischte ich.

»Tja, man kann nicht von allen geliebt werden«, lachte sie.

»Und ich hasse deine Puppe. Sie ist so scheußlich, dass ich sie Vogelscheuche nenne«, fügte ich hinzu.

Weitere Stunden verstrichen, und als es fast Zeit zum Abendessen war, gab ich nach. Aber Maggie vermittelte einem nie das Gefühl, dass man das Gesicht verloren hatte.

Sie stand vom Tisch auf und meinte: »Hast du Lust, mit mir fernzusehen?«

Nun saß ich an ihrer Bettkante und beobachtete sie im Schlaf. Das meiste von ihr war schon fort, und der Teil, der sich noch ans Leben klammerte, war nur noch ein Hauch des Menschen, der sie einmal gewesen war. »Es ist nicht wichtig, wie man stirbt, sondern wen man berührt«, hatte der Astrologe gesagt. Ich wagte gar nicht, daran zu denken, was ohne sie aus uns geworden wäre. Als ich ihre Hand drückte, konnte ich meinen Atem nicht mehr beherrschen und fing zu schluchzen an. »Geh nicht, Maggie, bitte geh nicht. Ich habe dir noch nicht gesagt, wie sehr ich bereue, was ich getan und dass ich dich auf diese Weise verlassen habe. Weil ich dich verurteilt habe, ohne dir eine Chance zu geben. Es lag nicht an dir. Es ist damals einfach zu viel auf einmal passiert. Du darfst nicht gehen, ohne zu wissen, wie sehr ich dich liebe, du darfst nicht, Maggie. Du musst erfahren, wie leid es mir tut und wie sehr ich dich liebe.«

Sie drückte ganz schwach meine Hand, dann hörte ich die Türglocke und Joyces Schritte, die nach unten liefen. »Sie ist oben«, sagte Joyce. Mein Herz schlug schneller. War sie hier? War sie gekommen, um mich hier zu treffen? War sie es? Meine Hände wurden feucht, und die Tränen strömten mir übers Gesicht.

NALINI

Beruhigende Kokosmilch in einem Eintopf aus Kartoffeln und Zwiebeln, der die Zweifel verkochen lässt. Das war das Einzige, was Maya wirklich gerne aß. Es wurde auf Pfannkuchen aus Hülsenfrüchten, pulsierenden schwarzen Kichererbsen und zornig roten gespaltenen Linsen serviert. Gehärtete Samen geschützt von Schichten, um äußere Bedingungen zu überstehen, brauchen viel Zeit – wie die Jahre der Abwesenheit –, um einzuweichen und ihren nachgiebigeren Kern freizulegen, den sie, wie ich wusste, hatte. Die Ablehnung in einem Mixer zerkleinern, die Flüssigkeit in einem harmlosen Teig aufgehen lassen und das Ganze in eine solide Gusseisenpfanne geben. Zu guter Letzt alles mit weicher, goldener Butter überziehen, die zu Güte zerschmilzt. Meine Tochter kam nach Hause. Nur ein bisschen Turmeric darübersprenkeln, damit sie ihn kaum bemerkte. Ich stellte die Mischung in den Kühlschrank und ging nach oben, um mich umzuziehen.

Wunden werden mit Turmeric und den Tausenden von Wedeln der Krokusblume, aus denen man Safran macht, verschlossen. Leuchtend gelb und kräftig orange wie die

Wärme der Sonne, um alle Verletzungen und Ungerechtigkeiten zu heilen. Es ist sonderbar, aber wir sind nicht in der Lage, uns selbst unsere Medizin zu verabreichen. Wir können andere heilen, doch unsere eigene unerschöpfliche Trauer können wir nicht lindern. Oft habe ich mich gefragt, warum meine Mutter es tat, aber nun weiß ich es. Ich bot den Trauergästen in Turmeric und Safran mariniertes Huhn an, als sie uns nach Satchins Beerdigung ihre Beileidswünsche überbrachten. Nachdem sie fort waren, ging ich mitten in der Nacht nach unten, nahm eine Schere und schnitt jeder einzelnen Blume, die sie als Zeichen ihrer Anteilnahme mitgebracht hatten, den Kopf ab; die schwarze Nacht verschluckte die Farben, die niemand sehen konnte. Die Morgensonne schien ins Wohnzimmer und erleuchtete die Flecken, welche die Trauer auf den Teppichen und Wänden mit vorübergehendem Gelb und Rot überdeckten, als hätte ein Kind mit Fingerfarben gemalt.

Niemand hat mir erklärt, wie sich dieser Schmerz anfühlen würde, nicht einmal meine Mutter: den Bruchteil einer Sekunde, wenn man große schmutzige Turnschuhe im Flur stehen sieht, erleichtert lächelt und sich denkt, dass alles nur ein grausamer Scherz war. Dann fällt es einem wieder ein, und es bricht einem das Herz. Man atmet seinen Geruch ein, wenn man in sein ordentliches Zimmer kommt, aber es dröhnt keine nervtötend laute Musik, und wieder bricht es einem das Herz. Der zusätzliche Teller, den man gedankenlos hinstellt, ein Anruf von jemandem, der nichts von seinem Tod ahnt, und es reißt einem das Herz entzwei. Die Trauer verschlingt alles.

Nichts kann einen daraus retten, nicht einmal der Anblick eines anderen Menschen, der ebenso leidet. Die Schluchzer, die ich durch die Wand hörte, waren die Mayas, die sich ihre Tränen für die Nacht aufsparte. Wir trauern allein. Die Monate vergingen, und es wurde nicht leichter. Aus dem Bett aufzustehen und sich der Wirklichkeit zu stellen, war wie eine Strafe. Ich fragte mich, ob es den Schmerz lindern und dafür sorgen würde, dass er verschwand, wenn ich jemandem von den Lügen erzählte. Weil der Verlust sich vielleicht so gewaltig anfühlte, dass es eigentlich dasselbe gewesen wäre, gleich alles auf einmal zu verlieren, weshalb es keinen großen Unterschied bedeutet hätte.

»Ravi, ich muss dir etwas sagen«, schluchzte ich, als er mich trösten wollte.

»Nein, Nalu, ich weiß«, erwiderte er ruhig.

»Nein, du weißt gar nichts, du verstehst nicht, was ich meine. Vielleicht wurde uns Satchin genommen, weil ich gelogen habe.«

Eine Pause entstand, und um mich in meiner Aufgebrachtheit zu beschwichtigen, beteuerte er, er wisse alles und es sei nicht weiter wichtig. Es zähle nur, dass er immer für mich da sein würde.

Drei Jahre vergingen, bevor dieses Gespräch fortgesetzt wurde. Unterbrochen von Irrtümern und Fragezeichen. Inzwischen war mir genau das genommen worden, für dessen Erhalt ich immer gekämpft hatte. Da es stets meine größte Angst gewesen war, Satchin und Maya zu verlieren, bestimmte dieses Gefühl seit ihrer frühen Kindheit mein

Handeln. Es war meine Aufgabe, für sie zu sorgen und sie zu beschützen, wie ich es versprochen hatte. Doch dann verschwanden sie beide, und zwar auf eine Art und Weise, wie ich sie selbst nie für möglich gehalten hätte. Maya ging nach Spanien, und ich ahnte, dass es einige Zeit dauern würde, bis sie – falls überhaupt – wiederkam.

Die Trauer bringt uns an einen Punkt, an dem uns klar wird, dass uns eigentlich nichts richtig gehört. Alles ist nur geliehen, und man steht vor der kalten, nackten Realität, dass nur die Wahrheit bleibt. Sie ist das Einzige, was einen immer begleitet und alle Anfechtungen der Zeit überdauert. Meine Mutter hatte recht, als sie sagte, es gäbe nur zwei Farben: Schwarz und Weiß, eingebettet in die Erde von den Händen, die sie pflanzen. Die Wahrheit wächst stetig, trägt Früchte und vollzieht jede Bewegung nach. Ich musste Ravi reinen Wein einschenken.

»Nalu, ganz gleich, was es ist, ich weiß es, und es spielt keine Rolle.«

Wir saßen am Küchentisch, und er wollte die Teller abräumen. Doch ich bat ihn, wieder Platz zu nehmen und mir zuzuhören. Dann sagte ich ihm, ich sei nicht die Frau, für die er mich hielt. Ich sei bereits verheiratet. Mein Mann habe uns verlassen, doch in meinem Herzen sei er tot. Tot, weil er den Tod verdient habe. Aber er sei wiedergekommen, und ich hätte ihn bezahlt, damit er verschwand und keinen Kontakt zu den Kindern aufnahm. Ich hätte sie belogen. Satchin würde es nun nie mehr erfahren, aber da sei noch Maya. Ich müsse es Maya sagen. Ravi zuckte nicht mit der Wimper.

Raul hatte Ravis Bruder noch an dem Abend, an dem sie bei uns zum Essen gewesen waren, erzählt, dass ich seine Frau sei. Anil hatte sofort seine Mutter informiert, die gleich am nächsten Morgen die Treppe hinuntergeeilt war, um ihren Sohn zu warnen. Ravi hatte erwidert, er sei im Bilde, und hatte sie aufgefordert zu gehen. Er sei sicher, dass er mich liebte. Und da er mich so gut kenne, sei er überzeugt, dass ich meine Gründe gehabt haben müsse. Wenn der richtige Zeitpunkt gekommen sei, würde ich es ihm erzählen. Und nach Satchins Tod wurden diese Gründe unwichtig.

»Warum hast du es nie erwähnt?«

»Wir alle machen viele Fehler, aber es kommt nur auf die Absicht an, Nalu«, erwiderte er.

»Und als ich den Laden verkauft habe?«, rief ich aus.

»Du hast getan, was du damals für das Beste gehalten hast. Es ist vorbei, Nalu. Wichtig ist nur die Gegenwart, und du hast genug gelitten.«

»Du hättest etwas sagen sollen. Warum hast du geschwiegen?«

Ravi legte die Arme um mich, und ich beschloss, mich dem zu stellen, was ich so lange vernachlässigt hatte.

Maya. Maya musste es wissen. Ich wollte sie aus Spanien herrufen, mich ihr gegenübersetzen und ihr alles erklären. Wenn sie ihn dann suchen wollte, war das ihre Entscheidung. In den letzten Jahren hatten wir kaum miteinander gesprochen, denn wir waren viel zu sehr mit unserer Trauer beschäftigt gewesen. Im Laufe der Zeit schien Maya sich immer weiter von uns zu entfernen, und sie baute sich in einem fernen Land ein neues Leben auf. Offenbar war sie sehr glücklich. Ich fragte sie oft, wann sie nach Hause kommen würde. »Bald«, pflegte sie zu sagen, doch sie kehrte nicht zurück. Dann, eines Tages, als ich gerade im Garten Koriandersamen pflanzte, beschloss ich, dass es an der Zeit war, sie loszulassen. Ich hörte keinen Moment auf, sie zu lieben, und plötzlich verstand ich, was meine Mutter für mich getan und was sie gemeint hatte, als sie mich gehen ließ. Ich kehrte in die Küche zurück.

Vulkanische, getrocknete rote Chilischoten und Senfsamen blubbern in siedend heißem Öl, platzen auf und geben ihr Inneres frei. Der scharfe Geruch und eine schwarze stickige Rauchwolke erfüllen den Raum. Sie heftet sich an die gesamte Umgebung; Jahre des Stillstands, der Schuldgefühle und der Sorge, ich könnte keine gute Tochter, Ehefrau und Mutter gewesen sein und hätte in jeder dieser Rollen kläglich versagt. Ich öffne die Küchentür und die Fenster, und der stickige Nebel wurde hinausgelockt. Der Mut kehrt zurück, verbreitet eine sanfte, hoffnungsfrohe Brise und sagt mir, dass der Platz nun reiche, um von vorne anzufangen und, Stein um Stein, die Fundamente aufzubauen. Das geschieht erst, wenn man bereit ist, und keinen Tag früher.

Ich nahm einen Bankkredit auf und mietete einen neuen Laden. Er war nicht so groß wie mein früheres Geschäft, sondern nur ein kleiner Raum, in dem große Dinge geschehen würden. Ich strich die Wände selbst dunkelrot. Schreiner kamen, um die Küche einzubauen, Theken zu zimmern und den Holzfußboden zu verlegen. Ravi hatte mir einen aus Indien importierten Messingventilator geschenkt, der als Letztes angebracht wurde. Maggie sagte, sie wolle nicht mehr mitmachen. Nachdem Raul sich mit dem Geld, das wir durch den Verkauf des ersten Ladens erlösen konnten, verdrückt hatte, wurden wir beide zu Opfern unserer Ängste. Ich befürchtete, er könnte wiederkommen, und sie glaubte, dass Jack irgendwann von ihrer Vergangenheit erfahren und sie auch verlassen würde. Also hatten wir nicht die Kraft gehabt, zu arbeiten und uns auf ein Ziel zu konzentrieren, sondern hatten uns in unserem Elend gesuhlt. Drei Tage pro Woche hatten wir zu Hause Gläser voller Angst eingekocht, die man uns zurückschickte, bis wir keine Kundschaft mehr hatten. Nach Satchins Tod war es endgültig vorbei. Dann erkrankte Jack, Maggie war voll und ganz damit beschäftigt, ihn zu pflegen, und weigerte sich zurückzukommen.

Ana, meine alte Putzfrau, und Anita boten mir ihre Hilfe an. Alle Waren im Laden würden auf der Basis von getrockneten roten Chilis und schwarzen Senfsamen hergestellt werden. Das Windspiel klimperte, und am Morgen vor der Eröffnung kam der Priester herein. Der alte Mann lächelte. Er hatte zwar die Zähne verloren, aber er sah mich strahlend an. Wortlos zerschlug er eine mit Safran bestrichene Kokosnuss, nahm seine Dose heraus und malte mir seinen Segen auf die Stirn. Der Laden wurde mit frischem Obst und Blumen geschmückt, und die kleine Annapurna erhielt ihren Platz inmitten von Räucherstäbchen. Wir waren zur Eröffnung bereit.

Jeder Mensch schafft es irgendwie, das zu finden, was er braucht. Die meisten unserer Kunden brachten ihre Zweifel, ihre Reue, ihre Schuldgefühle und ihre Sorgen in den Laden. Wenn sie seufzten, füllte sich der Raum mit allem, was sie belastete: eine gescheiterte Ehe, der Tod eines geliebten Menschen, eine Lüge, so groß, dass man nicht mehr mit ihr weiterleben konnte, ein nicht beigelegter Streit. All das heftete sich an die Wände und Theken. Hinten in der Küche ließ ich Chilis und Senfsamen in siedendem Sesamöl zerplatzen. Der dicke Nebel machte keine Gefangenen, waberte in jede Ecke des Ladens, klebte an den Wänden fest und erstickte alle Trauer, die sich dort angesetzt hatte. Die Kunden hüstelten gereizt, und die Brust wurde ihnen schwer. Dann rissen wir Fenster und Türen auf, und der Ventilator wehte alles weg: Bitterkeit, Bedauern, Feindseligkeit, alles wurde verschlungen. Eine sanfte Brise entstand, wenn sich die Flügel des Messingventilators beruhigend und tröstend drehten. Die Mischung gerösteter Gewürze wurde zu dem hinzugegeben, was an diesem Tag passte. Manchmal war es die Marinade für getrocknete Leckereien, an anderen Tagen kam sie in die Pickles. Die Leute traten ein und fühlten sich leichter, wenn sie gingen, weil sie das, von dem sie sich befreien mussten, losgelassen hatten.

Samstags kam Ammu in den Laden, nicht weil ich es von ihr verlangt hätte, sondern weil es ihr dort gefiel. Stundenlang lehnte sie an der Theke, plauderte mit den Kunden oder half mir in der Küche. Päckchen und Gläser wurden, begleitet von ihrem Pfeifen, gefüllt. Mit zehn war sie schon das kleine Ebenbild von Ravi und stellte die Bedürfnisse anderer Menschen vor ihre eigenen. Ammu war beständig. Als Satchin und Maya fort waren, reagierte sie sehr bestürzt, und als sie sah, dass ich in meiner Trauer versank, saß sie ständig neben mir, wie um sich zu vergewissern, dass ich nicht auch verschwinden würde.

Mitzuerleben, wie sie lernte und mir Fragen stellte, versetzte mich in meine Kindheit zurück.

»Warum vertreibt Zimt Bitterkeit, Amma? Kann diese Mischung Trauer lindern?« »Warum muss man es in dieser Reihenfolge servieren?« Das waren genau die Fragen, die ich an meine Mutter gerichtet hatte, und diese hatte sich hingesetzt, mir alles erklärt und mich üben lassen. Wenn ich neben ihr auf dem Boden kauerte, standen vor uns die Körbe mit den frischen Gewürzen, die wir gesammelt hatten, und wir zermahlten sie mit einem schweren Stein, damit sie weniger derb waren, und ließen sie dann in der Sonne liegen, bis der Gemüsemann einmal pro Woche kam.

Obwohl ihn sonst niemand ins Haus ließ, bat ihn meine Mutter immer herein und bot ihm Tee und einen Imbiss an. Er nahm den Korb mit dem Gemüse vom Kopf und ließ ihn mit seinen Sorgen auf dem Boden stehen, ehe er sich genüsslich daranmachte, Dorfklatsch weiterzuverbreiten und das Essen zu verschlingen, das meine Mutter ihm vorsetzte. Dann, kurz bevor er ging, sortierte er alle verfaulten Brinjals, Auberginen und Zucchini heraus, die strategisch ganz oben lagen, und wühlte, bis er die frischesten Sachen gefunden hatte, die er meiner Mutter gab. Dann kniff er mich mit seinen schmutzigen Händen in die Wange, nannte mich »Aye chanthakari«, schönes Mädchen, und ging.

Ich arbeitete vier Tage pro Woche im Laden und kam um vier Uhr nach Hause, sodass ich Zeit hatte, eine gute Mahlzeit zuzubereiten, damit wir drei uns hinsetzen und gemeinsam essen konnten. Ravi Raum zu lassen, heilte auch unsere Ehe. Sie kriselte zwar nicht, aber ich hatte in den Jahren nach Satchins Tod einfach nicht mehr daran teilgenommen – vermutlich auch davor nicht. Das Wiedersehen mit Raul hatte mich in der Zeit zurückversetzt, und ich brauchte ständig die Bestätigung, dass Ravi mich und die Kinder nicht verlassen würde. Aus Verzweiflung tut man seltsame Dinge. Nun entstanden wieder neue Pläne, Gespräche, Verständnis und Liebe zwischen uns und prägten das Leben von uns dreien. Und zum ersten Mal hatte ich keine Angst.

Im Laden gab es immer viel zu tun, aber es herrschte nie Gedränge. Ich kam nur hin und wieder nach vorne, um zu bedienen, wenn ich bemerkte, dass Ana nicht mehr die Zeit hatte, sich jedem Kunden persönlich zu widmen. Eines Donnerstagnachmittags musste Ana früher gehen, sodass ich vorne im Laden war. Der Laden war leer, als das Windspiel klimperte und ein attraktiver junger Mann mit zerzaustem schwarzem Haar hereinkam, der ein weißes T-Shirt und blaue Jeans trug. Ich senkte den Blick und schaute wieder hoch. Es war Suri. Verdattert blieb er mitten im Laden unter dem Messingventilator stehen und starrte mich an.

»Tante«, stieß er hervor.

Da ich nicht wusste, was ich tun sollte, kam ich hinter der Theke hervor, ging auf ihn zu und breitete die Arme aus. Er umarmte mich und begann wie ein kleiner Junge zu weinen. Ich streichelte sein Haar, wie ich es bei meinem eigenen Sohn getan hatte – als Satchin vom Motorroller gestürzt oder als er durch die Abschlussprüfung gefallen war und geglaubt hatte, er habe uns enttäuscht. Die Tränen tropften auf den Boden.

»Es tut mir so leid, Tante«, sagte Suri immer wieder. Es war, als wäre es erst gestern geschehen, doch seit dem schrecklichen Tag waren sechs Jahre vergangen. Ich hatte den Eindruck, dass er diese Jahre mit sich herumgetragen hatte. Trauer strömte aus ihm heraus, als hätte er sonst nie Gelegenheit gehabt, sie auszudrücken. »So oft wollte ich zu euch kommen und sagen, wie leid es mir tut, aber …«, schluchzte er.

»Es war ein Unfall, Monu«, stieß ich unter Tränen hervor und drückte ihn fest an mich. »Es war ein Unfall.«

Leise redete ich auf ihn ein, bis er sich beruhigt hatte. Dann ging ich zur Tür, hängte das »Geschlossen«-Schild auf, kochte in der Küche Tee und legte ein paar Gebäckstücke auf einen Teller. Dann sagte ich Anita, sie könne Feierabend machen, wenn sie wolle. Suri nahm sich einen Stuhl und setzte sich hinter der Theke mir gegenüber. Seine Augen waren blutunterlaufen und geschwollen.

»Es ist besser geworden, Monu«, flüsterte ich, als er hustete und dann innehielt.

»Wie fühlst du dich, Tante? Geht es dir gut?«

»Inzwischen schon. Iss, Monu, und trink deinen Tee.«

»Und dem Onkel und Ammu und …?«

Maya, wollte ich den Satz beenden. Seine Maya.

Maya, die ihm gefallen hatte, von dem Moment an, als er anfing, im Laden zu arbeiten. Sie war zwölf und trug immer selbstgeschneiderte Sachen, nur nicht an den Tagen, wenn die Jungen kamen. Dann zog sie einen Trainingsanzug an, damit sie sie nicht auslachten. Aber Suri lachte nie. Maya bemerkte nicht einmal, wie er seine Haare glatt strich, bevor sie erschien, und welche Mühe er sich gab, ihr zu helfen. Wie oft bat er Satchin, sie doch auf ihre Ausflüge mitzunehmen, aber Satchin lehnte stets ab. Also schlich er sich für ein paar Minuten davon, um unter einem albernen Vorwand ein Gespräch mit ihr anzufangen. Maya, die nicht verstand, was er wollte, reagierte auf seine Begriffsstutzigkeit zunehmend gereizt. »Wie oft muss ich dir das noch erklären, Suri? Die Kartons stehen im Schrank im Lagerraum«, rief sie dann aus.

Suri aß häufig bei uns zu Abend, und als er plötzlich nicht mehr kam, fragte ich Satchin, ob sie sich gestritten hätten. Aber er verneinte. An den Tagen, an denen er sich doch blicken ließ, konnte er Maya kaum ansehen. Etwas hatte sich zwischen ihnen verändert. Es lag an Suri, dass sie sich nun anders verhielt. Durch ihn wurden ihre scharfen Kanten weicher, er drang zu ihrem verletzlichen Kern vor, und sie zeigte ihm, dass er ihr etwas bedeutete. Als Ravi und ich eines Tages vom Supermarkt nach Hause fuhren, sahen wir sie, wie sie Hand in Hand langsam zum Anfang der Straße schlenderten, wo er sich von ihr verabschiedete. Ein paar Tage später sprach Ravi mit Suri und schlug ihm vor, Maya doch zur Vordertür zu begleiten und hereinzukommen. Suri lächelte das warme, verlegene Lächeln, das typisch für ihn war.

Da er zu schwer verletzt war, um zur Beerdigung zu kommen, schickte er uns weiße Lilien. Doch das Blumengeschäft verwechselte etwas, sodass ein Nachbar uns die Blumen später am Abend brachte, nachdem alle Gäste schon gegangen waren. Das führte zu der Enthauptung der restlichen Blumen. Nicht, dass ich mir wünschte, er wäre ums Leben gekommen. Ich hasste ihn auch nicht. Ich bin immer noch nicht ganz sicher, was ich empfand, vielleicht Wut oder Verzweiflung. Maya kam nicht damit zurecht, sie war mit der Situation überfordert und verbannte Suri aus ihrem Leben wie uns andere auch, einschließlich Maggie. Sie zog sich in ihr Zimmer zurück und verschanzte sich hinter ihren Büchern. Und während ich mich allmählich wieder erholte, entfernte sie sich immer weiter von uns.

»Maya geht es gut«, teilte ich ihm mit.

Seine Miene erhellte sich. »Was macht sie denn so?«, fragte er.

»Sie arbeitet bei einem Modedesigner.«

Suri zwang sich zu einem Lachen, als wollte er sagen, dass er sich das eigentlich hätte denken können.

»Ist sie hier in London?« Vor Aufregung wurde seine Stimme lauter.

»Nein, in Spanien. Und zwar schon seit vier Jahren.«

»Spanien«, wiederholte er. »Ist sie … verheiratet?«

Eigentlich wollte ich nicht erwähnen, dass sie verlobt war. Verlobt mit einem Mann, den wir nicht kannten und über den wir kaum etwas wussten. »Sag mal, Maya, wie ist der denn so? Schick mir Fotos«, hatte ich sie neugierig am Telefon gebeten. Sie erwiderte, sie würden nach London kommen, um uns zu besuchen und die Hochzeitspläne zu besprechen, aber sie taten es nie. »Geh und rede mit ihr«, hätte ich Suri am liebsten gesagt. »Ruf sie an.«

»Sie ist verlobt«, nuschelte ich in der Hoffnung, er würde es nicht verstehen.

Suri wirkte enttäuscht. Kurz war es gewesen, als wäre er wieder wie damals mit ihr zusammen und brächte sie nach Hause. Dann wechselte er das Thema und meinte, er sei gerade auf dem Weg zu seinen Eltern. Seine Mutter habe angerufen und ihn gebeten, ein wenig Gebäck zu besorgen, da sie Gäste erwartete. Er habe nicht gewusst, wo, und im Vorbeifahren den Laden entdeckt.

»Es ist ein Laden, der einen findet. Das hier schmeckt ihr bestimmt«, antwortete ich und gab ihm ein paar leicht kandierte frittierte Bananenchips. »Und nimm ihr auch Pickles mit; die hier sind gut«, fügte ich hinzu und reichte ihm einen Sechserkarton in der Hoffnung, dass er sich auch etwas davon nehmen würde.

Er erzählte mir, er sei schon fast Arzt, habe seine Prüfungen bestanden und mache nun ein Praktikum. Bevor er ging, schrieb er mir seine Telefonnummer auf einen Zettel. »Wenn du etwas brauchst, Tante, musst du nur anrufen«, meinte er und küsste mich zum Abschied.

Als er schon fast in der Tür war, wollte er noch etwas sagen. »Richte ihr aus, richte ihr aus …« Er beendete den Satz nicht.

Sag es ihr doch selbst, hätte ich am liebsten erwidert, als ich auf ihn zulief, um ihn noch einmal zu umarmen. Aber ich brachte nur heraus: »Suri, ich bin stolz auf dich. Sehr, sehr stolz.«

Er küsste mich noch einmal und ging.

Wie gerne hätte ich an diesem Abend Maya angerufen und ihr erzählt, dass ich ihn getroffen hatte. Aber sie war im Urlaub. Und als ich sie endlich erreichte und sie mir mitteilte, sie werde Marcos in Spanien und nicht in England heiraten, erschien es mir besser, es nicht zu erwähnen. Maya war glücklich, sie hatte sich weiterentwickelt. Noch einmal versprach sie, uns bald zu besuchen. Und als Jack eine Woche später starb, sagte sie, sie werde nach Hause kommen. Doch sie tat es wieder nicht.

Jack hatte seinen zweiten Schlaganfall erlitten. Nach dem ersten war er linksseitig gelähmt und sprachbehindert gewesen. Maggie war den ganzen Tag damit beschäftigt, ihn zu pflegen, und sprach sich selbst von der Verpflichtung frei, ihm die lange verschwiegene Wahrheit zu beichten. Als er starb, brach sie zusammen, lag tagelang im Bett und verweigerte jegliche Nahrung. Ich ging mit Ammu hin, um sie zu besuchen, doch wir konnten nichts sagen oder tun, und sie schien unsere Gegenwart gar nicht zur Kenntnis zu nehmen. Ihr Haus war voller Gerümpel, und überall standen Kartons mit Jacks Kleidern und Habseligkeiten herum, die sie zusammengepackt hatte, aber einfach nicht weggeben konnte. Als die Wochen vergingen, saß ich abends meistens bei ihr, erzählte ihr Anekdoten von den Kunden und hoffte, sie würde endlich wieder zu sich kommen. Doch sie sprach kein Wort. Der Arzt sprach von einem verzögerten Schock, doch ich wusste, dass noch etwas anderes im Argen lag.

Schuldgefühle und Reue hatten sich in den Zellen ihrer rechten Brust festgesetzt, anstatt sich an die Wände zu heften, und breiteten sich rasch aus. Vermutlich hatte sie schon seit einiger Zeit davon gewusst, aber nichts dagegen unternommen, fast als gebe es nichts mehr, für das sich das Kämpfen lohnte, und als handle es sich um eine Strafe, die sie ertragen müsse. Tom hatte sie verlassen, Maya war fort, und nun hatte sie auch noch Jack verloren. Als der Arzt sie wieder untersuchte, war es bereits inoperabel und hatte sich schon zu weit ausgebreitet. Sie lehnte eine Behandlung ab und blieb im Bett.

»Kämpf, Maggie, kämpf! Denk an Maya, an Tom. Wir können ihn finden. Du wirst wieder gesund«, flehte ich sie an. »Maya wird sofort kommen, wenn du mir erlaubst, es ihr zu sagen«, beteuerte ich.

»Nein, ich will sie nicht sehen. Sie soll mich auf keinen Fall so in Erinnerung behalten. Ich möchte es nicht mehr wiederholen, Nalini. Maya soll mich nicht so erleben.«

Ich brachte Maggie Schüsseln mit feurig scharfem Rasam, versetzt mit roten Chilis und Senfsamen. Doch sie aß es nicht auf. Ich weiß nicht, warum es nicht wirkte. Vielleicht deshalb, weil einige von uns nur im Tod bereit sind loszulassen und sich selbst zu vergeben. Keine Ahnung, woran es lag, aber das Rasam nützte überhaupt nichts, und es schien ihr eher noch schlechter zu gehen.

»Ich habe schreckliche Dinge getan, Nalini«, schluchzte sie.

»Es zählt nur, dass du ein guter Mensch bist. Und das weißt du doch, oder?«

»Ich habe meine kleine Schwester zurückgelassen. Mary war erst sechs und brauchte mich. Sie konnte nicht schlafen, wenn ich sie nicht ins Bett brachte. Aber ich musste fort, Nalini, ich musste einfach. Ich wusste, dass Noreen sich um alle kümmern würde, und hielt es für sinnvoller, nach England zu gehen, um Tom ein besseres Leben zu ermöglichen. Du hast mich nie als Hure erlebt und mich fast in dem Glauben gewiegt, ich wäre nie eine gewesen. Und dann kam Jack, und all das schien keine Rolle mehr zu spielen. Ich dachte, ich hätte alles für Tom getan, doch inzwischen bezweifle ich das. Wenn er nur verstanden hätte, Nalini, aber er hasst mich. Vielleicht habe ich sogar Enkelkinder, die gar nichts von meiner Existenz wissen. Eine Oma, die Nutte ist und sich für etwas Besseres ausgibt. Jack hatte so etwas nicht verdient. Und die kleine Maya. Du hättest den Abscheu in ihrem Gesicht sehen sollen, als ich es ihr erzählte. Ich wünschte, ich hätte geschwiegen. Dann wäre sie vielleicht geblieben und hätte sich nicht so von uns entfernt. Ich will nicht, dass sie aus Mitleid zurückkommt. Sie soll sich daran erinnern, wie sehr ich sie geliebt habe und dass sie meine kleine Mary war. Daran, wie gut wir beide uns verstanden haben. Versprich mir, dass du ihr nicht verrätst, wie es jetzt um mich steht. Du sollst ihr nur sagen, wie sehr ich sie geliebt habe, wenn ich einmal nicht mehr bin.«

»Ich verspreche es, Maggie«, erwiderte ich, um sie zu beruhigen.

Wir sahen zu, wie sie verfiel. Die temperamentvollen roten Locken gaben zuerst auf und fielen schlaff und leblos auf ihr Kissen. Selbst meine Versuche, sie mit einem roten Chiffonschal hochzubinden, konnten nicht verbergen, was geschah. Wenn ich ihr Flüssigkeit mit einem kleinen Teelöffel verabreichte, weil sie nicht essen konnte, rann sie ihr aus den Mundwinkeln. Schmerzen beim Einatmen und Trauer erfüllten ihre Augen. Doch ihre aufgewühlten Gefühle schienen sie schlimmer zu quälen als das körperliche Leiden. Wir konnten nichts tun, damit es ihr besser ging, und sie wollte es auch gar nicht. Der Arzt gab ihr höchstens noch ein paar Wochen. Sie dämmerte nur halb bei Bewusstsein vor sich hin, und eines Tages rief sie im Schlaf nach Maya.

»Ich liebe dich, Tom, ich liebe dich, Maya, mein Schatz«, murmelte sie, und die Pflegerin berichtete uns, dass sie, wenn sie wach war, von nichts anderem sprach. Ravi rief Maya an.

Wir hatten in Mayas Zimmer seit dem Tag ihrer Abreise nichts angerührt. Die fliederfarbene Tapete, die sie sich ausgesucht hatte, nachdem sie darauf beharrt hatte, dass sie mit den Tupfen nicht schlafen könne, war noch da, ebenso wie die dazu passende Steppdecke, die schon so abgewetzt war, die ich aber einfach nicht wegwerfen konnte. Alles war noch so, wie sie es verlassen hatte: die Stofftiere, wild durcheinander auf ihrem Bett, ihre Bücher, hoch gestapelt auf dem Schreibtisch, die selbstgemalten Bilder an der Wand, bunte Stoffe, auf den Möbeln verteilt, und überall Fotos. Eines stellte Satchin, Maya und mich zusammengedrängt in einem Fotoautomaten dar, an dem Tag, an dem ich in der Fabrik gekündigt hatte. Wir waren zu Wimpy gegangen, um zu feiern, und auf dem Rückweg hatte Maya darauf bestanden, ein Foto zu machen. Daneben lagen die Schulfotos von Satchin und Maya und viele Bilder, auf denen Maya Ammu als Baby im Arm hielt. Ich wünschte, sie würde nach Hause kommen, weil sie es selbst wollte, nicht weil sie musste. Nicht, um Maggies Tod mitzuerleben. Jeden Moment würden sie da sein. Ammu hatte die ganze Nacht nicht geschlafen, weil sie es nicht erwarten konnte, sie wiederzusehen. Meine Hände begannen zu zittern, als ich feststellte, dass das blaue Auto in die Auffahrt einbog, und ich rannte so schnell wie möglich die Treppe hinunter. Ich riss die Tür auf, aber sie war nicht da.

»Sie ist bei Maggie«, teilte Ammu mir mit.

Da es mir das Herz zerrissen hätte, noch länger zu warten, bat ich Ravi, mich hinzufahren.

MAYA

Die Tür ging auf, und da stand sie. Das Haar, nun wieder lang und von weißen Strähnen durchzogen, und Sandalen, die staubigrosa lackierte Zehennägel sehen ließen. Ihre Augen konnte ich nicht richtig erkennen, weil sie voller Tränen waren. Ich stand auf, kam näher, und dann sank ihr Gesicht einfach seitlich gegen meinen Hals. Weiche, feuchte Tränen liefen mir den Rücken hinunter. Ich klammerte mich an meine Mutter, wie ich mich noch nie zuvor an sie geklammert hatte. Für all die Tage, an denen ich sie in den Armen hatte halten wollen: dem ersten Tag in der Fabrik, als sie mit geschwollenen Händen zurückkam, am Morgen, an dem sie Ravi geheiratet hatte, an dem Tag, als Satchin starb und sie allein im Regen saß, als ich mich nach der Begegnung mit Rauls Sohn auf dem Gehweg in Chicago übergeben hatte. Wir standen da und hielten einander fest, als wären wir die beiden letzten Menschen auf der Welt.

Das Haar meiner Mutter roch ganz leicht nach Jasmin, kein Hauch von Gewürzen und Küchendünsten war wahrzunehmen.

»Du bist jetzt zu Hause, Mol«, sagte sie und holte tief Luft.

In ihrem grünen Chiffonsari und mit offenem Haar sah sie wunderschön aus.

»Ich muss dir so viel erzählen, Ma.«

»Wir haben Zeit«, flüsterte sie.

Maggie schlug die Augen auf, und ich hoffte für einen kurzen Moment, ihre Kraft würde für ein Maggie-Lachen genügen. Doch sie schwieg. Und schloss wieder die Augen. Meine Mutter und ich blickten einander an. Im Tod liegen Einheit, Vergebung und Verständnis. Wir setzten uns zu beiden Seiten des Bettes.

»Es ist zu viel Zeit vergangen. Es tut mir leid, Ma.«

»Mol, ich verstehe dich. Ich war keine gute Mutter für dich und habe mich nicht um dich gekümmert, als Satchin starb.«

»Daran lag es nicht, Ma«, stieß ich hervor.

Maggies Hand bewegte sich, und ich glaubte, sie wollte mir damit mitteilen, dass sie mithörte und mich aufforderte, weiterzusprechen und alles zu klären, was geklärt werden musste.

»Ich habe ihn ein paar Tage nach der Beerdigung getroffen. Er war schick angezogen, hat mir das Gesicht gestreichelt, mir die Tränen getrocknet und mir gesagt, er sei mein Vater und wolle für mich da sein.«

Amma erschauderte und verzog erschrocken das Gesicht. Gerade wollte sie etwas einwenden, als ich fortfuhr: »Er hat mir erzählt, du hättest ihn verlassen und er habe jahrelang nach uns gesucht. Als er uns endlich gefunden hätte, wärst du verheiratet gewesen, und er habe es nicht über sich gebracht, unser Leben auf den Kopf zu stellen.«

»Nein, Mol, so war es nicht. Er war …«

»Warte, Ma, ich muss dir erklären, wie es gewesen ist. Ich habe geglaubt, du hättest ihn wegen Tom verlassen und Ravi nur des Geldes wegen geheiratet. Das hat mich angewidert, aber wegen Satchin konnte ich nicht mit dir darüber reden. Also habe ich mir geschworen, dass ich nie zurückkommen würde. Du brauchtest mich nicht.«

»Nein, nein, nein«, schluchzte sie.

»In Spanien habe ich versucht, dich zu vergessen. Dort schien es nicht so wehzutun wie hier. Dann bin ich nach Indien geflogen, und irgendwie stimmte alles nicht mehr. Ich habe Rauls Familie kennengelernt, und sie haben mich wie den letzten Dreck behandelt. Anschließend habe ich Ammammas Haus gesucht. Es war schrecklich, Ma.«

Amma musterte mich eindringlich. Die Tränen liefen ihr übers Gesicht.

»Sie starb glücklich, umgeben von Schwarz-Weiß-Fotos von uns. Und in Indien ist etwas in mir aufgewacht. Es war das Gefühl, dazuzugehören, die Gerüche und Farben des Landes gerieten in mir in Bewegung, so übermächtig, dass ich mich davon überfordert fühlte. Also kehrte ich zurück nach Spanien, fast so, als wollte ich es nicht glauben. Ich wollte fühlen, dass Raul mich liebte und dass Marcos mich liebte, weil es so leichter war. Aber ich wollte auch die Wahrheit erfahren. Deshalb bin ich zu ihm gegangen. Wusstest du, dass er einen Sohn und eine Tochter hat?

Drei Jahre jünger als ich. Wie konnte er das tun, Ma? Wie konnte er noch weitere Kinder haben, nachdem er so mit uns umgesprungen war?

Es tut mir so leid, dass ich alles falsch verstanden und nicht mehr Vertrauen zu dir gehabt habe«, schluchzte ich.

Sie kam uns Bett herum und umarmte mich.

»Mol, der Tag, an dem ich dir und Satchin sagen musste, dass euer Vater tot sei, war der schwerste in meinem Leben. Er hatte euch beide nicht verdient, und deshalb habe ich es getan, weil ich wusste, dass ihr es ohne ihn besser haben würdet. Er hat uns keinen Brief und auch sonst nichts hinterlassen, nur Schulden, und ich wage gar nicht daran zu denken, was ohne Tom und Maggie aus uns geworden wäre. Zwei Kinder und eine Frau, die kaum Englisch sprach. Ich habe für euch beide gearbeitet, um euch alles zu geben, worauf ihr einen Anspruch hattet. Fast hatte ich mir gestattet zu vergessen, und ich habe einen Mann geheiratet, der euch beide wie seine eigenen Kinder liebte. Ich hätte alles getan, um Raul von euch fernzuhalten, aber nie hätte ich damit gerechnet, dass er zurückkommt. Warum auch? Also haben Maggie und ich an dem Tag, an dem er hier auftauchte, alles verkauft und ihm das Geld gegeben, damit er euch in Ruhe lässt. Später hatte ich ständig Angst, er könnte jeden Moment wieder aufkreuzen. Und als Satchin starb, hielt ich das für meine Strafe, weil ich etwas hatte behalten wollen, das mir nicht gehörte. Dann gingst du auch, und ich wusste, dass es so war.

Inzwischen jedoch habe ich gelernt, dass das Leben nicht straft, sondern einem beibringt loszulassen; alles loszulassen, wovor man sich fürchtet, weil die Furcht sonst Besitz von einem ergreift.«

Eine Weile saßen wir da und wiegten einander hin und her.

Maggie starb mitten in der Nacht. Ich glaube, Amma und ich waren für ein paar Minuten eingedöst. Es heißt, dass die Sterbenden ihren Angehörigen zuliebe durchhalten, und sobald diese ihnen den Rücken kehren, ist der Augenblick gekommen, um sich lautlos zu verabschieden.

Es war der Nachmittag des 7. Februars, und die Sonne schien ungewöhnlich hell. Ammu kam, um mich zu wecken. Im ersten Moment hatte ich vergessen, wo ich mich befand und dass Maggie gestorben war. Dann fiel es mir wieder ein, und ich fühlte mich merkwürdig friedlich.

»Maya, kommst du zum Essen?«

»Ja, Shorty. Setz dich einen Moment zu mir.«

Als sie sich an der Bettkante niederließ, zog ich sie an mich, umarmte sie fest und gab ihr einen Kuss.

»Weißt du, wie sehr ich dich vermisst habe, Shorty?«

Sie wirkte verlegen, doch nach einer Weile kehrte das wasserfallartige Geplapper zurück, an das ich mich erinnerte. Sie redete ununterbrochen, spielte mit meinem Haar und erzählte mir von ihren Freundinnen in der Schule, die mich alle kennenlernen wollten. Wie hatte ich es nur so lange ohne sie ausgehalten?

Wir standen auf. Ich duschte, zog mich an und ging nach

unten, um zu essen. Der Tisch war wunderschön gedeckt, und Amma und Ravi erwarteten uns. »Setz dich hierhin, Mol«, sagte Amma.

»Ravi, es tut mir leid«, meinte ich.

»Es ist vorbei, Maya.« Er streckte die Hand über den Tisch.

»Nein, lass mich ausreden. Es tut mir leid, dass ich dir als Kind so auf die Nerven gefallen bin und dir keine Chance gegeben habe. Du bist der beste Dad, den man sich wünschen kann. Amma hätte sich keinen besseren aussuchen können.«

Amma lächelte und nahm die Deckel von den Platten – gefüllte Masala Dosas mit heißem Kartoffeleintopf. Ich war zu Hause.

Amma kümmerte sich um die Beerdigung und das anschließende Essen. Panierten Fisch in Tamarindensauce mit gebratenen Senfsamen und roten Chilis. Nachdem die Gäste fort und alle zu Bett gegangen waren, saß ich in der Küche und sprach mit ihr. Dann fiel mir der Brief ein, den der Astrologe mir für sie mitgegeben hatte. »Warte, Amma, ich habe etwas für dich«, sagte ich und ging meine Tasche holen. »Er ist von Ammamma an dich«, fuhr ich fort, als ich ihr das Blatt Papier reichte. Sie nahm es neugierig und entfaltete es.

»Was steht drin?«, erkundigte ich mich aufgeregt.

Nalini Mol,
es ist kein Tag vergangen, an dem ich dich nicht vermisst habe, und ich weiß, dass ich zu dir werde zurückkehren können, wenn meine Zeit hier zu Ende ist. So ist es eben, wenn man Opfer bringt, Mol. Ich weiß, dass der Geist weiterlebt.
Glaube nicht, dass ich dich und die Kinder verlassen wollte. Aber wenn ich dich daran gehindert hätte zu gehen, hättest du dich nicht zu der Frau entwickelt, die du, wie mir klar war, werden konntest.
Wenn es dir gelingt, etwas an unsere Maya weiterzugeben, bring ihr das Wichtigste bei, das ich dich gelehrt habe.
In Liebe, Amma

»Was meint sie, Ma?«

»Vergebung. Ich muss dir zeigen, was man mit Gewürzen bewirken kann. Komm mit mir in den Laden und lerne es.«

»Ich muss zuerst nach Spanien, um mit Enrique und Marcos zu sprechen.«

»Hat Marcos einen Besuch verdient, Mol? Du kannst ihn anrufen. Und was Enrique angeht, bitte ihn um noch ein wenig Urlaub. Er wird es verstehen. Bleib nur eine Woche, damit ich dir die Grundlagen erklären kann.«

Gegen Mitternacht rief ich Marcos an.

»Maya, wo bist du? Du hast dich nicht gemeldet. Was soll ich davon halten? Du bist jetzt schon tagelang weg. Meiner Mutter wachsen die Vorbereitungen allmählich über den Kopf, und sie braucht dich hier. Wann kommst du nach Hause?«

»Maggie ist vor vier Tagen gestorben, Marcos. Ich hatte andere Dinge zu tun«, erwiderte ich.

Anstelle einer Beileidsbezeugung erhielt ich nur die Antwort: »Aber es dauert doch keine Woche, zum Telefon zu greifen.«

»Tut es schon, wenn man eigentlich nicht mehr zurückkommen will.«

Es herrschte Schweigen. Dann ein Auflachen. »Sei nicht albern, Maya, in fünf Monaten findet die Hochzeit statt. Ich habe schon ein paar Häuser für uns besichtigt.«

»Ich sagte, ich komme nicht zurück.«

»Du musst aber. Ich liebe dich. Was ist mit den Vorbereitungen? Meiner Mutter? Den Gästen?«

»Bestimmt kann Carmen mich vertreten«, entgegnete ich in Anspielung auf die Wasserstoffblondine.

Stille entstand. »Maya, hör zu, ich habe nichts mit Carmen und auch nie etwas mit ihr gehabt. Wir arbeiten nur zusammen. Ich weiß nicht, was dich auf diesen Gedanken gebracht hat. Komm einfach nach Hause, dann reden wir darüber«, flehte er.

Er klang jämmerlich.

»Es gibt nichts mehr zu sagen, Marcos. Ich komme nicht zurück. Ich bin hier zu Hause.«

»Aber Maya …«

Ich legte auf.

Keine Trauer, nichts. Ich fühlte mich einfach wieder lebendig. Dann ging ich zu Bett. An meiner Decke hingen ein paar selbstleuchtende Sterne, die Satchin mir zu meinem zwölften Geburtstag geschenkt hatte. Maggie war jetzt bei ihm, und die beiden beobachteten uns. Ich schlief ein.

Am nächsten Morgen begleitete ich Amma in den Laden. Sie hatte Ana und Anita die Woche freigegeben und das »Geschlossen«-Schild aufgehängt, damit wir beide in der Küche arbeiten konnten. »Es ist Vergebung, Mol. Ich weiß, dass du keinen Hass mehr in dir trägst, aber Vergebung schließt auch ein, sich selbst verzeihen zu können.«

Während wir Zwiebeln hackten, erzählte sie mir, woher sie gewusst hatte, dass sie ein Mädchen erwartete, als sie mit mir schwanger war. Ich hätte viel weniger getreten als mein Bruder, und es sei ganz anders gewesen als beim ersten Mal. So zerkleinerten wir säckeweise Zwiebeln, bis wir weinen mussten. Alles, was roh und bitter gewesen war, wurde süß, als es in einem Kessel mit Öl brutzelte. Der Astrologe habe gesagt, dass es ein Mädchen werden würde, und er habe sich nie geirrt. Ein Kind mit mandelfarbener Haut und einem weichen Kern, das sich zu etwas Großem entwickeln würde, wenn es die Lektionen des Lebens annahm. Wir stellten eine Marinade aus bitteren Kreuzkümmelsamen, frischem Ingwer und Knoblauch her, schälten die Zutaten mit der Geduld, mit der sie gewachsen waren, und zerdrückten sie, wodurch sie so stark schrumpften, dass das stundenlange Schälen fast vergeblich schien.

Dinge, die auf den ersten Blick klein sind, haben häufig eine große Wirkung – ein Lächeln, Gesten und Worte, die mit dem Auge oft kaum wahrzunehmen sind. »Bedanke dich«, sagte Amma, »denn die Wurzel des Ingwers sieht hässlich aus, Kreuzkümmelsamen sind bitter, und der Geruch von Knoblauch stößt viele ab. Doch auch in diesen Dingen liegt Schönheit, und Schönheit tritt oft in erstaunlich geringen Mengen auf; das sind die beständigen Dinge.« Senfsamen sind so winzig und unscheinbar, dass ihre heilende Wirkung oft übersehen wird. Wenn ein Körnchen über den Boden rollt, würde man es nicht bemerken, ganz im Gegensatz zu seiner schlanken roten Gegenspielerin, der Chilischote. Zusammen ergeben sie ein explosives Gemisch, durchdringen den Körper durch die Atemluft und die Poren der Haut, wie kein anderer Geruch es vermag, säubern, reinigen und beseitigen Selbstzweifel.

Gebraten in einem Kessel voller Rauch schwebt der Zauber von Träumen und Verheißungen durch die Luft, und er ist für die, die ihn verstehen, genauso wohlriechend wie frische Lilien und löst Bedauern und Trauer vollständig auf. Mangos verkörpern Fruchtbarkeit. Ihr zartes und saftiges orangefarbenes Fleisch gleitet sanft vom Messer, und dann, in der Mitte, stößt man unerwartet auf einen Stein, der hart und pelzig ist und uns daran zu erinnern scheint, dass alles Süße eigentlich etwas Hartem entspringt. Trügerisch gelbe Zitronen, deren Säure sie verrät, wie ein verbitterter Mensch, der zufällig einmal gute Laune hat. Wenn man sie zusammen kocht, entstehen heißer Dampf und warmer Regen wie der Monsun, der alles Hässliche aus dem Boden schwemmt.

Zimtstangen, von derber Süße, schwimmen wie Treibholz an der Oberfläche und entsteigen rauen Meeren, um ihrer Umgebung den Duft der Erfahrung zu vermitteln, der sie umgibt. »So habe ich mich in meiner ersten Ehe treiben lassen«, flüsterte meine Mutter, während sie mit der schweren Schöpfkelle aus Metall umrührte. »Ohne Halt. Dann wurde Satchin geboren, und ich hatte solche Angst vor der Verantwortung. Würde ich es schaffen? Würde ich ihn beschützen können? Würde ich eine gute Mutter sein? Als du zur Welt kamst, verstand ich endlich, was Mutterschaft bedeutete. Alles passte zusammen und ergab Sinn. Meine sämtlichen Wünsche wurden mir in Form von zwei verrunzelten Bündeln erfüllt, und ich habe euch viel versprochen.«

Ich roch meine Kindheit, als sie in den Kessel gegeben wurde: klebrige Monsuntage, feuchte Wände, Kirschblüten, scharf gewürzte Pickles, die urinfleckige Matratze, die Süßigkeitenfabrik, Lammeintöpfe mit Klößen und Elektroheizstrahler. Als der Kessel abkühlte, lösten sich die Dämpfe in der Luft auf, sodass nichts mehr eine Rolle spielte. Wir füllten ein Gefühl des Verständnisses in Gläser, und ich war froh, hierhergekommen zu sein.

»Ich muss heute Nachmittag weg, Maya, um ein paar Sachen für Ammus Theaterstück zu besorgen. Du kommst doch allein im Laden zurecht? Du brauchst nur die Mischung in die Gläser zu füllen. Kunden werden keine kommen. Ich lasse das ›Geschlossen‹-Schild hängen und schließe die Tür ab.«

»Soll ich nicht lieber an deiner Stelle gehen oder dich begleiten?«, fragte ich.

»Nein, nein, du bleibst hier«, erwiderte Amma.

Sie nahm ihren Mantel, gab mir einen Kuss und ging.

Also blieb ich, schöpfte mit der Kelle Pickles aus dem Kessel, füllte leere Gläser, schraubte Deckel darauf und überzog diese mit wunderschönen kreisrund zugeschnittenen Stücken Saristoff – roter Seide, blauem Chiffon und cremefarbener Baumwolle –, die ich mit Stoffkleber und Gummibändern befestigte. Als ich die Bronzegöttin meiner Mutter betrachtete, die gemütlich auf ihrem handgezimmerten Regalbrett stand, dachte ich, wie vertraut sie mir erschien, und erinnerte mich an Ammamma. Lächelnd zählte ich die gefüllten Gläser und vergaß, wo ich gerade gewesen war, als plötzlich die Ladenglocke ertönte. Amma hatte doch gesagt, sie werde die Tür abschließen und das »Geschlossen«-Schild aufhängen.

»Hallo?«, hörte ich jemanden fragen. »Tante? Tante, bist du da?«

Eine vertraute sanfte Stimme. Ich ging nach vorne, um zu sehen, wer es war.

»Suri«, rief ich aus und rannte auf ihn zu.

Er starrte mich ungläubig an. »Maya«, flüsterte er. »Maya!« Niemand konnte meinen Namen so aussprechen wie er.

Ich umarmte ihn.

»Maya, was tust du denn hier?«

Durch einen Tränenstrom, der ihm das Hemd benetzte, stieß ich hervor: »Ich wollte meine Familie besuchen, um allen zu sagen, wie sehr es mir leidtut. Es tut mir so leid, Suri.«

»Nein, Maya, du brauchst dich nicht bei mir zu entschuldigen, niemals.« Er drückte mich fest an sich.

In diesem Augenblick wurden wir in die Zeit der schlichten Unschuld und Liebe zurückversetzt. Er wischte mir die Tränen weg und berührte meine Lippen mit den Fingern.

»Psssst«, flüsterte er.

Er war so beständig wie früher und hatte sich zu dem Mann entwickelt, der er immer werden sollte.

»Ich habe dir schreckliche Dinge geschrieben. Doch ich habe es nicht so gemeint.«

Ich wollte mich nicht von ihm trennen und auch nicht, dass er auf Abstand ging. »Wusstest du, dass Maggie gestorben ist?«

»Ja«, erwiderte er langsam und machte sich los. Am liebsten hätte ich nach seinen Händen gegriffen und ihn wieder an mich gezogen. »Deine Mutter hat angerufen und es mir erzählt. Das alles tut mir wirklich sehr leid.«

»Es war nicht deine Schuld, Suri. Ich war nicht wütend auf dich. Es passierte nur so viel auf einmal. Ich möchte dir alles erklären.«

»Das ist Vergangenheit. Deine Mutter hat mir gesagt, du wärst jetzt glücklich, lebtest in Spanien und würdest bald heiraten.«

Nein, Suri, wollte ich rufen und hielt Ausschau nach einem Ring an seinem Finger. Doch ich schwieg, ohne zu wissen, warum. Vielleicht aus Angst oder deshalb, weil einem Dinge, die man nicht wirklich zu verdienen glaubt, nicht erhalten bleiben.

»Bist du Arzt geworden?«

»Ich bin fast mit der Ausbildung fertig.« Er starrte mich an. »Bringt er dich zum Lachen?«

Nein, dachte ich, und das spielt auch keine Rolle, weil er gar nicht da ist.

»Ja«, antwortete ich. »Er bringt mich zum Lachen.«

»Gut, denn das ist wichtig.«

»Bringt sie dich zum Lachen?«, erkundigte ich mich.

»Nein«, entgegnete er.

Stille entstand, und er wartete in diesen Sekunden darauf, dass ich etwas sagte. Doch ich tat es nicht.

»Hör zu, Maya, ich muss jetzt weg. Es war … Es war wundervoll, dich zu sehen. Und ich wünsche … Ich wünsche dir viel Glück.« »Pass auf dich auf«, fügte er noch hinzu, als er meine Hand losließ. Er wandte sich zum Gehen. Wie gerne hätte ich ihn aufgehalten und ihm gesagt, dass ich nicht heiraten würde und außer ihm nie jemanden wirklich geliebt hatte. Aber ich schaffte es nicht.

Ein paar Tage später rief ich Enrique an und teilte ihm mit, dass ich nicht nach Spanien zurückkommen würde. Er berichtete mir, Marcos riefe drei bis vier Mal täglich an und frage nach meiner Telefonnummer und Adresse. »Ich habe ihm gesagt, er soll verschwinden, Maya. Ich bin so froh, dass du endlich zur Vernunft gekommen bist«, meinte er. »Und jetzt hör zu. Was ist denn mit meinem Londoner Büro? Wer soll es für mich leiten? Und außerdem brauche ich nicht nur ein Büro, sondern auch eine Boutique«, fuhr er überschwänglich wie immer fort. »Die Bezahlung ist ausgezeichnet, denn etwas anderes haben diese Designer sowieso nicht im Kopf. Weißt du, was ihre erste Frage ist? Nicht etwa, wie sehen meine Aufgaben aus, was haben Sie für Kunden, sondern …«

»Wie viel?«, unterbrach ich ihn.

»Was kriegst du zurzeit von mir, dreihundertfünfzigtausend Peseten? Ich verdopple es«, witzelte er.

Der Prozess des Annehmens und Vergebens dauerte bei mir viele, viele Monate. Ich lernte, die Vergangenheit und all die Menschen, denen ich unabsichtlich wehgetan hatte, anzunehmen und denen zu vergeben, die mich gekränkt hatten, weil sie es nicht besser wussten. Manchmal ist es zwecklos, über die Gründe nachzugrübeln. Man muss sich einfach damit abfinden und weitermachen. Amma und Ravi halfen mir bei der Einrichtung der Boutique in der Bond Street, und ich bestellte mit dem Geld, das Maggie mir hinterlassen hatte, die schönsten Stoffe in Indien. Sie wäre begeistert gewesen. Ich verbrachte viele Stunden damit, Kleider zu entwerfen, Schnittmuster anzufertigen und zu nähen. Beim Schneiden und Nähen lernte ich, den Takt zu finden, und entwickelte mein eigenes Gefühl der Zufriedenheit. Vier Monate vergingen, und der Laden war zur Eröffnung bereit. Amma hatte den Priester bestellt, damit er ihn segnete.

Er kam früh am Morgen, sprach einen Segen, erteilte mir keine Ratschläge, lächelte nur, zerbrach eine Kokosnuss und sagte ein Gebet. Dann konnte die Eröffnung stattfinden.

Ammu erschien als Erste, zusammen mit Amma und Ravi. Sie hatte mir eine Glückwunschkarte gebastelt und bat mich, ihr das rosafarbene Taftkleid zu nähen, das sie mir aufgezeichnet hatte.

»Aber, Shorty, was hältst du von etwas anderem wie …«

»Nein!«, rief sie aus. »Genauso wie das da, mit solchen Puffärmeln.«

»Meinetwegen«, erwiderte ich. »Dann vermesse ich dich jetzt.«

»Das bringt nichts, weil es mindestens zwei Nummern größer sein muss, damit man es auslassen kann, wenn es nötig wird.«

»So funktioniert das bei mir nicht, Ammu.«

»Mayo, musst du nicht tun, was deine Kunden wollen? Ich bin jetzt deine Kundin, möchtest du denn keinen Umsatz machen?«

Ich seufzte.

»Und kann ich eine Quittung haben?«, fragte sie.

»Aber du hast doch noch gar nicht bezahlt.«

»Dad, krieg ich Geld von dir, damit ich bei Mayo eine Anzahlung machen kann?«

»Hier«, sagte sie. »Wir sehen uns zu Hause. Ich komme in vier Wochen zur Anprobe wieder. So geht das doch, oder?«

Ich lachte, und sie verabschiedeten sich.

Wieder läutete die Glocke. »Was ist denn noch, Shorty? Wahrscheinlich verlangst du jetzt einen Rabatt«, meinte ich, hinter die Theke gebückt, wo ich gerade nach einer Schachtel mit Rechnungsformularen suchte.

»Ähhh, ich wollte mich nur erkundigen, ob es bei Ihnen auch lilafarbene Schlabberhosen gibt«, sagte eine Stimme.

»Suri, Suri!«, rief ich aus und stieß mir beim Aufstehen den Kopf.

»Ach, das muss sich ein Arzt ansehen. Komm her.«

Eine warme Hand berührte meine Stirn, die andere ruhte auf meiner Taille.

»Woher wusstest du, dass heute der große Tag ist?«, fragte ich.

»Ich habe einen anonymen Anruf bekommen. Die Anruferin hatte eine quietschende Kinderstimme und hat mir alles genau erklärt. Sie beendete das Gespräch mit den Worten: ›Tschüss, Suri, bis bald.‹

Maya, warum hast du mir nichts gesagt? Warum hast du mir bei unserem letzten Treffen nicht erzählt, dass du gar nicht heiratest?«

»Weil ... Weil ich loslassen und vertrauen musste.«

Er berührte mein Gesicht, umfasste es mit den Händen und begann, meine Augen, meine Wangen und dann meine Lippen zu küssen. Es fühlte sich an wie das erste Mal. So, als wäre ich endlich, endlich nach Hause gekommen.

Im folgenden Jahr, im Monat Shravan, heirateten Suri und ich. Ich weiß, dass mein Bruder und Maggie auch dabei waren, nicht weil ich es glauben wollte, sondern weil ich leuchtende Sterne an der Decke sah und auch ein kleines indisches Mädchen mit einer Stoffpuppe, sehr ähnlich der, die Maggie für mich gemacht hatte.

Amma und Ravi standen stolz neben uns, ebenso wie Suris Eltern und meine Schwester Ammu, die als eine Art Brautjungfer fungierte – »eine Art« deshalb, weil es bei Hochzeiten in Kerala eigentlich keine Brautjungfern gibt. Man tauscht einfach nur Girlanden und Ringe. Sie trug ein rosafarbenes Rüschenkleid aus Taft, das ich für sie genäht hatte und das von Blümchen und Bändern nur so strotzte. Ich wusste zwar, dass sie die Fotos von diesem Tag später einmal mit Schaudern betrachten würde, doch das spielte keine Rolle.

Suri und ich hielten uns an den Händen und gingen um das Feuer, das der Priester für uns angezündet hatte. Er sprach ein Gebet, nahm seine Dose mit Sandelholz heraus und malte uns seinen Segen auf die Stirn.

Amma hatte das Hochzeitsmahl gekocht und bediente Suri und mich. »Von links nach rechts«, sagte sie und verteilte die Speisen auf dem Bananenblatt, und während sie das tat, hörte ich, wie eine Großmutter und eine Enkelin lachend über den Strand liefen und jemand mir ins Ohr leise flüsterte:

»Ich werde immer, immer für dich da sein, auch an den Tagen, an denen du zweifelst.«

GLOSSAR

Achan: Vater
Amma: Mutter
Ammamma: Großmutter
Aum namo guru dev: Adi-Mantra, das der Yogaübung vorangeht, die zu einem höheren Selbst führen soll
Aviyal: gemischtes Gemüse mit Quark und Kokosnuss
Barfi: Nachtisch auf Milchbasis mit Kardamom und anderen Gewürzen, Nüssen und manchmal mit dünner Silberfolie überzogen, die essbar ist
Bhajans: heilige Gesänge der Hindus
Bhaji: Kichererbsenmehlteig
Biryani: pikante, mittelscharfe Currypaste mit Koriander und Kümmel, die meistens zu Huhn oder Lamm serviert wird
Brinjal: Aubergine
Cheenchatti: Kochtopf mit Henkeln aus Alu oder Eisen
Chia: Tee
Dhobi: Wäscherin
Iddlies: gedämpfter Reispfannkuchen
Injipuli: Currypaste mit Ingwer, Tamarinde und grünen Chilis
Jilebies: orangefarbene Süßigkeit aus Sirup, in Öl gebraten und sehr süß
Kasava Mundu: lange, weiße Lendenschürze, die anlässlich Onam getragen wird

Khichdi: Linsen- und Reismischung mit Mungbohnen
Loongi: langer Rock
Makkale: Kosename für Kinder
Masala: indische Gewürzmischung
Mogulenreich: eine ursprünglich mongolischstämmige Dynastie, die zwischen 1526 und 1857 auf dem indischen Subkontinent herrschte
Mol: Kosename für Mädchen
Monu: Kosename für Jungen
Mundu: Frauenkleidung
Mutta Dosa: Pfannkuchen aus Reismehl mit Spiegelei
Naan-Brot: Fladenbrot
Olan: Festliches Gericht aus Kürbis, Kokosnussmilch und Ingwer, das zu Onam zubereitet wird
Onam: Erntefest im Süden Keralas
Paisas: 1 Rupie = 100 Paisas
Pavada: traditionelles Kleid der indischen Frauen
Pickles: würzig eingelegtes Gemüse und Obst
Papadam: Linsenmehlfladen
Rasam: scharfe Linsensuppe, die in Südindien zum Abschluss des Mahls über den Reis gegossen und gegessen wird
Salvar Kamis: dreiteilige Kombination bestehend aus einem knielangen Hemdkleid, einer Hose und einem Schal
Sambar: dünnflüssiger Gemüsecurry
Shravan: Hindu-Monat, der der Zeit zwischen Juli und August entspricht
Thoran: trockenes Gericht aus Erbsen, Karotten oder Kohl mit Kokosraspeln
Turmeric: Staudengewächs mit fleischiger Gelbwurzel
Vada: Kleine Zwischenmahlzeit. Gebackenes Erbsenküchlein